KB039781

나쁜
토끼

나쁜 토끼

와카타케 나나미 장편소설

문승준 옮김

◈ 등장인물 소개

하무라 아키라 : 프리랜서 탐정
다카자와 미와 : 행방불명된 소녀
다카자와 기요시 : 미와의 아버지, 28회 멤버
쓰지 아스미 : 미와의 어머니
다이라 미치루 : 미와의 친구
다이라 요시미쓰 : 미치루의 아버지, 28회 멤버, 건설사 간부
다이라 기미코 : 미치루의 어머니
야나세 아야코 : 미와의 친구
미즈치 가나 : 미와의 친구
아카시 가요 : 미와의 유모
고지마 유지 : 아야코의 지인
노나카 노리오 : 28회 멤버, 컨설팅 회사 대표
다이코쿠 시게키 : 28회 멤버
아이바 미노리 : 하무라의 친구
우시지마 준타 : 미노리의 남자친구
미쓰우라 이사오 : 하무라의 집주인
사쿠라이 하지메 : 도토종합리서치 직원
세라 마쓰오 : 도토종합리서치 직원
시바타 가나메 : 무사시히가시 경찰서 형사
하야미 오사마쓰 : 무사시히가시 경찰서 형사
무라키 요시히로 : 하세가와 탐정사무소 탐정
하세가와 : 하세가와 탐정사무소 소장

◈ 차례

전초전

1

요즘 같은 세상에 칼에 찔리는 사건은 그리 특별하지도 않다. 신문을 펼치면 매일같이 아주 사소한 계기로 누군가가 누군가를 찌르고 있다. 사람들은 기사를 보면서 "끔찍한 일이군"이라든가, "뒤숭숭한 세상"이라든가, "이게 다 환경 호르몬 탓"이라든가…… 다양한 의견을 피로하지만 다음 순간에는 다른 기사에 주의를 빼앗긴다. 세상에 넘치는 폭력이나 파괴에 일일이 분노해서는 세상을 살아갈 수 없다. 안 그래도 스트레스 요인은 많다. 게다가 '찔렸다'와 '찔려서 중상' 사이에는 심각성에 큰 차이가 있기도 하고.

하지만 찔린 사람이 자신이 되면 이야기가 다르다.

내 이름은 하무라 아키라. 국적은 일본, 성별은 여자. 서른한 살. 하세가와 탐정사무소라는 작은 탐정사무소와 계약한 프리랜서 탐정이다. 하세가와 탐정사무소에서 직원으로

3년간 근무한 후, 하세가와 소장의 권유도 있어서 프리랜서 계약을 맺는 형태로 이곳에 남은 지 몇 년 되었다. 일손 혹은 여성 탐정이 필요하게 되면 소장이 내게 연락한다. 그러면 나는 달려가서 일을 한다. 프리랜서 탐정이라 하면 멋지게 들리기는 하나, 요컨대 아르바이트 심부름꾼이다. 한 달에 60만 엔 이상 벌 때도 있고 6000엔 벌 때도 있다. 바쁠 때는 잘 시간도 부족하지만 일이 없으면 굶주린다.

다행인지 불행인지 부모형제가 내게 관심을 가진 적이 거의 없기 때문에 "멀쩡한 일을 하라"든가, "하고 싶은 일을 찾으라"든가, "결혼하라" 등 시끄럽게 잔소리를 하는 사람은 아무도 없다. 가끔 나 또한 왜 이런 들고양이 같은 생활을 하는지 의문을 품기도 하나 깊이 생각하지는 않는다. 내가 번 범위 내에서 생활하고 저축도 한다. 세금도 낸다. 전철 안에서는 휴대전화 전원도 끄고 쓰레기 분리수거도 제대로 한다. 분노는 근처 전신주나 샌드백에 풀고, 스트레스는 주인공이 화려하게 날뛰는 소설이나 친구와의 장시간 통화로 해소한다. 사회인에게 이 이상 무엇을 더 바라나? 이 정도면 훌륭하지 않은가.

그러나 탐정이라는 직업을 훌륭하다고 생각하는 인간은 그리 많지 않다.

하세가와 소장에게 전화가 온 것은 4월치고는 화창하고 따뜻한 날 저녁이었다.

"도토에서 지명이야. 하무라를 보내달라더군. 인정받고 있구나."

소장이 말했다. '도토종합리서치'는 중견 조사회사로, 사장인 구보타 씨와 하세가와 소장은 서로 흉금을 터놓는 사이다. 때문에 하세가와 탐정사무소에서 감당할 수 없을 정도의 인력이 필요한 의뢰가 들어오면 도토를 소개하든가 지원을 요청한다. 한편 도토 쪽도 소장의 인맥을 기대하고 의뢰하거나 때로는 일감을 나눠주기도 한다. 나도 도토종합리서치 사람들과는 낯이 익다.

"영광이네요."

"그리 어려운 일이 아니니까."

소장이 놀리듯 말했다. 의뢰 내용은 가출한 열일곱 살 여고생을 집으로 데리고 와달라는 것이었는데, 소장도 자세한 의뢰 내용을 알고 있지는 않았다. 소장은 요요기의 한 주소를 말했다. 그 주소를 복창시키고는 근처에 주차 중인 도토 직원과 합류하라면서 덧붙여 말했다.

"30분 안에 갈 수 있겠어?"

"문제없어요."

지도로 위치를 확인한 나는 그렇게 대답하고 전화를 끊었다. 30초 만에 회색 린넨 바지정장으로 갈아입고 3분 만에 화장을 끝내고 5분 후에는 오에도 선 나카이 역 에스컬레이터를 달려 내려갔다. 내게는 많은 단점이 있지만 지금까지 준비 작업이 느리다고 비난한 인간은 없었다.

하지만 세상은 그리 만만치 않다. 전화를 받은 지 20분 후, 목적지인 맨션에서 약간 떨어진 곳에 정차한 도토종합리서치의 차량에 탑승한 내게 멋진 환영 인사가 쏟아졌다.

"이제야 납셨나. 이래서 여자는 문제라니까. 대체 얼마나 기다리게 하는 거야."

그렇게 불평한 것은 조수석에 앉은 남자였다. 앉아 있다기보다는 시트에 몸을 푹 파묻고 누워 있다고 말하는 편이 좋을 것 같다. 시트는 더 이상은 힘들 정도로 뒤로 젖혀진 채 뒤룩뒤룩한 배와 불량하게 꼰 다리와 걸레 같은 색의 양복이 보였다. 차창은 모두 살짝 내려가 있었는데 그럼에도 차 안에서는 이 남자의 체취인 듯한 쉰내가 났다. 처음 보는 남자였지만 첫눈에 반하는 일은 일어나지 않았다.

"처음 뵙겠습니다. 잘 부탁해요."

남자는 몸을 일으켜 나를 빤히 바라본 다음 커다란 얼굴에 붙어 있는 두터운 입술을 핥았다.

"일단 여자처럼 보이긴 하네."

"갑자기 호출해 미안해, 하무라. 이 녀석은 세라 마쓰오. 지난달에 입사한 신인이야."

운전석의 사쿠라이 하지메가 남자를 가로막았다. 차를 이용한 미행에 뛰어난 베테랑으로, 여러 번 일을 함께했다. 온화하고 느긋한 성격이다. 그런 사쿠라이치고는 세라를 소개하는 목소리에서 가시가 느껴졌다.

"일 내용은 들었어?"

"가출한 열일곱 살 여고생을 자택으로 데리고 돌아온다."

"그녀는 요 앞 맨션에 있어."

나는 사쿠라이의 시선을 좇았다.

벽돌 느낌이 나는 타일을 외벽에 붙인 싸구려 건물이었다. 2층 건물로, 지은 지 25년 전후. 이런 것을 맨션이라고 부르는 사람은 엄청나게 낙천적인 부동산 업자뿐이리라. 하긴 이름만 도회지에 속하는 동네에는 대개 이런 '맨션'이 존재한다.

"이름은 다이라 미치루. 지금 있는 호수는 203호. 집주인은 미야오카 시게미쓰라는 남자인데, 실제로 살고 있는 건 그 아들인 미야오카 고헤이. 스물한 살. 두 사람은 2주 정도 전에 알게 되어 며칠 전부터 저 집에서 동거 중이야. 어젯밤 두 사람이 싸우는 소리를 근처 주민이 들었어. 미치루의 가출은 이번이 처음이고 아무래도 그 첫 모험에 질린 모양이니 자신을 데리러 왔다는 사실을 알게 되면 기꺼이 나오겠지."

멋지군. 나는 여기서 박수를 쳐야 하나 고민했다.

"미치루의 가출 원인은?"

"부모는 짐작 가는 바가 없다더군. 젊음의 치기가 아닐까."

"약과 관련이 있을 가능성은?"

"없어."

"두 사람의 싸움은 심각했어?"

"그렇지는 않을 거야. 귀를 곤두세웠던 이웃이란 사람은 경찰을 부를 기회를 절대로 놓치지 않을 사람이었거든."

탐정의 신께서 내려주신 선물 같은 아름다운 케이스다. 나는 문을 노크하고, 가출한 여고생을 집으로 데려가, 감사 인사와 함께 일당 1만 엔을 받는다. 문제는 무엇 하나 없다. 내가 여기 이렇게 와 있지만 일부러 지원 병력을 부를 정도의 일도 아니다.

그것을 물어보려 했을 때 아까부터 재수 없게 다리를 떨고 있던 세라가 어금니에 낀 거대한 음식물을 손끝으로 끄집어내며 말했다.

"언제까지 꾸물대고 있을 거야. 걸레 년을 놈의 사타구니에서 끌어내 엉덩이라도 두들겨줘야지. 어서 가자."

……이래서였군.

백미러를 통해 사쿠라이와 눈이 마주쳤다. 사쿠라이는 눈을 크게 굴려보이고는 밖으로 나갔다. 내가 다음, 마지막으로 세라가 길에 침을 뱉고는 발버둥치면서 간신히 차 밖으로 탈출하고는 차문을 세게 닫았다. 머리가 제대로 달린 인간이라면 누구나 알고 있을 거라 생각하는데, 정차한 차 안에서 잠복할 때 다리를 떨거나 문을 세게 여닫으면 쓸데없이 주위의 이목을 끌게 된다. 사쿠라이가 넋이 반쯤 나간 듯한 얼굴로 2미터에 가까운 세라의 거구를 올려다보며 우리에게 말했다.

"지금부터 203호에 간다. 하무라가 사정을 설명하고 얌전히 집으로 돌아가라고 설득한다."

"그럼 나는 뭘 하는데?"

세라가 불만스럽게 콧김을 내뿜었다. 사쿠라이가 엄한 말투로 말했다.

"상대가 흥분해서 바보짓을 벌이지 않는 한 아무것도 하지 않는다. 이런 경우에는 여성이 설득하는 게 유리해. 나는 아버지를 통해 얼추 사정을 알고 있으니 문제가 발생할 경우에는 나도 설득에 참가한다. 세라, 절대로 쓸데없는 짓은 하지 마."

세라는 자신이 알 바 아니란 듯이 코웃음을 쳤지만 아무 말도 하지 않았다. 우리는 한덩어리가 되어 맨션으로 들어가 203호 초인종을 눌렀다. 바로 젊은 남자의 퉁명한 목소리가 들렸다.

"네."

"다이라 미치루 씨 부모님의 지인입니다."

"미치루의?"

인터폰 안쪽에서 여자가 뭐라고 소리질렀다.

"부모님 부탁으로 미치루 씨의 안부를 확인하러 왔습니다. 그녀를 만나게 해주실 수 있을까요?"

실내에서 미치루와 고헤이가 황급하게 뭐라 말을 주고받는 것이 들렸다. 뒤에서 세라가 "바보냐. 택배라고 하면 되잖아" 하고 중얼거리다 사쿠라이가 옆구리를 쿡 찌르니 입을 다물었다. 다음에 인터폰을 받은 것은 미치루로, 거의 싸우자는 식이었다.

"우리 부모님 지인이라는 게 뭔데? 그리고 여기는 어떻게 알았고?"

"당신 아버지에게 의뢰를 받은 조사회사 사람이 찾아냈어. 당신 아버지가 직접 당신을 데리고 오겠다고 했는데, 그렇게 되면 당신 친구에게 피해가 갈 수도 있거든. 그래서 제삼자인 내가 중개를 맡게 된 거야."

"뭐야 그게. 돌아가."

미치루가 그렇게 말했지만 진심이 아니었다. 나는 냉정한 말투로 반복했다.

"어쨌든 얼굴을 보여주고 무사하다는 사실을 확인시켜줬으면 하는데. 억지로 끌고 돌아가거나 하지는 않아. 약속할게."

"당신 혼자야? 이름은?"

"하무라 아키라. 혼자가 아니야. 조사회사 측 사람 두 명과 함께지."

내 오른쪽에 있던 세라가 욕지기를 해서 사쿠라이가 조용히 시켰다.

"남자?"

"나 말고는."

인터폰이 침묵했다. 잠시 후 미치루의 목소리가 들렸다.

"안에 들어오는 건 당신뿐이야. 그거라면 받아들일게."

"알았어."

수화기를 내려놓는 달칵, 하는 소리가 났다. 다소 안심한 나는 사쿠라이와 얼굴을 마주보았다. 자물쇠를 여는 소리가 나더니 문이 살짝 열리고 그 틈으로 젊은 여자가 얼굴을 내보였다. 선이 가늘고 스타일이 좋은 소녀로, 웨이브진 머리를 가운데 가르마로 나누고 체크무늬 인도면바지 위에 흰 반팔티셔츠를 입었다. 영리해 보이는 커다란 눈에 경계심을 가득 담은 채 내 눈과 마주쳤다. 나는 미소를 지으며 말했다.

"안녕하세……."

말이 끝나기도 전에 나는 뒤쪽으로 튕겨 나갔다. 등을 세차게 부딪쳐 순간 정신을 잃은 모양이다. 무슨 일이 일어났는지 이해가 되지 않았다. 머리카락을 잡힌 채 뒤쪽으로 세게 밀쳐져 복도 벽에 부딪쳐 그대로 쓰러진 것, 오른발을 세게 밟힌 것, 그 범인이 다름 아닌 세라라는 사실을 알아차렸을 때 눈앞의 203호 철문은 천천히 닫히는 중이었다.

한 걸음 내디뎠을 때 오른쪽 발등에 불길한 통증이 느껴졌다. 앞으로 휘청거리다 문손잡이를 잡고 집 안으로 들어갔다. 그리고 눈을 의심했다.

집은 최소한의 가구밖에 없는 텅 빈 원룸이었는데, 네 명의 남녀가 뒤엉켜 있어서 비좁게 느껴졌다. 세라가 두터운 팔을 젊은 남자의 목에 두르고 즐거운 얼굴로 조르고 있었다. 사쿠라이와 미치루가 소리를 지르며 세라를 잡아당기거나 때리거나 발로 차고 있었음에도, 두터운 것은 낯짝만이 아닌 듯 꿈쩍도 하지 않았다. 젊은 남자의 얼굴에서 서서히 핏기가 사라지기 시작했다.

주위를 둘러본 나는 흰 플라스틱 도마를 손에 잡았다. 발을 질질 끌면서 다가가서는 미치루를 밀치고 두피가 보이는 세라의 정수리에 도마를 힘껏 내리쳤다. 엄청난 소리와 함께 도마가 반으로 갈라졌다. 나는 어이없는 심정으로 반으로 갈라진 도마를 내려보고는 하세가와 탐정사무소의 동료인 무라키가 추천한 특수 경찰봉을 사지 않은 사실을 뼈저리게 후회했다.

하지만 싸구려 도마여도 나름의 효과가 있었는지 세라의 팔에서 힘이 빠지더니 고헤이가 정신을 잃은 채 바닥에 쓰러졌다. 미치루가 요란한 비명을 지르며 그에게 달려가고, 세라는 머리를 누르며 흐릿한 눈동자로 나를 노려보았다.

"빌어먹을 년, 방해했겠다."

"방해한 건 네 쪽이다."

사쿠라이가 관자놀이에 핏대를 세우고 세라의 팔을 움켜잡았다.

"대체 무슨 생각이야. 가만히 있을 줄도 모르냐."

"거짓말쟁이."

미치루가 고헤이의 머리를 무릎에 올리고 커다란 눈에 눈물을 글썽이며 나를 노려보았다.

"당신 혼자서만 이야기를 듣겠다고 했으면서. 대체 고헤이가 무슨 짓을 했다는 거야!"

"댁들 방식은 물러 터졌다고."

세라가 사쿠라이에게 삿대질을 했다.

"가출해서 남자와 붙어먹은 걸레와 대화라고? 남자는 묵사발을 만들어놓고 여자는 트렁크에 집어넣어 부모에게 넘겨주면 될 일이잖아. 댁들이 못 하겠다면 내가 하지. 최근 젊은 것들은 이렇게 하지 않으면 말을 들어 처먹지 않거든."

"나, 집에 안 돌아가."

미치루가 소리질렀다.

"농담 아니야. 이렇게 끔찍한 짓을 하다니. 난 절대로 안 돌아가."

세라가 놀라운 속도로 팔을 뻗어 미치루의 머리카락을 잡고 끌어올렸다. 고헤이의 머리가 미치루의 무릎에서 바닥에 떨어지고, 미치루가 쇳소리를 질렀다. 사쿠라이가 고함쳤다.

"의뢰인의 딸에게서 손을 떼. 또 고소당하고 싶냐."

그런가. "또"란 말이지.

세라가 비어 있는 쪽 팔을 휘둘러 팔꿈치로 사쿠라이의

안면을 가격했다. 사쿠라이는 코피를 흩뿌리며 쓰러졌고, 세라가 코웃음 쳤다.

"아차차, 미안. 이 천방지축이 날뛴 탓에 손이 미끄러졌네."

미치루는 이제는 공포에 질려 굳은 얼굴로 계속 발버둥쳤다. 세라는 미치루의 가슴팍을 움켜잡고는 불만 있냐는 듯이 내 쪽을 보았다.

"회사에는 이 천방지축이 발광해서 날뛰었다고 보고하면 돼. 그렇게 하면 아무도 불평하지 않아. 걸레가 나중에 무슨 말을 하든 아무도 믿지 않으니까. 전에도 같은 방법으로 문제를 해결했거든. 알았으면 밖으로 꺼져. 잠깐 즐긴 다음에 이년을 무사히 집으로 데려갈 테니까."

나는 세라의 급소를 걷어찼다.

집 안으로 들어올 때 신발을 신은 채였다. 오래 걸을 일이 많아서 튼튼한 단화를 애용하기에 안타깝게도 앞이 뾰족하지는 않다. 그래도 효과는 충분해서 세라는 흰 눈동자를 보인 채 쓰러졌다. 불길하게 욱신거리는 쪽 발로 체중을 지탱한 탓에, 향후 세라의 성적 취향이 방향 전환을 해야 할 정도의 힘을 실을 수는 없었다. 하지만 만약 그렇게 되었다 해도 일말의 후회는 없다. 나는 미치루에게 달려갔다.

세라는 미치루의 머리카락을 움켜쥔 채였다. 잔뜩 인상을 쓴 채 끈적거리는 세라의 손가락을 떼어 내고 미치루를 부축해 일으켜 세웠다. 그녀는 부들부들 몸을 떨었다.

"미안. 이 자식이 이렇게 변태인 줄은 몰랐어."

미치루는 무언가 말하려고 입을 열었지만 소리로 나오지 않았다. 나는 주위를 둘러보았다. 연한 청색 블레이저와 스커트가 벽에 걸려 있고 핑크색 보스턴백이 방구석에 놓여 있었다.

여성의 것으로 보이는 물품을 눈에 띄는 대로 가방에 눌러 넣고 세 사람의 상태를 살폈다. 고헤이는 의식을 되찾은 듯 신음을 하며 기침했고, 사쿠라이도 코를 누르며 반신을 일으켰다. 나는 벽에 딱 붙은 채 떨고 있는 미치루에게 가방을 가지고 갔다.

"알겠니? 이제부터 너를 차에 태워서 부모님이 기다리는 집으로 데려갈 거야. 차에 타면 즉시 회사에 연락할게. 어떤 식으로 대처할지는 회사와 부모님이 상담한 뒤에 결정할 텐데, 아마도 네 부모님은 너에게 피해가 가기를 원치 않을 거야. 알겠어?"

미치루는 무슨 말인지 전혀 모르겠다는 듯이 나를 돌아보았다.

"만약 집에 가고 싶지 않다면 친구나 친척 중에 안심하고 너를 맡길 수 있는 곳에 데려다줄 테니까, 원하면 말해. 어쨌든 여기를 나가는 게 좋겠다. 아니면 계속 여기 있고 싶어?"

미치루가 아이처럼 세차게 고개를 저었다.

"지, 집은 싫어."

"알았어."

"치, 친구도……."

미치루가 갑자기 울음을 터트렸다. 세상 사람들은 어째서 인지 여자가 동정심이 많아 사람을 잘 달랠 수 있다고 생각 하는 모양인데, 그것은 내 능력 밖의 일이다. '어떻게 하고 싶은지 확실히 말해. 지금 울고 있을 때가 아니잖아' 하고 소리치고 싶은 기분을 억누른 채 미치루의 어깨를 감싸고 출구 쪽으로 밀어낸 다음 사쿠라이에게 말을 걸었다.

"차 키는?"

사쿠라이가 한쪽 손으로 코를 누르며 다른 손으로 차 키 를 던지고는 코맹맹이 소리로 말했다.

"미안. 그 아이를 부탁할게."

"뒤처리는 잘 부탁해."

미치루를 재촉하자 그녀는 얼굴을 양손으로 문지른 다음 나를 노려보았다.

"어디로 가는 건데?"

"그건 네가 결정해야지."

"당신 집."

"뭐?"

"당신 집이 좋겠어."

나는 어안이 벙벙하여 미치루를 바라보았지만 농담은 아

닌 모양이다. 세라를 곁눈질하고는 잠깐 뜸을 들인 후 대답
했다.

"알았어."

미치루는 당연하다는 듯 고개를 끄덕이고는 바로 신발을
신었다. 나는 발을 절뚝이며 뒤를 따랐다. 머릿속으로는 내
가 든 보험에 대해 멍하니 생각했다.

미치루를 따라 현관을 나가려 했을 때 뒤에서 사쿠라이가
뭐라고 소리질렀다. 뒤를 돌아보니 고헤이가 과도를 들고
묘하게 차분한 눈빛으로 이쪽을 바라보고 있었다.

칼이 내 옆구리에 꽂혔다.

2

　구급차로 병원에 실려가 수술을 받고 입원했다. 칼이 만약 1센티미터 정도 빗나갔더라면 갈비뼈가 아니라 중요한 내장을 다쳐 죽었을지도 모른다고 의사가 말했다. 동그란 얼굴의 외과의사는 "참 운이 좋네요" 하고 말했지만, 그 말에 내가 조금도 감동하지 않는다는 사실에 놀랐다. 악당 대신 자기가 칼에 찔리는 입장이 되어 보면 그 의사도 운이 좋다는 말은 입에 담지 못하리라.

　찔린 상처보다도 더 큰 문제는 발이었다. 오른발 중족골 두 곳에 금이 갔다. "이런 발로 체중을 지탱한 채 급소를 발로 차다니" 하며 갸름한 얼굴의 정형외과의사는 놀랐고, 참고인 조사를 하러 온 형사는 의심했다. 참고인 조사에는 사무적으로 응대했다고 생각하지만, 상황에 따라서는 세라의 수많은 악행을 형용사를 활용해 다소 아름답게 꾸몄을지도 모르겠다.

수술이 끝나고 의식을 되찾았을 때 침대 옆에는 하세가와 소장과 도토종합리서치의 구보타 사장이 앉아 있었다. 소장이 간략하게 상황을 설명해주었다. 다이라 미치루는 그 후 패닉에 빠져, 달려온 경찰에게 내가 찔린 사실을 포함해 모든 짓이 세라 소행이라고 단언했다. 경찰에는 그 난리통에 이웃이 신고한 모양이다. 애초에 세라가 고헤이의 목을 조르지 않았다면 내가 찔릴 일도 없었을 테니 완전히 거짓말도 아니고, 사정만 허락하면 나도 기꺼이 미치루의 증언에 동조했을 테지만 세상일이란 그리 쉽게 풀리지 않는 법이다. 고헤이는 피에 물든 과도를 손에 쥔 채였기 때문이다.

고헤이는 상해죄로, 세라는 폭행 혐의로 체포되었다. 구보타 사장은 나를 보고 이렇게 말했다.

"이번 일은 정말 면목이 없고, 우리 회사로서도 입원비를 포함해 충분한 보상을 하도록 하겠네. 보는 바대로 1인실도 잡았고."

나는 하세가와 소장을 보았다. 소장은 한쪽 눈썹을 치켜올렸을 뿐 사장의 말은 계속되었다.

"확실히 세라는 문제가 많은 남자였지만 조금만 배려를 해줬더라면 그런 일이 벌어지지는 않았을 거라 생각하니 실로 유감이야."

소장의 눈썹이 양쪽 모두 치켜올라갔다.

"녀석은 방법만 알면 오히려 다루기 쉬운 단순한 인간이야. 아무래도 거기까지 바라는 건 좀 지나친가. 어찌됐건 단순한 남자야. 특히 여성에 대해서는."

소장이 구보타 사장의 어깨를 두드렸다.

"그만 갈까. 하무라가 쉬어야 할 테니까. 안 그래?"

마취로 머리가 이상해졌나 했지만 하세가와 소장이 당황하는 모습을 보아 아무래도 내 착각은 아니었던 모양이다. 구보타 사장은 내가 여자다운 배려를 해서 세라의 체면을 세워주었더라면 이런 일은 벌어지지 않았을 거라고 말하는 모양이다. 그러니까 입원비를 대신 내주는 것으로 만족하고 쓸데없는 소동을 일으키지 말라고. 확실히 사장 정도 되면 요령 좋게 표현하는 방법을 알고 있는 모양이다.

며칠 뒤 사쿠라이가 병문안을 와서 속사정을 고스란히 털어놓았다.

"세라는 사장 조카딸의 아들이야."

사쿠라이는 코에 거즈를 댄 채였다. 거즈에서 빠져나온 부분은 보라색, 노란색, 녹색으로 아름답게 변색되어 있었다.

"즉, 사장 큰누나의 손자. 이 사람이 엄청난 여걸인데, 세라가 어렸을 때 부모님이 돌아가셨고, 그 여걸이 키우게 되었는데 온갖 응석을 다 받아주었나 봐. 스물여덟이나 먹고도 위에서부터 아래까지 전부 할머니가 옷을 갈아입혀준다더라."

나는 여러 의미에서 놀랐는데 특히 세라의 나이에 깜짝 놀랐다. 틀림없이 마흔이 가까울 거라고 생각했기 때문이다.

"과보호가 인간을 얼마나 망치는지 좋은 본보기야. 자신은 정의의 편이라느니, 세상을 위해서 철이 없는 여자는 혼쭐을 내줄 필요가 있다고 진지하게 생각하고 있으니 어이가 없어. 우리 마누라도 외동아들에게 껌벅 죽는데 좀 더 고삐를 잡으라고 해야겠군."

"세라는 잘렸어?"

"사장은 큰누님 앞에서 고개를 못 들어."

사쿠라이가 툭 내뱉고 담배를 꺼냈다가 병실이라는 사실을 깨닫고 서둘러 집어넣었다.

"나뿐만 아니라 다른 직원도 입을 모아 회사가 망한다고 사장을 협박했는데 말이지. 세라는 여전하고 반성하는 기색도 없어. 약점이 있는 걸…… 아니, 여자와 한 번 하…… 아니, 자는 게 대체 무슨 문제가 있냐고 말했나 봐."

사쿠라이는 이 일을 오래 해온 것치고는 수치심이라는 것을 가지고 있다.

"지금 사쿠라이 씨가 한 말로 보건대 그게 처음도 아니었던 것 같은데?"

"여기서만 하는 이야기인데 세 번째야. 지난달에 입사해서 처음 맡은 일이 가출한 여중생을 찾아내는 거였거든. 호리코시 씨와 신조가 담당했지. 롯폰기의 클럽에 있는 걸 찾아내 은신처를 확인하기 위해 미행했고, 시모키타자와의 연립에 있다는 걸 알고는 호리코시 씨가 세라에게 밤새 망을 보라고 하고 신조와 함께 철수했어."

호리코시 세이코는 50대의 탐정으로, 남편 뒷조사를 손수 꼼꼼하게 해서 이혼에 성공한 뒤 이 일을 하게 된 전업주부 출신이다. 신조는 고등학교 중퇴 후에 입사한 스물 안팎의 건방진 남자로, 번화가를 잘 알고, 만날 때마다 머리색과 눈동자 색이 바뀐다. 전혀 안 어울리는 콤비지만 서로의 결점을 커버하며 성과를 올리고 있다.

"세라는 누구에게나 태도가 그 따위니까 호리코시 씨도 못 참았겠지. 그런데 다음 날 아침에 와보니 망을 보고 있어야 할 차가 없는 거야. 세라와는 연락이 안 되고. 그냥 돌아간 거라고 생각하고 조사 대상자의 집에 가보았더니 겁에 질린 그 아이와 친구가 방구석에 웅크리고 있더래. 한밤중에 남자가 찾아와 밤새 그녀의 이름을 부르며 현관 앞에서 소란을 피웠다는 거지. 비속어가 너무 많아 참을 수 없었던 이웃 중 누군가가 경찰에 신고했더니 어딘가로 내뺐고. 여자아이를 부모님에게 인계하고 출근해서 사장과 함께 세라를 추궁했더니 태연하게 자신이 했다고 인정했어. 어린애 주제에 가출해서 놀고 있는 계집애에게 쓴 약을 처방해준 것뿐이라며."

사쿠라이가 콧방귀를 뀌었다.

"사장은 큰누나랑 부딪히기 싫어서 세라 말도 일리가 있다며 일을 덮었어. 의뢰인에게도 우리 쪽 인간이 한 짓이라는 사실은 들키지 않았으니까. 호리코시 씨도 신조도 두 번 다시 세라와 팀을 짜지 않겠다고 사장에게 항의한 터라 세라는 다카기와 이시마루 팀에 배속되었어. 그들의 담당 업무는 기업의 인사 관련 뒷조사니 문제없을 거라고 모두가 생각했거든. 그런데 어쩌다 조사 과정에서 한 기업체 임원이 열두 살짜리 여자아이를 호텔로 데려가는 상황을 목격했나 봐. 이건 도저히 내버려둘 수 없다고 판단해서 그 아이를 집으로 데려다주게 되었어. 다카기도 이시마루도 설마 아무리 세라라도 그 아이에게 손을 댈 거라는 생각은 못 한 거지. 뒷자리에 여자아이와 세라를 태운 거야. 그랬더니."

"그만 됐어."

나는 구역질이 나서 사쿠라이의 말을 막았다. 그는 한숨을 크게 내쉬고는 뒷머리를 손으로 마구 헝클었다.

"미치루의 아버지는 딸에게 이야기를 듣고 머리 위로 김을 내뿜으며 들이닥쳤어. 그 아이의 거처를 알아내는 데 일주일이나 걸렸는데 결국 의뢰비는 못 받게 되었고, 의뢰비는커녕 위자료까지 지불하게 되었지. 하세가와 씨 쪽에도……."

사쿠라이가 황급히 입을 다물었다. 소장이 자신의 직원—그러니까 바로 나 말인데—을 당분간 부릴 수 없게 된 상황에 가만히 물러설 리가 없다는 것을 알고 있는 나는 그 이야기를 흘려 넘겼다. 사쿠라이의 불평은 계속되었다.

"도토의 신용은 땅에 떨어졌어. 미치루의 아버지 다이라 요시미쓰는 대기업인 유니콘 건설사의 전무야. 사장도 이번 일이 잘 풀리면 기업의 품평 조회와 관련된 일도 받을 수 있을 거라 생각한 모양이야. 하지만 그것도 끝장났지. 우리를 추천해준 건 다이라의 사냥 친구이자 컨설팅 회사의 사장인 노나카라는 인물인데, 이번 일로 우리와의 계약을 해지하겠다고 했어. 구보타 사장은 완전 열받아서 세라에게 소리지르고, 세라를 제어하지 못한 내게도 소리지르고…… 여자가 붙어 있으면 세라도 의뢰인의 딸에 손을 대지 않을 거라 생각해 하무라를 불렀는데…… 아, 아니, 하무라에게 뭐라는 게 아니고……."

'결국 손은 못 대게 했잖아.'

속으로 이렇게 생각했지만 입 밖으로 말하지는 않았다. 둘 사이에 어색한 공기가 흐를 때 노크 소리가 들리고 아이바 미노리가 나타났다.

"부탁받은 거 가져왔어. ……아, 실례했습니다. 손님?"

사쿠라이가 총총히 일어나 우물쭈물 인사하고 나갔다. 미노리는 신경도 쓰지 않고 병실 문을 닫더니 종이봉투를 사이드테이블에 내려놓았다.

"속옷, 책, 라디오, 각티슈에 트레이닝복. 요즘에는 이런 거 병원에서 대여해주지 않나?"

"응. 하지만 공짜는 아니니까."

"여전히 구두쇠라니까. 이건 병문안 선물."

미노리는 깐 자몽이 가득 찬 밀폐용기를 내밀고 사쿠라이가 앉았던 의자에 앉았다.

미노리와 나는 중학교 이래의 친구다. 몇 년 전, 미노리의 약혼자가 자살했다. 신혼집이 될 예정이었던 아파트에 혼자 살게 된 그녀가 룸메이트가 되지 않겠냐고 내게 권유했다.

공동생활은 잘 풀렸다. 일반적인 부부들보다 훨씬 순탄했던 것 같다. 나도 미노리도 양말을 아무 데나 벗어두지 않았고, 식기는 스스로 정리하며, 전자기기 취급에도 강하다. 돈 절약도 되고 혼자 있는 것보다 안전하며 잔소리 들을 걱정도 없다.

공동생활이 끝난 것은 반년 정도 전. 한 사건이 계기였지만, 사건은 그 시기를 앞당겼을 뿐이다. 어쨌든 이 동거는 실로 편했다. 이런 생활을 계속하면 여자는 절대로 결혼할 수 없다. 공동생활을 끝낼 무렵에는 약혼자를 잃었던 미노리의 상처는 치유되었고 다음 남자를 구하기 시작했다. 내가 있으면 정리될 이야기도 정리되지 않게 된다. 그렇다고 공동생활이 끝났다고 해서 그 즉시 좋은 남자가 나타날 리도 없다. 우리는 서로의 집의 여벌 열쇠를 가지고는 2주일에 한 번은 한쪽 집에 가서 밥을 먹고, 5일에 한 번은 긴 전화를 하고 있다…….

나는 누운 채 미노리를 올려다보았다. 도서관에서 근무하는지라 투박한 사무복만 입던 여자가 오늘은 연분홍색 원피스 차림이다.

"몸 상태는 어때?"

"뭐, 안 죽었어."

"그건 보면 알아."

미노리가 얼굴을 찌푸렸다.

"너도 그 일 이제 그만두지 그래? 좋아서 하는 게 아니잖아. 달리 잘하는 일이 없다고 해도 위험에도 정도가 있어야지."

나는 눈을 끔뻑였다. 미노리가 내 일 관련해서 설교하는 일은 전대미문이다. 그렇게 지적하자 그녀는 인상을 더욱 찌푸렸다.

"이렇게 크게 다치는 것 자체가 전대미문이야."

"책장이 쓰러져 쇄골이 부러진 도서관 사서가 있었는데."

내 말에 미노리는 무의식적으로 가슴에 손을 얹고 입을 삐죽거렸다.

"그것과 이건 다르거든. 넌 칼에 찔렸다고. 겁을 좀 먹거나 불안감을 갖거나 심리 치료라도 받는 건 어때?"

"신경이 둔해서 미안하군. 요즘 세상, 어디서 어떤 직업을 갖든 안전하지 않아."

"하여튼 서른이 넘도록 그 성격은 조금도 둥글어지지를 않는다니까. 아키라, 그래서는 언제까지고 결혼 못 해."

나는 크게 심호흡했다. 그 기세 탓에 상처가 존재를 주장하고 나섰지만 그럴 때가 아니다.

"그래서?"

나는 물었다. 미노리는 잠시 말문이 막힌 듯했다.

"그래서라니 뭐가?"

"너의 남자."

"무슨 소리야? 지금은 그런 말할 때가 아니라."

미노리는 속이려 했지만 어설펐다. 거짓말 못하는 여자다.

"정말 싫다. 탐정 따위는 친구로 두는 게 아니었어."

잠시 후 포기한 듯 투덜거렸다.

"아직 남자친구라 할 수 있는 정도는 아니야. 우리 도서관에 왔기에 책 찾는 걸 도와줬더니 차 한잔 대접하겠다고. 그 뒤 연락처를 교환하고 밥 한 번 먹었을 뿐이야."

"전개가 빠르네."

"그래서 불만이야? 이래서 탐정은."

"그런 거 없어. 일일이 과민반응 안 해도 돼."

"네가 끈질긴 거 아니고?"

우리는 입을 다물었다. 남자관계까지 싹 털어놓는 친구 사이도 있겠지만 우리는 그렇지 않다. 서로의 성격을 뻔히 알고 있는 만큼 쑥스러움이 방해를 한다.

"확실히 내가 알 바는 아니지만."

헛기침을 하고 말했다. 내 말에 미노리는 의젓하게 고개를 끄덕였다.

"그래. 아직 이야기할 만한 사이도 아니니까."

"이야기할 정도로 사귀는 건 어느 시점부터가 되나?"

"아키라, 너 정말 너무하는 거 아니니?"

"흐음, 어허, 그렇구나."

"그렇다니. ……아, 바보. 그런 의미로 한 말이 아니거든. 그, 그런 거 아니라고."

나는 옆구리를 누르며 폭소를 터트렸다. 미노리는 고개를 숙이고 투덜거렸지만, 이윽고 그녀도 웃기 시작했다.

숨결이 진정되고 상처의 아픔이 가라앉은 참에 물었다.

"그런데 상대는 누구야."

"서른세 살 치과의사. 더 이상은 묻지 마. 나도 아직 잘 모르니까."

"알아봐줄까? 미노리라면 싸게 해줄게."

"그러지 마. 하여튼. 아직 단순한 친구사이라고. 이야기를 잘 들어주고 위로도 잘해주고 같이 있으면 마음이 편해져. 이런 사람과 서먹서먹해지고 싶지 않아."

"잘 먹을게."

미노리는 안절부절못하며 일어나 시계를 보았다.

"미안하지만 볼일이 있어서. 또 올게."

"바쁜데 미안."

"만약 퇴원하면 우리 집에 오지 않을래? 한 발로는 불편하잖아. 우리 집은 엘리베이터도 있고, 장보기는 내가 하고, 아키라라면 잠시 있어도 전혀 방해가 되지 않고."

미노리는 선의의 제안을 할 때 절대로 상대방의 눈을 보지 않는다. 병실 문을 노려보는 친구의 옆모습은 험악했다. 미노리를 잘 모르는 사람이 보면 억지 인사치레로 착각할 판이다. 나는 나도 모르게 미소를 지었다.

"고마워. 혼자서 힘들면 망설이지 않고 의지할게."

"그렇게 해. 너라면 집이 무너지든 절벽에서 떨어지든 한 발로 태연하게 기어나올 테니 걱정은 안 하지만."

"그럼" 하고 손을 흔들고 미노리는 나갔다. 나는 한숨을 쉬며 생각했다. 그녀와 나의 세계는 달라져버렸다. 그녀는 다음 단계로 나아갔고 나는 여전히 제자리에 있다. 적어도 미노리는 그렇게 생각한다.

그래도 다행이다. 그녀가 원하는 것을 얻을 수 있을 것 같아 정말 다행이다.

자몽은 미지근해서 쌉싸름했다.

3

 이때 이미 모든 일이 시작되어버렸다는 사실을, 휘말려버린 내가 이윽고 최악의 9일간을 보내게 되리라는 사실을 당연히 이때의 나는 전혀 알지 못했다.

초반전

1

2주 후에 퇴원했다. 그 열흘 후 붕대를 풀었고 의사가 치료는 끝났다고 했다. 세상이 장밋빛으로 빛나 보였고 나는 들떠서 집으로 돌아왔다.

미노리와의 공동생활을 끝내기로 결정한 직후 거처를 물색했지만 당연히 예산에는 한도가 정해져 있다. 별 기대 없이 하세가와 소장에게 상담했더니 미쓰우라 이사오라는 인물을 소개해주었다. 미쓰우라는 신주쿠 나카이에 아무도 살고 싶어하지 않는 건물을 한 채 가지고 있었다.

"재건축하게 되면 엄청 작은 건물밖에 못 올리거든."

미쓰우라는 귓불의 깃털 모양 귀고리를 반짝이며 재건축하지 않고 내버려둔 이유를 그렇게 설명했다.

"하지만 이 근처는 오에도 지하철이 개통한 덕에 인기가 있지 않나요?"

"뭐 그렇지. 그치만 나는 이 밖에도 연립 두 채와 내 집도 있어서 돈은 그리 부족하지 않아."

미쓰우라가 우물우물 얼버무렸다. 재건축할 돈이 없는 모양이다.

문제의 건물은 점포 일고여덟 곳 정도만 영업하는 명색뿐인 상점가와 이어진 골목 입구에 있었다. 쓸쓸한 느낌의 콘크리트 2층 건물로, 튼튼하게 지어졌다. 1층은 오랫동안 휴업 중인 일본 정식집으로, 내가 빌리게 된 것은 그 2층이었다. 방은 넓지만 다다미에서는 정체 모를 냄새가 나고 화장실은 일본식이며 욕실 타일은 누렇게 물들어 있었고 주방 설비는 고도성장기에 지어진 아파트 단지 수준이었다. 미쓰우라는 업자를 들일 돈이 아까우니 이대로 빌려주겠다며, 고치고 싶은 곳이 있으면 마음대로 하라고 말하고, 화재보험에 들면 보증금 없이 월세 5만 엔에 해주겠다고 덧붙였다. 그 순간 그는 나의 집주인이 되었다.

시간이 날 때마다 집 손질을 했다. 다다미를 분리해서 버리고 판자를 덮고 러그를 깔았다. 천장과 기둥을 다시 칠하고 싸구려 벽지를 붙인 베니어판으로 벽을 덮었다. 방충제 냄새가 밴 벽장을 열어 환기시키고 알코올로 소독한 다음 벽지를 바르고 맹장지 위로 남색 천을 덮고 손잡이를 교체해 옷장을 대신했다. 부엌의 찬장 문도 모두 걷어내고 선반에 페인트칠을 하고 격자무늬 커튼을 달았다.

집에 있는 가구의 대부분은 얻은 물건이나 주운 물건이다. 미쓰우라가 다른 세입자가 다이닝 세트를 버리고 싶어한다고 알려주었다. 테이블과 4각 의자일 뿐인 단출한 세트였는데, 테이블은 크레파스 낙서와 스티커투성이, 의자도 네 개 중 두 개의 다리가 부러진 상태라 쓸모가 없었다. 나는 크게 기뻐했지만 미쓰우라는 어이가 없었던 모양인지 불필요한 책장을 덤으로 얹어주었다. 테이블도 책장도 남은 페인트로 칠하고 테이블 상판에 천을 덮고 유리판을 놓았다. 의자는 천을 벗겨내고 커튼의 남은 천을 스테이플러로 고정했다.

가난한 티가 난다고 해도 어쩔 수 없지만 나는 이 집에 만족한다. 자주 여성스럽지 않다는 말을 듣고 스스로도 그렇다고 생각하지만, 염색체에 '둥지 만들기를 좋아한다'는 것이 각인되어 있는 것만은 확실한 것 같다. 하지만 아마추어의 손재주에는 한계가 있다. 기울어진 녹투성이의 바깥계단 같은 것들은 손쓸 도리가 없다. 게다가 그것을 한 발로 한 계단 한 계단 올라가는 고생이란.

쓰지 않았던 근육이 원래대로 돌아오려면 한참 더 걸릴 것이고, 제자리 점프는커녕 줄넘기조차 하고 싶지 않았지만 두 다리가 제대로 달려 있다는 행복을 실감하며 부업에 전념했다. 미쓰우라가 집에서 액세서리를 만드는 일을 소개해준 것이다. 홈이 나 있는 작은 금속판에 접착제를 흘려 넣고, 꼬챙이의 끄트머리를 혀로 핥아 손톱의 때만큼 작은 큐빅을 붙여 접착제를 흘려 넣은 홈에 끼운다. 하나의 귀고리에 붙이는 큐빅의 수는 서른 개. 귀고리 한 쌍을 작업하면 90엔이 내 수중에 떨어진다.

부엌 테이블에 앉아 묵묵히 이런 작업을 하고 있으면 매우 충실하고 감사한 기분이 든다. 퇴원 후 10일 동안 나는 대나무 꼬챙이의 끄트머리를 2만 220번 핥아 337쌍의 귀고리를 만들어 3만 330엔을 벌었다. 그중 10퍼센트는 세금이다. 대꼬챙이 앞이 뾰족한 편이라 이따금 그것으로 신문에 등장하는 정치가의 콧구멍을 뚫어주었지만 그리 기분이 풀리지는 않았다.

338쌍째 귀고리를 완성해서 상자에 넣었을 때 휴대전화가 울렸다. 하세가와 소장이었다.

"병원에서 확보하려고 갔었는데 한 걸음 늦은 것 같네. 붕대 풀었다며?"

"네."

"그럼 이제 괜찮겠네. 중요한 용무가 있어."

나도 모르게 쓴웃음을 지었다. 소장은 이것저것 편의를 봐주고 일거리를 주는 은인이지만 응석을 받아준 적은 없다. 죽지 않을 정도로 찔리고 걷기 힘든 정도로 뼈를 다친 정도로 소장의 태도가 바뀔 리 없었다.

"중요한 용무란 게 뭐예요?"

"일이지."

뻔한 거 아니냐는 투로 소장이 말했다.

"열일곱 살 여고생이 사라졌어. 찾아내 집으로 데려와 달라는 부탁이야. 고객을 만나러 가는 길인데 지금 집이야? 차로 데리러 갈 테니까 준비해둬."

"자, 잠깐만요."

"뭐야? 무슨 문제 있어?"

소장이 시치미를 뚝 뗐다.

"당분간은 좀 봐주세요. 열일곱 살 여자아이와 관련되고 싶지 않아요."

"그 일과는 다른 건인 데다, 이번에는 우리 쪽에 들어온 의뢰라 그 변태와는 관련이 없어. 게다가 의뢰인이 하무라를 지명했고."

호기심이 발동했다.

"왜 저를?"

"글쎄. 아무튼 하무라 아키라를 데려오라며 억지를 부리더군. 부상에 대해서는 설명했는데 상관없다는 거야. 어쩔래?"

입원 이래 거의 운동다운 운동은 하지 않았다. 상처는 아물었지만 나은 것은 아니다. 걷는 데도 평소보다 시간이 갑절은 걸린다. 체력은 거의 없는 거나 마찬가지다. 이런 몸으로 평상시와 같은 일을 할 수 있으리라고는 도저히 생각할 수 없다.

주방 테이블로 돌아와 의자에 앉았다. 완성된 귀고리가 빽빽이 들어 있는 상자와 큐빅이 들어 있는 주머니와 아직 끝나지 않은 귀고리 틀을 내려다보았다.

나는 숨을 깊이 들이마시고 대답했다.

"갈게요."

눈꺼풀 너머로 어둠이 지며 풀과 물 냄새가 짙게 풍겼다. 나는 눈을 떴다. 신록에서 푸른 잎으로 바뀌는 중인 나무들이 우람하게 가지를 뻗고 초여름 바람에 산들거렸다. 아직 젊은 초록은 햇빛을 받아 빛나고 있었다.

"여기는? 이노카시라 공원인가요?"

운전석의 하세가와 소장이 이쪽을 보고 히죽 웃었다.

"좋은 타이밍에 눈을 떴군. 그나저나 잘 자더라."

"죄송합니다."

"신경 쓰지 마. 그런데 여기는 의뢰인의 집이야."

차는 느릿느릿 계속 나아가고 있다. 나는 입을 떡 벌리고 완전히 깨어났다. 하세가와 소장은 가끔 재미없는 농담을 던지곤 하지만 허풍을 떨지는 않는다.

"도대체 부지 면적이 얼마나 되는 거예요?"

"이노카시라 공원과 인접해 있는 탓에 엄청 넓어 보이는 것뿐이야. 그래도 3천 평은 족히 되지 않을까? 듣자 하니 선대가 돌아가시기 전에는 면적이 이보다 다섯 배는 더 되었다고 하던데. 상속세와 토지 매매로 많이 줄었다고는 하지만 엄청난걸."

소장의 어조에서 빈정거림이나 비아냥은 느껴지지 않았다. 나는 3센티미터 정도 열려 있던 창문을 닫고, 가방에서 파우치를 꺼내 얼굴의 지방을 부지런히 닦아내고, 화장을 고쳤다. 콤팩트에 비친 얼굴은 끔찍했다. 벌써 30년 이상 같은 얼굴을 보고 살아왔기 때문에 이제 와서 만듦새에 불평할 생각은 없다. 그저 화장이 좀 더 잘 먹었으면 하고 거울을 들여다보고 있었지만, 하세가와 소장이 히죽히죽 웃고 있는 것을 깨닫고는 콤팩트를 닫고 무릎 위의 오래된 경제잡지를 열심히 보는 척했다. 의뢰인인 다키자와 기요시의 웃는 얼굴이 나를 올려다보고 있었다. 실로 음흉한 미소다. 가난뱅이의 경험칙이랄까, 기업인에게는 편견이 있다.

다키자와 기요시는 전 세계에 합계 57개나 존재하는 로열 할리우드 호텔 체인의 회장이다. 나이는 47세. 10년 전, 돌아가신 아버지로부터 주식과 부동산을 물려받은 전형적인 3대 경영인으로, 경영 수완은 전혀 없었는지 버블 붕괴 후에 큰 실수를 저질러 현재는 명목뿐인 회장. 그래서인지 취미가 다양했다. 승마, 사냥, 요트, 낚시, 골프.

차는 천천히 왼쪽으로 꺾어졌다. 지나치고 나서야 문을 통과한 것을 깨달았다. 콘크리트로 포장된 길은 미끄럼방지 홈이 있는 완만한 오르막길이어서 차 타이어가 지직거렸다. 대부호에게 소환된 사립탐정. 그렇다면 캘리포니아 석유왕의 대저택을 기대하는 것이 인지상정이라고 생각하는데, 앞에 나타난 저택을 보고 나는 실망했다.

저택은 분명 컸다. 가로로도 세로로도. 하지만 슬플 정도로 꼴불견이었다. 타지마할도 미국 남부의 콜로니얼풍 저택도 베르사유 궁도 그리스 신전도 훌륭한 건물임에 틀림없지만 모든 것을 하나로 섞어놓으면 밭 한가운데 덩그러니 놓인 러브호텔이 된다.

현관 앞에 차를 세웠다. 초인종 소리에 나타난 인물을 보고 소장이 순간 움찔거렸다. 마중 나온 것은 의뢰인인 다키자와 본인이었다. 아마 소장도 집사나, 적어도 가정부가 나올 거라 생각했던 것임에 틀림없다.

"하세가와입니다. 이쪽이 하무라 아키라입니다."

"들어오게. 제시간에 왔군."

현관홀 천장은 높았고, 문을 닫으니 어두워졌다. 윤기 나는 바닥은 눈알이 튀어 나올 정도로 비싼 1급 목재를 사용해 만든 것이고, 분홍색 대리석은 이탈리아에서 들여온 것이리라. 샹들리에도 주문 제작품으로 보인다. 하지만 전체적인 인상은 살풍경했다. 하다못해 꽃으로 장식하거나 카펫을 깔거나 하면 좋을 텐데, 하고 생각하며 나는 다리를 절지 않으려고 노력하면서 소장을 따라 현관 옆방으로 들어갔다. 그리고 이번에야말로 깜짝 놀랐다.

현관과는 정취가 완전히 다른 방이었다. 달라도 너무 달랐다. 주제를 한마디로 정리하면 통나무집, 아니 사냥 오두막이리라.

벽면에 거대한 벽난로가 있고, 양주(주로 스카치)로 꽉 채운 카운터가 보란 듯이 그 옆에 준비되어 있었다. 바닥과 소파 세트에는 모피가 가득 깔려 있었고, 벽에는 사슴과 버팔로와 곰의 머리, 가구와 바닥 곳곳에는 꿩과 원숭이, 개 말고도 여러 동물의 박제가 놓여 있었는데 유리 눈알로 이쪽을 응시하고 있었다. 이 방을 꾸미는 데 들인 비용만으로 아마 고급 아파트 한 채를 살 수 있으리라.

"평소에는 가정부가 있는데."

다키자와는 벽난로와 버팔로와 사슴을 배경으로 담담하게 말했다.

"오늘은 휴가를 줬지. 자네들과 이야기하려면 남들이 없는 게 더 편하거든."

차는 나오지 않는다고 말하고 싶은 것이리라. 갑자기 목이 말랐다. 신주쿠에서 여기까지 오는 내내 입을 벌린 채 자고 있었던 것이다.

소장과 나는 북극곰에게서 벗겨낸 것으로 보이는 하얀 모피가 덮인 푹신한 소파에 앉았다. 다키자와는 반대편 의자에 앉아 나를 빤히 쳐다보았다.

"자네에 대해서는 친구에게 소개받았네."

다키자와는 소장을 무시하고 나에게 말을 걸었다. 나는 어깨를 으쓱했다.

"다이라 요시미쓰 씨요?"

"허허. 왜 그렇게 생각하지?"

"두 분 다 사냥이 취미이신 듯해서요."

"사냥이 취미인 인간은 그 밖에도 많을 텐데."

지당한 말이지만, 기업인에다 하무라 아키라라는 이름을 알고 있는 사냥꾼이 그리 많으리라고는 생각되지 않는다.

"다이라의 딸을 구하려다 찔렸다면서?"

요약하면 그렇게 되려나. 나는 애매하게 고개를 끄덕였다. 다키자와는 딱히 대답을 기다리지는 않은 듯 멋대로 말을 꺼냈다.

"다이라의 딸과 내 딸은 같은 고등학교를 다니고 있네. 사립 시모어 학원. 알지?"

한번 입학하면 유치원부터 대학까지 에스컬레이트를 탄 듯 그대로 진학하는 학교로, 학부모의 집안을 엄청나게 중요시하는 학교라는 것은 알고 있다. 많은 돈이 들지만 돈만 있다고 입학할 수 있는 것도 아니다. 민주주의와는 거리가 먼 사상을 준수하는 곳이다.

"다이라의 딸은 우리 미와와는 유치원 때부터 친구인데, 옛날부터 말썽만 일으켰거든. 미와는 착한아이로, 항상 그 말썽꾸러기를 감싸줬어. 요전의 그……."

다키자와가 턱으로 내 다리를 가리켰다.

"소동 후, 다이라의 딸이 복학하는 데에는 나는 물론 미와가 신경을 많이 써줬지."

하세가와 소장이 어색하게 말했다.

"다이라 씨도 따님도 감사히 생각하셨겠네요."

"다이라는. 딸 쪽은 모르겠지만."

"그래서 미치루 양에게 제 이름을 들으셨나요?"

"그 아이는 미와에 대해 아무것도 모른다더군."

다키자와가 갑자기 소파에서 일어나 방 안을 서성거리기 시작했다.

"미와가 실종된 지도 벌써 열흘째야. 요즘 아이다 보니 놀기도 하고 남자친구도 있을 테지. 외박한 적도 있었어. 하지만 열흘은 너무 길어. 외박할 때도 내게는 제대로 연락을 했었고, 학교에는 갔었어. 지금까지는. 그런데 요 열흘 동안에는 통 연락이 없고, 학교에도 나오지 않았어. 무슨 일이 생긴게 틀림없어."

"경찰에는 연락하셨나요?"

"당연하지. 경찰에도 병원에도 다. 닥치는 대로 미와의 친구들에게도 물어봤고, 자네들 탐정이 생각할 만한 건 모조리 내가 해봤어. 빠뜨린 건 없을 거야."

다키자와가 나를 노려보았다. 이런 면이 아마추어의 귀여운 점이다. 같은 인물을 상대할 때 무서운 아버지가 마구 윽박지르는 것과 질문 방법을 터득한 인간이 이야기를 듣는 것은 결과가 하늘과 땅만큼 다르다. 안 그래도 가족은 냉정함을 잃고 빨리 결론에 도달하고 싶어하는 탓에 중요한 사실을 제대로 파악하지 못하는 경우가 많다.

"구체적으로 미와 양이 마지막으로 목격된 건 언제 어디서였나요?"

묻자 아니나다를까 다키자와가 당황했다.

"……그러니까 열흘 전이라고 하지 않았나."

나는 손목시계를 보았다. 오늘은 5월 15일이다.

"그럼 5월 5일 토요일이군요."

"아니, 목격된 것으로 따지면 3일이다. 미와는 그날 집에서 점심을 먹었다. 나는 집에 없었지. 미와가 골든위크 동안동네 친구와 놀기로 해서 한동안 안 돌아올지도 모른다고가정부에게 말하고 나갔다더군."

"누구와?"

"야나세 아야코였던가. 그런 이름을 가진 아이야. 아버지는 보험회사 영업맨인데 딸은 미와와 꽤나 사이가 좋지."

다키자와가 얼굴을 찡그리며 오기가 난 듯 덧붙였다.

"미와는 참 착한 딸이야."

나는 반대하지 않았다. 적어도 아버지보다는 마음씨가 나아 보인다.

"나는 4일 오전 중에 집에 돌아왔는데 미와는 없었어. 나는 점심을 먹고 바로 외출해서 6일 밤에 집에 돌아왔지. 그

때도 미와는 없었던 모양인데 나도 피곤해서 바로 자리에 누웠고."

"그럼 미와 양과 연락이 두절되었다는 걸 알게 된 건 7일 아침이었나요?"

"아니. 분명…… 그날은 이른 아침부터 회의가 있어서 6시에는 집을 나섰고 귀가한 건 밤 10시 넘어서였어. 돌아오자마자 미와가 무단결석했다는 연락이 학교에서 왔다고 가정부가 말해서 알았지. 깜짝 놀랐어. 그 아이는 연락도 없이 학교를 쉬거나 하지 않거든. 그래서 야나세의 집에 전화를 걸어 미와에 대해 물어보았어. 그러자 그들은 5월 3일부터 일가족이 하와이에 가있었다는 거야. 골든위크 중에 2박 4일로 하와이라고. 믿을 수 없어. 왜 더 한가한 시기에 느긋하게 다녀오지 않는 거지? 그게 당연한 거 아닌가?"

경멸하는 말투였다. 그런 사람들 덕분에 자신이 대저택에 살고 있다는 것은 생각해본 적도 없는 모양이다.

"그래서 그날 중 아는 경찰 관계자에게 연락을 했고, 그가 여기저기 수소문해줬지만 행방을 찾지는 못했어. 적어도 경찰의 시체 안치장에서는. ……그러니까 죽지는 않았고, 기억을 잃은 채 병원에 있는 것도 아니라는 사실은 알았지."

딸의 신변을 걱정하는 것치고는 꽤 냉정한 말투지만 다키자와는 갑자기 무릎에 힘이 빠진 듯 소파에 주저앉았다.

"경찰은 현재 상황에서는 움직일 수 없다더군. 그래서 우리 회사 사람을 동원해 미와를 찾게 했지만 못 찾았어. 쓸모 없는 것들."

"학교에는 뭐라고 설명했나요?"

"급환으로 해두었네."

"실종 이야기는 하지 않았다는 거군요."

"당연한 소리. 미와가 가출했다고 오해하면 곤란하니 회사 사람들에게도 그 부분은 입조심하라고 단단히 일러두었어."

그래놓고 "쓸모없는 것들"이라고 매도당한다면 참을 수 없으리라. 회사원이 아니기를 다행이라고 진심으로 기뻐할 수 있는 것은 이런 때뿐이다.

"어쩔 수 없어서 다이라에게 상담했지. 다이라의 딸은 조사회사 인간에게 봉변을 당했지만, 적어도 그들이 며칠 만에 거처를 밝혀낸 것 또한 사실이거든. 도토종합 뭐라고 하는 회사는 피하는 편이 좋지만 다른 곳에 의뢰하면 어떻겠냐고 하더군. 나는 잠시 다이라의 딸의 이야기도 듣고 싶다고 부탁했지. 미와가 친절하게 대해줬으니 뭔가 알고 있을지도 모른다고 생각했으니까."

"미치루 양은 뭐라고?"

"그건 정말이지 지독한 아이야."

다키자와가 갑자기 감정을 폭발시켰다.

"인사도 제대로 못하고 말도 제대로 할 줄 모르지. 미와에 대해서는 아무것도 모른다고만 주장하고 있네. 친구 욕은

하고 싶지 않지만 부모의 교육에 문제가 있어. 뭐라도 좋으
니 기억해 내라고 호통을 쳤더니 울음을 터뜨리더군. 울고
싶은 건 내 쪽인데."

나는 입술을 깨물고 웃음을 참았다. 다키자와는 화가 난
나머지 떨리는 손으로 테이블을 두드렸다.

"그 아이는 뭔가를 알고 있어. 내 짐작이 빗나간 적은 없
어. 하지만 입을 닫고 말하려 하지 않고, 다이라는 자기가 물
어볼 테니 돌아가라며 나를 쫓아내더군. 그러면서 다음 날
전화를 걸어서는 우리 미치루는 아무것도 모른다면서 차갑
게 내뱉는 거야. 가출해서 남자와 동거하는 바보 같은 아이
가 학교에 남을 수 있도록 애쓴 건 바로 나야. 그런데 이런
식으로 나오다니."

다키자와는 다시 소파에서 일어나 그의 교양이 허락하는
범위 내에서 욕설을 퍼부었다. 나도 하세가와 소장도 잠자
코 기다렸다. 물이라도 한 병 가져올 것을 그랬다.

"미치루는 자네가 도와줬다더군."

잠시 후 다소 진정이 된 다키자와가 헛기침을 하고 말을
이었다.

"그러니까 자네라면 그 아이에게서 미와의 행방을 알아낼
수 있을지도 몰라. 해주겠나?"

나는 잠시 생각했다. 다키자와는 초조한 듯 소파의 보풀을
잡아 뜯었다.

"망설일 일도 아니지 않은가. 뭐라도 알아내면 30만 엔을 지불하지. 그게 아니면 다이라의 딸은 구해도 우리 미와는 구하지 못하겠다는 말인가."

"의뢰를 받아들이기 전에 확인해둘 게 있습니다."

내가 말했다.

"이 의뢰는 다이라 미치루 양에게서 따님에 대한 정보를 듣는다, 그뿐입니까? 따님이 어디에 있는지 알아내 달라는 게 아니라요?"

다키자와는 마치 테디베어가 지껄이는 것을 목격한 듯 입을 벌리고 나를 쳐다보았다.

"그것은…… 그…… 그러니까 다이라 딸의 입을 열게 만들면 미와가 있는 곳도 알 수 있지 않을까 하는……."

"글쎄요. 물론 미치루 양은 미와 양이 어디에 있는지에 대한 힌트를 알고 있을지도 모릅니다. 하지만 그 경우 미와 양이 자신의 의지로 집을 나갔다고 보기는 어렵습니다."

"무슨 뜻이지?"

다키자와는 미와가 가출할 만한 아이가 아니고, 무단 외박도 하지 않으며, 자신에게는 반드시 연락을 했었다고 거듭 주장했으면서도 내가 내비친 사실이 전혀 마음에 들지 않았던 것 같다. 나는 분명하게 말했다.

"결국 미와 양이 어떤 사건에 휘말렸을 가능성이 높다고 말씀드리고 있는 겁니다."

"무슨 바보 같은 소릴. 그럼 경찰에서 연락이……."

"감금 사건은 대개 피해자가 도망간 이후에야 밝혀지니까요."

'아니면 피해자의 시체가 발견된 후'라고 생각했지만, 그 사실까지 입에 담을 수는 없었다. 안 그래도 다키자와의 얼굴은 창백했다.

"마, 말도 안 돼. 내 딸이 감금이라니. 그 아이는 그렇게 바보는 아니야."

"실종되었을 때 따님은 얼마나 갖고 있었나요? 돈을."

다키자와는 말문이 막힌 채 고개만 저었다.

"신용카드 혹은 현금카드, 이런 것들이 실종 후 사용되었나요?"

"신용카드는 모르지만 현금카드는 사용되지 않았어."

"옷가지와 소지품 중에 혹시 없어진 게 있나요?"

"그 아이는 사건에 말려들 만한 멍청한 아이가 아니야. 얼마 전 모의고사에서도 전국 30위의 성적을 거뒀어."

나는 한숨을 쉬며 지적했다.

"미와 양은 친절한 성격이죠? 그런 여자애는 속이기 쉬운 법입니다. 잘생긴 남자의 유혹에는 응하지 않더라도 아파하는 사람을 집까지 데려다줄 수는 있으니까요."

"아픈 사람이 미와를 감금할 수가 있겠나. 그 아이는 매일 아령으로 단련하고 있어."

다키자와에 대한 동정심은 갈증이 심해지는 것에 비례해 점점 메말라 갔다.

"누구나 병으로 고통받는 흉내 정도는 낼 수 있습니다."

"자네는 도대체 무슨 말이 하고 싶은 건가? 경찰은 아무 말도 하지 않았어. 감금 같은 건 있을 수 없어."

"하무라가 말하고자 하는 건."

하세가와 소장이 부드럽게 말을 가로막았다.

"더는 체면을 따지고 있을 때가 아니라는 겁니다. 미와 양의 안전을 확인하는 게 최우선 사항입니다. 주위 여론이나 학교 측에 대한 대응 등은 무사히 발견된 뒤 생각하면 된다는 거죠. 미와 양이 어떤 사연이나 사고·사건으로 사라졌는지는 모르지만, 열흘 넘게 행방불명이라는 게 심상치 않습니다."

"그렇다면 자네는 미와가 무사히 돌아온 뒤에 다이라의 딸처럼 집을 나가 남자와 동거했다는 오해를 받아도 상관없다는 건가?"

"당신에게는 세상으로부터 미와 양을 지켜줄 힘이 있을 겁니다. 아닌가요?"

다키자와의 눈동자가 진정하지 못한 채 이리저리 움직였다. 경영을 포함한 모든 면에서의 판단력 부족을 말해주는 눈이라고 나는 생각했고, 그런 것을 따지고 있는 자신이 싫어졌다.

"알겠습니다. 그럼 이렇게 하시죠."

나는 구조의 손길을 내밀었다.

"우선 당장이라도 미치루 양과 만나 이야기를 나눠보겠습니다. 뭔가를 알아낼 수 있을지도 모르니까요. 다만 반드시 알아낸다는 보장은 없고, 미치루 양도 사실은 짚이는 점이 전혀 없을지도 모릅니다. 어쨌든 그 결과, 미와 양의 거처를 알게 되면 그것으로 이쪽 일은 끝입니다. 알아내지 못하거나 미치루 양이 아무것도 모른다면 이 의뢰를 '미와 양이 있는 곳을 알아낸다'는 내용으로 변경해주세요."

문제를 뒤로 미룬 것뿐이었지만 다키자와는 두말없이 달려들었다.

"괜찮겠지. 하지만 설마 다이라의 딸에게서 알아낸 내용을 숨기고 추가 의뢰를 받으려는 건 아니겠지?"

"그런 짓을 하면 신용 문제에 결부됩니다. 그건 탐정사로서는 사활이 걸린 문제니까요."

하세가와 소장이 온화하게 설득을 계속했지만, 내게는 더 이상 달랠 여력이 남아 있지 않았다.

2

도쿄 교외의 부슈 시에 있는 사립 시모어 학원은 메이지 시대(1867~1912년)에 선교사 존 시모어가 세운 미션계 여학교다. 내걸고 있는 기치는 사랑, 청순, 봉사의 마음 등등. 진정으로 그런 것을 학생에게 가르칠 것이라면 신분 차별을 하지 않아도 좋을 듯한데 학교가 내걸고 있는 그 많은 미덕 중 겸손이나 겸양은 들어 있지 않다.

내부가 전혀 보이지 않는 벽돌담 담장을 따라 걸었다. 부슈는 세타가야와 마찬가지로 간선도로에서 안쪽으로 조금만 들어가면 좁고 복잡하게 얽힌 길로 유명한 지역인데, 학교 앞길도 좁았다. 반대 차선을 오가는 차들이 느릿느릿 피해 달린다. 학교 안에는 커다란 나무도 많이 심어져 있는 듯했고 교문 앞에는 선명한 분홍빛 꽃망울을 틔운 진달래도 심어져 있었지만, 교육에 좋은 환경이라고는 생각되지 않았다.

교문에서 조금 떨어진 가드레일에 걸터앉아 손수건으로 입을 가린 채 다키자와를 위협하고 달래며 알아낸 다키자와 미와의 데이터를 되새겨 보았다. 모친의 이름은 쓰지 아스미. 다키자와와는 10년 전에 이혼했다. 보석점의 경영자 겸 디자이너로, 현재는 아카사카의 고급 맨션에 혼자 살고 있다. 미와의 거처를 어머니에게 물어보았냐는 질문에 다키자와는 길길이 날뛰며 그 여자가 알 바 아니라며 전혀 묻지 않았음을 암묵적으로 시인했다. 이래 놓고 탐정이 생각할 만한 것은 다 생각할 수 있다고 여기고 있으니 기가 찰 노릇이다.

게다가 미와의 방을 보여달라는 신청은 그 자리에서 기각당했다. 조사가 계속되면 보여줄지 모르지만, 그 허락을 얻기 위해 그를 얼마나 어르고 달래야 할지 생각하니 골치가 아팠다.

다이라 미치루가 교문에 모습을 보인 것은 3시 5분이 지나서였다. 하마터면 모르고 지나칠 뻔했다. 스포츠머리에 가까운 숏커트가 되어 있었던 것이다. 미야오카 고헤이의 방에 걸려 있던 연한 청색 교복을 입고 똑바로 앞을 향해 걸었다. 주위의 여자아이들이 서로 까르르 웃고 있는 가운데 그녀만이 마치 다른 종류의 생물로 보였다.

나를 알아보자 미치루는 걸음을 멈추고 망설이는 듯 눈동자가 흔들리다가 턱을 내밀었다. 인사인 모양이다.

"안녕."

내가 말했다. 미치루는 다가와 나를 노려보았다.

"뭐야? 무슨 일이야?"

"응, 좀 물어볼 게 있는데."

"돈이라면 없어. 아빠가 돈은 지불하지 않겠다고 했거든. 물론 난 제대로 설명했어. 할 말 있으면 아빠한테 해."

"그 돈이 나에 대한 위자료나 보수라는 의미라면 물론 네 아버지는 그런 걸 줄 의무는 없지."

미치루는 손을 머리 쪽으로 가져가다가 당황한 듯 그 손을 내렸다.

"그래도 당신, 나를 도와줬잖아."

"그게 당시 내 일이었고, 나는 네 아버지가 의뢰한 곳이 아닌 다른 조사회사와 계약했거든. 정해진 보수는 잘 받았으니 걱정하지 마."

"다친 데 아파?"

미치루는 예의상 어쩔 수 없다는 투로 물었다. 다키자와가 말한 것보다는 매너를 갖추었다.

"덕분에. 크게 웃지만 않으면 괜찮을 정도로 회복했어."

가드레일에 앉은 채 이야기하다 등 뒤로 지나가는 여학생들의 시선의 집중포화를 맞았다. 미치루는 일일이 다 노려보았다. 내가 물었다.

"잠깐 시간 좀 내줄래? 차라도 한잔 살 테니까."

미치루는 멍한 눈으로 잠자코 있다가 대답도 하지 않고

걷기 시작했다. 나는 절뚝거리며 뒤따랐다.

미치루는 학교에서 걸어서 8분 정도 떨어진 부슈 향토공원으로 들어갔다. 20여 년 전에 작고한 작가의 저택이 시에 기증되어 시민공원이 되었다. 저택은 현재 향토박물관으로 바뀌어, '입장료 성인 100엔'이라는 간판이 문 앞에 붙어 있다. 시민공원인 주제에 돈을 뜯어내나 생각하면서 200엔을 냈다. 무엇보다 이 지역의 옛 모습을 간직한 울창한 잡목림과 샘물이 자랑인 공원이다. 무료로 개방했다가는 전쟁놀이를 하는 아이들이 엉망진창으로 만들고 말 것이다.

숲 속에 통나무를 깐 오솔길이 나 있어서 숨을 헐떡이며 오르다 보니 정자가 나왔다. 높직한 곳에 자리 잡고 있는 덕에 이곳만큼은 주위에 나무가 없어서 잔디가 깔린 완만한 경사면을 바람이 뚫고 지나간다.

자판기에서 우롱차를 사서 앉았다. 잔디밭 건너편에는 토끼와 닭이 울타리 안에 방사되어 있었다. 그중 깜짝 놀랄 정도로 커다란 흰토끼 한 마리가 좁은 우리에 갇힌 채 잔뜩 뿔이 나 있었다.

"별난 공원이네. 자주 와?"

미치루는 머리를 쓸어 올리는 시늉을 하다가 깨닫고 그 손을 내리고는 턱으로 동물들을 가리켰다.

"가끔씩. 쟤네들 버림받았어."

"토끼나 닭이?"

"누군가 방치해둔 모양이야. 고양이나 개도 버리잖아? 고양이는 어떻게든 되는데 개는 보건소로 끌려가. 살처분당하는 거야."

갑자기 운동을 해서인지 다리가 묵직하게 아팠다. 종아리와 아킬레스건을 천천히 마사지하며 주제로 들어갔다.

"다키자와 미와, 알지?"

미치루는 우롱차 캔 너머로 나를 힐끗 쳐다보았다.

"당신, 망할 다키자와 아저씨 말을 듣고 온 거였구나."

"그래."

미치루가 아랫입술을 깨물었다.

"친절한 우리 미와가 정성을 다해 돌봐줬는데 아무것도 모른다고 지껄이는 바보에게 뭔가 알아내라고 명령받은 거지?"

나는 웃음을 터뜨렸다.

"뭐, 그렇긴 하지."

"못 참아. 그렇게 모른다고 했는데도 거짓말이라고 멋대로 단정 짓고. 당신도 그 말을 믿었어? 그 망할 인간의 말을?"

"태도가 그리 고압적이어서는 누구든 솔직하게 말하지 않겠지."

"난 정말 아무것도 몰라."

미치루의 목소리가 작아졌다. 나는 어깨를 으쓱했다.

"미와와는 어떤 관계야?"

"별로 상관없잖아. 그⋯⋯."

"망할 다키자와가 어떻게 생각하는지는 알고 있어. 그건 제쳐두고, 사실은 어떤데?"

미치루는 잠시 생각에 잠겼다. 손이 다시 머리를 쓸어 올리는 시늉을 했다.

"미와와는 이야기 정도는 나누고 같이 하교한 적도 있고 부모님들끼리 친구니까 집에서 만나기도 해. 학교에서뿐만 아니라. 그래도 뭐랄까, 서로 어렵다고 할까⋯⋯."

"부모님이 친해서?"

미치루가 세차게 고개를 끄덕였다.

"그래, 맞아. 걔, 지 아버지랑 엄청 친하잖아. 섣불리 무슨 말을 했다가는 그 인간을 통해서 우리 부모님 귀에까지 들어갈 것 같아서 그냥 뻔한 대화 말고는 안 하려고 조심했어. 게다가 걔 성적이 워낙 좋다 보니 항상 우리 부모님 화제에 올랐고."

"미와도 마찬가지였어?"

"글쎄, 미와가 무슨 생각을 하는지 난 몰라. 걔도 평범한 잡담밖에 안 했고."

"평범한 잡담? 남자 이야기는 나왔어?"

"그러고 보니 해본 적이 없네. 하지만 열일곱이나 되어서 남자 하나 생겼다고 미주알고주알 떠들지는 않아. 엄청 푹 빠지거나 하지 않고서는."

이런. 나는 터져 나오려는 웃음을 우롱차로 얼버무렸다. 지금의 대사를 미노리에게 들려주고 싶다.

"그렇군. 그런데 마지막으로 미와를 만난 건 언제야?"

미치루는 생각에 잠겼다. 손을 들었다가 다시 내렸다. 초조한 듯이 그 손을 움직였다.

"기억이 잘 안 나네. 그러니까 이번 골든위크가 4일간이었잖아? 그 전에 학교에서 만난 게 마지막일 거야."

"반은 똑같나 보네."

"아니, 우리 학교는 자유 선택제야. 기초과목은 필수지만, 나머지는 마음대로 선택할 수 있어. 미와와는 디자인미술이나 컴퓨터 기초 같은 수업을 같이 듣거든. 맞아, 그러니까 역시 연휴 전날 본 게 마지막이야. 그날 수요일이지? 오후에 고전 수업에서 만났던 것 같아. 별말 하지 않았지만 없었으면 알았을 테니까."

재잘재잘 털어놓는 듯했지만 미치루의 가드는 단단했다. 나는 다키자와를 저주했다. 처음부터 제대로 된 조사원이 대화를 했다면 좀 더 다른 결과가 나왔을 것이다. 미치루가 중대한 사실을 숨기고 있다고는 생각되지 않았지만, '망할 인간'에게 여기서 한 이야기가 그대로 전달될 거라 믿는 상대에게 솔직한 의견을 끌어내는 것은 쉽지 않다.

"미와의 다른 친구 혹시 몰라? 예를 들면 야나세 아야코라든가."

"아, 아야 말이지. 알아. 하지만 걔는 미와랑은 친하지 않았어. 미와랑 크게 싸우는 걸 본 적도 있고."

"그거 언제 이야기?"

"음, 봄."

나는 웃음을 터트렸다. 미치루는 잘 익은 두리안을 몰래 방 안으로 들여오려던 손님을 발견한 호텔 매니저 같은 눈빛으로 나를 바라보았다.

"뭐야, 뭐가 웃긴데?"

"왜냐면 봄이라고만 하면 정확히 언제인지 알 수 없잖아."

"아, 그렇구나. 그러니까…… 그렇다면 3월 말쯤이었던 것 같아. 올해."

"근거는?"

"뭐? 아, 왜 3월이라고 생각하냐고? 미와는 가죽코트를 입었으니까. 걔 생일에 어머니가 주셨어. 검은색, 심플하게 생긴 거. 미와 같은 통통한 아이는 별로 어울리지 않았지만."

"싸움 내용은?"

미치루는 대답하기 전에 거의 남지 않은 우롱차를 마시는 시늉을 했다.

"기억이 잘 안 나. 나, 우연히 볼일이 있어서 기치조지에 갔었거든. 그랬더니 이노카시라 공원에서 둘이 싸우는 모습을 우연히 보게 되었어. 그래도 별로 신경 안 썼어. 미와는 가끔 굉장히 꼰대처럼 설교를 하거든. 그런 거 되게 거슬리잖아. 아야도 짜증난 거 아닐까?"

"그러면 그 뒤로는 말도 나누지 않는 사이였겠네?"

"딱히 그렇지도 않은 것 같아. 뭐, 나는 미와나 아야와 자주 어울리거나 하지 않으니까."

끝이 없다는 것은 바로 이런 상황에 딱 맞는 말이다. 그래서 방향을 바꾸어보기로 했다.

"그런데 너희 셋은 도대체 어떻게 아는 사이지?"

"아야와 미와는……."

미치루는 말하다 말고 잠시 입을 다물었다 말을 이었다.

"누군가 공통된 지인이 있었던 것 같아. 나는 미와에게 아야를 소개받았을 뿐이야."

"공통된 지인이라면?"

미치루는 우롱차 캔을 쓰레기통에 집어넣더니 잔디밭을 뛰어 내려갔다. 나도 그 뒤를 따랐지만 달리는 것은 불가능했다.

미치루는 울타리에 기대어 토끼들을 바라보았다. 공무원 퇴직 후 공원 관리인으로 재취업한 것으로 보이는 나이 지긋한 남자가 채소 부스러기를 상자에 담더니 조금 덜어 우리 안의 토끼 코앞에 내밀었다. 토끼는 귀찮은 듯이 냄새를 맡고 뾰로통한 얼굴로 양배추 속을 갉아먹었다.

"아저씨, 왜 그 토끼만 우리에 가두는 거야?"

미치루가 큰 소리로 남자에게 물었다. 남자는 진지하게 대답했다.

"아, 이 녀석은 나쁜 토끼거든."

나와 미치루는 흥미가 생겨 뚱한 토끼를 바라보았다. 듣고 보니 과연 못된 얼굴을 하고 있다. 필시 암토끼를 닥치는 대로 덮쳐서는 새끼를 낳게 했으리라.

"무슨 나쁜 짓을 했는데?"

"발이 나빠(일본어로 '성격이 나쁘다'와 '몸 상태가 나쁘다'는 동일한 단어를 사용한다—옮긴이)."

나와 미치루는 어이가 없어 침묵했다. 아마 하루에도 수십 번씩 같은 농담을 하는 것으로 보이는 관리인 혼자만 너털웃음을 지었다. 행복해 보이니 다행이다.

"저기."

이윽고 미치루가 퉁명스럽게 물었다.

"왜 안 물어봐?"

"뭘."

"이 머리, 눈에 안 보일 리가 없잖아."

"그렇긴 한데 마음에 들어하지 않는 것 같아서 안 물었어."

"그렇게 심해?"

"그렇지도 않아. 얼굴이 작으면 베리 숏컷도 잘 어울려."

"베리 숏컷은 무슨. 이건 그냥 빡빡머리잖아."

미치루가 머리를 쓸어 올리며 말했다.

"네가 한 게 아니구나."

큰 눈이 더욱 돋보여 귀여운 남자아이 같았지만, 쓸데없는 말은 하지 않았다. 미치루는 잠시 서글픈 표정으로 머리를 쥐어뜯다가 이윽고 한숨을 내쉬며 화제를 돌렸다.

"미와는 어떻게 된 것 같아?"

"잘 모르겠어. 지금으로서는."

나는 솔직하게 대답했다.

"내가 이야기를 들은 건 두 명뿐이거든. 한 명은 아빠라서 어쩔 수 없지만, 편견 덩어리인 데다 딸을 진심으로 걱정하는데, 동시에 타조처럼 모래에 머리를 처박고 보기 싫은 건 안 보려고 해."

"다른 한 명은?"

"거짓말쟁이는 아니지만 질문을 얼버무리고 뻔한 이야기를 잘하네."

미치루는 순간 만족스러운 표정을 지었다가 제정신을 차리고 울컥했다.

"그럼 내가 한 말을 못 믿는다는 거야?"

"그렇지 않아. 다만 뭔가 걸리는 게 있는데 그걸 이야기할 생각은 없고, 화제가 그 부분을 건드릴 것 같으면 낚싯바늘을 눈치챈 물고기처럼 도망가서 말이지. 안 그래?"

"아줌마, 상상력이 풍부하네."

미치루는 냉소를 지었지만 동공이 흔들렸다.

"미와가 아버지와 싸우기라도 하고 가출을 해, 어디 친구 집에라도 들어가 부모님 걱정만 시키며 분풀이를 하는 거라면 괜찮다고 생각해. 하지만 다키자와 씨의 말은 에누리해서 들더라도 정의감이 강하고, 용돈에도 부족함이 없고, 게다가 아버지와도 이혼한 어머니와도 비교적 사이가 좋았던 듯한 미와가 열흘 넘게 소식이 없는 건 신경 쓰여."

"그게 왜? 누구라도 가출 정도는 해. 잘 알면서."

나는 미치루의 말에 웃었지만 정색을 하고 말을 이었다.

"미와는 5월 3일 점심 때 지나서 집을 나설 때 가정부에게 아야코 집에 가겠다고 말했어. 확인은 안 했지만 그냥 동네 친구네 놀러가는 듯한 복장이었을 테고, 그렇다면 가출 준비를 했을 거라고는 생각되지 않아."

"그런 건 모르는 법이잖아. 미리 물품보관함에 숨겨두든지, 친구에게 맡아달라고 부탁하든지, 방법은 얼마든지 있어."

설득력이 있다. 나는 눈썹을 치켜올렸다.

"그럴 필요가 없어. 다키자와 씨는 집에 없었고, 원래부터 미와의 외박에는 관대했지. 이삼일 친구 집에 묵는다고 말해두면 큰 짐을 들고 나와도 아무도 의심하지 않았을 거야."

"그럼 갑자기 그런 마음이 들었을지도."

"그랬을지도 몰라. 그래서 다시는 집에 가고 싶지 않게 되었을 수도 있어. 돌아갈 마음이 있다면 연락 정도는 했을 테니. 하지만 반대로 돌아가고 싶지 않아도 연락은 했을 거라

생각해. 미와는 바보가 아니니까. 연락만 해두면 아버지는
소란을 피우지 않을 텐데 연락이 없기 때문에 이 소란이 벌
어졌지. 그 정도쯤은 예상할 수 있었을 거야."

"확실히 미와는 똑똑하지만."

"게다가 아무리 누군가에게 신세를 진다고 해도 열흘 정
도 지나면 돈이 필요해. 현금카드에서 현금이 인출된 흔적
은 없고, 가출이 돌발적인 것이라면 미리 돈을 준비해두지
도 않았을 거야."

"당신 말을 듣고 있으니 오싹해지네."

미치루가 불쑥 말했다. 나는 기다렸다. 기다렸지만 미치루
는 아무 말도 하지 않았다. 밀어 붙였다 일단 물러서는 것이
이야기를 끌어낼 때의 철칙이다.

"휴대전화 번호 알려줄 테니 생각나는 게 있으면 연락줄
래? 아무리 사소한 거라도 상관없으니까."

"응. 좋아."

울타리에 턱을 괸 채 나쁜 토끼를 바라보고 있는 미치루
와 헤어졌다.

3

다키자와에게 인터뷰 결과를 보고했다. 가급적 단어를 선택하고 배려했다고 생각했지만 예상대로 다키자와는 마구 호통을 쳤다.

"그럼 아무런 진전이 없잖아. 하여튼 이놈이고 저놈이고 다 쓸모없군."

"미치루 양은 정말로 미와 양이 있는 곳에 대해서는 전혀 모르는 것 같습니다. 다만 조금 신경이 쓰이는 게 있는 것 같고, 거기에는 미와 양과 야나세 아야코 양의 공통된 지인이 관계되어 있는 것 같습니다. 아야코 양에게 좀 물어보고 싶은데, 연락처를 가르쳐주시겠습니까?"

"뭐? 역시 야나세의 딸이 미와에게 무슨 짓을 한 건가? 이상하다고 생각했어. 하와이라고 거짓말이나 하고."

"아닙니다, 공통된 지인이라고 말씀드렸습니다."

"뭐야? 그게 어디의 누구인데?"

"그걸 알기 위해 아야코 양과 이야기를 나누고 싶습니다. 연락처를."

"아니야, 됐어. 내가 직접 물어보지."

'당신으로선 불가능한 데다 방해만 된다'는 말을 완곡하고 정중하게 전할 방법이 없을까 고민했다.

"제가 나이도 가깝고 냉정하게 이야기를 들을 수 있습니다. 다키자와 씨가 직접 다그치면 아야코 양은 놀라고 불안해져서 미치루 양의 경우와 마찬가지로 입을 다물어버릴 겁니다. 맡겨주실 수 없을까요?"

"어처구니가 없군. 아마추어라도 할 수 있는 일에 거드름을 피우다니. 알겠나, 나머지는 내가 알아서 해. 자네 일은 이것으로 끝이야."

"잠깐만요."

귀에 거슬리는 소리를 내며 전화는 끊어졌다. 나는 욕을 하며 하세가와 소장에게 연락했다. 소장은 진저리를 치며 말했다.

"내버려둬. 약속대로 30만은 받았어. 계약에 따라 수수료 20퍼센트를 떼겠지만 나머지는 내일이라도 하무라의 계좌로 넣도록 하지. 잘됐네. 3주나 수입이 없었는데 반나절 만에 한 달 치 벌이가 생겨서."

"하지만 소장님."

"다키자와가 아야코에게서 그 지인이 누구인지 알아낼 수 있을 거라는 생각은 들지 않고, 혹여 알아낸다 해도 그 지인이 실제로 미와의 실종에 관련되어 있다면 그 행방을 밝혀내는 건 쉬운 일이 아니야. 바로 두 손을 들겠지. 그때까지 내버려두면 돼."

"미와 양에게는 남은 시간이……."

"그런 건 하무라가 말하지 않아도 알아."

소장이 불시에 폭발했다.

"그 고집불통 때문에 사태가 점점 나쁜 쪽으로 굴러가는 건 나도 알아. 지난주 월요일 시점에서 우리 쪽에 맡겨주었다면. 아니, 우리가 아니라 어디라도 좋아. 제대로 된 탐정사에 의뢰했다면 좋았을 텐데. 하지만 이제 와서 그런 말 해봤자 소용없을 거야. 스스로 진정하기를 기다리는 수밖에 없어."

나는 잠시 고민한 뒤 해결책을 생각해냈다.

"미와 양의 어머니는 어떤가요."

"그건 나도 생각했어. 하지만 그녀가 이 사실을 알고 있다면 모를까, 설마 이쪽에서 고자질할 수는 없지 않나. 안 그래?"

소장의 말투는 의미심장했다. 나는 숨을 들이마셨다 천천히 내쉬었다.

"그건 물론 그렇죠."

"좋아. 알았으면 집에 가서 부업이나 계속해."

집에 돌아와 침대에 걸터앉은 순간 현기증이 엄습했다. 현장 복귀 첫날치고는 업무량이 상당했다. 하지만 성과는 제로나 다름없다. 어쩌면 액세서리 만들기를 본업으로 삼아야 할지도 모르겠다. 이것이라면 적어도 성과를 한눈에 알 수 있으니까.

돌아가신 할머니의 좌우명 "인간, 힘들 때는 일단 먹어라"라는 말이 생각나 밥을 안치고, 건더기가 듬뿍 들어간 된장국을 끓이고, 만들어두었던 크로켓을 튀기고 있는데 미노리가 왔다.

"아이고, 피곤해라. 내 몫 있어?"

선물인 안데스 멜론(일본에서 품종 개량한 멜론의 한 품종—옮긴이)을 테이블에 내려놓고 상의를 벗어 아무렇게나 던졌다.

"도청에서 도서관연락평의회 미팅이 있었어. 일을 정체시키고 싶다면 회의만한 게 없지. 냄새 좋네. 나 세 개 먹을래."

나는 크로켓 세 개를 기름에 넣었다.

"붕대 풀었어? 언제?"

"오늘."

"그럼 슬슬 업무에 복귀하겠네. 할 생각이 있다면."

"이미 시작했어."

"벌써?"

미노리는 몸을 들썩였다.

"어이가 없네. 찔려서 수술한 지 한 달도 안 됐잖아."

"어머 그래? 5년 정도 된 줄 알았네."

양배추를 다지고 오이와 샐러리도 채 썰어 섞었다. 이런 일을 하다 보면 편의점 주먹밥과 비타민 젤리가 주식이 되기 십상이라 집에서 먹을 때는 반찬 가짓수를 조금이라도 더 늘리고 싶어진다.

"아키라, 너 좀 이상해. 알아?"

"도쿄에 살면서 멀쩡한 사람이 어디 있어?"

"그게 아니라. 요즘 뭔가에 홀린 것 같아. 탐정 일, 전에는 아르바이트 기분으로 했었는데."

"홀렸나 봐."

나는 목덜미를 쓰다듬으며 대답했다. 미노리는 말하기 어려운 듯 계속했다.

"예를 들면 말이야. 이런 말하면 신경 거슬리는 거 알고, 내가 그렇기에 하는 말은 아닌데, 남자친구를 만들 생각은 안 해?"

"생각 없어."

"전혀? 대학생 때는 사귀던 녀석도 있었잖아. 그 뒤로도 전혀 기회가 없었던 것도 아니고. 조만간 누구 소개……."

"그만둬."

"그야 뭐, 나도 1년 전에 그런 말을 꺼내는 놈이 있었다면 후려갈겼겠지만, 이쯤에서 세상을 바꿔보는 것도 나쁘지 않

아. 슬슬 호르몬 분비도 적어질 나이다 보니 혼자 있는 건 건강에 좋지 않고."

나는 튀김 냄비에서 눈을 떼고 미노리를 노려보며 말했다.

"흐음, 허어, 그렇구나."

"뭐야, 그렇다니……. 아, 아니, 그러니까 그런 거 아니야. 나와 우시지마 씨는 친구사이로."

"성이 우시지마구나."

"그래. 우시지마 준타 씨. 오해가 남지 않게 말해두겠는데 일고여덟 번 식사를 한 것뿐이고, 상담 상대라고 할까, 푸념을 들어준다고 할까. 뭐, 그 조금 진전이 있었다고 하면 있었는데……."

미노리는 그렇게 세 시간 넘도록 연애사를 풀어놓고 11시 반 넘어 겨우 돌아갔다. 온몸이 무거워 눈을 뜰 수 없을 정도로 피곤했다. 목욕을 하고 발바닥을 한참 마사지한 뒤 잠자리에 들었다. 베개에 머리를 얹은 순간 의식을 잃을 뻔했는데 그 순간 전화가 울렸다. 전화를 받아 누구시냐고 물어도 대답이 없기에 장난전화인 줄 알고 끊으려 할 때 목소리가 들렸다.

"저기 하무라 씨?"

미치루였다. 나는 하품을 억지로 참으며 그렇다고 대답했다. 미치루는 나지막하게 말했다.

"와줄 수 있어요? 그 이야기를 계속해도 좋을지도."

자명종을 들어올렸다. 신데렐라 이야기 속 말도 쥐로 돌아
와 자고 있을 시각이다.

"지금 어딘데?"

"경찰."

"……뭐?"

"그러니까 경찰서의 화장실. 배탈이 났다고 거짓말하고 몰
래 걸고 있는 거야."

"지금 가요"라고 고함치는 소리와 함께 요란한 물소리가
들렸다.

"왜 경찰서에 있는데?"

"끌려왔어. 빨리 와. 시간 없으니까."

미치루는 어느새 평소 말투로 돌아가 있었다. 나는 빙산과
충돌한 오래된 선박 같은 기분이었다. 다친 오른발은 물론
이고 대신 힘을 주어 걸은 탓인지 왼쪽 허벅지가 뻑적지근
했다. 항해를 계속할 바에야 침몰하는 게 낫다.

"어디 경찰?"

"이노카시라 공원 근처."

전화가 끊겼다. 생각나는 모든 욕을 내뱉고 자리에서 일어
났다.

4

택시는 사이렌 소리를 요란하게 울리는 순찰차 몇 대와 스치며 무사시히가시 경찰서에 도착했다. 귀고리 50개에 해당하는 금액이었다. 세상은 부조리로 가득 차 있다. 누군가에게 부조리를 나누어주고 싶다고 생각하며 문을 통과하자, 딱 맞는 먹이가 정면 계단을 뛰어 내려왔다.

"시바타."

시바타 가나메 순사부장(일본의 경찰 계급 중 하나. 우리나라의 경사에 해당—옮긴이)은 내 얼굴을 보자마자 오른쪽으로 몸을 돌렸다. 나는 목청껏 불렀다.

"이봐, 시바타. 사모님은 잘 계시지?"

"시끄러워."

시바타는 성큼성큼 이쪽으로 다가오더니 팔뚝을 움켜잡고 기둥 그늘로 데리고 갔다. 그와는 예전에 한 조사 과정에서 알게 되었고, 그 후 아내의 뒷조사를 부탁받았다. 결혼 8년 차인 아내에게 홀딱 반한 상태여서, 자신이 탐정을 고용해 미행시켰다는 사실이 아내에게 알려지지 않기 위해 갖은 노력을 아끼지 않는다.

"뭐하러 왔어, 하무라."

시바타의 서슬이 시퍼렇다. 나는 어깨를 으쓱했다.

"탐정 따위를 하고 있으면 가끔은 사이좋은 부부가 보고 싶어져."

"농담이 아니야. 찔려 죽을 뻔한 주제에 아직도 이 일을 하고 있는 거야?"

"달리 쓸모가 없어서. 있잖아."

"할 말 없어."

시바타가 당당히 말했다. 나는 한숨을 쉬었다.

"그럼 됐어. 맞아, 요전에 문병 고마웠어. 부인께 꼭 직접 감사의 인사를 드리고 싶은데."

"너, 너는 대체 몇 번이나 경찰을 협박해야 직성이 풀리는 거야?"

"무슨 실례의 말을. 내가 언제 그런 짓을 했는데? 부인의 불륜 조사를 무료로 맡아주었잖아."

시바타는 깊이 숨을 토하고는 힐끗 주위를 둘러보았다.

"미안하지만 탐정과 장난 치고 있을 여유는 없어."

"무슨 일 있어?"

택시 기사가 오늘은 경찰차가 많다고 중얼거리던 것이 생각났다.

"살인. 피해자는 근처에 사는 여고생. 자세한 건 내일 신문을 보도록 해. 바쁘니 나중에 보자."

나는 아랫입술을 문지르며 시바타의 등에 대고 말했다.

"야나세 아야코."

시바타가 깜짝 놀라 돌아왔다.

"하무라, 어떻게 그걸?"

"어? 무슨 일 있어?"

"지금 야나세 아야코라고 했잖아."

"그랬었나?"

"지금 딴청부릴 때가 아니야. 너, 어째서 이 일에 얽혀 있는 거야?"

"노코멘트. 저기, 내일 신문에 날 만한 내용을 지금 들을 수는 없을까?"

"대가는?"

"공무원이 조폭 같은 탐정에게 대가를 요구해서 뭐 해. 하지만 뭐, 약간의 수고 정도는 덜어줄 수 있겠지."

시바타는 하늘을 올려다본 다음 탐정이라 불리는 악마에 대해 한바탕 개인적 의견부터 늘어놓았다. 그런 후에 빠른 말투로 이야기했다.

"여기서만 하는 이야기인데, 사체는 11시 반경 이노카시라 공원 벤텐 연못 인근에서 공원의 야간 경비원이 발견했어. 사후 한 시간 이상. 사인은 액살."

나는 안도와 불안을 동시에 느꼈다. 아무리 기가 세더라도 미치루가 자기 손으로 아야코를 죽이는 것은 무리이리라. 하지만 잔뜩 흥분한 미와의 아버지라면 가능하다.

"경비원 말로는, 30분 전에 돌아보았을 때에는 없었다고 해. 어디선가 죽이고 운반해 버리고 갔겠지. 가방은 없었지만 목에는 동남아 민예품 같은 작은 부적주머니 같은 걸 메고 있었고 그 안에 동전지갑과 학생증이 들어 있었어. 그래서 신원이 밝혀졌지. 야나세 아야코, 도립신코쿠 고등학교 3학년. 주소는 이노카시라 공원에서 걸어서 15분 정도 되는 곳에 살고 있었어. 세 남매 중 막내로, 부모님께 연락을 드렸는데 그들은 딸이 나간 줄도 모르고 자고 있더라."

"범인은 아는 사이인 것 같아?"

"성범죄의 흔적은 없는 것 같지만, 살인 자체가 액살이다 보니."

시바타가 얼굴을 찌푸렸다. 액살 자체가 성적인 냄새가 나는 살해 방법이다. 어떤 인간은 여자의 목을 자기 손으로 조르고 죽임으로써 성적 만족을 얻는다.

"하지만 부모도 모르는 사이에 딸이 밤에 외출했다고 하니 모르는 사람에 의한 우발적 범행이라고 단정하기는 쉽지 않아. 신문기사는 여기까지야. 그런데 도대체 뭘 해준다는 거야?"

"엄청 귀여운 여자애가 여기 있을 텐데? 머리가 짧고, 고집이 세고, 금방이라도 대드는 아이가."

시바타는 크게 한숨을 쉬고는 나를 2층으로 데려갔다. 널찍한 수사과 실내에는 잠이 부족한 듯한 수사관 열 명 정도가 서성거리고 있었다. 나는 그 구석에서 미치루를 발견했다. 저쪽도 동시에 나를 알아차리고 주인을 만난 강아지처럼 달려와 아우성치기 시작했다.

"하무라 씨, 이 녀석들 너무 심해."

미치루를 둘러싸고 있던 형사 두 명과 여경이 지긋지긋한 듯 이쪽을 보았다.

"경찰차가 보란 듯이 램프를 켜며 왔기에 가까이 가서 들여다보기만 했을 뿐인데 이런 데까지 끌고 와서는 말이지. 나는 아무 짓도 안 했는데. 그런데도 돌려보내주지를 않잖아."

"당신, 이 아이를 아십니까?"

형사가 희끗희끗한 머리를 손으로 쓸어 넘기면서 하야미라고 이름을 밝히고 내게 물었다.

"구류하고 있는 건 아닙니다만, 이름도 주소도 말하지 않고, 말을 걸었을 땐 도망치려고 했고. 우리도 곤란해요."

"그러니까 왜 나를 데려왔는지 이유를 말하랬잖아. 이유만 알면 언제든지 이름을 알려줄게."

"잠깐 그녀와 둘이서 이야기해도 될까요?"

나는 정중하게 물었다. 형사는 떨떠름한 표정을 지었다.

"당신은 누군데?"

"그녀의 부모님 대리입니다."

"부모의 대리? 우리는 그 부모님께 연락드리려고 물어본 건데?"

"그녀가 직접 전화하겠다고는 말하지 않았던가요?"

"말했어. 그런데 전화를 걸게 해주지 않더라고."

미치루가 다시 떠들어댔고 나는 최대한 상냥하게 말했다.

"조용히 해. 아무래도 너는 임의동행을 인정한 것도 납득한 것도 아닌 듯하니 화가 나는 것도 이해는 되지만."

미치루가 입을 꾹 다물고 상처받은 듯 나를 올려다보았다. 뭐라 입을 열려는 형사의 기선을 표정 없는 얼굴로 제압하며 말했다.

"걱정 마세요. 이 아이가 제대로 사실을 말하게 하겠습니다. 그러면 서로 수고도 덜 수 있고, 쓸데없는 문제도 일어나지 않을 테니까요."

"이 방에서는 못 나가."

하야미 형사가 턱을 추켜올렸다. 나는 미치루를 아무도 없는 방 한가운데로 데리고 갔다. 형사들로부터 충분히 떨어지자마자 미치루가 달려들었다.

"하무라 씨라면 잠자코 나를 여기서 데리고 나갈 줄 알았는데. 더 이상 경찰과 관련된 문제가 학교에 알려지면 정말

퇴학당할 거야. 그럼 책임져줄 거야?"

나는 책상에 걸터앉아 팔짱을 끼고 그녀를 노려보았다.

"안타깝게도 나는 너의 수호천사가 아니야. 부르면 내가 날아오고, 이번에는 형사의 거시기라도 걷어차버릴 줄 알았어? 사실을 직시해. 네가 가만히 있어도 경찰은 네 신원을 밝혀낼 거야. 늦어도 오늘 정오까지는. 그런 후 학교로 연락이 간다면 사태는 더 심각해지겠지."

"절대 그렇게 못 할걸."

"그럼 마음 내킬 때까지 모래 속에 머리를 파묻고 있어. 미와 아버지처럼."

미치루는 충격을 받은 듯했다.

"그런 거랑 같은 취급하지 마."

나는 잠자코 있었다. 미치루는 초조한 듯 팔을 내저었다. 잠시 후 그녀가 나지막하게 말했다.

"아야, 죽었어. 이노카시라 공원에서 살해당했대. 경찰이 그랬어."

"그런 것 같더라."

"도대체 왜? 아무도 가르쳐주지를 않아."

미치루는 아랫입술을 깨물더니 이윽고 왈칵 울음을 터뜨렸다. 쥐어짜는 듯한 목소리로 이런 일에 휘말린 자신을 연민하는 것도, 죽음을 느끼고 감상적이 된 것도 아닌 듯했다. 의외였다. 미치루와 아야코가 그리 친하다고는 생각하지 않왔었다.

잠시 후 미치루는 성대하게 코를 훌쩍이고 휴지를 받아 눈물을 닦았다.

"바보 같아. 좋아. 나 말할 거야."

나는 하야미 형사를 손짓해 불렀다. 저쪽은 나를 쫓아버리고 싶겠지만 내가 없어지자마자 미치루가 다시 입을 꾹 다물면 안 되겠다고 생각했으리라. 나는 방청을 암묵적으로 허용받았다.

일단 입을 열자 미치루는 또박또박 조리 있게 말했다. 이름, 주소, 생년월일, 학교, 부모님 성함과 근무처를 설명하고, 왜 그 시각에 그곳에 있었냐는 질문에 답했다.

"아야코와 만나기로 했으니까."

형사들이 흠칫 반응했다.

"그녀와는 어떻게 아는 사이지?"

"친구."

"학교 친구인가?"

"아니, 학교 친구의 친구인데, 지금은 내 친구."

"어째서 그런 시각에 그런 곳에서 만나기로 했지?"

"약속한 게 10시 반이었어. 기치조지 마루이 백화점 앞에서 만나자고."

"10시 반도 늦은 시각이잖아."

"초저녁이야. 아야와는 밤에 자주 만나 놀았어. 아야 부모님의 잔소리가 심해서 9시 넘어서 부모님이 잠드신 이후가 아니면 못 나오니까."

"그럼 9시 반쯤에 만났어도 되지 않나?"

"나도 그랬는데 선약이 있댔어."

"선약? 누군지 말했나?"

"말하지 않았어. 하지만 그다지 만나고 싶은 상대는 아니었나 봐."

"어떻게 알지?"

"가능한 빨리 이쪽으로 온다고 했으니까."

"흐음."

하야미 형사는 생각에 잠겼다. 나도 속으로 말했다. '흐음.'

"그 상대에 대해 더 기억나는 건 없나?"

"별로. 관심 없어서 안 물어봤고."

"그런가. 그래서?"

"그래서라니?"

"너는 마루이 백화점에 몇 시에 도착했지?"

"10시 반 넘어서. 좀 더 일찍 도착했어야 하는데 메이다이 앞에서 사고가 났다는 이유로 열차가 잠시 멈춰 있었으니까."

"그래서?"

"이미 도착해 있을 거라 생각했는데, 아야도 없고, 휴대전화도 꺼져 있고. 한 시간 정도 기다렸더니 지겨워져서 돌아갈까 했어. 그랬더니 경찰차 사이렌 소리가 들려서 갑자기 걱정이랄까, 그래서 보러 갔어."

"왜 걱정됐어?"

"왜냐고 물어도…….'

"아야코 양은 시간에 꼼꼼한 편이었나?"

"전혀."

"약속을 어기거나 한 적은?"

"자주."

"그럼 걱정할 것도 없겠네."

"하지만 휴대전화 전원이 꺼져 있는 일은 좀처럼 없거든. 걔 스스로도 휴대전화 중독자라고 했고. 한 시간 정도 문자도 전화도 없으면 굉장히 불안하대."

"그렇군. ……그런데 왜 오늘 밤 만나기로 약속한 거지?"

나는 긴장했다. 미치루는 아무렇지도 않게 즉답했다.

"가끔은 놀자고. 요즘 이런저런 일 때문에 스트레스를 많이 받아서 풀려고 한 것뿐이야."

"스트레스라…….'

형사는 '학생 주제에' 하고 말하고 싶은 듯한 표정을 지었다. 미치루는 민감하게 반응했지만 내 얼굴을 보고 입을 다물었다.

"아야코 양이 살해당한 이유에 뭔가 짚이는 것은?"

"역시 아야 살해당했구나."

"그렇다면 짚이는 게 있군."

"그런 일이라도 아니면 지나가던 나를 끌고 오거나 하진 않을 테니까. 이쪽은 질문에 대답했으니 그쪽도 말해줘. 아야한테 무슨 일이 있었던 거야?"

"아야코 양에게 친한 남자친구는 없었나?"

형사는 꿈쩍도 하지 않았다. 미치루는 무서운 얼굴로 입술을 다물었고 더 이상 대답하지 않겠다는 기색이다. 나는 짐짓 모르는 척 혼잣말을 했다.

"아야코는 아마 남자에게 목 졸려 죽었을 거야. 그 녀석은 이노카시라 공원에 그녀를 옮겨놓고는 대형 쓰레기처럼 버린 거지."

"이봐, 당신."

"형사님 질문에 대답해. 그녀에게 친한 남자친구가 있었니?"

미치루는 고개를 저었다.

"있었지만 겨울 무렵에 헤어졌어. 상대가 양다리를 걸치고 있었대. 그때 이후 아야가 좀 이상해졌어. 분풀이로 마구잡이로 논 것 같아."

"그 놀이 친구와의 사이에 문제가 있었다는 말은 못 들었나?"

하야미 형사가 주도권을 되찾았다.

"들은 적 없어."

"어떤 상대를 사귀었지?"

"상대 이야기는 웬만해서는 안 해. 스토킹당했다면 말했을지도 모르지만, 그런 이야기는 전혀."

"그녀와는 항상 어디서 놀았지?"

"이쓰카이치 가도변 '오렌지 캣츠'라는 가게."

"탁구대나 당구대가 놓여 있는 거기?"

"맞아. 한밤중에 밝고 신나게 테이블 스포츠를 하며 스트레스를 풀었거든, 우리."

형사의 뚱한 얼굴이 더 심해졌다. 내기나 미성년 음주에 대해 설교하고 싶었겠지만 일부러 그것을 꿀꺽 삼키고 계속했다.

"아야코 양의 놀이 상대는 거기서?"

"아야가 실연당한 직후 오렌지 캣츠에서 만났는데, 왠지 남자의 헌팅에 굉장히 끈적끈적하게 반응하더라고. 못 보겠어서 중간에 나왔어. 그런 다음 세 달 정도 오렌지 캣츠에도 가지 않았고, 아야한테서도 소식이 없었고. 그래서 자세한 건 난 몰라."

"그럼 오늘 약속은 누가?"

"그러니까 내가."

"왜 갑자기?"

"스트레스 받았다고 아까 말했잖아."

"만남 장소는?"

형사의 질문은 윤회처럼 죽고 태어나 같은 곳을 빙글빙글

돌았다. 나는 몇 번이나 기절할 뻔했다. 간신히 풀려났을 때는 오전 5시가 넘었다.

경찰서 앞에서 손님을 기다리던 택시에 올라타 세이조의 집까지 미치루를 바래다주기로 했다.

"혼자 돌아갈 수 있어. 아니면 하무라 씨 집에 묵게 해주던가."

"네 아버지를 만나 사정을 설명해두고 싶어. 조만간 경찰에서 연락이 갈 테니까. 딸이 살인 사건에 연루되었다는 사실을 경찰에게 갑자기 듣게 될 부모님이 안됐어."

"연관되지 않았어."

"연관되었다고 볼 거야. 사정을 모르면. 그런데 말이지."

나는 피로로 흐릿해진 머리를 쥐어짜 어떻게든 집중하려고 했다.

"미와 일로 아야코와 만나기로 약속했지?"

미치루는 갑자기 자는 척했다.

"아까 경찰서에서 미와 이야기를 안 한 건 왜지?"

"그 이야기가 나왔으면 곤란했을 거면서."

미치루가 실눈을 뜨고 말했다. 그럴 때가 아니었지만 난 웃음을 멈출 수가 없었다.

그 후 집에 도착할 때까지 어느 쪽도 입을 열지 않았다.

5

이른 아침의 세이조 주택가는 조용했다. 오랜 거주자로 보이는 나이 지긋한 여성이 길을 정성껏 청소 중이었다. 삭삭, 빗자루질 소리가 택시 안까지 들렸다.

다이라 요시미쓰의 집은 다키자와 기요시의 대저택만큼 크지도 않고 악취미도 아니었지만 돈 냄새를 한껏 풍겼다. 지중해풍의 새하얀 벽에 '다이라'라고 새겨진 금속제 문패가 엷은 아침 햇살을 받아 눈부시게 빛나고 있다.

다시 액세서리 수십 개분의 금액을 기사에게 지불하고 미치루를 따라 대문을 지나 현관으로 이어지는 계단을 올랐다. 사철 교목이 현관 옆에 절묘한 커브를 그리며 우뚝 서 있고 계단에는 먼지 하나 없다.

자물쇠를 열고 안으로 들어갔다. 정면에 거대한 수조가 있고 아로와나 여러 마리가 헤엄치고 있다.

"바로 아빠를 불러올게."

미치루는 집에 들어오라고 하지 않았다. 나도 들어가기 싫었다. 이유는 알 수 없다. 너무 피곤했던 탓인지도 모른다.

어금니를 깨물며 기다리기를 십여 분. 잠옷 위에 나이트가운을 걸친 초로의 남자가 나타났다. 자던 중에 깨워서인지 기분이 몹시 언짢은 모양이었다.

"미치루에게 들었는데 신세를 졌다면서. 이걸 받게."

다이라는 두툼한 지폐 뭉치에서 만 엔짜리 몇 장을 꺼내 아무렇게나 내밀었다.

하루의 마무리로는 최고의 축에 들 것이다. 나는 손가락을 뻗어 만 엔 다발에서 한 장만 뽑아냈다.

"한밤중에 따님이 불러 무사시히가시 경찰서에 갔었습니다. 집에서 경찰서, 경찰서에서 여기까지의 택시 요금은 이거면 충분합니다. 이건 영수증입니다. 그럼."

주머니에서 택시 영수증 두 장을 꺼내 다이라의 발밑에 떨어뜨린 뒤 뒤로 돌았다.

"잠깐만. 경찰서? 무슨 소리지? 자네는 변태에게 강간당할 뻔한 미치루를 구해줬다던 여탐정이 아닌가?"

"바로 그 탐정입니다."

"그런데 왜 갑자기 여기서 경찰 이야기가 나오는 거지?"

뒤로 돌았다. 다이라는 영문을 모르겠다는 표정이었다. 나는 간략하게 설명했다.

"다키자와 씨에게 고용되어 미치루 양에게서 다키자와 씨의 따님에 대한 정보를 알아내도록 부탁받았습니다. 그래서 어제 미치루 양과 만났습니다. 미치루 양은 다키자와 씨의 따님이 걱정된 듯, 공통의 친구인 야나세 아야코 양과 기치조지에서 만나기로 약속했죠. 그런데 그 아야코 양이 살해되었습니다."

"뭐라고? 살해? 대체 뭐가 어떻게 돌아가고 있는 거야?"

나도 알고 싶다. 미치루가 생수병을 기울이며 안쪽에서 불쑥 나타났다. 그것을 보니 내가 얼마나 목이 마른지 깨달았다. 아무래도 '부자'라는 호칭이 붙는 인종은 절대로 탐정에게 수분을 줄 생각은 없는 모양이다.

"미치루 양은 친구의 사건 해결에 협력하고자 방금 전까지 경찰에 정보를 제공했습니다. 저는 부모님 대리라는 명목으로 그 자리에 동행했죠. 미치루 양이 경찰에게 범인이라는 의심을 받고 있는 건 아니지만……."

"범인? 이번엔 살인 사건의 범인이라고?"

다이라는 망연자실한 채 나와 미치루를 번갈아 보았다. 현관문 위 채광창으로 들어오는 아침 햇살이 다이라를 똑바로 비추었다. 희뿌연 가운 차림의 다이라는 막 위 적출 수술을 받은 것처럼 보였다.

"아닙니다. 아야코 양을 죽인 건 아마 남성으로, 경찰도 그 점은 의심하지 않을 겁니다. 남성만큼 완력이 센 여자가 없다고는 할 수 없지만 미치루 양을 의심하거나 하지는……."

"그건 어떻게 증명하지?"

"아야코 양은 목이 졸려 죽었습니다."

"액살……."

다이라의 얼굴에서 핏기가 사라졌다. 몸이 얼어붙었다. 빛 속에 떠 있던 먼지마저 순간 유리 속 기포처럼 움직임을 멈춘 듯했다.

뒤에 있던 미치루는 아버지가 경악한 모습을 눈치채지 못한 것 같다. 물을 마시던 고개를 들고 물었다.

"액살이 뭔데?"

"손으로 목 졸라 죽이는 걸 말해. 끈 같은 걸 쓰는 게 아니라."

내 말이 끝나기도 전에 안쪽에서 이상한 소리가 울렸다. 금속이 서로 스치는 듯한 소리였다. 다이라는 정신이 든 듯 슬리퍼를 신은 채 현관 바닥으로 내려와 내 팔을 잡고 다른 한손으로는 현관문을 열었다.

"미치루를 위해 애써줘서 고맙군. 하지만 오늘은 이만 가주게. 나중에 다시 연락하지."

밀려나듯 밖으로 나갔다. 다이라의 등 뒤로 일그러진 미소의 미치루가 보였지만 문이 닫히자 더는 보이지 않게 되었다.

문 앞에는 택시가 기다리고 있었다. 조금 전에 타고 온 택시였다.

"말씀하시는 모습으로는 그 아가씨를 배웅하고 바로 돌아가실 것 같아서 기다렸습니다."

택시 기사가 자신의 마음 씀씀이가 어떠냐는 듯 가죽장갑을 낀 손을 흔들어 보였지만 감사 인사를 할 상태는 이미 오래전에 고개를 넘었다. 신주쿠 나카이라고만 말하고 눈을 감았다. 잠을 청하려 했지만 잠이 오지 않았다.

차가 환상 6호선에 진입했을 때에야 깨달았다. 금속이 스치는 소리가 아니다. 그것은 사람의 목소리였다.

전반전

1

11시가 지나서 전화가 요란하게 울려 잠에서 깼다. 웅얼
거리는 소리로 응대하자 하세가와 소장이 어이없다는 듯이
말했다.

"하무라도 가난뱅이 근성이 있어. 굳이 일 재개 첫날 한밤
중에 경찰서까지 가지 않아도 되는데."

나는 급히 몸을 일으키다 빈혈이 와서 건성으로 대답했다.

"벌써 들으셨나요?"

"무사시히가시 경찰서의 하야미 오사마쓰라는 형사와 만
났지?"

"하야미…… 오사마쓰."

"어젯밤이 아니라 오늘 새벽이겠군. 미치루를 참고인 조사
한 형사야. 하무라가 우리와 계약했다는 사실을 알고서 전
화를 걸어왔어."

"폐를 끼쳤습니다."

"다키자와 건은 어떻게든 경찰에는 숨긴 것 같군."

"미치루에게 입막음을 한 건 아니지만 그녀도 그 사실은 밝히지 않아서 결과적으로 그렇게 됐어요. 불필요한 일이었다고 생각하지만요. 미와의 실종 신고는 무사시히가시 경찰서 쪽에 했을 테고, 제가 보고한 직후에 다키자와가 야나세 댁에 연락해서 호통을 쳤다면 언젠가는 그 하야미 형사의 귀에도 들어갈 테니까요."

"하무라는 다키자와가 아야코를 죽였다고 생각해?"

"그렇다고 해도 놀라지 않겠지만, 아무래도 아야코는 부모님 눈을 피해 범인으로 생각되는 인물을 만나러 간 것 같아요. 하지만 호통만 치는 다키자와를 혼자 만나러 갈 것 같지는 않네요."

"희망적인 관측이로군."

소장이 느긋하게 지적했다. 말할 것도 없다. 만일 다키자와가 아야코를 죽였다면 그 계기를 만든 것은 나라는 이야기가 된다.

"그건 됐고, 다키자와에게 전화가 왔다. 1시 넘어서 자택으로 오라더군."

"정식으로 미와의 수색 의뢰가 들어온 건가요?"

"그건 아직 모르겠지만 밀어볼 건 다 밀어보았으니 기대해도 되겠지. 어제처럼 데리러 갈게."

소장은 전화를 끊었다. 나는 침대에서 문자 그대로 기어나왔다. 종아리는 퉁퉁 붓고 발등에서는 열감이 느껴졌다. 욕실에 가서 뜨거운 물과 찬물로 번갈아 씻었다. 발에 마사지 오일을 바르고 헐렁한 바지를 입고 가장 가벼운 스니커즈를 신기로 했다. 어디서 누구를 만나게 될지 모르니 운동화는 피하고 싶지만 걷지 못하는 것보다는 낫다.

가방에 근육을 쿨다운시키는 스프레이와 생수를 넣고 자외선 차단제 정도의 화장을 하고 손목시계를 차니 소장이 왔다. 어제부터 신경 쓰였는데, 손목시계의 건전지가 얼마 남지 않았는지 시간이 좀 늦는 것 같다. 냉장고에서 칼로리메이트 한 상자를 꺼내들고 차에 탔다.

저택에서 기다리고 있던 것은 다키자와만이 아니었다. 어제는 집에 없었던 중년의 뚱뚱한 가정부의 안내를 받아 거실에 들어서니 큰 키에 육감적인 여성이 초조하게 실내를 서성거렸다. 아이섀도의 기원이 '퇴마 의식'이라는 말을 들은 적이 있는데, 시커멓게 테두리를 그린 이 여인의 눈은 마물은커녕 온갖 외적을 물리칠 것만 같았다.

"쓰지 아스미입니다. 미와의 엄마입니다."

여성은 다키자와가 소개해주기를 기다릴 생각은 전혀 없는 듯 우리에게 똑바로 팔을 내밀었다. 나는 멋진 긴 손톱에 내 손이 꽂히지 않게 세심하게 신경 써서 차가운 손을 잡았다. 심플한 베이지색 실크 드레스 차림이었지만 보석 디자

이녀답게 손가락에는 여러 개의 반지를 끼고 있었다. 그중 하나는 손목시계 문자판 크기의 거대한 에메랄드였다.

"다키자와에게 대략적인 이야기는 들었습니다. 열흘 넘게 미와가 행방불명 상태인데 당신들의 수색 요청을 거절했다더군요. 어이가 없어. 이 사람은 신경 쓰지 말고 미와를 찾아 주세요. 돈은 내가 내겠습니다."

"그럴 수는 없어. 그들은 내가 고용했고 돈도 내가 내."

소파에 앉은 다키자와는 어제보다 더 신경질적인 데다 나서는 버릇도 전혀 고쳐지지 않았다. 정색하고 체면치레를 하려는 것을 아스미가 저지했다.

"당신은 빠져. 이렇게 시간을 허비한 건 당신 때문이니까."

"내 힘으로 얼마든지 미와를 찾을 수 있어."

다키자와가 투정을 부리자 아스미가 콧방귀를 뀌었다.

"당신에게 맡겨 놓으면 미와가 할머니가 되어도 못 찾을 걸. 초보 주제에 탐정 흉내를 낼 수 있다고 생각했다면 큰 오산이야."

"뭐라고? 아스미, 넌 항상 그렇게 나를 무능한 인간 취급이나 하고."

"실제로 무능하잖아. 그 사실을 인정하고 떡은 떡집에 맡겨두면 돼. 미와가 아플 때도 자기가 낫게 해주겠다고 우겨 이상한 약을 먹여서 하마터면 미와를 죽게 할 뻔했다는 걸 잊은 건 아니겠지?"

다키자와는 투덜거리며 외면했다. 아스미는 매력적인 미소를 지으며 우리 쪽으로 돌아섰다.

"이런 식으로 이 사람은 내가 맡겠습니다. 그쪽은 그쪽 방식대로 미와를 찾아주세요. 그럼 될까요?"

"맡기 전에 확인해둘 게 있는데요."

나는 소장을 힐끗 보고는 입을 열었다. 소장은 자신은 전혀 모르겠다는 얼굴로 가정부가 가져온 보리차를 홀짝이는 중이다.

"물어보세요. 뭐든."

"아니, 다키자와 씨께 여쭙고 싶습니다. 어제 제가 아야코 양에 대해 물어본 뒤 야나세 씨께 연락했나요?"

"아니."

다키자와는 나를 노려보았다.

"야나세의 집에 직접 가서 그 아가씨에게 물어볼 생각이었어. 그런데 그 준비를 하고 있을 때 이 사람이 전화를 걸어와 그럴 상황이 아니었지."

"누군가에게 전화를 받았거든요."

아스미가 또렷한 말투로 끼어들었다.

"딸이 큰일났다며, 거짓말이라고 생각되면 전남편에게 물어보라더군요. 이 사람, 처음에는 미와가 실종된 걸 얼버무리려고 했어요. 믿을 수 없어."

"믿을 수 없는 건 이쪽이다. 그 전화를 건 놈은 미와의 실종을 알고 있으니 어쩌면 미와의 거처도 알고 있을지 몰라. 전화를 끌어서 물어봤어야 했어. 돈은 얼마든지 주겠다고 하면 어쩌면…….”

“그럼 미와가 사라졌다고 내게도 연락 정도는 해줬어야지. 게다가 그건 협박 전화가 아니었어. 조작된 목소리였지만 불쾌한 느낌은 아니었지. 미와의 처지를 염려한 누군가가 배려해준 거야.”

“누가 그런 주제넘은 짓을……. 직원에게는 수당을 듬뿍 주고 입막음을 시켜 놓았는데.”

나는 소장을 보지 않으려고 안간힘을 썼다. 보았다가는 웃음이 터질 것 같다.

“그러면 어제는 야나세 씨와 만나지 않고 끝났다는 거네요?”

“그래.”

“전화나 문자로 연락은요?”

“그럴 때가 아니었어. 이 사람이 쳐들어와서 시끄럽게 굴었거든. 아, 됐어. 내가 직접 야나세의 딸과 이야기하면 되잖아.”

다키자와는 책임을 전가할 곳을 찾지 못해 곤란했던 것이다. 하세가와 탐정사무소나 정체 모를 여탐정에게 책임을 떠넘기기 불안해 스스로 하겠다고 우겼다. 하지만 전처가 그 책임을 떠맡아준 덕에 마음속으로는 안도하고 있으리라.

그 안도감을 박살내야 한다. 나는 숨을 깊이 들이마셨다.

"야나세 아야코 양은 어젯밤 사망했습니다."

다키자와가 입을 떡 벌렸다. 아스미가 날카롭게 말했다.

"무슨 소리죠?"

"살해당했어요. 시신이 이노카시라 공원에서 발견되었습니다. 조간에 기사가 실렸습니다."

아스미가 벌떡 일어나 방을 나갔다. 가정부에게 조간의 소재를 묻는 큰 소리가 들렸다. 다키자와는 눈동자를 격렬하게 굴리며 나와 소장을 번씩 쳐다보며 말했다.

"그건 미와와 동갑이니까 아직 열일곱이지 않나."

"맞습니다."

"그런데 왜 살해당한 거지? 치정 문제?"

치정 문제라는 말이 대화에 나오는 것을 난생 처음 들었다. 대답할 방법이 없어 우물거리는 사이 다키자와는 멋대로 고개를 끄덕였다.

"다이라의 딸도 야나세의 딸도 어쩔 수 없는 것들이니까. 부모는 도대체 뭘 하고 있는 거야."

"당신이 할 말이 아닐 텐데."

신문을 읽으며 돌아온 아스미가 다키자와를 다그쳤지만 그저 조건반사였는지 창백해진 얼굴을 내 쪽으로 향했다.

"설마 미와가 사라진 것과 무슨 관계가 있거나 그런 건 아니겠죠?"

"아직 몰라요. 우연일지도 모릅니다."

나는 미치루 이야기를 꺼냈다.

"미치루 양과 만나기 전에 아야코 양이 만나기로 했던 사람이 그다지 내키지 않는 상대라고 해서 어쩌면 다키자와 씨가 아닐까 생각했습니다만."

"웃기지 마."

다키자와가 펄쩍 뛰었다.

"너, 이 내가 계집애를 죽였다고 말하고 싶은 거야? 실례도 정도가 있지. 해고야. 다른 탐정을 고용하겠어."

"고용하는 사람은 나고 나는 해고할 생각이 없습니다. 그녀가 하는 말은 당연하니까. 나도 그런 상황이라면 당신을 의심할 거고."

"이 내가 살인자로 보이나, 어?"

이 헤어진 부부의 만담을 지켜보는 것은 재미있을 것 같았지만 어쩔 수 없이 비집고 들어갔다. 이럴 때는 의뢰인의 비위를 맞추지 않아도 되는 소설 속 탐정들이 부러워진다.

"언짢으셨다면 사과드립니다. 다만 다키자와 씨는 따님을 정말로 소중히 여기시는 것 같아서 미와 양을 위해서라면 자신을 돌보지 않고 나설 수도 있다고 생각했습니다."

"음…… 뭐, 확실히 미와를 위해서라면 웬만한 일은 다 하지만."

다키자와의 기세가 금방 누그러졌다. 아스미가 잘했다는

듯이 나를 향해 눈썹을 치켜올렸다.

"경찰은 다키자와 씨가 야나세 씨에게 연락을 하려 했던 걸 모릅니다. 미치루 양이 아야코 양을 만나려 한 건 아마도 미와 양의 행방에 대해 상담하고 싶었기 때문이라고 생각합니다만, 그 또한 경찰은 모릅니다. 아야코 양의 사건과 미와 양의 행방불명이 연결되어 있는지 아직 전혀 모릅니다만, 연결점이 있다고 판단하면 경찰은 본격적으로 미와 양을 찾기 시작할 겁니다. 단순 가출인이 아니라 사건 관련자로서."

"요컨대 당신은 이 일이 경찰을 이용할 수 있는 좋은 기회라고 말하고 싶은 건가요?"

아스미가 정확히 물었다. 나는 머뭇거리면서도 고개를 끄덕였다.

"그렇게 말하면 어폐가 있습니다만, 뭐 그렇습니다. 아무래도 경찰이 우리보다 광범위한 수사를 할 수 있으니까요."

"그렇군요. 알겠어요. 나중에 다키자와를 경찰에 보내겠습니다."

다키자와가 당황한 듯 몸을 일으켰다.

"잠깐 기다려. 그러면 미와가 행방불명되었다는 게 세상에 알려지고 말잖아. 이 사실이 학교에 알려지면 모처럼 결정된 시모어 대학 진학이 어떻게 되겠나."

"그런 건 어떻게든 돼. 대체 무엇 때문에 평소에 자신은 부자라며, 세상 놈들과는 다르다며 으스댄 거야. 만일의 경우

104

에는 학교 건물 하나 정도 지어서 기부하면 돼. 그것보다 미와의 안전이 우선이야. 이미 한 명의 소녀가 살해당했잖아. 착한 아이였는데."

"아야코 양을 알고 계셨나요?"

"2월 말쯤이었나 미와가 우리집에 데려왔어요. 1주일 늦게 미와 생일 파티를 했거든요. 미치루와 아야코가 와줬죠."

"난 못 들었어."

"미와는 친구가 적어. 모처럼 친구가 생겨도 가정환경이 별로라거나 신분이 낮다며 아버지가 심한 말을 하며 쫓아내니까. 하지만 그 둘은 제대로 된 아이들이었어."

"인사도 제대로 할 줄 모르고 남자랑 동거하는 바보들이라고."

"이래 봬도 당신보다 사람 보는 눈은 있어. 당신도 신뢰해요, 하무라 씨."

아스미는 나를 정면으로 응시했다.

"경찰 쪽에도 부탁하겠지만 당신도 도와주세요. 말씀을 듣기로는 당신 쪽이 경찰보다 조금 앞서가고 있는 것 같으니까요. 미와를…… 구해주세요."

또렷한 아스미의 말투가 처음으로 흐트러지며 울음기가 섞였다. 마른 침을 삼키던 아스미가 다시 입을 열었을 때 말투는 원래대로 돌아가 있었다.

"말씀해주세요. 우선 뭐부터 시작하실 건가요?"

"미와 양 방을 보고 싶습니다. 가정부에게서도 이야기를 듣고 싶고요. 다키자와 씨가 직원에게 부탁해서 미와 양의 행방을 조사시켰다던데, 그 보고서가 있으면 보여주셨으면 합니다. 미와 양은 컴퓨터를 가지고 있죠?"

"아니, 그건 없어."

다키자와가 일언지하에 부정했다.

"내가 사주지 않았거든. 인터넷 범죄에 대해 잘 알다 보니."

"정말 어처구니가 없어."

아스미가 콧방귀를 뀌었다. 나도 전적으로 동감이었다.

"그 밖에는?"

"아스미 씨께도 이야기를 듣고 싶습니다만."

"7시에 우리집으로 와요. 그편이 차분히 대화할 수 있으니까. 그리고?"

"학교 측 이야기를 들을 필요가 있을지도 모르니 연락을 해주시거나 위임장 같은 걸 몇 자 적어주시면 감사하겠습니다. 그 밖에는 조사 과정에서 필요한 점이 있을 때마다 말씀드리겠습니다. 저 혼자 힘으로 부족한 부분은 하세가와 탐정사무소가 지원해줄 테니, 세부적인 계약에 대해서는 소장과 이야기해주시겠습니까?"

"알았어요. 미와의 방은 2층 오른쪽 맨 안쪽이에요."

아스미는 주의를 소장에게 향했다. 전투 개시의 신호인 셈이다. 나는 벌떡 일어나 방을 나왔다.

문을 열자마자 회색 치마가 반대편 벽 뒤로 휙 사라지는 것이 눈에 띄었다. 배 주변에 알맞게 살이 오른 가정부였지만 동작은 날렵했다. 쫓아가서 몰래 엿들은 것을 들먹이며 이것저것 캐물어낼까 하다가 그만두었다. 여기에 얼마나 오래 있었는지는 모르지만, 저 다키자와 밑에서 일하고 있는 것이다. 서투른 협박 같은 것은 효과가 없으리라.

미와의 방은 15평 정도 되는 크기에 천장도 높았다. 남쪽과 서쪽으로는 넓은 창문이 있고, 창으로는 나무가 우거진 모습이 보인다. 바닥재는 진짜 밤나무에, 로맨틱한 캐노피 침대가 중앙에 놓여 있었다.

꽃무늬 커튼이 천장 가까이에서 바닥으로 무겁게 드리워져 있었다. 그것과 조화를 이루고는 있으나 도저히 공부용이라고는 생각할 수 없는 프랑스제로 보이는 멋진 앤티크 책상. 하긴 컴퓨터가 이렇게 안 어울리는 책상도 없으리라. 작은 책장과 서랍장이 하나씩. 방구석에는 응접세트. 모두 책상과 세트로 된 앤티크 가구였다.

유럽의 특급호텔을 본떠 만든 방이라면 대성공이다. 어쩌다 한번 머물거나 잡지의 사진 속이라면 멋진 방이다. 미와가 남긴 단서는 없는지 주위를 둘러보았다.

책장에는 교과서와 참고서가 나란히 꽂혀 있었다. 아래쪽에 서적이 몇 권. 완전 새 것처럼 보이는 청소년 도서다. 손에 들고 펴보니 발행일은 재작년이었다. 사전도 있었지만 이것도 사용 흔적은 없었다. 잡지도 없고 취미용 책도 없고 만화책도 없다. CD가 열 장 정도 있었는데 모두 이른바 힐링 음반이다.

책상을 뒤져보았다. 맨 위 서랍에는 문방구가 잘 정리되어 있었다. 두 번째는 서류였지만 오래된 가정통신문 같은 것뿐이다. 다키자와가 자랑할 만큼 성적도 품행도 올 A. 교사의 평가는 "정의감이 강하고 상냥한 아이입니다"라고 되어 있다. 하기야 아버지가 그렇다 보니 교사라고 해도 다키자와의 비위에 거슬리는 말을 쓸 수 있을 리 없다.

맨 아래 서랍에는 편지나 엽서가 가득했다. 이 또한 오래된 것들이다. 조부모가 보낸 것으로 보이는 것, 아버지가 보낸 것, 교사나 학교 친구들의 연하장 등등.

미치루나 아야코는커녕 아스미가 보낸 것은 한 통도 없다.

평평한 서랍은 편지지나 엽서 등을 넣어놓는 우편함이 되어 있었다. 캐릭터가 그려진 가벼운 편지는 한 통도 없다.

한숨을 내쉬고 서랍장 체크를 시작했다. 맨 위에는 엄마에게 받았는지 보석들이 뒹굴었다. 백, 손수건, 티슈 케이스 같은 필수품들이 잘 정리되어 있다. 백은 빠짐없이 뒤졌지만 모두 텅 비어 있었다. 표가 들어 있다든가, 쓰다 만 휴지가 남아 있다든가, 사탕 포장지가 있다든가 하는 그런 일은 없었다.

온 방 안을 뒤지고 다녔다. 인형도 없고 일기도 없고 앨범도 없었다. 다키자와 미와라는 소녀의 존재를 나타내는 것은 무엇 하나 발견되지 않았다.

침대 반대편에 문이 있었다. 그곳을 열었다.

넓은 워크인 옷장이었다. 문을 열자마자 멋대로 불이 켜지고 수많은 옷들이 눈에 들어왔다. 세탁 봉투째 걸려 있는 것이 대부분으로, 실내와 마찬가지로 철저히 청결하게 유지되고 있었다.

서랍을 열고 안을 보았다. 그제야 나이에 걸맞은 티셔츠와 속옷, 양말 등이 나왔다. 아래쪽에는 고급스러워 보이는 속옷도 있기는 했지만 입은 것 같지는 않다. 인간, 무엇이 제일 기분 좋은지는 사람마다 제각각이고, 열일곱 살에 노파 같은 취향을 가진 인간도 있겠지만 다소 안심이 되었다. 티셔츠는 주로 무늬가 없는 중간색이나 줄무늬나 꽃무늬였지만, 귀여운 개 일러스트가 들어간 것이나 수놓은 것도 여러 벌 있었다.

여기서 처음으로 건질 만한 것이 나왔다. 큰 티셔츠를 뒤집어보아도 아무것도 나오지 않아 서랍 속을 탈탈 털어보자 신용카드 영수증이 나왔다. 이용자는 다키자와 미와, 날짜는 올해 1월 10일, 금액은 35만 엔. 가게는 아키하바라에 있는 전자제품 판매점으로, 판매된 품목은 PC용품이었다.

미치루의 말에 의하면 미와는 학교에서 컴퓨터 수업을 들고 있었다. 그녀가 컴퓨터를 샀을 법도 하다. 이 카드 영수증이 이렇게 정중하게 숨겨진 것이 아니었다면 샀다가 아버지가 반품시켜버린 것으로 생각하고 방치했을지도 모른다.

샅샅이 뒤졌지만 찾은 것은 이것뿐이었다. 포기하고 옷장을 나서려 할 때 가장 안쪽에 있는 가죽코트가 눈에 띄었다. 세탁소에 맡기지 않았는지 그대로다.

밑져야 본전이라고 생각하고 주머니를 뒤졌다. 딱딱한 종이가 손에 닿았다. 그림엽서 한 장이었다. 못생긴 고양이가 발톱갈이를 하는 일러스트. 보낸 사람은 '가나'라고 적혀 있을 뿐, 정식 우편으로 보낸 흔적은 없다.

지난번에는 고마웠어. 미와는 괜찮다고 말했지만 돈이 들어올 것 같아서 보고할게. 아야가 소개해준 아르바이트, 꽤나 짭짤해서 3일이면 전부 갚을 수 있을 것 같아. 하지만 위험한 이야기는 아니니까. 그러니까 비어 있을 텐데 언제나처럼 마음대로 사용해. 그럼.

스카치테이프를 떼어낸 자국이 희미하게 남아 있다. 미와는 메모 대신 어딘가에 붙어 있던 이 그림엽서를 떼어낸 것이리라. 아마 '가나'의 집에서.

등골이 오싹해졌다. 내가 무언가 큰 착각을 하는 것이 아닌 한, 여고생에게 큰돈이 생기는 '짭짤하고 안전한 아르바이트'라는 것은 도시 전설에 지나지 않는다.

그림엽서와 카드 영수증을 가방에 챙겨 넣고 옷장을 나왔다. 문을 닫자마자 옷장은 어둠에 잠겼다.

2

  가정부의 이름은 가토 아이코라는 사랑스러운 이름이었
다. 장난인 줄 알았을 정도로 그녀와는 어울리지 않았다.

  "난 아무것도 몰라요 그냥 피고용인이니까요."

  가토는 코를 훌쩍이며 퉁명스럽게 대답했다.

  "이 집을 혼자 꾸려가고 계신 건가요?"

  나는 아무렇지도 않게 물었다. 가정부는 밥그릇 닦는 손을
멈추고 허공을 응시했다.

  "옛날엔 사람이 더 많았어요. 회장님이 매일 회사에 나가
실 때는요. 보시는 대로 잔소리가 많은 분이지만 어쨌든 금
전적인 대우는 좋기 때문에 웬만한 것들은 참을 수 있거든
요. 그런데 버블이 터진 후 큰 실수를 해서 명예직으로 좌천
되신 후에는 계속 집에 계시면서 어슬렁거리는 거예요. 심
심하니 잔소리는 더 심해졌고요. 온종일 '너는 내가 고용했

어', '이 쓸모없는 것'이라는 식이면 아무리 월급이 좋아도 참을 수가 없죠. 중간에 사모님이 계신 동안은 그래도 괜찮았지만, 결국 이혼을 당했고요. 그래서 차례차례 모두 그만두었고, 지금은 저 혼자입니다."

"이렇게 집이 넓어서는 청소도 하기 힘들겠네요."

가정부는 경멸의 눈길로 나를 위아래로 훑어보았다.

"천만의 말씀입니다. 일주일에 두 번씩 하우스클리닝 서비스가 와요. 정원은 2주에 한 번씩 업자가 오고, 식사는 케이터링 서비스죠. 그것도 어중간한 케이터링이 아니에요. 일류 식당의 일류 셰프가 회장님의 주문에 따라 만들죠."

'그렇다면 당신은 대체 무슨 일을 하고 계신 건가요' 하는 의문이 얼굴에 떠올랐으리라. 가정부는 허리를 폈다.

"저는 그런 업자를 총괄하고 있습니다. 이 집안을 다 제가 돌보는 거예요."

"그럼 미와 양이 집을 나가신 이유도 뭔가 짚이는 게 있지 않을까요?"

가토가 바쁘게 찻잔을 닦기 시작했다.

"없습니다. 아가씨는 회장님과는 달리 불평을 하시는 성격이 아니었으니까요. 회장님을 달래줄 수 있는 건 아가씨뿐이었어요. 멋대로 사라져서 내가 얼마나 화풀이를 당했는지."

"미와 양을 마지막으로 본 사람은 가토 씨 같은데, 그때 미와 양의 모습은 어땠나요?"

"평소와 다름없었어요. 그날은 점심에 드라이 카레를 드시고, 그 후 근처의 야나세 댁에 놀러 다녀오겠다고 말씀하셨습니다. 어쩌면 잠시 집에 안 들어올지도 모르는데, 그때는 아빠한테 연락하겠다고."

"실제로 동네에 나가는 듯한 모습이었나요?"

"작은 빨간 배낭을 메고 운동화를 신고 모자를 쓰셨습니다. 야구 응원이라도 가는 것 같은 느낌이었어요. 특이하게 청바지를 입으셨죠. 엉덩이가 큰 걸 신경 쓰니까 평소에는 치마만 입는데."

가토의 목소리에서는 약간의 독이 느껴졌다.

"그게 마지막이었던 거죠?"

"네, 그럼요."

"다음 날 오전에 다키자와 씨가 돌아오셨을 때 미와 양 이야기는 나왔나요?"

"아뇨. 회장님은 여느 때처럼 사냥 동료들과 후쿠시마 쪽으로 2박 3일로 외출하실 예정이었는데, 그 일로 머리가 꽉 찼던 것 같아서요. 녹차에 밥을 말아드시고 바로 차를 몰고 나가셨어요."

"다키자와 씨는 미와 양이 집을 나간 날과 그다음 날 오전 중에 어디를 가셨을까요?"

가토는 작은 눈을 안경 속에서 깜박였다.

"매일 출근하지는 않지만 회장님은 기업 총수니까요. 한 달에 한 번은 출근합니다."

'한 달에 한 번이라.'

미와가 사라진 것이 밝혀진 월요일, 다키자와는 이른 아침부터 회의에 출석했다고 말했다.

"다키자와 씨는 후쿠시마에도 별장을 갖고 계시겠지요?"

"예, 그렇고말고요. 후쿠시마뿐만 아니라 가나가와 현의 하자키에도 별저別邸가 있고, 도쿄 시내에도 맨션이 있습니다."

"미와 씨가 그런 곳을 사용하거나 하는 일은?"

"함부로 쓰진 않겠죠. 회장님은 자기 영역을 침범당하는 걸 싫어하니까요."

마치 강아지 같다.

"미와 양은 별난 아가씨네요."

나는 공략법을 조금 바꾸기로 했다.

"아까 방을 보았는데 인형이라든가, 어렸을 때 읽던 그림책이라든가, 그런 건 창고 같은 데 넣어두었나요?"

"더러운 건 회장님이 싫어해요. 버렸을 거예요, 회장님이."

"다키자와 씨는 미와 양의 방에 마음대로 들어가시는 건가요?"

"부모인데 당연하죠. 회장님께는 다소 불만이 없는 건 아니지만, 아가씨를 사랑하는 것만은 틀림없습니다. 게다가 속박하고 있는 것도 아니고요. 용돈은 월 50만 엔씩 주고 있고, 외박도 허락하고, 남자친구를 사귀어도 화를 내지 않았을 겁니다. 다만 요즘 젊은 아이들은 심하게 노는 것 같은데, 아가씨가 그런 여자가 되지 않았으면 하는 마음도 엿보였어요."

나는 이해가 되지 않았다. 방에 멋대로 들어가 딸의 소유물을 버리면서 많은 용돈이나 외박이나 남자친구는 또 괜찮다는 것이. 나중에 아스미와 찬찬히 이야기해볼 필요가 있을 것 같다.

가토는 가만히 나를 보고 입술을 핥았다.

"아까 신문에서 봤어요. 이노카시라 공원에서 살해된 여고생이란 아가씨의 친구죠?"

"그런 것 같네요."

"아야코 양이 살해된 사건이 아가씨가 사라진 일과 관계가 있나요?"

"글쎄요, 거기까지는 저도 모르겠네요. 왜 그렇게 생각하세요?"

입 다물게 하려는 의도로 말했지만 역효과였다. 가토는 카운터를 돌아 내가 앉아 있는 식탁으로 와서 영차, 하고 옆 의자에 앉았다.

"저 한 번 본 적 있거든요. 이노카시라 공원에서 아가씨가 남자와 만나고 있는 걸. 그것도 나이가 꽤 많은 남자였어요.

서른은 넘어 보였어요. 왠지 깡패 같은 안 좋은 느낌이었죠."

나는 놀라움을 나타내지 않으려고 애써 냉정하게 물었다.

"둘이 무슨 분위기였어요? 그…… 남자와 여자의 관계로 보였는지, 별로 친하지 않게 보였는지."

"난 그런 거 잘 몰라요. 멀리서 봤을 뿐이고. 그런데 그렇게 친한 것 같지는 않던데요? 아가씨가 남자에게 뭔가를 추궁하는 것 같았어요."

"언제쯤 이야기예요?"

"아직 벚꽃이 남아 있을 때라 4월 초가 아닐까요? 아니, 왜 이런 말을 꺼냈냐면 얼마 전에도 같은 남자를 봤거든요."

"이노카시라 공원에서?"

"아뇨, 신주쿠에서. 지난주 휴일에 여동생을 만나 쇼핑을 하고 나카무라야 1층에서 커피를 마셨는데요. 거기, 신주쿠 길이 보이잖아요. 그랬더니 눈앞을 아야코 양이 두리번거리면서 지나가는 거예요. 잠시 후 남자가 휴대전화로 뭐라 통화를 하면서 걸어왔고. 그러더니 이번에는 아야코 양이 그 남자 쪽을 바라보면서 마치 보조를 맞추듯 역 쪽으로 걸어가더라고요."

"아야코 양이 남자를 미행하는 것처럼 보였다는 거군요."

가토는 한 건 해냈다는 듯이 뿌듯한 얼굴로 크게 고개를 끄덕였다.

"그때는 별 생각이 없었어요. 그 남자가 전에 이노카시라 공원에서 아가씨가 만났던 남자와 똑같이 생겼다고 깨달은 건 돌아오는 열차 안에서였어요. 분명 같은 남자였어요."

"특징 기억나요?"

"머리카락은 반삭이라고 하나요. 엄청 짧고 키는 아가씨와 비슷했어요. 남자치고는 작다고 해야 할까요. 가늘고 빈약한 느낌에 눈빛이 걸쭉하고 가만히 있지를 않고 가끔 몸을 움찔거려요. 무슨 나쁜 약이라도 하는 거 아닐까요? 어떡하죠? 경찰에 말해야겠지요?"

가토는 언젠가 경찰에도 이 말을 할 것이다. 그때 약 운운하는 억측은 피해주었으면 하지만 굳이 주의를 주지는 않았다. 그랬다가는 이 가정부는 쓸데없이 자기주장을 내세우며 마약 중독자의 증상을 주절주절 늘어놓기 시작할 것이 틀림없다.

"당연히 경찰이 관심을 가질 것 같아요. 귀중한 정보니까요."

통통한 얼굴에 만족스러운 미소가 떠올랐고 어째서인지 붙임성이 좋아졌다. 돌연 나에게 차를 권하고 도라야키까지 내왔다.

"그 남자가 아야코 양을 죽였을까요? 어때요?"

"가능성은 있겠죠."

"그럼 나, 살인범을 본 거군요. 동생한테 이야기해야겠다. 동생은 안 믿거든요. 이 집안의 쑥쑥이라든가, 아가씨가 행방불명된 거라든가. 동생은 그런 부잣집 딸이 왜 가출 같은 걸 하냐며 말도 안 된다는 거예요. 전업주부 같은 걸 하다 보면 자신의 가계부 이상의 건 생각할 수 없게 되나 봐요."

"가토 씨 가족은 그 여동생뿐?"

나는 도라야키를 베어 물으며 물었다. 가정부는 완전히 경계심을 풀고 말했다.

"동생 부부가 부모님을 모시고 시골에서 철공소를 해요. 나는 15년 전에 이혼하고, 그 후 여기서 더부살이로 일하게 되었죠. 아수라장을 빠져나와 홀몸이 된 거라 웬만한 일에는 꿈쩍도 하지 않고, 회장님의 히스테리도 흘려들을 수 있어요. 여동생은 언니는 별 일도 하지 않으며 높은 월급을 받는다고 자주 질투합니다만, 그럼 자기가 해보라죠. 남편과 아이들만 돌본 여자는 일주일도 못 버텨요."

"여기 부부는 언제 이혼했나요?"

"10년 전이죠. 사모님이 아카사카에 있는 큰 보석점 딸이었거든요. 그 왜 주얼리 디자이너라고 하나요. 그런 일을 하다가 회장님과 알게 되어 결혼한 것 같아요. 그러다 12년 정도 전에 친정아버지가 돌아가시고 아카사카의 가게를 사모님이 꾸려나가게 되었습니다만, 그것과 병행하듯 회장님은 점점 침체되었죠. 평범한 남자여도 달갑지 않았을 텐데 회장님 성격이 성격이다 보니. 결국 사모님께서 나가시게 되었죠."

"미와 양을 부인이 맡아 키운다는 식으로는 되지 않았나요?"

"그러고 싶은 마음은 굴뚝같았겠지만 회장님이 그것만은 절대 양보하지 않았어요. 아가씨를 두고 가면 10억 엔을 주겠다고 했거든요. 사모님은 돈을 받지 않는 대신 원할 때 언제든지 만날 수 있게 해달라고 했어요. 결과적으로 이혼하길 잘한 것 아닌가요? 아가씨가 어렸을 때는 유모도 있었고요."

이 또한 시대착오적이라는 생각이 들었지만 혹시나 해서 물어 보았다.

"그 유모는 이름이 어떻게 되나요?"

"아카시 가요. 아, 근데 돌아가셨어요. 좋은 분이었는데. 저와 마찬가지로 시댁에서 쫓겨났거든요. 저와 달리 젖먹이가 있었던 것 같은데 그 아이도 빼앗겼대요. 그래서인지 아가씨를 엄청 아꼈어요."

"왜, 언제 나갔나요?"

"2년 전이었어요. 무슨 사정이 있었던 것 같은데 그건 말하지 않았어요. 작년 여름 무렵에 돌아가셨다는 소식이 와서 아가씨가 엄청 충격을 받으셨어요. 계속 방에 틀어박혀 울었어요."

가토가 호들갑스럽게 고개를 흔들었다.

"하지만 아이들은 다시 일어서는 것도 빠르더라고요. 유모가 떠나고 나서는 회장님의 맹목적인 사랑을 참을 수 없게 되면 사모님께 가고, 사모님은 바쁘니까 쓸쓸해지면 여기로 돌아온다는 식으로 말이죠. 아가씨도 균형을 잘 잡고 있었어요."

"그럼 역시 미와 양은 가출한 게 아닐까요?"

"제가 뭐라 할 말이 없네요. 단순한 피고용인일 뿐이니까요. 하지만 아가씨는 분명 아야코라는 아이가 그 남자에게 약 같은 걸 사고 있다는 걸 눈치채고 그만두게 하려고 한 게 아닐까요? 그래서 그 남자한테 무슨 짓을 당한 걸지도 몰라요. 아가씨는 친절한 사람이었으니까요."

가토는 이제 알았다는 듯 입을 벌리고 고개를 끄덕였다.

"맞아, 아가씨는 정말 친절했어요. 좀 짜증날 정도로. 제가 감기 걸렸을 때는 방에 와서 간병하겠다며 물러서지를 않는 거예요. 이쪽은 오히려 불편할 뿐인 데다, 나중에 회장님이 생색을 내실 테니 그만두라고 말했지만요. 그런 의미에서는 확실히 그 두 사람은 부녀지간이에요. 뭐든지 자신이 할 수 있다고 생각하죠. 자기라면 잘할 수 있다고. 그러다 뭔가 감당할 수 없는 일에 머리를 들이민 건 아닌지 몰라."

3

차 안에서 소장과 이야기를 나누었다.

소장은 다키자와에게 받은 미와의 사진을 보여주었다. 추가 인화하는 대로 열 장 정도 받기로 했는데, 기모노 차림의 새침한 수정 사진으로, 개성이라 할 것이 보이지 않았다. 다키자와는 최대한 잘 나온 사진을 내왔겠지만 사람을 찾는데 도움이 될 것 같지는 않다. 현실 인간을 사진과 대조하는데에는 의외로 기술이 필요하다. 좀 더 자연스러운 사진을 아스미에게 빌리기로 합의했다.

미와가 구입한 PC에 대해 다키자와는 전혀 알지 못하는 듯 뭔가의 착오라고 우겼다. PC를 구입한 아키하바라의 전자제품 판매점을 통해 배달처를 조사하는 일은 이쪽에서 하자고 소장이 말했다.

"무라키에게 맡기지. 녀석은 그런 거 잘하니까. 그 수상한 남자에 대해서는 무사시히가시 경찰서 보안과에 넌지시 물어볼게. 약 판매상이라면 바로 알 수 있겠지."

"그리고 미와의 유모였던 아카시 가요라는 여성에 대해 알아보고 싶어요. 이미 죽었지만 미와가 꽤나 따랐다고 하니 뭔가 나올지도 모릅니다. 미와의 개인적인 서류나 편지류 등을 아버지가 모조리 버리지는 않았을 테니."

"꽤나 희박한 선이군. 그건 뒤로 미뤄도 되겠지."

나는 시계를 확인했다. 3시 반이 넘었다. 7시에는 아스미를 방문하기로 되어 있지만 그때까지 해두고 싶은 일이 있었다.

"부탁이 하나 있는데요."

"오, 무서워라. 하무라가 그런 식으로 말하면 꼭 불길한 일이 일어난단 말이야. 뭔데?"

"도토종합리서치에서 다이라 미치루의 정보를 받고 싶어요. 미치루와 동거했던 미야오카 고헤이."

"하무라를 찌른 놈 말이야?"

"어디서 어떻게 미치루와 알게 되었는지, 미치루가 놀러 다니던 곳, 만나던 사람, 그런 걸 알고 싶어요. 도토의 사쿠라이 씨에게 직접 물어보는 게 손쉬운 방법이지만, 아무래도 저는 지금 도토에서는 평판이 좋지 않아서요."

"약한 소리 하지 마. 사쿠라이라면 직접 전화하는 편이 좋을 거야. 그가 하무라의 부상 상태를 신경 쓰더라고. 하무라에게 은혜를 갚을 수 있다면 기꺼이 나설걸."

"그러고 보니 제가 다친 걸 빌미로 구보타 사장한테 위로금을 뜯어냈다면서요?"

"언제 이야기를 이제 와서. 전부 파친코로 사라진 지 오래야. 그 대신이라고 하기는 좀 그렇지만……."

소장에게 행동 자금으로 10만 엔을 받아 신주쿠 역 서쪽 출구 공원에서 내렸다. 내 전화를 받은 사쿠라이는 작은 소리로 "지금은 받기 곤란해"라고 말했다.

"일하는 중이야. 서류 작업. 5시 넘어서 내가 전화할게."

'이럴 거면 집까지 태워다달라고 할걸' 하고 후회하면서 전화를 끊었다. 순간 벨소리가 울렸다. 다이라 요시미쓰였다.

"딸한테 그쪽 전화번호를 들었네."

그는 격식 차린 어조로 말했다.

"오늘 새벽엔 너무 미안했어. 딸을 구하느라 다쳤고, 그 상처도 아직 다 낫지 않은 몸으로 심야에 딸의 호출을 받고 경찰서까지 출두해준 데다 집으로 데려다주었는데. 그런 사람에게 실례를 범했다고 생각하고 있네."

솔직하게 사과받을 줄 몰랐기 때문에 순간적으로 목소리가 나오지 않았다. 나는 "네에", "뭐, 그냥" 정도의 대응밖에 하지 못했다.

"그에 대한 사과의 표시로 만나서 이야기를 나누고 싶은데 스케줄이 어떤가? 오늘밤은?"

"마음은 고맙습니다만 일도 있고 몸 상태도 아직 멀쩡하지 않아서 사양하겠습니다. 경찰 건은 제가 좋아서 한 일이니 신경 쓰지 않으셔도 됩니다."

업무상 마음에도 없는 겸손이나 아첨을 해야 할 경우가 있어서 그 이외에는 가급적 겉치레 인사는 하지 않도록 하고 있다. 즉 이것은 진심이었는데, 다이라는 내가 '밀당'을 하고 있는 것으로 받아들인 모양이다.

"그럼 내일은 어떤가? 미치루도 자네를 만나기를 기대하고 있네."

이쪽도 미치루를 만나야 할 이유가 있었지만 아버지가 동반해서는 의미가 없다.

"마음만으로도 충분합니다. 아시겠지만 다키자와 씨의 딸을 찾는 일을 맡고 있어서 정말 시간을 낼 수 없어요."

"아니, 꼭 만나야 해."

다이라는 고집스럽게 되뇌었다.

"어차피 식사는 해야 하는 거잖아. 거창하게 생각 안 해도 돼. 신주쿠에 있는 백화점 위에 있는 전통 요릿집은 어떨까? 노포老鋪의 분점이라 맛있지만 가격은 비싸지 않아. 그쪽이 부담 가질 정도의 대접도 아니니까."

'부담인데요' 하고 한숨을 내쉬다가 마음이 변했다. 다키자와 집안과 가족 간 유대가 있는 다이라라면 어쩌면 미와가 실종된 일의 속사정을 알고 있을지도 모른다. 비용도 상대가 부담하는 인터뷰를 할 수 있는 것이니 생각해보면 더 바랄 나위 없는 기회였다.

"그렇게까지 말씀하시니 알겠습니다."

다이라는 안심한 듯 어딘지 모르게 붙임성이 좋아졌다. 내일 오후 7시에 오다큐 백화점 13층에서 보기로 약속하고 전화를 끊었다.

남은 시간을 어떻게 건설적으로 보낼까 고민한 결과, 요쓰야3초메에 가기로 결정했다. 택시를 이용했다. 사치라는 것은 알고 있지만 다리의 통증은 가라앉기는커녕 심해지고 있다. 이삼일 한가롭게 지내고 싶다고 간절히 바랐다. 선택의 여지가 있었건만 일을 하기로 선택한 것은 다름 아닌 나 자신이다. 저지르고 나서 후회하는 버릇은 평생 못 고치는 것일까.

전에 아르바이트를 했던 적이 있는 건설전문 신문사에 들렀다. 내가 일했던 당시의 사원은 거의가 그만두고 남아 있는 것은 구도 사키라는 친구뿐이었다. 줄담배로 유명했던 그녀는 무려 금연파이프를 물고 맹렬한 기세로 원고를 작성 중이었다.

"미안, 오늘은 바빠. 시간을 낼 수가 없어. 발, 어떻게 된 거야?"

"밟혔어. 저기, 자료 책장 좀 들여다봐도 될까?"

"뭐 알아보는 중?"

"다이라 요시미쓰에 대해서 좀."

"다이라 요시미쓰? 유니콘 건설의 다이라 전무 말이야?"

"응."

"너도 참 바쁜 여자구나. 전무 승진 때 인터뷰해서 만든 파일이 어딘가에 있을 거야. 얼마든지 찾아봐."

나무로 된 자료 책장에 달라붙어 다이라 요시미쓰의 자료를 찾았다. 이 자료 책장은 주문 제작해서 만들었는데, 목수가 판의 두께를 계산에 넣지 않았기 때문에 A4 사이즈의 자료가 똑바로 서지 않는다. 파일들이 모두 옆으로 눕혀져 있는 것을 일일이 끄집어내니 산이 무너져 내리고, 그 안에 '유니콘'이라고 적힌 파일이 있었다.

빈 책상을 빌려 파일을 살펴보았다. 다이라에 대한 자료는 클립으로 정리되어 있었다. 신문이나 잡지에서 오려낸 기사가 몇 점. 모두 그 전무 승진 시에 기사로 실린 것이다.

다이라 요시미쓰는 공업대학을 졸업한 기술 계통의 인물로, 몇 가지 공법을 고안하여 특허를 냈다. 그 공로로 7년 전, 40세의 젊은 나이에 개발본부장에 취임, 2년 후에는 이사를 겸임하게 되었다. 3년 전에 공무원, 브로커, 정치인 등이 얽힌 부정부패 혐의가 유니콘 건설에도 제기되었고, 결국 수뇌부가 일제히 사임했다. 그 뒤를 이어 전무로 크게 출세. 기술 계통에서만 일한 그는 돈의 흐름과는 관련이 없었기에 깨끗한 이미지를 내세우기 위해 발탁되었다. 경영 수

완은 미지수. 가족은 아내와 딸 한 명. 다양한 취미를 가진 것으로 유명하다.

기사를 넘기다 손이 멈췄다. 다이라 요시미쓰와 다키자와 기요시를 포함한 일곱 명의 남자들의 사진. 정보잡지 〈신세계〉 1998년 11월호에 실린 네 페이지에 걸친 기사였다. 헤드라인은 '일곱 명의 젊은 사무라이'. 거기에 약간 작은 글씨로 '재계의 호프들이 결성한 28회, 그 야망과 전망을 취재'라고 적혀 있다. 모두가 이탈리아제 의류로 몸을 감싼 채 딱딱한 조명을 받으면서도 자연스러운 모습을 보여주고 있다. 중장년 성인 남성을 대상으로 한 잡지 특유의 구역질이 나올 정도로 세련된 사진이다.

쓸데없이 '웃음' 표기가 많이 등장하는 인터뷰를 읽다 보니, '28회' 멤버는 변호사에서 기업 컨설턴트, 회사 경영자에 이르기까지 '성공'한 사람들뿐이다. "힘을 합해 새로운 감성으로 21세기의 재계를 리드해 나가는 것이 목표"라고 한다. 그에 비해 '28회'라는 이름은 이들 전원이 쇼와(일본의 연호―옮긴이) 28년생, 즉 1953년생이라는 데서 유래한 모양이다. 그 정도의 감성을 새롭다고 자화자찬할 수 있는 정도가 아니면 21세기의 재계는 이끌어나가지 못하는 모양이다.

일단 멤버 이름을 체크했다. 마루야마 간지라는 사람이 변호사, 산토 은행의 고다마 다케오, 덴포 생명의 다이코쿠 시게키, 기업 컨설팅 회사 사장 노나카 노리오, 그리고 고위 공무원 니이마 슈타로.

—여러분은 여가를 함께 즐기실 때도 많다고 들었습니다.

다키자와 : 요트와 수렵, 골프 등을 함께 합니다. 사나이의 묘미죠.

노나카 : 아내에게는 눈총을 받지만요. "어머, 또 28회야? 남자끼리 뭐하는 거야(웃음)."

니이마 : 덕분에 반년에 한 번은 가족 모임을 갖지 않으면 안 되게 되었어요. 그건 실수였죠. 아내들끼리 교류가 시작되니, 이상한 곳에서 거짓말이 들통나게 되었거든요(웃음).

노나카 : 들통나는 거짓말을 하기 때문이야(웃음).

털털한 남자들의 우정 연출이라고 할까. 닭살이 돋은 나는 그 기사를 복사한 뒤 구도에게 고맙다고 인사했다. 구도는 안경을 치켜올렸다.

"다이라 전무는 왜?"

"기업 비밀. 직접 만났을 때 어떤 인상을 받았어?"

"잘난 체하지 않는 사람이야. 다이라 전무는 알려지지 않은 비극을 겪은 사람이니. 그런 거 기사로는 못 쓰지만."

"무슨 말이야?"

"가끔은 직접 알아보셔."

"설마 지금까지 내게 잘 대해준 건 혹시 니코틴 때문이었을까?"

"아이고 이 상황을 보고 내가 바쁘다고 짐작도 못 한다면 탐정 실격이네. 힌트만 줄게. 1980년."

구도는 그것만 말하고 PC 화면을 향해 돌아섰다. 나는 다시 한번 감사 인사를 하고 건물을 나왔다.

신주쿠 교엔 근처 도서관에 갈까 했지만 슬슬 폐관할 시간이다. 게다가 다이라 요시미쓰에 대해 조사한들 미와의 실종 건과 연결되는 것은 없으리라.

패스트푸드점에 들어가 치즈버거를 사서 신주쿠2초메 근처의 공원 벤치에서 먹었다. 한창 출근 중인 여장 남자들을 멍하니 바라보았다. 근처 사찰에서 풍겨오는 향냄새를 맡으며 해 질 녘 공원에 앉아 있노라면 아련하기 그지없다. 탐정 따위는 그만두고 성냥팔이로라도 전직해야 할지도 모른다.

다섯 시 반쯤에 휴대전화가 울렸다.

"늦어서 미안. 회사에서 나오기 쉽지 않아서 말이야."

사쿠라이는 숨을 헐떡였다.

"이쪽에서 하무라에게 연락하려고 했어. 요전에는 미안했어. 네게 화를 낼 생각은 없었는데 사장이 세라와 관련한 고소를 취하하라고 귀찮게 해서 그만."

"취하했어?"

사쿠라이는 입을 다물었다. 그러고 보니 나는 미야오카 고헤이에 관한 참고인 조사는 받았지만, 세라 마쓰오를 고소한 기억이 없다. 미치루도 다치지는 않았고, 도토 측과 합의는 끝났다. 얼굴이 일그러졌다. 도토종합리서치는 퇴직 경찰을 다수 고용 중이다. 구보타 사장이 마음만 먹으면 세라에 대한 처분을 가볍게 끝내는 일 따위는 간단한 일이다. 게다가 세라는 사쿠라이와 고헤이에게는 의도적으로 폭행을 가했지만, 내 발을 밟은 것은 우연이었다고 발뺌할 수도 있다.

"세라, 벌써 풀려났어?"

"아예 구속조차 되지 않았어. 서류 송치만 했으니 기소 유예로 끝날 거야."

"뭐라고?"

피곤한 나머지 환청을 들은 줄 알았다. 사쿠라이가 갑자기 태도를 바꾸어 강한 어조로 말했다.

"도망갈 걱정은 없고 본인도 자신이 한 일은 인정한 거니까 어쩔 수 없지. 우리 사장이 손을 썼다든가 그런 건 아니야."

"미치루를 강간하려 했다고 인정했다고?"

"아니, 그 이야기는 그……. 하지만 걱정 안 해도 돼. 하무라에게는 절대 접근하지 못하게 할 거니까. 사장도 그것만은 하지 말라고 엄하게 꾸짖었고."

그 말인즉슨 세라는 나를 원망하고 있는 모양이다. 이는 통신사의 요금 고지서만큼이나 반가운 소식이다.

하고 싶은 말은 산더미 같았지만 사쿠라이에게 분풀이를 한들 소용없다. 마음을 다잡고 미치루의 소재지를 알아낸 경위를 캐물었다. 이리저리 켕기는 것이 많은 사쿠라이는 이유도 묻지 않고 술술 떠들어댔다.

"조사는 정석대로였어. 컴퓨터 이메일함에서 개인적으로 친한 친구 몇 명을 추려내 일일이 확인했지."

"그 친구가 누구인지 기억나?"

"한 명은 분명 다키자와 미와라고 했어. 부친끼리도 알고 있는 사이라 이야기가 빨랐지. 하굣길에 붙잡고 질문을 던졌거든. 처음엔 겁을 많이 먹었는지 정말 가출 맞냐고 몇 번이나 확인하더라고."

"정말 가출 맞냐고……?"

"요즘은 사건이 많으니까. 하지만 부모님과 크게 싸우고 밤에 큰 가방을 2층에서 밖으로 던지고는 그날 중으로 잠적한 거라. 택시 기사가 시모키타자와까지 태웠다고 하자 안도한 듯 이것저것 알려줬어. 미치루의 친구가 언니와 둘이 시모키타자와에서 살고 있으니 거기 간 게 아니겠냐고. 아니나다를까 미치루는 그날 밤과 그다음 날 밤에는 그 친구 집에 있었어. 그런데 친구 언니가 집에 가라고 잔소리를 했더니 홱 나가더라는 거야. 거기서 추적의 실이 끊어진 셈이지. 그래서 또 다른 친구 야나세라는 아이에게 보낸 미치루의 메일을 근거로 그녀를 만났어."

"야나세 아야코?"

"그런 이름이었나. 어쨌든 그녀는 최근 미치루와는 만나지 않았다고 우기더군. 우스운 이야기지만 이 아이도 겁을 먹은 것 같더라고. 내 인상이 그렇게 나빠졌나?"

사쿠라이는 지장보살님 같은 생김새다. 미와와 아야코가 겁을 집어먹었다고 해도 사쿠라이의 생김새가 원인이라고는 생각되지 않았다.

"하지만 미치루의 메일에 극단 어쩌구저쩌구 하는 내용이 있었던 걸 떠올리고 추궁했더니 자백하더라. 미치루는 가출하기 일주일 정도 전에 부모 몰래 극단에 가입했어. 학생 동아리 같은 극단인데, 거기서 미야오카 고헤이와 알게 되어 동거하게 되었던 거지. 그 사실이 판명된 이후의 일은 아시다시피."

요컨대 미치루는 자신이 말한 것보다 미와나 아야코와 친했던 것이다. 미치루가 무언가 숨기고 있다고 생각한 다키자와의 감은 이 일에 관해서는 빗나가지 않았던 모양이다.

하지만 도대체 무엇을 숨기고 있는 것일까.

생각이 딴 데로 샜기 때문에 사쿠라이가 한 말을 듣지 못했다.

"미안, 뭐라고?"

"조금은 참고가 되었을까?"

"엄청. 정말 고마워."

"아니, 아니. ……아, 그래서 말인데, 하무라."

사쿠라이는 말하기 어려운 듯 말끝을 흐렸다. 세라와 구보타 사장 건으로 또다시 불쾌한 말을 꺼내는 것이 아닐까 긴장했는데 사쿠라이는 말을 빙 돌렸다.

"사실은 이런 말을 하면 안 되는데, 꼭 해두고 싶은 말이 있어. 하무라에게는 세라 건으로 신세를 졌으니 그 답례라고나 할까."

"별 도움이 안 된 것 같은데."

"빈정대지 마. 하무라가 세라를 말려주지 않았다면 더 큰 일이 벌어졌을 거라는 건 나도 잘 알아. 그런데…… 아…… 말하기 힘드네."

"대체 뭔데?"

"사실 얼마 전부터 어떤 남자를 뒷조사 중이야. 내 담당은 아니지만 잠복 업무에 차출되었거든. 남자는 어떤 여자와 데이트를 했는데 그 여자가 말이지."

"잠깐 기다려."

사쿠라이의 말을 막았다. 관자놀이가 지끈지끈 요동치기 시작했다.

"설마."

"하무라 병문안 갔다가 병실에서 마주친 여자야. 아는 사이지?"

아는 사이는커녕 각자 집의 여벌 열쇠를 갖고 있을 정도의 사이다.

"혹시 모르니까 여자 이름은 아이바 미노리, 사는 곳은 부슈 시 미도리오카의 아파트. 쓸데없는 참견일지 모르지만 하무라에게는 알려두는 편이 좋을 것 같아서."

물론 쓸데없는 참견이지만 일단 한번 들은 이상은 가장 무서운 곳까지 발을 들이밀지 않을 수 없었다.

"그래서 그 남자, 도대체 무슨 짓을 하고 있는 건데?"

"결혼 사기와 협박 증거를 잡으려는 중이야."

나는 벤치에서 미끄러질 뻔했다. 지나가던 예쁜 여장 남자가 차갑게 고개를 돌렸다.

"거짓말이지?"

"이런 걸로 거짓말 안 해. 그 남자는 석 달 전에 한 여성에게서 300만 엔을 빌렸어. 여성은 결혼 약속까지 했던 사이였다고 말했지. 남자가 행방을 감추고 연락이 닿지 않은 지 몇 주 후, 여성의 집에 사진이 도착했어. 여성의 적나라한…… 아니, 매우 사적인 사진이. 다른 내용은 없었지만 의도하는 바가 명백한 사진이었지."

남자친구의 이야기를 하는 것만으로 쑥스러워하는 친구가 '매우 사적인 사진'을 찍힌다. 그런 생각을 하는 것만으로 소름이 끼쳤다. 나는 신음했다.

"아, 제발."

"요즘 여성은 그 정도로 물러설 정도로 무르지는 않아. 복수심에 불타 우리 쪽에 조사를 의뢰했어. 이름도 주소도 엉터리고 휴대전화는 선불폰. 단서는 전혀 없었는데 사진이 큰 실마리가 되었어. 그런 사진이다 보니 뒷골목 사진관을 이용했을 거라고 생각하고 뒤졌더니 바로 장본인을 찾게 된 거야."

"의뢰인은 경찰에 고소는 안 했어?"

"그녀의 희망은 돈과 사진을 되찾는 거야. 게다가 상대가 어떤 인물인지를 모르는 거잖아. 죄송합니다, 하고 고개를 숙여주면 그것으로 일단락되겠지만, 사진은 돌려보냈을 뿐이다, 돈은 상대가 호의로 준 것이다, 불만이 있으면 고소해라. 이런 식으로 정색을 하고 나오면 곤란하거든. 그래서 의뢰인은 가능한 상대의 약점을 잡아달라며."

"그래서 잡을 수 있을 것 같아?"

"약점 말이야? 산더미. 내일이면 본인과 대면할 예정인데 의뢰인의 희망대로 일을 진행시킬 수 있을 것 같아. 하지만 형사 고소하는 건 아니니까 하무라의 친구가 남자친구의 본색을 알게 되는 일은 없을 거야. 물론 남자가 겁을 먹고 사기나 협박에서 손을 뗄 수도 있지만, 내 느낌으로는 그건 그렇게 귀여운 녀석이 아니야. 오히려 의뢰인에게 돈을 돌려주고 초조해진 녀석이 하무라의 친구에게 더 접근하게 되지 않을까 하는 생각이 들어."

가까운 곳에 나무나 담이 없어서 다행이다. 있다면 박치기를 해서 이마가 깨졌으리라.

"그러니까 하무라의 입을 통해 진상을 말해주는 게 좋겠어. 지금이라면 아직 늦지 않았어."

사쿠라이는 좋은 일을 한 기쁨에서인지 상쾌하게 말했지만 이쪽은 고맙게 생각할 처지가 못 된다. 스스로도 놀랄 만큼 차갑게 내뱉었다.

"사쿠라이 씨가 이렇게나 허술할 줄이야. 구체적인 증거도 없이 사랑에 빠진 여자를 말릴 수 있을 리가 없잖아. 긁어 부스럼만 날 게 분명해. 대체 어쩌자고 이런 걸."

사쿠라이가 당황하고 있는 것이 전자파를 통해 전해졌다.

"아니, 구체적인 증거라니 그건 역시 비밀유지의무 때문에. 지금 이야기한 것만으로도 회사가 알게 되면 큰일이라고."

"좀 더 가르쳐줘. 그 남자의 본명은?"

"그건 좀."

"사쿠라이 씨!"

"우, 우시지마 준타."

그렇다면 미노리에게 밝힌 것은 본명이다. 이래서는 점점 더 일이 복잡해진다.

"결혼했어?"

"안 했어."

"대면은 내일 몇 시쯤?"

"아, 아마 오후 9시쯤 될 것 같은데."

"장소는?"

"야, 설마 쳐들어오려는 건 아니겠지?"

사쿠라이가 비명을 질렀다. 나는 동정하지 않았다.

"그런 거 안 해. 본인을 미행해서 미노리에게 해가 미치지 않는지 확인할 뿐. 그런 거라면 상관없겠지?"

"아, 알았어. 내일, 장소와 시간이 정해지는 대로 연락할게."

사쿠라이는 이 일을 절대 다른 곳에는 누설하지 말라고 몇 번이나 다짐을 받고는 전화를 끊었다. 당사자가 비참할수록 남이 볼 때는 우스워 보인다는 속담을 떠올리며 나는 머리를 쥐어뜯었다.

4

아스미의 맨션에 도착했을 때 나는 비몽사몽 상태였다. 제복을 입은 경비원이 앉아 있다가 나를 보자마자 재빨리 손을 움직였다. 이쪽에서는 보이지 않았지만 어떤 버튼 같은 것을 눌렀을 것이다.

"용건이 있으셔서 오셨습니까?"

가난뱅이가 무슨 용건이냐고 말하고 싶은 모양이다. 나는 말없이 그를 위에서부터 아래로 훑었다. 희고 밋밋한 얼굴의 젊은 남자로, 만일의 사태 때 도움이 될 것 같지는 않지만 고급 아파트 안내 데스크 역할로는 딱이다. 모자의 마크로 미루어 보건대 대형 경비업체인 이치고쿠 경비의 사원인 것 같다.

뽀얀 얼굴이 벌겋게 달아올랐을 즈음 용서해주기로 했다.

"503호의 아스미 씨와 약속이 있습니다. 하무라 아키라입니다."

경비원은 키보드를 두드리고 마이크를 이용해 누군가에게 무슨 일인지 묻더니, 고개를 끄덕이고는 오른손으로 안쪽을 가리켰다.

"문을 지나 중앙 엘리베이터를 타세요. 층수 버튼을 찾을 필요는 없습니다. 자동으로 정지하니까요."

고급 맨션을 구입할 수 있는 사람은 많지 않다. 하지만 이만큼의 경비를 둘 수 있을 정도의 관리비를 매달 지불할 수 있는 사람은 더 적을 것이다. 문을 지나니 작은 연회장 정도 되는 엘리베이터 홀이 나왔다. 화강암으로 마감되어 있으며, 거대한 생화가 담긴 꽃병이 세 개, CCTV만 다섯 대가 설치되어 있는 것을 보며 아스미는 매달 관리비를 얼마나 내고 있는지 가늠해보았다. 30만, 아니 50만이려나. 귀찮은 것은 질색인 하세가와 소장이 적어도 관리비만큼만이라도 받아내기로 했으면 좋겠는데.

흔들리기는커녕 움직이는 것조차 느껴지지 않는 엘리베이터가 나를 5층으로 실어 올렸다. 503호 바로 앞에서 문이 열렸을 때는 감탄할 마음조차 잃고 말았다.

아스미는 검은 린넨 정장바지로 갈아입고 편안한 자세였다. 꼼짝없이 구겨질 것 같은 옷을 실내복으로 입다니 대단하다고 생각했지만 사람은 다 제각각이다. 그녀는 바쁜 듯 전화를 움켜쥐고 나를 소파로 몰아갔다.

"미안하지만 서둘러 연락을 취해야 할 일이 생겼어. 그거, 전남편의 부하가 만든 보고서니까 읽으면서 초밥이라도 들며 기다려줘."

아스미는 수화기에 영어를 내뱉으며 옆방으로 사라졌다. 문이 닫히기 직전, 방 건너편에서 남자 목소리가 들렸다. 잘못 들은 것 같지는 않았지만 다키자와일 리는 없다. 고객의 기분을 상하게 하지 않으며 방에 숨긴 남자에게서도 이야기를 들으려면 어떻게 말을 꺼내야 할지 고민했다. 하지만 그런 방법은 전혀 생각나지 않았다.

눈앞의 옻칠된 테이블에는 초밥이 담긴 통과 앞접시에 간장, 그리고 티백이 놓여 있었다. 보고서를 집어 들고 대충 훑어보았다.

이것도 안 되고 저것도 안 된다며 다키자와에 의해 범위를 한정당한 조사치고는 제대로 된 보고서였다. 야나세 일가는 확실히 5월 3일부터 6일까지 하와이 여행 중이었다. 미와 명의의 통장, 신용카드 모두 행방불명된 이후 사용 흔적은 없음. 금전 관련은 두 달 전까지 거슬러 올라가 조사했지만 한 달에 쓴 돈은 20만 엔 안팎. 고등학생의 한 달 용돈치고는 상당하지만, 매달 50만 엔의 용돈을 받는 아가씨치고는 검소한지도 모른다. 적어도 미와는 중증 약물중독자는 아니다. 하자키나 도쿄의 별저에도 미와가 들른 흔적은 없음.

조사한 사람은 아야코와도 접촉한 모양이다. 다키자와가

그 집에 들이닥쳤을 정도다 보니 이제 와서 그녀에게 숨길 일도 아니라고 판단했는지 그 전말도 기록되어 있었다. 아야코는 미와에 대해 이렇게 말한 모양이다. 미와가 어디 있는지 모른다, 미와와는 얼마 전에 싸운 이후로 만나지 못했다, 싸움의 원인은 네일 아트를 흉내 냈다든가 그런 것이다.

파고들 여지는 그 어디에도 없었던 셈이다.

보고서에는 시모어 학원의 교직원과 학생 명단도 첨부되어 있었다. '가나'라는 호칭에 필적할 만한 이름을 찾아보았다. 1학년에 히지마 가나코, 3학년에 고다이 가나코가 발견되었다. 교직원 중에도 고바야시 가나코라는 양호교사가 있었지만, 도저히 그 메모를 남긴 인물이라고는 생각되지 않는다.

가장 확률이 높은 사람이 고다이 가나코다. 빨간 펜으로 동그라미를 치고 있는데 아스미가 돌아왔다. 희미하게 뺨이 상기되어서는 쑥스러운 듯 문을 닫았다.

"기다리게 해서 미안해. 어머, 전혀 안 드셨네."

"식사는 하고 왔으니까요. 바쁘신 것 같으니 아스미 씨는 아무쪼록 식사를 하십시오. 틈틈이 이야기를 듣도록 하죠."

"고마워. 그럼 그렇게 할게."

아스미는 바닥에 털썩 주저앉더니 사납게 초밥을 먹기 시작하면서 내 손을 가리켰다.

"그거 뭐하던 중?"

"미와 양의 친구 중에 '가나'라고 불리는 여자가 있었던 것 같은데 모르시나요?"

"가나……. 어디서 들어본 것 같기도 한데, 그건 왜?"

나는 그 고양이 그림엽서를 아스미에게 건네주었다. 아스미는 눈썹을 치켜올렸다.

"어쩐지 위험한 느낌의 친구네. 당신은 어떻게 생각해?"

"아직 억측에 불과할 뿐이라."

"상관없어. 말해줘."

나는 미와의 방에 개인 물품이라 할 만한 것이 거의 없었던 것, 미와가 컴퓨터를 구입했던 것을 설명했다.

"게다가 이 엽서의 내용을 종합해보면 미와 양은 어딘가에 일종의 은신처 같은 걸 가지고 있었던 게 아닌가 생각됩니다. 가나의 집이 거기에 해당되지 않았을까요? 미와 양은 부유했지만 고등학생이 보증인도 내세우지 않고 집을 빌리는 건 어렵습니다. 하지만 성인 룸메이트를 구할 수 있다면 집을 구하는 건 쉬울 겁니다. 그런 제의에 응해준 게……."

"가나였다. ……흠, 확실히 억측이군."

"아스미 씨는 미와 양의 개인 물품을 맡아두고 계신가요?"

아스미는 우롱차를 마셔 초밥을 위로 흘려 넣고는 고개를 저었다.

"맡아둔 거 없어. 그 아이가 여기 오는 건 두 달에 한 번 정도였어. 그러고 보니 1년 전만 해도 더 자주 왔었는데."

"그즈음 뭔가 달라진 게 있나요?"

아스미는 우롱차가 목에 걸려 기침을 하며 안쪽 방으로 힐끗 눈길을 주고는 고개를 저었다. 여기서 단숨에 돌격해도 얻을 수 있는 것은 많지 않아 보였다. 나는 다음 질문으로 넘어갔다.

"다키자와 씨는 도쿄 내에 다른 집을 가지고 계신다고 합니다만."

"응. 하지만 거기에 미와가 갔을 리는 없을 거야. 이게 있으니까."

아스미는 질문이 바뀌어 안심한 듯 미소 띤 얼굴로 새끼손가락을 세워보였다.

"어떤 여성인가요?"

"물장사 쪽인 것 같은데 자세히는 몰라. 헤어진 남편이 누구와 사귀든 나하곤 상관없는 일이니까. 미와의 두 번째 어머니가 된다면 가만히 있지는 않겠지만, 그 전까지는 왈가왈부할 생각은 없고, 게다가 전남편이 재혼할 것 같지도 않고."

아스미는 연어 한 토막 크기의 참치 대뱃살을 입 안 가득 욱여넣었다. 시간벌기라는 것을 알고는 있지만 빨리 말하라고 할 수도 없다. 초밥을 먹으라고 한 것은 실수였다.

"다키자와는 영역 의식이 엄청 강해. 성 안에서는 왕이고자 하지. 그걸 침범당하면 엄청난 기세로 달려들어. 처음에는 그걸 몰라서 난감했어. 이혼이라는 수라장을 겪은 후 밖에서 만나면 사람이 너무 차분한 거야. 그런데 그의 집에 전화해서 미와를 바꿔달라고 하면 또 엄청 서슬 퍼렇게 나오고. 그럼에도 미와가 우리 집에 머무는 건 아무렇지도 않아. 자기 집 밖에서라면 뭘 해줘도 상관없나 봐."

가토 가정부가 비슷한 말을 했던 것이 생각났다. "회장님은 자기 영역을 침범당하는 걸 싫어하니까요."

"가정부에게 들었습니다만, 다키자와 씨는 미와 양에게 많은 용돈을 주고, 연락만 하면 외박도 허락했다더군요. 하지만 미와 양 방을 일일이 체크하고, 소지품을 마음대로 버리기도 했다고."

"맞아. 그거야."

아스미가 고개를 크게 끄덕였다.

"미와도 비슷한 말을 했어. 그 집은 어디까지나 아빠의 집이고, 자기는 그 부속품이래. 그러니까 이따금 여기 와서 한숨 돌릴 수 있다고. 그 아이는 알고 있었던 거야."

"다키자와 씨에게는 폭력적인 경향이 있었나요? 자기 영역 내에서라면 뭘 하든 상관없다는 의미로 들립니다만."

"글쎄. 없다고 단언할 수는 없어. 회사나 집, 집은 도쿄에 있는 맨션 등도 포함되는데, 그런 곳에서는 엄청 고압적으로 굴고 있으니까. 눈치 없는 사원이 따귀를 맞는 걸 본 적도 있고. 하지만 그 폭력이 미와를 향한 것이냐는 질문이라면 대답은 NO야. 그런 일은 있을 수 없어."

"절대로?"

"절대로. 결점이 많은 사람이지만 그래도 그 나름대로 미와를 사랑하고 있어. 세상에서 두 번째로 사랑한다고 생각해."

첫 번째가 누구인지는 물어볼 필요가 없었다. 물론 다키자와 본인이다.

"다키자와를 의심하는 거야?"

아스미가 탐색하듯 나를 쳐다보았다. 나는 고개를 저었다.

"그건 아닙니다. 가출 원인이 없었을지 확인했을 뿐입니다. 처음 이야기로 돌아가겠는데, 만일 미와 양이 은신처를 가지고 있었고 그 사실을 다키자와 씨가 알아차렸다고 해도 부모자식 간의 문제가 될 거라고는 생각하기 어렵겠군요."

"그럴 거야. 내게 들켰다 해도 미와는 신경 쓰지 않았겠지. 기분은 좀 상하겠지만. 미와가 어렸을 때……."

아스미는 느닷없이 쿡, 하고 웃음을 터뜨렸다.

"그 저택 부지 내에 낡은 컨테이너가 방치되어 있었거든. 미와가 거기를 비밀 기지처럼 삼아 놓았지. 나도 유모도 그걸 모르는 줄로만 알고 있었던 모양이야. 그런데 어느 날 손님이 찾아오기로 해서 불러오라고 유모를 보냈거든. 그랬더니 오랫동안 토라져서는. 그 아이, 토라진 모습이 또 귀여워서……."

아스미는 거기서 말을 끊고 허공을 올려다보았다.

"맙소사, 고추냉이를 너무 많이 넣었어."

나는 눈을 돌렸다. 그 시선이 액자에 머물렀다. 사이드보드 위에 사진 몇 장이 장식되어 있었다. 나는 일어서서 가까이 있는 사진을 집어 들었다. 아스미와 미치루, 신문에서 본 아야코, 그리고 중앙에 있는 미와.

필요했던 생생한 사진이다.

기념사진이기 때문인지 모두 웃는 얼굴이었지만 미와의 미소가 가장 밝아 보였다. 통통한 뺨에 밀려 눈을 가늘게 떴고 가지런한 치아가 보인다. 말랑말랑한 볼귀가 가장 큰 특징일까. 미인이라고는 할 수 없지만 천진난만함과 여성스러움이 절묘하게 조화된 얼굴이다.

대조적으로 미치루는 웃고 있다기보다는 일그러진 듯한 표정이었고, 아야코는 속눈썹을 붙이고 시커멓게 라인을 그린 눈을 크게 뜬 채 입으로만 웃고 있었다.

사진 오른쪽 하단에 날짜가 있었다. 2001. 2. 27.

"이건 미와 양 생일 파티 때인가요?"

"맞아."

아스미는 코를 풀었다.

"이 사진 좀 빌릴 수 있을까요?"

"사진이라면 더 좋은 게 있지."

아스미는 서랍에서 스냅 사진 여러 장을 꺼내왔다. 어느 사진이나 미와의 다정한 인상은 변함없지만 자세히 보면 턱 선은 뭉툭했다.

좌우 귀가 보이는 사진 몇 장과 생일 파티 사진을 빌리기로 했다.

"복사한 뒤 돌려드릴게요."

"역시 아야코가 살해된 것과 미와의 실종이 관계가 있다고 생각해?"

생일 사진을 빌리는 것은 아야코도 찍혔기 때문이라는 사실을 바로 알아차린 것 같다. 동요하는 아스미에게 이 이상 억측을 들려주고 싶지는 않았지만 그녀에게 속임수는 통하지 않는다.

"아야코 양 사건이 해결될 때까지는 뭐라고 말할 수 없습니다. 아야코 양은 실연 후 자포자기 상태로 놀았다고 하니, 그녀 개인의 문제가 원인이라고도 생각할 수 있죠. 하지만 친구 사이인 고등학생 중 한 명이 실종, 한 명이 살해. 그것도 2주 정도 사이예요. 무관하다고 단정할 수도 없습니다."

"그것도 그렇군."

아스미는 크게 숨을 내쉬었다. 나는 궁금한 점을 물었다.

"미와 양과 아야코 양이 어떻게 친해졌는지 아시나요?"

"글쎄."

아스미는 기억을 더듬듯 눈을 감았다.

"아니, 들은 적 없어."

중요한 대목에서는 이 어머니도 다키자와 못지않게 도움
이 안 된다. 나는 빈정거리지 않도록 조심스럽게 물었다.

"미와 양의 실종을 어제까지 모르셨다고 들었습니다."

아스미는 이상하게 뜸을 들인 후 말이 빨라졌다.

"골든위크 직후 해외에 갔었어. 보석 디자인을 공부하러
유럽에 자주 가는데, 붐비지 않고 날씨도 좋아서 매년 5월
에 가곤해."

"여행 중 미와 양과 연락은?"

"귀국한 게 나흘 전이었고, 그때 미와 휴대전화로 연락을
했는데 연결이 안 됐어. 아까도 말했듯이 집 쪽으로 전화하
면 다키자와가 난리를 치니까 연락은 항상 휴대전화야. 귀
국하자마자 가게에 문제가 있어서 그 처리에 바빴고. 그래
서 미와는 별로 신경 쓰지 않았어. 걔도 바쁜가 보네, 하고
생각했지. 조금도…… 변명은 되지 않겠지만."

화제를 바꾸기로 했다.

"다이라 댁과는 가족이 함께 어울렸다는데, 미치루 양과는
옛날부터 친하게 지내셨나요?"

"미와와 동갑인 데다가 유치원 때부터 쭉 함께였으니까.
미치루와 미와는 옛날부터 사이가 좋았어. 미와의 첫사랑이
니까."

나는 어리둥절했지만 여자가 여자에게 사랑했다는 말을
들은 탓은 아니었다. 아스미가 어딘가 비통한 표정을 지었

기 때문이다.

"그건 대체…….'

"미와는 미치루에게라면 뭔가 이야기했을지도 몰라. 물어
봤어?"

아스미가 짐짓 시치미를 뗐다.

"네에, 뭐. 미와 양과는 최근에는 그리 친하게 지내지 않았
다고 합니다."

"그럴 리가 없어. 아니면 싸우기라도 했나?"

모르는 것으로 보고 미치루의 가출과 동거에 대해 대충
설명했다. 아스미는 눈썹을 찡그리며 듣고 있었지만 이윽고
고개를 끄덕였다.

"그거라면 이해가 돼. 엄마가 이런 말하는 것도 이상하지
만 미와는 그런 것에 비판적이니까. 미치루가 알게 된 지 얼
마 안 된 남자와 동거했다는 소리를 들었다면 화를 냈을 거
야. 열일곱 살 난 딸이 너무 개방적이어도 곤란하지만 그렇
다고 19세기 사람처럼 고지식한 것도 좀…….'

현실감이 느껴지는 말이었다. 나는 옆방의 문을 보지 않으
려고 노력했다.

"미와 양이 사귀었던 남자친구는 없나요?"

"1년쯤 전에 우리 집에 남자친구를 데려온 적이 있어. 이
름은 후지사키 사토시. R대학 문학부 3학년이었어. 하지만
금방 헤어졌나 봐. '매력적인 아이였는데 아깝네.' 그렇게 말

했더니 단계를 밟지 않는 남자는 싫대. 강간이라도 당할 뻔한 거냐며 펄쩍 뛰었더니, 알게 된 지 2주 만에 키스는 너무 빠르다며. 귀를 의심했어. 이런 한심한 부모 밑에서 태어났는데 어떻게 그렇게 고지식할까. 유모의 영향일까."

"유모라면 아카시 가요 씨 말인가요?"

"맞아. 좋은 사람이었어. 미와가 한 살이 되기 전부터 집에 있었고, 계속 돌봐줬어. 어쨌든 다키자와는 미와가 태어나기 전부터 사이가 안 좋았기 때문에 나도 밖으로만 돌았지. 그러니까 미와는 유모 손에 자란 거나 마찬가지야. 그분이 없었다면 나도 미와를 두고 그 집을 떠날 결심을 하지 못했을지도 몰라."

아스미의 어조에는 감사와 원한이 동시에 담겨져 있었다. 그러다 그녀는 문득 허공을 응시하며 중얼거렸다.

"아, 맞다. 가나."

"뭐가요?"

"그러니까 가나 말이야. 유모의 딸이 가나라는 이름이었어. 유모가 그만둘 때 내게도 인사를 하러 왔었거든. 이유를 끈질기게 캐물었더니 전남편과 시어머니가 죽어서 딸과 함께 살게 되었다고 대답했는데, 그때 분명히 딸 이름은 가나라고 했었어."

아스미는 흥분해 두 손을 내저었다. 나도 따라 하고 싶을 정도였지만 의뢰인과 탐정이 초밥을 사이에 두고 할 일 같지는 않아 보였다. 대신 심호흡을 했다.

"미와 양과 아카시 씨의 딸이 아는 사이였나요?"

"그렇겠지. 유모가 그만둔 뒤에도 그 아이는 자주 찾아갔을 테니까. 미와는 유모가 병에 걸리고 난 뒤에는 자기 용돈도 건네준 모양이야. 유모가 죽은 후에도 그 딸과 친하게 지내는 일은 충분히 있을 수 있지. 은신처 건도 그렇다면 납득이 가. 미와가 자기 방도 만들어준다는 조건으로 유모의 딸에게 집세를 내주지 않았을까? 그게 분명해. 당장 가나를 찾아줘."

"아카시 가요 씨에 대해 아시는 건 더 없습니까?"

"미와라면……."

아스미는 망연히 말을 끊었다. 그다음 말은 듣지 않아도 될 것 같았다. 시선을 돌린 나는 재미있는 것을 발견했다. 조금 전 아스미가 소리를 내며 닫았던 옆방으로 향하는 문이 1센티미터 정도 열려 있었다. 바람으로 열릴 만큼 문이 허술하지도 않을 터이고, 애초에 바람도 불지 않았다.

"다키자와의 저택에 이력서 같은 게 남아 있을지도 몰라."

"아카시 씨의 출신은?"

"가나가와의 하자키야. 다키자와의 별저 관리인 소개였으니 그쪽에 물어보면 뭔가 알 수 있을지도 몰라."

그 주소를 알아낸 것으로 면담은 끝났다. 아스미에게는 매일 나 또는 소장이 진척 상황을 전화로 연락하기로 했다. 나는 일어서며 가능한 한 아무렇지도 않은 듯 말했다.

"고양이 아니면 강아지라도 키우세요?"

"둘 다 싫어해. 왜?"

아스미는 영문을 모르겠다는 표정을 지었다. 나는 문을 가리켰다.

"실내에서 애완동물을 기르는 사람은 자주 문을 열어두는 버릇이 있기 때문에 아스미 씨도 그런가 하고. 실례했습니다."

아스미의 성격으로 보아 순순히 손님이 와 있는 것을 인정하나 싶었는데 그녀는 애매하게 웃고는 출구를 향해 턱을 치켜들었다.

5

　아스미의 맨션 주변은 감시하기에 실로 적합하지 않은 곳
이었다. 인근에는 몇 개인가의 대사관이 있어서 경찰들이
많다. 옛날 같으면 이런 곳에 밤 8시가 넘어서 멍하니 서 있
을 수는 없었을 것이다. 지금은 든든한 아군이 있다. 휴대전
화다. 이것을 들고 말하고 있으면 어디에 있어도 별로 수상
해 보이지 않는다.

　하지만 결국 아스미의 맨션을 감시하는 것은 그만두었다.
너무 한적한 곳이다 보니 목소리가 쩌렁쩌렁 잘 울리고 맨
션 외부 CCTV에 어떻게든 모습이 찍힌다. 게다가 어떻게
생긴 인물인지도 모르고, 오늘이 지나기 전에 아스미의 집
에서 나올지도 확실치 않은 인물을 이런 곳에서 감시한들
소용이 없다.

　택시를 잡아타고 집으로 돌아왔다. 기사는 말하기 좋아하

는 남자였고, 화제는 시종일관 그의 지병인 치질과 관련된 치료법이었다.

"아르마딜로의 소변이 잘 듣는다는 이야기를 언뜻 들었는데."

기사가 말했다.

"아르마딜로의 소변은 도대체 어디서 사야 하는지 몰라서 곤란해요. 이게 지금 가장 큰 고민이죠."

나는 정말로 그가 부러웠다.

집 근처 편의점 앞에서 내리고는 튀김 냉우동 세트와 아이스티를 샀다. 절뚝거리며 쓸쓸한 상점가를 천천히 빠져나오는데 앞쪽에서 섬뜩한 외침이 터져 나왔다. 집 쪽이다.

인적이 드문 주택가는 가로등만 희미하게 빛나고 있었다. 나는 손으로 가로등 빛을 가리고 앞을 보았다. 다시 새된 외침이 터져 나왔다.

편의점 봉지를 가방에 억지로 쑤셔 넣고 가방을 비스듬히 다시 멨다. 언제라도 경찰에 신고할 수 있도록 휴대전화를 움켜쥐고 조금씩 앞으로 나아갔다.

그때 갑자기 검은 그림자가 엄청난 속도로 돌진해 왔다. 나는 비명을 지르며 쪼그려 앉았다. 그림자는 내 머리 위를 넘어 날카롭게 울부짖으며 U턴했다.

까마귀다.

까마귀는 돌아와서 일어서려던 내 머리를 부리로 찌르려

했다. 백을 휘둘렀다. 까마귀는 유유히 이를 피하며 집 앞 전 깃줄에 턱하니 착지하고는 다시 한번 득의양양하게 울부짖 었다.

나는 까마귀를 노려보고 2층 계단을 올라가려고 난간에 손을 댔다가 황급히 손을 뗐다. 미적지근했던 것이다. 자세히 보니 계단 곳곳에 음식물 쓰레기가 어지럽게 널브러져 있었다. 얼굴을 찌푸리고 위로 올라갔다. 문 앞에 빈 쓰레기 봉투가 배를 째고 내장을 끌어낸 짐승 사체처럼 축 늘어져 있었다. 눈물이 핑 돌 정도로 강렬한 냄새가 났다.

까마귀가 날아와 난간에 올라앉았다. 유유히 내려와 아직 남아 있는 잔반 몇 개를 집어물고는 퍼덕퍼덕 어딘가로 날 아갔다.

고무장갑을 끼고 쓰레기봉투를 정리했다. 까마귀는 장난 에 질린 듯 잠시 이쪽을 바라보다가 이내 사라졌다. 놀이를 계속하고 싶어도 고체 쓰레기는 거의 사방에 흩뿌려져 있 고, 남아 있는 것은 미적지근한 액체뿐이니 더 놀 방법이 없 었으리라.

호스를 꺼내 계단과 길을 물청소했다. 지나가는 직장인과 학원에 가는 아이들이 야밤에 웬일인가 하며 미심쩍은 눈 빛으로 보았다. 세상에는 다양한 불행이 있다. 딸의 실종이 라든가, 변태에게 당해 발이 부러진다든가, 애인에게 300만 엔을 갈취당한 데다 '매우 사적인 사진'을 공개하겠다며 협박을 당하거나 하는. 거기에 비하면 컨디션이 완전하지 않은데도 불구하고 온종일 밖에서 일하고 돌아와 보니 집이 쓰레기와 까마귀에게 습격당하고 있었다는 것은 대단할 것도 없다.

이렇게라도 생각하지 않으면 버틸 수 없다.

청소가 끝났을 무렵에는 온몸이 완전히 향기로워져 있었다. 운동화도 내일은 신지 못할 것 같다. 몸에 두른 모든 것을 벗어던지고 욕실 선반 안쪽에서 미노리가 집들이 선물로 준 프랑스산 장미 바디샴푸라는 것을 꺼냈다. 장미 향기가 과격하게 응축되어 있어 사용하면 코털이 뻗는 듯한 느낌이 든다고 한다. 폭력을 폭력으로 제압하는 방식은 좋아하지 않지만 이럴 때는 어쩔 수 없다.

장미향에 재채기를 연발하며 욕실을 빠져나왔다. 세탁기에 입고 있던 옷을 던져 넣고 세제를 평소보다 많이 넣었다. 냉우동을 냉장고에 넣어두고 미노리가 가져온 멜론의 남은 부분을 모조리 먹었다. 다리에 마사지 오일을 바르고 책장에서 가장 편안한 소설을 꺼내 잠자리에 들었다.

휴대전화가 울렸다.

전화 상대는 말이 없었다. 연결 상태가 안 좋은 모양이다. 전화를 끊었다.

다시 전화벨이 울렸다.

이번에는 거친 콧김 같은 것이 들렸다. 하지만 상대가 먼저 끊었다.

얼굴을 찌푸리고 휴대전화를 충전기로 되돌렸을 때 누군가 현관을 세게 두드렸다. 나는 깜짝 놀라 넘어지며 그 바람에 바닥에 엉덩이를 찧었다. 그사이에도 그 누군가는 문의 경첩이 비틀릴 정도로 계속 두들겼다. 이런 망할. 무라키를 만나게 되면 이번에야말로 경찰봉을 손에 넣어야지.

가능한 빨리 부엌으로 뛰어들어 부엌칼을 움켜쥐었을 때 사람 소리가 났다.

"저기, 하무라. 집에 없니?"

나는 시무룩한 얼굴로 문을 열었다. 집주인인 미쓰우라가 문을 두드리던 주먹을 공중에 멈춘 채 나를 내려다보았다.

"뭐야, 있었잖아. 빨리 열 것이지."

"집주인이면 이 문짝이 얼마나 무른지 알잖아. 오밤중에 갑자기 두드리면 놀라지."

"오밤중이라니 아직 10시잖아. 저기, 들어가도 돼?"

처음 만났을 때 동갑내기로 판명된 이후 내게 스스럼없이 대하기는 했지만 이렇게까지 친해진 기억은 없다. 나는 못을 박았다.

"쓰레기 건이라면 내가 한 게 아니야. 불평이라면 규정 시간 지나 쓰레기를 버리는 인간과 까마귀에게 말해."

"쓰레기? 무슨 소리야. 부탁할 게 있어."

나는 길게 으르렁거렸다. 게다가 미쓰우라의 끈적끈적한

158

여성스러운 말투를 하염없이 들었다가는 쓰러질지도 모른다. 하지만 부업을 소개해준 은혜가 있다. 나는 턱을 치켜올렸다.

"들어와."

테이블 세트를 나르는 것을 도와준 이래 집에 들어오는 것은 처음이어서 그는 신기한 듯 주위를 둘러보다가 나와 눈이 마주치자 입을 열었다.

"하무라, 너 맨날 그런 차림으로 자니?"

나는 낡은 티셔츠에 반바지인 내 모습을 내려다보았다.

"뭘 입고 자든 내 맘이잖아."

"젖꼭지 비친다."

"시끄러워."

데님 셔츠를 걸치고 돌아와 검지를 미쓰우라 코앞에 갖다 댔다.

"10분 줄게. 용건을 말해. 용건을."

"우리 상록수 연립에 시카마라는 부부가 살거든."

내 기분이 언짢은 것을 그제야 알아차린 미쓰우라가 빠른 말투로 말했다. 미쓰우라가 말하는 연립은 낡은 목조 2층이지만 터가 넓고 중앙에 거대한 상록수가 있으며 문이 노랗게 칠해져 있어 운치가 있다. 게다가 연립 내부에 손을 대는 것을 허락한 덕에 돈이 없는 미대생이나 병아리 디자이너들에게 의외로 인기가 있는 모양이다.

"거기, 부부도 살고 있었어?"

"남편은 대학생. 부인인 교코는 야마노테 대로변 레스토랑에서 아르바이트 중. 아이가 생겨 결혼했는데 유산해서 자식은 없어. 결혼할 때 양쪽 부모로부터 의절당해 지원은 일절 없는 상태. 남편은 대학생이라고 해도 벌써 4학년이고, 컴퓨터 프로그래머로 주 4일 일하고 있고, 졸업하면 현재 회사에 취직도 예정되어 있지만, 역시 그것만으로는 먹고 살 수 없기 때문에 교코에게 아는 레스토랑을 소개해줬어."

미쓰우라는 부모의 유산을 물려받아 넓은 집에 혼자 살면서 연립 두 채와 이 집에서 나오는 월세 수입으로 먹고 산다. 부러운 신분이지만 아침부터 밤까지 자질구레한 임대 관련 허드렛일을 처리하는지라 놀고먹는 것만도 아닌 모양이다.

"교코는 월요일부터 금요일 11시부터 2시까지와 5시부터 11시까지 일하고 있어. 폐점 직전에 남편이 데리러 가서, 둘이서 사이좋게 손을 잡고 집으로 돌아오곤 했지. 한데 4월부터 수요일에 남편 회사에서 식사회 겸 야간 회의가 열리게 되었어. 그 회사, 완전 자유 출근제로 전 사원이 모이는 건 한밤중이래. 그래서 수요일에는 교코가 혼자서 귀가를 하게 된 거야. 음, 차라든가 뭐 마실 거 없어?"

나는 손대지 않은 아이스티를 컵에 따라 내주었다.

"그래서?"

"돌아오는 길에 있는 하야시 후미코 기념관 주변은 밤중에 여자 혼자 걷는 건 별로 좋지 않지만, 넓은 길이고, 근처에 끌려 들어갈 우려가 있는 공터도 없잖아. 딱히 불안하지는 않았던 것 같은데, 요즘 아무래도 누군가가 따라오는 듯한 느낌이 들더라는 거야."

"모습은 봤어?"

"그게 말이지, 미행을 당하고 있다는 확신이 없어서 나한테 상담을 한 거야. 확실했다면 남편에게 말했겠지."

"어째서?"

"학업과 일을 양립하느라 지쳐 있는 남편을 확실하지 않은 느낌 때문에 걱정시키는 건 미안하대. 훌륭하잖아. 그래서 이야기를 듣고 내가 말했지.. 남편이 집에 없을 때는 보디가드를 해주겠다고. 하지만 그래서는 문제 해결이 안 되잖아? 미행하는 놈이 짜증을 내서 다른 때 교코를 덮치거나 하면 곤란하고."

"그녀에게는 짚이는 게 없대? 끈질기게 누군가가 들이대거나 그런 경험은?"

"없나 봐. 들은 건 아니지만."

미쓰우라가 말을 계속했다.

"큰일이 벌어지기 전에 그놈부터 붙잡아야 하잖아. 그러다 딱 생각이 났어. 그러고 보니 우리 집에는 문제 해결에 안성맞춤인 인재가 한 명 있었다는 게."

나는 진절머리가 났다. 부모의 반대를 무릅쓰고 결혼, 유산, 학생과 일의 양립. 시카마 부부는 분명 대견하다. 그렇다고 아무 상관도 없는 내가 있는지도 의심스러운 고민을 왜 해결해주어야 하는 것인지……. 심지어 이렇게 바쁠 때.

"해주면 나, 하무라가 하는 말은 다 들을게. 정조를 바쳐도 좋아."

"필요 없어."

"그럴 줄 알았어. 다음 달 월세 반값 어때?"

"……할게."

힘주어 대답하고 나서 정신이 퍼뜩 들었다.

"잠깐만. 오늘 무슨 요일이야?"

"수요일."

미쓰우라가 시계를 올려다보며 빙그레 웃었다.

"30분만 있으면 11시."

야마노테 대로변에 있는 레스토랑 '매너 하우스'의 불빛이 꺼졌다. 나는 손목시계를 들여다보았다. 11시 5분 전. 마지막 손님은 아직 가게에 남아 있다.

"저 집, 포크커틀릿이 맛있어. 다음에 답례로 한턱 쏠게."

가게 건너편 어둠에 몸을 숨기고 미쓰우라가 속삭였다. 이 근처는 오에도 지하철역 출구가 생겨 밝아졌지만, 도로의 확장 공사에도 포함되지 않고 그대로 남겨진 목조 가옥이

드문드문 서 있다. 문제의 가게도 외관은 그런 집들과 크게 다르지 않다. 그런 것에 매너 하우스라는 엉뚱한 이름을 붙인 것이다.

"그 사람, 휴대전화 있어?"

"아니. 가게 전화라면 번호 아는데."

"건 다음 나 좀 바꿔줘."

미쓰우라는 시키는 대로 했다. 수화기 너머의 교코는 천진난만한 목소리로 "죄송합니다" 하고 말했다.

"잠자코 들어요. 제시간에 가게를 나와서 평소처럼 집으로 가요. 당신 앞을 미쓰우라가 갈 거고 뒤는 내가 따라갈게요. 이 일은 가게 사람에게도 말하지 말아요. 알았어요?"

"네."

"그럼."

5분이 지나 가게의 문이 열리고 여자가 가게에서 나왔다. 미쓰우라가 말했다.

"저게 교코야. 착한 아이인데 어떻게 봐도 열렬히 구애받을 만한 타입은 아니잖아."

교코는 멀리서 밤눈으로 보건대 작고 얌전한 용모다. 흰 블라우스에 무릎에 걸치는 핑크 깅엄체크 스커트를 입고 굽이 높은 뮬 샌들을 신었다. 머리는 생머리에 앞머리가 어중간하게 자라 있다. 화장도 엷은 화장밖에 하지 않았다. 어색한 발걸음으로 횡단보도로 향했다. 하반신은 의외로 살집이 있다는 것까지 관찰하며 나는 중얼거렸다.

"하여튼."

"뭐가?"

"열렬히 구애받지는 못할지도 모르지만 치한이 좋아할 만한 타입이야. 작고 온순한 것 같고, 멀리서도 한눈에 젊은 여자라는 걸 알 수 있을 것 같은 머리, 복장, 게다가 뮬. 저걸 신고 어떻게 도망쳐."

"우와, 그런 거야?"

"저 레스토랑은 유니폼?"

"그렇긴 한데."

"남편이 없을 때는 출퇴근 복장에 신경을 써야지. 이번에는 그녀의 착각이었을지 몰라도 언젠가는 봉변을 당할지도 몰라."

미쓰우라가 뭐라고 중얼거렸다. 무섭다나 뭐라나. 나는 그의 정강이를 걸어찼다.

"앞질러 가서 천천히 연립으로 가. 비명이 들리거나 하지 않는 한 뒤돌아보지 말고. 휴대전화 전원은 들어와 있는지 확인하고, 그녀가 집에 도착할 때까지는 다른 데서 온 전화는 바로 끊어."

"알았어."

미쓰우라가 천천히 상록수 연립으로 이어지는 길을 걷기 시작했고, 교코는 때때로 뮬을 헛디딜 듯하면서 뒤를 따랐다. 혀를 차며 주위를 살폈다. 아직까지 주위에 교코를 감시하는 듯한 사람은 없다.

가만히 있어서 그런지 쌀쌀해졌다. 블루종 소매를 아래까지 내리고 교코를 쫓았다. 묘소지 강 쪽으로 내려가는 비탈길이다. 발이 지끈지끈 맥박 치며 존재를 주장하기 시작했다. 나는 할인 상품에 홀라당 넘어가버리고 마는 자신의 성격을 마음껏 욕했다. 지금 중요한 것은 미와의 행방을 알아내는 것이다. 거기에 미노리 건까지 있다. 이러고 있을 때가 아니라 조금이라도 좋으니까 쉬어야 하는데.

교코가 세이부신주쿠 선 건널목에 접어들었을 때였다. 건널목 바로 앞에 서 있던 차에서 한 남자가 내렸다. 주위를 둘러보고 살며시 차 문을 닫고 걷기 시작한다. 어두워서 잘 모르겠지만 중년이 넘은 양복을 입은 남자다. 그뿐이라면 별일 없지만 한 가지 이상한 점이 있었다. 신고 있는 것이 운동화다. 나는 차번호를 적고 휴대전화를 눌렀다. 미쓰우라가 바로 받았다.

"빙고. 이상한 놈이 교코 뒤를 쫓고 있는 것 같아. 그쪽으로 가고 있어."

드넓은 외길에다 내리막길이다. 내 위치에서는 미행남, 교코, 선두의 미쓰우라의 모습까지 모조리 확인할 수 있었다. 미쓰우라는 제자리에서 가볍게 뛰어올랐다.

"나, 나 어떡하지? 그……그러니까 오버?"

무전기 아니거든.

"상록수 연립을 지나쳐 고노사카 근처에서 상황을 살피도록 해. 전화는 연결한 채로 괜찮겠어?"

"괜찮아."

"그럼 끊지 말고 계속 연결해둬."

우리는 일렬로 나아갔다. 사내는 가끔 두리번거리기도 했지만 설마 자신이 미행당하리라고는 예상하지 못한 듯 내 존재를 알아차리지 못했다. 일정한 거리를 두고 교코의 뒤를 따라갔다.

우리는 하야시 후미코 기념관 앞을 지나 문을 닫은 꽃집을 지났다. 그 근처에서 뭔가 나직한 저주 같은 소리가 들려왔다. 등골이 오싹해졌다.

"커~다란 자루를 어깨에 짊어지고……."

세상에. 미쓰우라의 노랫소리다. 밤길에 이런 것을 들으면 치한보다 훨씬 심장에 나쁘다.

"가~죽이 벗겨진 빨간 속살이……."

나는 황급히 휴대전화로 미쓰우라에게 말했다.

"야, 그 거짓말한 토끼 가죽을 벗기는 노래 그만해."

"어쩔 수 없어. 우리 엄마, 동요 가수인데, 이 노래만 듣고 자랐으니까. 나도 모르게 나오고 말아."

"적어도 좀 밝은 멜로디의 동요를 부르든가. 섬뜩해."

문득 정신을 차려 보니, 미쓰우라, 교코, 남자, 그리고 내

보조는 마치 자로 잰 듯이 동일했다. 왼발, 오른발, 왼발, 오른발. 그런데 이상했다. 남자가 교코를 미행하는 것은 틀림없는 사실이었지만 치한치고는 하는 행동이 이상했다.

가까스로 미쓰우라가 상록수 연립에 당도했다. 그대로 어색한 발걸음으로 고노사카로 향한다. 현관에 세발자전거를 세워둔 모퉁이 집이 있는데, 그 그늘에 숨어서 내가 지시를 내렸다.

"교코가 집에 들어가면 남자의 상황을 지켜보다 덮치겠어. 내가 말을 걸 테니 미쓰우라도 뒤쪽에서 나와주지 않겠어?"

"알았어."

"교코가 집에 들어갈 때까지 긴장을 풀지 마."

교코가 상록수 연립 안뜰로 들어섰다. 내 쪽에서는 모습이 보이지 않는다. 남자는 상록수 연립 담벼락에 멈춰 서서 안을 살폈다. 나는 조금 떨어진 전봇대 뒤에 몸을 숨겼다. 전화에서 미쓰우라의 목소리가 들렸다.

"교코, 긴장한 모양인지 열쇠를 떨어뜨리고 찾고 있어. 저자식, 왠지 초조한 것 같아."

"열쇠로 문을 여는 순간, 집으로 침입하는 치한의 상투 수단이니까 조심해."

"알았어. 아, 교코가 문을 열었어."

그때 남자가 바쁘게 주위를 둘러보다가 빠른 걸음으로 상록수 연립 입구로 향했다. 나는 다리가 아픈 것도 잊고 달려갔다.

"잠깐만요."

남자는 펄쩍 뛰며 고개를 돌렸다. 문이 급하게 쾅 닫히는 소리가 났다.

"실례지만 여쭤보고 싶은 게 있는데요."

"뭐야, 너."

가까이서 보는 남자는 볼이 홀쭉하고 눈이 불룩하며 담뱃진으로 누런 이를 가진 의심스럽기 짝이 없는 인상의 소유자였다. 특집 추리드라마에서 분위기를 잔뜩 풍기다 중간쯤에 살해당하는, 변태에 협박범이라는 역할에 채용될 것 같은 분위기였다. 나는 빈손임을 다시 한번 절실히 후회했다.

"지금 당신이 미행하던 여자의 친구입니다. 신주쿠세이부선 건널목 근처에 주차해둔 차에서부터 계속 미행하셨죠? 이유를 말씀해 주시겠습니까?"

"그런 일은 안 했어."

남자는 뒷걸음질을 치다가 미쓰우라에게 부딪히더니 펄쩍 뛰었다.

"거짓말쟁이 아저씨. 당신 뭐야? 치한이야?"

"왜 이러는 거야. 우연히 지나갔을 뿐인데."

"그녀는 요즘 수요일만 되면 누군가에게 미행당해 겁을 먹었어요. 당신은 차에서 내려 일부러 여기까지 걸어서 왔고요. 게다가 그녀가 열쇠를 꺼내 문을 연 순간 안으로 들어가려 했고요. 나와 그가 증인입니다."

"너희 같은 수상한 놈의 증언 같은 건 몰라."

"어떻게 된 일인지 사정 좀 들어보죠."

"너희에게 설명할 건 아무것도 없어."

"그렇다면 그것도 상관없습니다. 차번호는 적어두었습니다. 만약 앞으로 그녀를 쫓아다니지 않겠다고 약속하면 그냥 두겠어요. 하지만 포기하지 않고 그녀를 미행하면 경찰에 신고하도록 하겠습니다."

"누굴 쫓아다니든 내 맘이야."

나는 화가 치밀었지만 미쓰우라는 더욱 화가 난 듯 이렇게 말했다.

"나는 이 연립의 집주인이야. 세입자가 피해를 당해서 곤란해 하고 있잖아. 내가 경찰에 가서 증언할 거라고."

"뭐야, 집주인이라고?"

웬일인지 미행남이 갑자기 흥분해 팔을 내젓기 시작했다.

"네가 집주인이라고? 빌어먹을 자식이 어디서 장난질을."

"장난을 치긴 누가 쳐요."

미쓰우라는 사내의 휘적거리는 펀치를 피해 사납게 덤벼들었다. 말투는 여자 같아도 힘은 남자다. 나는 당황해서 두 사람을 떼어 내려다 절규했다. 미쓰우라가 오른발을 힘껏 밟은 것이다.

여기저기서 창문 열리는 소리가 들렸다. 상록수 연립 대문도 몇 개인가가 열리고 세입자 몇 명이 뛰쳐나왔다. 미쓰우라와 남자를 떼어놓는 작업은 그들에게 맡기고 나는 벽에 기대어 눈물을 훔쳤다. 혹시 또 뼈에 금이 갔다가는 넉 달, 아니 반년치 집세를 말소시켜 주겠어.

통증이 다소 가라앉은 뒤 살며시 다리를 내려 체중을 실어 보니 아무래도 뼈에 이상은 없는 듯했다. 미쓰우라와 미행남은 서로 의미 모를 고함을 질렀다. 보아하니 상록수 연립 주민들은 이 소동을 실컷 즐기는 듯했다. "진정하세요" 하면서 둘을 떼어놓나 했더니 주먹다짐을 시킨 뒤 다시 엉겨 붙으면 또 떼어놓는다.

"너 같은 변태는 경찰에 신고할 거야."

미쓰우라가 아우성쳤다.

"너 같은 몰상식한 집주인은 면허를 취소시켜야 해."

미행남이 응수했다.

"바보. 임대인 면허 따위가 있을 리 없잖아."

남자는 말문이 막혀 다시 팔을 치켜들었다. 세입자 중 누군가가 말리고, 누군가가 소리쳤다. 소란을 가라앉힌다기보다 더욱 부추길 때 머리를 갈색으로 물들인 젊은 남자가 나타나 무슨 일 있냐고 물었다. 미쓰우라가 고개를 들었다.

"아, 시카마. 너도 한 대 때려줘. 이 녀석, 네 아내를 추행하려 했어."

"교코를?"

곰돌이 푸를 빼닮은 시카마가 눈을 껌벅이며 미행남 얼굴을 쳐다보다가 벌에 쏘인 듯 펄쩍 뛰었다.

"자, 장인어른."

상록수 연립 관계자들은 조용해졌다. 미쓰우라가 앵무새처럼 반복했다.

"장인어른?"

"너 따위에게 장인어른이라 불릴 이유는 없어."

변태 인상의 사내가 고함을 질렀다.

"너 같은 남자가 교코를 지킬 수 있을 수가 없어. 딸애한테 혼자 밤길이나 걷게 하고. 내가 만약 치한이었다면 지금쯤 교코는 집 안에서 끔찍한 짓을 당했을지도 몰라. 이 한심한 놈."

문틈으로 상황을 살피던 교코가 뮬을 신고 뛰어나왔다. 교코의 아버지로 보이는 남자는 빙글 딸을 향해 돌아서서 팔을 잡아끌었다.

"교코, 돌아가자. 이런 놈하고는 헤어지면 돼. 이혼 서류는 이쪽에서 내겠다."

"잠깐만요."

교코의 부친은 미쓰우라, 상록수 연립의 주민과 나, 거기에다 시카마까지 매섭게 쏘아보고는 욕설을 퍼부었다.

"부모의 허락도 받지 않고 결혼한 부부에게 방을 빌려주는 집주인, 그 세입자에, 차가 어쨌다는 등 시시한 소리를 지껄이는 여자. 이런 바보들과 함께 있으니까 위험한 꼴을 당하는 거야."

금세 귀청이 떨어질 듯한 항의가 곳곳에서 일었다. 당연하지만 가장 큰 소리로 항의하는 사람이 교코라는 것을 확인한 나는 절뚝거리며 인파를 빠져나와 집으로 돌아왔다.

6

휴대전화가 울려서 잠에서 깼다. 침을 닦으며 몸을 일으켰다. 머리맡의 자명종은 8시 5분을 가리키고 있었다.

"나야, 시바타."

무사시히가시 경찰서의 시바타였다.

"근처에 있어. 할 말이 있으니 그리로 갈게."

대답할 겨를도 없이 전화가 끊기고, 그와 동시에 누군가가 문을 두드렸다.

잠이 덜 깬 눈으로 침대에서 내려와 일어선 순간, 오른쪽 발등부터 머리끝까지 엄청난 통증이 훑고 지나갔다. 다시 주저앉아 다리를 살며시 만졌다. 어제보다 더 붓고 열이 났다. 안 그래도 반대쪽 다리에 힘을 주고 다니다 보니 두 다리 모두 덜덜 떨린다. 허리도 아프다.

누군가가 또 문을 두드렸다. 내 지인 중에는 성격이 급한 사람밖에 없는 모양이다.

"야, 하무라. 문 열어."

다음에 목돈이 생기면 꼭 인터폰을 설치해야겠다고 다짐하며 비틀비틀 문으로 향했다. 시바타가 뚱한 얼굴로 서 있었다.

"언제까지 자빠져 자고 있을 거야."

나는 한숨을 내쉬고 뻗친 머리를 쓸어 올리며 손짓으로 안으로 들어오라고 했다. 시바타는 사양하지 않고 들어와 주방 테이블 의자에 앉았다. 나는 멍한 채, 그래도 어젯밤 일이 생각나 데님 셔츠를 걸치고 주전자를 불에 올려놓았다.

"이 시간에 무슨 일이야?"

"감사 인사를 하러."

고이 자는 사람을 깨운 경찰관은 크게 으스대며 주위를 살폈다.

"이런 데 사냐?"

"이런 곳이라 미안하군. 그런데 뭐에 대한 감사 인사인데?"

"뭐, 전에 살던 공동 화장실을 쓰던 연립에 비하면 천국 같군. 저 커튼, 네가 만들었냐?"

"그렇기는 한데, 대체 뭐하러 온 거냐고."

"의외로 근사하긴 하지만 여전히 남자와는 인연이 없는 방이네."

"신경 꺼. 할 말 있는 거 아니었어?"

"뭐, 그렇지. 아, 나는 커피."

자세히 보니 시바타의 눈은 충혈되어 있었다. 나는 하려던 말을 모조리 집어삼킨 채 커피를 끓이고 비스킷과 초콜릿을 곁들였다. 시바타는 접시 위의 비스킷을 모조리 입에 밀어 넣으며 우물우물 말했다.

"야나세 아야코의 살인범, 잡혔어."

나는 커피에 목이 메었다. 바라던 반응이었는지 시바타는 기쁘게 웃었다.

"다키자와 저택의 가정부 아줌마. 하무라가 정보를 제공하라고 말했다면서? 그 사람의 증언이 결정적이었어. 아야코의 집에서 대마가 발견되어 처음부터 약물과 관련해 수사하고 있었는데, 그 아줌마 덕에 판매상을 특정할 수 있었지. 어젯밤에 그 판매상을 경찰서로 불러 취조했거든. 시간은 걸렸지만 가까스로 실토했어. 이것으로 한 건 마무리."

"범인은 누구야?"

"이름은 고지마 유지, 38세. 폭행과 마약법 위반 전과가 있고, 최근에는 개인택시를 운전하면서 직접 재배한 대마를 팔았지. 택시 승객에게 슬쩍 이야기를 꺼내 반응이 있으면 팔았던 것 같아. 아야코도 그걸 계기로 고객이 된 것 같고."

요즘 여고생이 대마를 했다는 것만으로는 놀라지 않지만, 개인택시를 운전하며 대마를 직접 재배해 판매하다니. 시대는 가내수공업으로 회귀하고 있는 모양이다.

"아야코는 요 몇 달 동안 꽤 거친 생활을 보냈었던 것 같아. 그 왜 네가 아는 그 여고생."

"다이라 미치루."

"그 아이도 말했듯이 화려하게 놀러 다녔나 봐. 그녀의 집은 평범한 샐러리맨으로, 용돈이 풍족한 것도 아니었지. 젊은 여자가 돈을 손에 넣기 위해서는 정해진 코스를 밟았을 거야. 고지마가 말하기로는 3월 중순경 아야코를 롯폰기에서 택시에 태운 김에 대마를 사지 않겠냐고 제안했다더군. 아야코는 돈이 없다며 거절했대. 그렇다면 다른 걸 제공하지 않겠냐고 권유했고, 아야코가 거기에 응한 거지. 이노카시라 공원 근처 인적이 드문 나무숲에 차를 세우고 관계를 맺었다는군."

꼭두새벽부터 가관이다. 나는 위를 어루만지며 커피를 내려놓았다.

"이들은 이후에도 몇 차례 대마와 몸을 바꾸었어. 그런데 몇 주 후, 아야코의 친구 다키자와 미와에게 그 사실이 알려지자, 아야코는 두 번 다시 고지마와는 만나지 않을 것이며 대마도 사지 않겠다고 말하기 시작했어. 고지마는 화가 나 아야코를 쫓아다니며 자신과 만나지 않으면 부모나 학교에 대마초나 관계를 맺은 걸 알리겠다고 협박했지. 그러자 미와가 아야코를 대리한다고 와서는, 자신의 아버지는 갑부로,

여러 가지 루트도 가지고 있다. 내가 아빠에게 부탁하면 너 같은 비열한 남자 한 명쯤은 언제든지 처분할 수 있으니 죽고 싶지 않으면 아야코에게는 접근하지 말라는 식으로 말한 것 같더라고."

미와의 완고해 보이는 턱선을 떠올렸다.

"고지마는 바로 겁을 집어먹지는 않았지만 미와를 조사하다 그 큰 저택에 도착했지. 완전 허풍만은 아니라는 걸 깨닫고, 본인 왈 '달리 젊은 여자가 없는 것도 아니'라며 아야코에게서 전면 철수한 거지. 그런데."

"5월 3일에 미와가 실종되고, 아야코는 고지마를 의심했다. 그러지 않았으면 좋았을 텐데, 직접 물어볼 생각에 고지마를 불렀다."

"내가 할 말을 가로채지 마."

시바타가 뚱하게 대답했다. 나는 잠이 덜 깬 것치고는 열심히 시바타의 비위를 맞춰주었다.

"실례했습니다. 그래서?"

시바타는 일부러 담배를 꺼내 시간을 들여 불을 붙였다.

"아야코는 고지마를 불러낼 때 '미와가 없어졌어, 당신을 만나고 싶어'라고 말한 것 같아. 아야코 입장에서 보면 미와가 사라진 사정을 알고 싶으니 고지마를 만나 이야기하고 싶다는 뜻이었겠지만, 고지마는 방해자가 없어졌으니 너를 만날 수 있다고 말한 것으로 착각한 거지. 기뻐서 만나러 갔더니 생판 모르는 일로 다그치기에 발끈해서 차 안에서 목을 조른 거야. 사체 처리에 애를 먹어 택시에서 옮길 수 있는 만큼 멀리 옮긴 후 그대로 버리고 도망친 거지. 아야코의 전화와 가방 등은 집으로 가져간 거고. 이상."

"잠깐만."

나는 재떨이를 시바타의 코앞으로 밀어냈다.

"생판 모르는 일? 즉, 고지마는 미와의 실종과는 무관하다는 거야?"

"본인의 진술로는 그렇게 돼."

납득할 수 없다고 얼굴에 드러났는지 시바타가 나를 들여다보았다.

"어제, 다키자와 기요시가 경찰서를 찾아왔어. 어지간히 가족 사이가 나쁘지 않는 한 대부분의 부모는 딸이 가출했다고는 좀처럼 믿지 않기 때문에 미와의 실종은 단순한 헛소동이라고 생각했거든. 하지만 덕분에 사정이 달라졌어. 미와의 실종과 관련해서 고지마를 신문할 거고, 미와의 실종도 사건성을 고려해 수사하게 될 거야."

"고마워."

"고맙다니, 저기 너."

시바타는 의문이 가득 담긴 눈초리로 나를 바라보았다.

"너, 정말로 미와의 실종에 사건성이 있다고 생각해? 그녀가 부잣집 딸로, 실종 후 가족에게 연락도 하지 않았고, 사라진 물건도 없고, 돈도 인출하지 않았다는 건 다키자와에게 들었지만, 그렇다고 가출이 아니라고 단정할 수도 없어. 기가 센 아가씨 같으니 부모의 힘을 빌리지 않고 살아가고 싶다는 풋내어린 마음에 자립을 목표로 가출했다고도 볼 수 있지. 내 개인적인 감상이지만 고지마는 미와에 관해서는 정말 아무것도 모르는 게 아닐까? 어수룩한 녀석이야. 그 녀석이 미와를 죽였다면 지금쯤 사체가 발견되었을 거야."

시바타의 말대로였으면 좋겠다고 진심으로 바랐다. 하지만 그렇게는 생각되지 않았다. 도저히.

"어쨌든 나도 미와 주변을 뒤지게 되었으니 하무라와 같은 사건을 뒤쫓게 된 거지. 그래서 상담하는 건데 뭔가 알고 있는 게 있으면 바로 알려줘."

"그게 무슨 상담이야?"

"알았어. 부탁할게."

"경찰이 탐정을 의지하면 어떡해."

"공공기관과 시민이 함께 아픔을 나누는 시대가 온 거야. 아니, 솔직히 나는 다른 일도 있어서 미와 건만 쫓고 있을 수는 없다고. 게다가 8월이면 애도 태어나니까 가끔은 마누라의 손도 잡아주고 싶고 말이야."

"어, 축하해. 대단한걸."

시바타는 금세 싱글거렸다.

"한때는 포기했는데 드디어 첫 아이야. 사내아이래. 장래에 아빠와 같은 경찰이 되고 싶다면 어떡하지?"

자식 자랑은 애인이나 배우자 자랑보다 더 맞장구를 치기 어렵다. 어찌할 바를 모른 채 시바타에 맞춰 싱글거렸지만, 아직 태어나지도 않은 아들 자랑이 끝없이 이어지니 내 표정도 점점 굳어가기 시작했다.

"무사히 태어나면 꼭 좀 알려줘. 선물 보낼게."

"선물은 무슨. 그보다는 그렇게 되었으니 조사 과정에서 알게 된 것들은 족족 무사시히가시 경찰서로 전해줘. 그때까지 알게 된 사실만이라도."

시바타는 할머니로 둔갑한 늑대가 빨간 모자에게 부렸을 것 같은 아양을 끊임없이 떨었다. 나는 진지한 얼굴로 고개를 끄덕였다.

"경찰에 협조하는 건 시민의 의무니까 기꺼이. 하지만 의뢰를 받은 건 어제 오후라서 미와의 방을 살펴보고, 가정부와 어머니에게 이야기를 들었을 뿐 진전은 거의 없어."

"미와의 방에서 실종과 관련 있을 만한 물건은 발견했어?"

시바타는 흥미 없다는 듯이 손톱을 튕기며 물었다.

"전혀. 가정부에게 들었을 거 아니야? 아버지가 딸 방에 들어가서 마음에 안 드는 물건은 모조리 내버린대."

"어머니 쪽은?"

"관계있어 보이는 건 전혀. 미와가 사라진 직후에 해외에 나가 있었고, 실종 사실도 그저께까지 몰랐다고 본인은 말하고 있어. 딸은 보수적인 성격이었나 봐. 1년 전에 사귄 남자친구 이름을 알려줬으니 오늘 알아볼 생각이야. 어머니인 쓰지 아스미와 관련해서 궁금한 게 있는데."

나는 말끝을 흐렸다. 시바타는 손톱을 튕기면서 턱을 치켜올렸다.

"아스미에게는 그다지 밝히고 싶지 않은 애인이 있지 않나 싶어. 어젯밤에도 아스미의 방에 숨어 몰래 이쪽 이야기를 듣고 있었던 것 같아. 물론 고용한 지 얼마 안 된 탐정에게 자기 남자친구를 소개하는 사람도 드물고, 탐정이 실종 조사하러 왔다고 하면 누구라도 호기심이 생길 테니 단순한 어림짐작에 불과하지만 약간 신경 쓰이네."

"흠. 그뿐인가."

"지금으로서는."

"진전이 있으면 연락 줘. 직접 내게. 부탁이야."

"너에게 직접?"

나는 시치미를 떼고 고개를 약간 갸웃해 보였다.

"하야미 형사는 안 돼? 그 사람, 내 취향인데."

"그냥 나한테 연락해."

시바타는 조금 당황한 것처럼 보였다. 나는 가볍게 흔들어 보기로 했다.

"그러고 보니 전과자 명단은 바로 검색 가능하지?"

"뭐야 갑자기."

"이름 좀 알아봐줄래? 이건 개인적인 부탁이고 이번 건과는 관계가 없는데."

"너는 인권이라는 말도 몰라?"

"우시지마 준타."

나는 사쿠라이가 알려준 이름을 메모지에 적어 시바타에게 건넸다.

"전과가 있는지 없는지만. 시바타도 나와는 오래 알고 지낸 사이잖아. 혼자만 행복해지고 싶은 생각은 없잖아?"

시바타는 물끄러미 나를 바라보다가 함정에 걸렸다.

"오, 그렇군. 그런 거였나. 하무라에게도 드디어 봄이 찾아온 건가."

나는 고개를 숙이고 머뭇거리는 척을 했다. 시바타는 활짝 웃는 얼굴로 고개를 크게 끄덕였다.

"어떤 녀석인지는 몰라도 배짱이 대단한걸. 이런 의심 많은 여자에게 손을 대다니. 알았어. 알아봐줄게. 대신 하무라도 미와 건에 진전이 있으면 바로 내게 연락해."

"물론이지."

우리는 굳게 악수를 나누고 헤어졌다. 시바타는 나를 속이는 데 성공했다. 미와 건에 그다지 흥미가 없다고 생각하게 하는 것에 성공했다. 지금쯤 그렇게 생각하며 싱글벙글하고 있으리라. 유감스럽게도 나는 알고 있었다. 고지마의 가택수색 결과, 미와와 관련된 물증이 나올 가능성은 상당히 높다. 내가 제공하는 정보를 통해 시바타가 공을 세우려 하는 것은 명백했다.

한편, 나는 '가나' 건을 덮어둘 수 있었다. 미와의 PC 배송지와 아카시 가요의 딸의 소재를 확인할 수 있으면, 미와에게 훨씬 가까워질 수 있을 것이다.

덤으로 미노리의 남자에 대한 정보까지 받을 수 있다. 나는 매우 만족했다. 공공기관과 시민이 함께 고통을 분담해야 한다고 한들 고통의 양은 시민의 부담분이 클 것이 뻔하다. 때문에 어쩌다 그 비율이 역전된다 해도 시민은 전혀 곤란하지 않다.

7

아는 브로커에게 사정사정해서 R대 문학부 후지사키 사토시의 주소를 손에 넣었다. 나가노 출신으로 아라이야쿠시 쪽 연립에 살고 있다. 우리 집 바로 근처다.

미와와 사귀던 작년에 3학년이었으니 올해는 구직 활동으로 바쁜 나날을 보내고 있을 테지만, 직접 만나보기로 했다. 다행히 후지사키는 집에 있었고, 아침을 사준다면 이야기해도 좋다고 말했다.

손님에게 아양 떨거나 이상한 취향을 그대로 드러내거나 인테리어 잡지를 전부 흉내 내거나 하는 가게는 신기하게도 아라이야쿠시 근방에서는 찾아볼 수 없었다. 그러던 중 땅에 굳건히 뿌리를 내리고 있는 듯한 그을음이 낀 역 앞 다방으로 들어갔다. 후지사키는 아스미가 매력적이었다고 할 만큼 의젓하게 생긴 젊은이로, 아침부터 볶음우동을 태연한 얼굴로 먹어치우고 커피를 두 잔 마셨다.

"미와와 사귀었다고 해도 고작 2주 정도였으니까. 물론 나도 오래 가지 못할 거라 생각하기는 했지만."

"어떻게 알게 되었지?"

"친구 소개. 그런데 요령 좋게 잘 빠져나갔다고 해야 할까. 그 애에게 들이댔더니 다른 애를 소개해주더라고. 뭐, 소개받은 아이가 꽤 귀여워서 상관없게 되었지만."

나는 눈을 끔뻑였다.

"다시 말해서 네가 좋아했던 여자에게 미와를 소개받고 사귀기 시작했다고?"

"맞아. 하지만 처음부터 잘 될 리가 없다고는 생각했어. 왜냐면 두 번째 데이트에서 갑자기 엄마에게 인사를 시키더라고. 엄청난 고급 맨션이었는데, 내가 마음에 들었는지 이걸 주던데."

후지사키가 왼팔을 들어올렸다. 롤렉스 손목시계를 차고 있었다.

"당연히 기쁘기는 한데 역시 이런 건 좀 그렇잖아. 나도 인간이니 무심코 다음엔 뭘 받을 수 있을까 기대하게 되니까. 여자친구 부모에게 선물을 받고 기뻐하는 게 남자로서 할 일인가 싶고. 그리고 미와는 착한 아이인데, 별로 느낌이 없달까, 궁합이 안 맞는다고 할까. 그 애, 융통성이 없거든."

"그래놓고선 키스를?"

후지사키는 헤실거리며 깔끔하게 볕에 그을린 얼굴을 문질렀다.

"뭐, 여기서만 하는 이야기인데 남들 앞에서 키스하면 어떤 반응을 보일까 관심이 있어서. 나 심리학과거든."

그것과 이것이 어떤 관계가 있는지 모르겠지만 후지사키는 계속해서 지껄였다.

"역시 부모가 칠칠치 못하다고 할까, 세상의 규칙에서 벗어난 사람이 부모일 경우, 아이는 반대로 굉장히 질서를 중시하게 돼. 나, 여러 패턴을 수집 중인데 그런 케이스, 의외로 많아. 미와는 화를 냈지만 키스 때문에 화를 낸 게 아니라, 자신이 생각하는 단계와 달라서 화를 낸 거야. 이게 만약일주일 후의 일로, 집까지 바래다줬을 때 어두운 현관 앞이었다면 절대로 화내지 않았을걸. 탐정님, 하무라 씨라고 했던가?"

후지사키는 내가 건네준 '하세가와 탐정사무소 조사원 하무라 아키라'라는 명함을 보면서 말했다.

"하무라 씨는 혼자 살지? 그것도 꽤 오랫동안. 위로 형제가 몇 명이나 있고. ……아마 언니가. 맞아?"

나는 가슴이 철렁 내려앉았다. 후지사키가 기뻐하며 고개를 끄덕였다.

"패턴이야. 빨대의 종이껍질 처리법이나 의자 앉는 법, 복장이나 얼굴 표정 같은 걸로 웬만하면 알게 되거든. 아마 내가 하무라 씨에게 키스하면 후려갈기겠지만, 그건 내게 맘이 없는데 키스를 했기 때문이지, 다른 이유는 전혀 없달까."

열 살 연하의 남자에게 분석당해 몹시 늙은 것 같은 기분이 들었다.

"그래서 그 키스 이후 미와와는 만난 적 없어?"

"전혀. 난 여러 패턴을 모으고 있었어. 졸업 논문 쓰는 데 필요하니까. 그럴 마음이 없는 여자애를 따라다닐 여유도 없고. 혹시나 해서 말해두는데 그것만을 위해 미와와 사귄 건 아니야. 나 그렇게까지 몹쓸 인간은 아니거든. 보통은 졸업 논문 때문이라며 미리 제대로 양해를 구하고, 이야기를 나누고, 시험 삼아 키스하고 반응을 보는 것뿐. 본심은 미와에게서 연락이 없어서 안심했어. 이렇게나 사는 세계가 다른 여자와 사귀면 내 금전 감각도 마비될 것 같았거든."

대체 이게 무슨 논리람? 머리가 아파서 화제를 바꾸었다.

"미와를 소개해준 여자가 누군데?"

"아, 가나야. 미즈치 가나."

후지사키가 술술 말했다. 얼굴색이 변하는 것을 스스로도 알 수 있었다.

"너와는 어떻게 알게 된 사이인데?"

"단골 영화관에서 그녀가 일하거든. 난 영화를 꽤 좋아하고, 당시 사쿠라조스이에 살았기 때문에 근처 극장의 회원이 되었어. 비디오로 보는 것보다 화면이 커서 박력 있고, 한

때는 중독되어 매주 가다 보니 안면을 트게 되었지. 심야 영화가 끝난 후, 같이 밥 먹자고 권했거든. 그리고 가끔 만나거나 문자를 주고받거나 하게 되었고, 그러다가 나도 진심이 되어서는. 그런데 시기가 안 좋았어. 가나의 어머니가 그 무렵 입원했었거든. 가나는 그 기분전환으로 날 만났던 거지. 이른바 불평 친구였던 거야."

"불평 친구?"

"뭐랄까, 그다지 친하지 않기 때문에 마음 편하게 푸념 같은 거 늘어놓을 수 있는 상대. 친한 사람에게는 말하기 어렵지만, 언제라도 인연을 끊을 수 있는 상대에게는 뭐든지 말할 수 있다는 거. 난 그런 상대였어. 가나의 어머니는 이혼해서 가나와는 오랫동안 만나지 못했나 봐. 아버지나 할머니가 돌아가셔서 함께 살 수 있게 되었던 거지. 하지만 어머니가 곧 병으로 쓰러져서 가나는 응석부리기는커녕 일하거나 간병해야 했어. 그런 상황이라면 누구에게라도 하소연하고 싶어질 거야. 하지만 그건 남에게 별로 알려지고 싶지 않은 일이잖아. 죽어가는 어머니를 욕하다니, 모르는 사람이 들으면 왠지 불효막심한 녀석 같고. 하무라 씨도 가나를 그런 녀석이라고 생각했지?"

"뭐?"

갑자기 화살이 내게로 향해져 제대로 반응할 수 없었다. 오히려 그게 다행인지도 모른다. 후지사키가 의기양양한 얼굴로 말했다.

"아까 얼굴색이 변했잖아. 가나에 대해 알고 있었던 거지? 말해두지만 사실은 착한 아이야. 그래서 어머니가 돌아가신 후에는 나를 만나고 싶지 않았던 거야. 욕하던 사실과 내가 일체화되고 말았으니까. 나로서는 원하던 바가 아니었지만 그래도 별 수 없지. 그랬더니 가나가 날 굉장히 좋은 사람이라며 미와에게 소개시켜준 거고."

"가나와 미와가 함께 살았다는 말은 못 들었어?"

"처음 들어. 하지만 가나를 도와준다고 미와가 말하기는 했어."

"그건 경제적으로라는 거야?"

"거기까진 모르겠어. 말이 된다고는 생각하지만. 미와가 부자인 건 확실하니까. 하지만 가나가 미와의 돈을 잠자코 받을 거라고는 생각되지 않아. 돈이 얽히면 친구 관계가 파탄난다고 언젠가 말한 적이 있었고."

후지사키가 가나에게 반했던 것은 확실한 것 같다. 미와에 대해서는 비판적이지만 가나에 대해서는 미화해서 말하고 있다.

"미와와 헤어진 후 가나와는 만났어?"

"한두 번 만났고, 문자를 주고받긴 했어. 하지만 살던 사쿠라조스이의 연립에서 여기로 이사했기 때문에 영화관에도 가지 않게 되었고, 벌써 반년 이상 연락하지 않았나. 아, 그래도 신년 문자는 받았어. 새해 복 많이 받으라고만 했는데."

"가나의 연락처를 가르쳐줄 수 있을까? 그녀라면 미와가 있는 곳도 알고 있을지 모르니까."

"괜찮아. 그런데."

후지사키가 갑자기 눈을 치떴다.

"가나를 만나면 나에 대해 슬쩍 말해줄래? 만나고 싶어한다거나 그 정도면 되는데. 시간이 좀 지났으니 가나도 마음이 변했을지도 모르고."

"얼마든지."

그렇게 약속하고 후지사키와 헤어졌다.

후지사키의 모습이 사라진 후 알려준 가나의 휴대전화로 전화를 걸었다. 그가 나보다 먼저 가나에게 연락을 해선 안 된다고 생각해 순간적으로 취한 행동이었지만 그 번호는 현재 사용되고 있지 않았다.

이렇게 되면 직접 가나의 집으로 찾아갈 수밖에 없다. 주소는 미타카 시 시모렌자쿠에 있는 맨션으로 되어 있었다. 이는 의미심장했다. 미와의 집이 있는 기치조지와 학교가 있는 부슈 시 모두와 거리적으로 가깝고 동일 버스노선에 위치한다.

걷기 시작하려는 순간 식은땀이 등을 타고 흘러내렸다. 발이…… 다리도…… 아프다. 병원에서 목발을 다시 빌리는 것이 좋을지도 모르겠다.

인근 약국에서 파스를 사서 바로 붙였다. 어제 신은 스니커는 쓰레기 냄새 탓에 신을 수가 없어 오늘은 끈으로 묶는 타입의 가죽 워커를 신었다. 파스를 붙인 발을 신발에 쑤셔 넣는 것은 여간 힘든 일이 아니었다. 약국 의자에 앉아 낑낑대며 씨름을 했다. 그것만으로 오늘 하루치 체력을 다 소진한 기분이라 밖으로 나와 택시를 잡았다. 차가 나카노로 진입했을 무렵 휴대전화가 울렸다. 하세가와 탐정사무소의 무라키 요시히로였다.

"하무라냐? 컴퓨터 배송지를 알아냈어."

"이름은 미즈치 가나. 미타카 시 시모렌자쿠의 '맨션 도야마' 502호."

전화기 저편에서 잠시 침묵했던 무라키가 씁쓸한 듯이 말했다.

"하무라는 가끔 목 뒤에 멍을 만들어주고 싶을 정도로 귀엽단 말이야."

이번엔 내가 침묵할 차례였다. 무라키는 헛기침을 하고 말을 이었다.

"소장님 명령으로 나도 그쪽으로 가고 있어. 중간에 태우려고 했는데 지금 어디야?"

맨션 도야마 앞에서 만나기로 했다.

문제의 맨션은 극히 평범한 건물이었다. 지은 지 15년, 콘크리트 외벽, 5층 건물. 건물과 건물 사이에 끼여 가늘고 길어 보인다. 북향의 어두운 입구에는 '관계자 외 출입 금지'라는 흰 플라스틱판이 붙어 있었다.

혼자 들어갈까 생각했다. 무라키는 의지할 수 있는 동료지만 여성을 갑자기 만나러 갈 경우, 이쪽도 여성 혼자서 대응하는 편이 낫다. 원칙은 그렇기는 한데 사실 혼자서 가나를 추궁해보고 싶었다.

하지만 그런 짓을 했다가는 무라키는 물론 하세가와 소장도 탐탁지 않아 하리라.

시간을 죽이기 위해 근처를 어슬렁어슬렁 걸었다. 정체 모를 공장이나 연구소 등이 주택이나 아파트에 섞여 있어서인지 먼지가 많고 어수선한 곳이다. 주택지로서도 상업지로서도 어중간하고 빛이 바랜 느낌이다. 그래도 신축 아파트가 여럿 눈에 띄었다. 전철역까지는 버스를 이용해야 하는 장소지만, 그만큼 가격이 저렴하기 때문에 인기가 있을 것이다. 한 거대한 주상복합아파트는 버스정류장 바로 정면에 위치해 있고 1층에는 조명기구와 스테인드글라스 가게, 꽃집이 즐비했다. 지극히 평범한 일본인이 떠올리는 우아한 생활의 이미지에 슬플 정도로 딱 들어맞을 것 같은 가게들뿐이었다.

줄지어 선 끝에는 부동산 중개업소가 있었다. 이 근방은 얼마쯤 하는지 들여다보았다. 낡은 아파트가 2800만 엔 전후. 방 두 개짜리 집 임대료가 9만 엔 전후였다. 싸다고 하면 쌀지도 모른다. 어쨌든 나로서는 불가능한 금액임에 변함은 없지만.

눈요기 삼아 창문에 붙어 있는 전단을 보다가 한 장에 눈이 멈췄다. 부엌과 욕실과 화장실에 세 평짜리 방이 두 개. 월세 8만 5000엔. 즉시 입주 가능. 주소, 미타카 시 시모렌자쿠 맨션 도야마 502호실.

가나가 살던 집이다.

어떻게 된 일이지?

나는 미닫이를 열고 말을 걸었다. 요즘 보기 드물게 싸구려 사무복을 입은 중년 여성이 웃는 얼굴로 나를 올려다보았다.

"밖에 나온 집 말인데요, 맨션 도야마의 502호."

"맨션 도야마의 502호?"

사무원의 얼굴에서 웃음기가 사라지고 나무로 코뚜레를 꿴 듯한 말투가 되었다.

"아, 그거요. 보고 싶으세요?"

"때마침 이런 거 찾고 있었어요. 보여주실 수 있나요?"

"잠깐만요. 지금 담당자가 출타 중이어서요."

"열쇠를 빌릴 수 있으면 혼자 가겠습니다."

"그건 내가 결정할 수 없는 일이라."

사무원은 부자연스러운 하품을 하고 코를 풀면서 말했다.

"이래 봬도 눈요기 손님과 그렇지 않은 손님의 구별 정도는 할 수 있거든. 댁은 눈요기 손님. 안 그래?"

이 일을 시작한 지 6년, 꽤 신경이 굵어졌다고 생각하지만 이런 상대를 맞닥뜨리면 소름이 돋는다.

"그 집 언제부터 비었나요?"

사무원은 손을 흔들어 쫓아버리는 듯한 행동을 보였지만 나는 물고 늘어졌다.

"집주인이라도 가르쳐주시겠어요?"

"싫거든. 뻔뻔하기는. 질문받는 거 완전 싫어. 그 집에 대해 알고 싶으면 맨션 관리인에게라도 물어봐."

쫓겨나 가게를 나오자마자 무라키의 지프차가 당도했다.

"집 호수는 502. 너도 그래?"

인사도 하는 둥 마는 둥 그가 말했다.

"그렇긴 한데, 문제가 좀 있어."

복덕방 전단을 보여주며 사정을 설명하자 무라키도 놀란 듯 눈을 부라렸다.

"모처럼의 단서가 허공에 붕 떠버렸군."

"관리인에게 이야기를 듣는 수밖에 없을 것 같아."

"알았어. 그럼 어떻게 할래? 하무라 혼자서 괜찮다면 난 대기하고 있을게."

"뭐?"

그는 담배를 차의 재떨이에 쑤셔 넣고 어깨를 으쓱했다.

"당분간 하무라의 발이 되어주라고 소장님이 말했어. 즉, 하무라의 심부름꾼이란 거지. 맘대로 써도 상관없어."

나는 무라키의 말에 깜짝 놀랐다. 그는 전직 경찰로, 내가 하세가와 탐정사무소에서 일하기 전부터 근무했다. 나이는 두 살밖에 차이가 안 나지만 경력은 두 배 정도 차이가 난다. 사실 하세가와 탐정사무소는 무라키의 실력으로 유지되고 있다고 해도 과언이 아니다. 그 선배를 내 밑으로 돌리다니.

평정심을 되찾을 때까지 조금 시간이 걸렸다. 무라키는 나의 이런 반응을 예상했던 듯 히죽히죽 웃으며 차에 기댔다. 나는 그를 노려보았다.

"괜찮으면 같이 가. 이야기도 들어줬으면 좋겠고."

"오케이, 보스."

우리는 맨션에 발을 디뎠다. 502호 우편함에는 역시 명찰이 붙어 있지 않았다. 얼굴을 마주본 찰나 누군가가 말했다.

"무슨 용건이신가?"

관리실이라고 적힌 정면의 문이 열리고 한 남자가 얼굴을 내밀었다. 60대 후반일 것이다. 입을 꾹 다문 모습이 고집불통처럼 보였다.

"미즈치 가나 씨를 만나러 왔어요. 여기 502호에 사셨지요?"

관리인이 건강 샌들을 신고 우리에게 다가왔다.

"가나 양에게 무슨 볼일이지?"

"그건 본인에게 직접 이야기하겠습니다. 그녀는 여기에……?"

"이젠 안 살아."

관리인의 어조에는 짜증과 우리의 실망을 기대하는 기쁨이 섞인 듯했다. 무라키가 나를 힐끗 보고 말참견을 했다.

"정말? 난 그녀의 친구에게 여기라고 들었는데."

"거짓말을 할 필요가 뭐가 있어. 이젠 안 산다니까."

"언제 이사했죠?"

"그런 걸 물어 뭐해. 어서 돌아가. 거기 적혀 있잖아. 관계자 외 출입금지라고."

"언제 이사했는지 정도는 알려줘도 되잖아요."

무라키는 담배를 꺼내며 슬쩍 안을 내보였다. 그는 천 엔짜리 지폐 몇 장을 끼워 넣은 담뱃갑을 늘 들고 다닌다. 이것이 여러 사람의 굳게 다문 입을 여는 데 상당한 효과를 발휘하는데 이 경우는 역효과였다. 관리인은 검버섯이 여기저기 핀 얼굴을 짓궂게 일그러뜨렸다.

"젊은 여자가 안 좋은 일을 당하는 세상이니까 누군가 한 명 정도는 절도라는 문을 지켜야 하지 않겠나. 빨리 돌아가. 안 그러면 경찰을 부르겠어."

나는 미와의 사진을 꺼내 그의 코앞에 들이댔다.

"우리는 모친의 부탁으로 이 아이를 찾고 있어요. 가나 씨는 이 아이의 친구입니다. 이야기를 듣고 싶을 뿐인데요."

관리인은 코웃음을 쳤다.

"입으로는 무슨 말을 못 해. 어쨌든 가나 양은 이사해서 이제 여기에는 없어. 딴 데 알아보셔."

"그럼 적어도 이 아이가 가나 씨 집에 드나들었는지 여부만이라도 말씀해주시겠어요?"

"몰라. 나가. 경찰을 부를 거야."

관리인은 부들부들 떨리는 손으로 접수대에 있는 수화기를 집어 들었다. 불러서 곤란한 것은 전혀 없지만, 사정을 모르는 경찰에게 지금까지의 경위를 길게 설명할 마음도 들지 않았다. 따가운 시선을 등에 받으며 우리는 밖으로 나갔다.

8

"가나가 저 맨션에서 이사했다는 건 사실인 것 같은데."

차로 돌아가면서 무라키가 고개를 갸웃했다.

"그건 그렇고 가드가 너무 단단한걸. 좀 이상할 정도야."

만나는 사람 모두가 기꺼이 정보를 제공해줄 정도로 내가 살고 있는 세계는 환상적이지 않다. 나 또한 거리의 전단 배포는 무시하고, 홍보 전화는 바로 끊어버리고, 매주 신문을 보라고 권유하는 사람과 전투를 벌이고 있다. 후지사키처럼 술술 떠들어주는 제보자는 도쿄에서는 멸종위기종이나 다름없다. 그러나 무라키 말대로 그 사실을 고려한다 해도 부동산 직원과 맨션 관리인의 반응은 다소 부자연스럽다.

"이젠 어쩔 거야?"

소장에게 등기부등본 쪽을 확인해달라고 해서 집주인을 찾아낼 것인가, 시바타에게 말해 국가 권력을 동원할 것인

가. 어느 쪽이든 시간이 걸린다. 그 관리인이 경찰 배지에 어떤 반응을 보일지 꼭 구경하고 싶지만, 우선은 가나의 근무지인 영화관에 가기로 했다.

"미즈치 가나가 미와의 실종 건에 관련되어 있다고 생각해?"

고슈 가도로 진입했을 때 침묵하던 무라키가 입을 열었다. 나는 얼굴을 찡그렸다.

"모르겠어. 모르겠지만…… 안 좋은 예감이 들어."

"어째서?"

"오늘 아침, 아야코를 죽인 범인이 잡혔다는 말을 들었을 때는 이로써 미와가 있는 곳도 곧 밝혀질 거라고 생각했지만, 가나의 휴대전화 계약이 해지되고 집도 이사했다는 이야기를 들으니 왠지 영화관에 가도 가나를 만날 수 없을 것 같아."

"그건 왜?"

"도토종합리서치의 사쿠라이 씨에게 들었는데, 미치루가 가출했을 때 미와와 아야코를 찾아갔었대. 두 사람은 미치루가 사라졌다는 말을 듣고 겁에 질렸었는데 단순한 가출이라는 걸 알고 안심한 모양이야."

"뭐야, 그거."

"미치루 이야기로는 미와와 아야코는 한 공통 친구의 소개로 알게 됐대. 미치루는 그 '공통의 친구'에 대해서는 무심코 발설했다는 느낌으로, 그게 누구인지는 대답하지 않았어. 지금 생각해보면 미치루도 겁먹은 것 같아."

"이해가 안 되는걸. 무슨 말이 하고 싶은 건데?"

"그 공통의 친구가 미즈치 가나인데, 제일 먼저 가나가 행방불명되었다면?"

무라키는 말없이 혼잡한 도로를 피해 구 고슈 가도로 진입했다. 나는 이어 말했다.

"미와가 갖고 있던 엽서 내용을 보면, 가나는 뭔가 위험한 아르바이트에 목을 들이민 것 같아. 가나에게는 가까운 친척이 없어. 행방불명되어도 걱정하는 건 미와나 친구들뿐이 겠지. 그러니까……."

"억측이네, 다."

무라키가 쌀쌀맞게 말했다.

"가나의 행방불명 여부는 아직 모르잖아. 미와가 은신처를 갖고 있었는지 여부도 확실치 않고."

"미와가 산 컴퓨터가 가나의 집으로 배달되었는데?"

"그건 그렇지만 가나는 그 관리인 영감탱이가 싫어서 이사했을 뿐인 건 아닐까?"

"그럴지도."

영화관은 시모타카이도 시장 뒤편의 신경 쓰지 않으면 그냥 지나쳐버릴 것 같은 장소에 있었다. 늦은 오후인데도 시장에서는 활기찬 호객소리가 5월 바람을 타고 흘러나온다.

다리는 아직 아프지만 걷기는 힘들지 않았고, 아담한 집들이 이어진 골목을 따라가다 보니 '시네마 스기나미'라는 작은 간판이 보였다. 현재 상영 중인 영화는 〈엘리자베스〉와 〈그린마일〉. 심야시간에 상영하는 영화는 빌리 와일더 감독의 〈셜록 홈스의 미공개 파일〉. 음, 보고 싶다.

극장 관계자 인터뷰는 기대 밖, 아니 예상대로였다.

"가나 씨라면 그만두었어요."

사무실에서 컴퓨터 앞에 앉아 있던 젊은 남자가 그렇게 말하며 머리를 긁적였다.

"그게 언제죠?"

"그러니까…… 잠깐만요."

남자는 오래된 검은 철을 가져와 넘겼다.

"3월이네요. 3월 20일로 되어 있어요."

"왜 그만두었죠?"

"그런데 당신들 뭔가요?"

'미즈치 가나 씨에게 막대한 유산이 지급되게 되었습니다'와 같은 말을 해주고 싶은 마음을 억누른 채 솔직하게 설명했다. 남자는 미와의 사진을 보고 "아" 하고 말했다.

"이 아이라면 지난달에 찾아왔었어요. 마찬가지로 가나 씨를 찾는다고 했었죠."

"지난달 언제요?"

"글쎄요."

남자는 보이지 않는 스크린을 올려다보고 있는 듯한 자세로 눈을 가늘게 떴다.

"시모어 학원 교복을 입고 있었죠. 하굣길이었어. 그러니까 4월 첫째 주는 아니었을 거예요. 이젠 벚꽃이 다 져서 길에 수북이 내려앉아 있을 때 왔으니 10일 전후가 아닐까요?"

역시 미와는 가나를 찾고 있었다. 예상이 적중했음에도 조금도 기쁘지 않았다.

"그래서 그녀에게는 어떤 이야기를?"

"가나 씨가 언제, 왜 여기를 그만두었는지 묻더군요. 그때는 금요일, 그러니까 3월 16일. 금토일 3일간 쉬게 해달라고 했거든요. 다른 접수원이 학교 건이나 애들이 아파서 쉴때 대신 일해줬으니 그 보상이라고 생각하고 사흘 휴가를 줬죠."

"쉬는 이유에 대해 말했나요?"

"제사 아닐까요. 그 친구 어머니가 1년쯤 전에 돌아가셨고, '어머니 일로'라고 말했으니까."

엽서에 쓰인 내용과는 일치하지 않지만 제사와 감기는 변명의 양대 구실이다. 일하는 곳에 다른 아르바이트 때문에 쉰다고 말하지는 않으리라.

"그래서 그 이후 연락두절인가요?"

"그래요. 월요일 12시, 우리는 평일 12시부터 상영하는데 오지 않더군요. 전화를 했지만 부재중이었고, 휴대전화는 연결이 안 되고. 무단결근할 친구가 아니니까 걱정했거든요. 다음 날에도 연락이 없으면 집까지 가볼까 했는데 화요일 아침에 전화가 와서……."

"가나 씨가요?"

"아뇨, 삼촌이. 사정이 있어서 가나는 더 이상 그쪽에 갈 수 없으니 그만두게 해달라며."

나와 무라키는 얼굴을 마주보았다.

"갑자기 그런 말을 들어도 곤란하고 그달 치 일한 월급도 있으니까 한 번이라도 얼굴을 보여달라고 했는데, 멋대로 그만두는 거니 미지급된 월급은 마음대로 처리해도 괜찮다며, 가나가 오랫동안 신세졌다고 하고는 전화가 뚝 끊기더군요."

남자는 과장되게 어깨를 으쓱해 보였다.

"그걸로 끝인가요?"

"네. 그걸로 끝."

"이 이야기, 미와에게도 그대로 했나요?"

"네, 숨길 것도 아니고. 깜짝 놀랐던 것 같더라고요. 가나 씨에게 삼촌이 있다는 말은 들어본 적이 없다고. 가족은 작년에 돌아가신 어머니가 마지막인 줄 알았다며."

말하는 사이에도 손님 몇 명이 회원증 비슷한 물건을 슬쩍 제시하며 내 뒤를 통과했다. 10분 정도 후면 12시가 된다. 남자는 일어서서 "미안하지만" 하고 말했다.

"이제 상영 준비를 해야 하는데."

"조금만 더요. 가나 씨는 어쩌다 여기서 일을 하게 되었나요? 보증인은?"

"2년 정도 전에 구인광고를 보고 왔기에 채용했어요. 보증인 같은 건 없어요. 도둑맞을 것도 없고."

"혹시 이력서 남아 있으면 보여주면 안 될까요?"

"없어요. 그 아이에게 줬거든요."

남자는 턱으로 미와의 사진을 가리켰다.

고슈 가도변에 있는 일본식 패밀리 레스토랑에서 돈가스 덮밥을 먹고 미타카 시청으로 돌아왔다. 최근에는 편리하게도 인감 키트라는 것이 있어서 바로 싸구려 도장을 만들 수 있다. 뭐든지 갖추어져 있는 무라키의 자동차 안에서 인감 키트를 찾아내, 가나의 성인 '미즈치'로 도장을 만들었다.

"저기 무라키 씨, 전에 특수경찰봉을 준다고 했었지?"

작업을 지루한 듯 바라보던 무라키가 선글라스 너머로 나를 힐끗 보았다.

"그랬지. 지금 필요해?"

"빠를수록 좋겠는데."

"왜 또 무슨 문제인데?"

"도토종합리서치의 세라."

"하무라의 발을 짓밟은 자식 말이야?"

"나를 상당히 원망하는 것 같아."

"중요한 대목에서 소중한 곳을 걷어차였으니."

"칼에 찔린 데다 뼈에 금이 가는 것보다 낫잖아?"

"하긴. ……알았어."

무라키는 여기저기 뒤적거리다가 30센티미터 정도의 은빛의 가느다란 막대기를 꺼내왔다.

"일단 이것 좀 들어 봐. 여기를 이렇게 하면."

무라키는 자루 끝에 붙어 있는 둥글게 된 끈에 손을 꿰고 단추를 누르고는 휙 흔들었다. 막대기 끝이 늘어나면서 길이가 두 배가 되었다.

"이 부분은 강화 플라스틱으로 되어 있어. 둥그렇게 된 이 끝부분으로 상대의 목덜미나 관자놀이를 때리면 상당한 충격을 줄 수 있지."

시험해보았다. 늘어난 부분은 채찍처럼 휘어졌다.

"그렇지만 이건 부적 정도로 생각해두는 편이 좋아. 상대가 방심하고 있을 때 일격을 가한 후 움츠린 틈에 도망칠 시간을 벌 수 있는 부적이야. 무기 따위를 휘둘러도 팔을 잡히면 아웃이니까. 게다가 이 녀석이 적에게 넘어가면 오히려 네가 불리해져."

"그렇겠네."

"게다가 신이 나서 엄청 두들겨 패 중상을 입히면 과잉방

위가 될 수 있어. 근처에 있는 꽃병인가 뭔가로 응전한 것과 미리 무기를 준비한 것과는 경찰의 대응도 달라지거든."

"알았어."

"여차할 때 바로 꺼낼 수 있을지 어떨지도 의심스러워. 이 녀석을 꺼내느라 무의미하게 시간을 허비해서 도망칠 수 있는 것도 도망칠 수 없게 되는 건 바보짓이야. 하무라는 격투 경험이 적으니 이 녀석을 과신하지 않는 게 좋아."

막대기를 원래 사이즈로 되돌린 후 청바지 뒷주머니에 꽂았다. 그 위로 린넨 재킷을 걸쳐 가렸다. 그 모습을 보고 무라키가 히죽 웃었다.

"다음에 옆구리에 매달 수 있는 홀스터를 선물하지."

시청 민원 창구로 가면서 자연스럽게 미소가 지어졌다. 새롭고 재미있는 장난감을 받은 어린아이 같은 기분.

바보 같은 이야기다.

미즈치 가나의 주소지에 변동은 없었다. 시모렌자쿠의 맨션 도야마 그대로다. 역시 이사했다는 말은 수상하다.

아스미가 말한 하자키의 별저 관리인에게 아카시 가요·미즈치 가나 모녀에 대해 이야기를 들어야 할 것 같았다. 슬슬 시바타에게도 이 사실을 알려야 할 필요가 있을지도 모르겠다.

이런저런 생각을 하며 주차장으로 돌아오니 차 밖에서 휴대전화에 귀를 대고 있던 무라키가 나를 알아보고 한 손을 들었다.

"소장님 연락이야. 아스미가 의뢰를 취소한다고 했다더군."

"……뭐라고?"

나는 무라키에게서 휴대전화를 낚아챘다. 파친코 가게 안에 있는지 요란한 음악과 기계음이 귓가에 울렸다.

"여보세요, 소장님?"

"오, 하무라? 들은 대로다. 아스미가 의뢰를 취소했다."

"도대체 무슨 일이에요?"

"아야코를 죽인 고지마라는 녀석이 경찰에 붙잡혔다는 건 들었지?"

소장은 주위의 소음에 질세라 우렁찬 목소리로 말했다.

"들었어요. 대마 판매상이라면서요. 아야코를 살해했다는 사실은 자백한 것 같습니다만, 미와에 대해서는 아직 아무 말도 하지 않았다던데요."

"고지마 집에서 명단이 발견되었어. 스무 명쯤 되는 여자 이름뿐인 목록이다. 이름, 휴대전화 번호, 주소, 학교, 이런 것들이 적힌 일람표지. 그 안에 다키자와 미와라는 이름이 있었다더군."

말문이 막혔다. 소장이 계속 말했다.

"게다가 하필이면 다키자와 미와라는 이름에 표시가 되어 있었어."

온몸이 떨렸다.

"경찰은 미와의 행방에 대해서도 고지마를 철저히 신문하겠다고 다키자와에게 약속했어. 아스미는 그 이야기를 듣고 더 이상 탐정에게 조사를 계속해달라고 할 이유가 없다고 판단한 거야. 네게는 고맙다더군. 안부 전해달래."

"하지만 소장님······."

"아쉬웠어, 하무라. 하지만 이제부터는 경찰이 할 일이야. 일본 방방곡곡 어디에 있는지도 모르는 시신을 우리가 찾아내는 건 무리다."

시신.

나도 미와가 살아 있을 거라고는 생각하지 않았다. 하지만 시신이라는 말을 들으니 갑자기 찬물을 뒤집어쓴 듯한 기분이 들었다.

"소장님, 저기······."

"무사시히가시 경찰서의 하야미나 하무라의 친구인 시바타에게 연락해서 알고 있는 사실은 전부 말해서 은혜를 팔아둬. 아스미가 보너스를 준다더군. 고작 사흘 만에 꽤 벌었잖아. 3주 동안 쉴 몫은 뽑았을 텐데? 이것으로 이 일은 끝이야."

"소장님, 부탁이 있는데요."

"뭔데?"

"그 고지마의 집에 있었다는 명단, 보고 싶은데요."

"안 돼."

"소장님."

"안 되는 건 안 돼. 하무라, 너 다리도 아직 멀쩡하지 않잖아? 집에 가서 침대에서 뒹굴며 예금통장의 동그라미 숫자라도 세."

"실종된 여자애가 한 명 더 있어요."

나는 필사적으로 말을 꺼냈다.

"그 가나라는 아이예요. 본명은 미즈치 가나. 어느샌가 이사하고, 일도 갑자기 그만두었어요. 그 엽서에 적혀 있던 아르바이트 직후라고 생각돼요. 주소지는 옮기지 않았고, 그녀의 행방을 미와가 찾고 있었어요. 미와가 모르는 사이에 가나는 종적을 감춘 거죠. 거기에는 남자가 엮여 있습니다. 그녀의 삼촌이라고 하면서 직장에 전화를 걸었어요."

"그것도 고지마의 짓이 아닐까?"

파친코 가게의 잡음이 참을 수 없을 정도로 귀에 거슬렸다. 나는 고함을 질렀다.

"농담이죠? 소장님도 아시잖아요. 시체를 이노카시라 공원 한가운데 방치하고 황급히 도망치는 바보가 가나의 짐을 이사라고 속여 처리하고, 삼촌이라고 하면서 일하는 곳까지 속이려는 그런 머리는 있을 리 없잖아요. 그러니까……."

"그럴 수도 있지. 하지만 그건 우리 일이 아니야."

소장은 차갑게 대답했다. 그러고는 어조를 조금 누그러뜨렸다.

"하무라, 그런 식으로 봐주지 않는 점이 너의 장점이긴 한데, 영역 밖으로까지 손을 뻗쳤다간 또 큰코다칠 거야."

전화가 끊겼다. 휴대전화를 내던지려는 내 손을 무라키가 막았다.

"할 거면 네 걸로 해."

나는 말 없이 무라키에게 휴대전화를 반납했다. 무라키가 말했다.

"하무라는 할 만큼 했어. 가나도 경찰에 맡겨둬."

"경찰은 고지마에게 모든 책임을 떠넘길 거라고. 미즈치 가나도 다키자와 미와도. 하지만 절대 아니야."

"나도 너도 고지마라는 남자를 모르잖아. 확실히 가나가 사라진 방법을 보건대 발작적으로 살인을 저지르고 당황하는 인간이 벌인 짓이라고는 생각되지 않지만."

"게다가 만에 하나 전부 고지마의 소행이라면 아야코는 세 번째 피해자라는 말이 되잖아. 적어도 가나가 처음이고, 다음은 미와, 그런 다음 아야코라는 순서일 텐데. 가나 때는 그렇게 능숙하게 지워놓고, 익숙해졌을 때쯤 당황하는 건 이상해."

"가나가 살해당한 거라면 그렇기는 하네."

뼈가 있는 말에 나는 고개를 들었다. 무라키는 턱을 만지고는 나를 내려다보았다.

"아직 그렇게 결정된 건 아니잖아. 안 그래?"

"그건…… 그렇지만."

"게다가 너, 현재 몸 상태도 정상이 아니잖아. 한참을 쉬다가 갑자기 돌아다녔으니. 그럴 때 억측이나 상상으로 사건을 예단하려 하면 일이 제대로 풀리지 않아. 나도 경험이 있으니까 하는 말이야."

나는 대답하지 않았다. 무라키는 한숨을 크게 내쉬었다.

"무사시히가시 경찰서까지 데려다줄게."

조사가 가경에 접어든 상황에서 중지된 케이스가 여태까지 없었던 것도 아니다. 하지만 미와의 조사가 이렇게 신경 쓰이는 것은 사태의 심각성과 조사 상황이 잘 맞물리지 않는 탓이리라. 오케스트라의 모든 악기가 포르티시모로 연주를 시작하나 싶더니, 5소절 째부터는 유령이 이를 가는 듯한 멜로디가 맥없이 계속되는 현대 음악을 듣는 것 같다. 짜증이 치민다.

무사시히가시 경찰서의 분위기는 번잡했다. 여러 사람이 부산하게 움직이고 있어 긴장감이 감돌았다. 나와 무라키는 얼굴을 마주보았다.

"살짝 찔러보고 올게."

무라키는 자취를 감추고 나는 휴대전화로 시바타를 호출했다. 시바타는 바쁜 것 같았다.

"지금 어디야?"

"경찰서 1층. 가지고 있는 정보를 몽땅 전하러 왔는데."

"잠깐만 기다려."

이윽고 나타난 시바타는 아침보다 몰골이 더 끔찍했다.

"집에 가서 자고 있는 줄 알았는데."

"그럴 시간이 없어서. 미와 건 말이야, 고지마의 집에
서……."

"여자 이름이 적힌 명단이 나왔다는 이야기라면 알아. 그
것 때문에 의논할 게 있는데."

"어차피 그 명단을 보여달라고 할 거잖아. 안 돼."

"미와의 행방을 밝혀내는 데 필요할지도 몰라. 함께 고통
을 분담하자는 거지."

"오늘 아침 이야기는 없었던 걸로 해."

"네가 먼저 꺼낸 말이잖아."

"공공사업 재검토가 시대의 추세거든. 하무라, 다키자와
의 전부인도 손을 떼지 않았나? 죽을 때까지 버텨도 절대 안
돼. 미안하지만 오늘은 이대로 돌아가. 나중에 연락할 테니
까."

시바타가 몸을 돌렸다. 나는 말했다.

"사라진 여자애가 한 명 더 있어."

시바타가 원래 위치로 돌아왔다.

"그게 무슨 소리야?"

"미와와 아야코의 공통된 지인 중에 행방을 알 수 없는 여자가 있어."

"빌어먹을."

시바타가 내뱉었다. 나는 놀랐다.

"왜 그러는데?"

"그 여자애의 이름은?"

"명단을 보여줘."

"지금 거래할 기분이 아니야. 여자 이름은?"

"명단 보여주면 알려줄게."

"말하지 않으면 공무집행방해로 체포하겠어. 엄포 아니야."

시바타가 내 멱살을 잡았다. 나는 시바타를 노려보았다. 시바타가 뭐라 말하려 했을 때 무라키가 소리 없이 다가와 시바타의 팔을 잡아떼며 빠르게 말했다.

"행방불명이 된 건 미즈치 가나다. 3월 20일 이전에 자취를 감췄고, 근무지에는 남자 목소리로 퇴직한다는 연락이 왔다더군. 미타카 시모렌자쿠의 맨션에서도 이사했다. 아파트 관리인이나 부동산 중개인이 뭔가 알고 있는 듯했지만 우리에게는 말하지 않았어."

시바타는 내게서 떨어져 비뚤어진 넥타이를 고치고 무라키를 보았다.

"들었나 보군."

"뒤처리가 힘들겠어. 동정한다."

"탐정의 동정 따위는 필요 없어."

시바타는 나를 한 번 더 노려보고는 뒤돌아 걸어가다 돌아왔다. 윗도리 안주머니에서 종이를 꺼내 나에게 밀쳤다.

"약속은 약속이니까. 내 감상을 말하자면 실로 거만하고 자존심이 강한 하무라 같은 여자가 걸려들 것 같은 남자다. 생판 남의 엉덩이를 뒤쫓아 다닐 여유가 있으면 네 인생부터 어떻게든 해, 이 바보가."

경찰서 밖으로 나올 때까지 버틸 수 있었던 것은 나 스스로도 기적에 가까웠다. 부지를 나서자마자 나는 무라키에게 대들었다.

"내게 맡긴다고 했잖아. 그런데 뭐야, 멋대로."

"진정해."

무라키가 담배를 꺼내 입에 물었다.

"이게 침착할 수 있을 것 같아. 명단을 보기 위해서는 미즈치 가나의 이름과 교환하는 것……."

"고지마가 죽었어."

"말곤 방법이 없는 것 정도……."

나는 숨을 멈추었다.

"……뭐라고?"

"고지마가 죽었다. 자살이야."

"자살? 거짓말이지? 이런 대낮에, 경찰서에서 어떻게."

근처를 걷던 남자의 주의가 이쪽으로 쏠렸다. 무라키는 내 팔꿈치를 잡고 억지로 차에 밀어넣었다. 문을 닫고 주위를 살폈다.

"오늘 아침 10시부터 아야코 살해와 관련한 진술을 했던 것 같아. 점심때가 되어서 돈가스덮밥을 시켜주었다더군. 고지마는 얌전히 나무젓가락을 갈라 잘 먹겠다고 인사한 다음 순간, 갑자기 일어나 오른쪽 눈에 젓가락을 들이대고 조사실 벽으로 돌진했대."

"그러니까 그건 즉……."

"세세한 것까지는 생각하지 말자."

무라키는 생각하기도 싫은 듯 가로막았다.

"어쨌든 고지마는 바로 구급차로 병원으로 이송했지만 병원에 도착하자마자 사망이 확인되었어. 대마 판매상이라고는 하는데 다른 약도 했겠지. 그렇지 않으면 그렇게 죽지는 않아. 아, 아니, 그 어떻게 죽었는지는 생각하지 말자고."

생각하지 말라고 한들 과연 그게 가능한가. 위가 꽉 오그라들었다.

"무라키 씨, 우리 점심도 돈가스덮밥이었어."

"그만하라니까."

무라키는 진절머리를 쳤다.

"죽는 방법은 어쨌든, 무사시히가시 경찰서가 지금 어떤 상황인지 알잖아. 이럴 때는 시바타도 머리끝까지 흥분 상태일 거고. 몰아붙인들 무슨 좋은 결과가 나오겠냐. 경찰서 내에서 자살한 것만으로도 위에서부터 아래까지 처분 대상이 되는 데다가, 마약에 여고생 살해에, 나무젓가락으로 자살. 매스컴이 달려들 만한 것들뿐이지. 이제 슬슬……. 거봐, 왔다."

방송국 중계차로 보이는 회색 대형 밴이 지나갔다.

"고지마가 죽었으니 만약 미와가 놈에게 살해당했다 해도 시신이 어디에 있는지 알 수 있을 리가 없어. 게다가 가나까지 문제의 명단에 올라 있어 봐. 경찰의 실수는 몇 배로 늘어나는 거야. 시바타를 원망하지 마!"

한숨밖에 안 나왔다. 그런 일이라면 확실히 어쩔 수 없다. 하지만 미와도 가나도 고지마에게 살해당했다고는 도저히 생각되지 않는다. 짧은 기간에 친구 중 한 명이 실종, 한 명이 살해당했으니 관계가 없다고는 생각하기 어렵다는 것은 물론 어젯밤 내가 아스미에게 한 말이다.

"그런데 이건 뭐야?"

무라키가 내 손에서 종이를 낚아챘다. 아까 시바타가 준 종이다.

"우시지마 준타. 결혼 사기로 전과 2범?"

나는 무라키에게서 종이를 빼앗았다.

"이건 개인적인 일이니까 무라키 씨와는 관계없어. 소장님에게도 말하지 말고."

"개인적이라니, 너."

무라키가 뒷말을 삼켰다. 어차피 시바타의 막말과 비슷한 말이었음이 틀림없다. 나는 종이를 백에 집어넣었다.

9

심통이 나서 6시까지 집에서 누워 있었다. 일어나 보니 다리 부기가 많이 빠졌지만 미니스커트에 펌프스 차림을 할 수 있을 정도는 아니다. 날씨가 더워졌다 추워졌다 널뛰기하는 요즘, 항상 뭘 입을까 고민하기는 하는데 점점 선택의 폭이 좁아지고 있다. 면 스웨터에 크림색 바지를 매치하고 여름 코트를 걸치기로 했다. 어차피 상대는 부자다. 나 같은 인간이 아무리 애를 써도 감탄할 리가 없다.

장미 모양 산호 귀고리를 하고 화장을 밝게 했다. 두 달이나 미용실에 가지 않은 사이에 머리는 엉망으로 자라 있었다. 포니테일용 무스를 바르고 뒤에서 묶은 뒤 검은색 헤어핀으로 고정했다.

문제는 경찰봉이다. 식사를 하는데 코트를 입은 채로 있을 수는 없고, 딱 맞는 스웨터 위로는 한눈에 알아버린다. 백에 넣고 위로 우산주머니를 씌웠다. 설마 이런 평범한 여자가 경찰봉을 들고 다니리라고는 아무도 생각하지 않으리라.

택시만 타고 다닐 수는 없기 때문에 지하철을 이용하기로 했다. 나카이 역까지 가는 길에 상록수 연립 앞을 지나쳤다. 잡초를 뽑던 미쓰우라가 나를 알아보고 깃털 모양 귀고리를 반짝이며 달려왔다.

"어젯밤은 정말 고마웠어, 하무라. 덕분에 살았어."

"그 이후, 어떻게 됐어?"

"교코가 엄청 화가 나서 절대로 집에 돌아가지 않겠다고 말하자, 아버지는 바람 빠진 타이어처럼 풀이 죽어 돌아갔어. 조금 불쌍하긴 하더라. 뭐, 조만간 화해할 수 있겠지. 시카마가 열심히 중재에 나서기도 했고."

"잘됐네. 그래도 그녀에게 복장에 대해 주의해줘. 수요일만큼은 적어도 뛰기 편한 신발을 신으라고."

"네 발은 아직 나으려면 멀었나 보네."

'네가 밟은 덕분이지'라고 말하려다 그만두고 다시 발걸음을 옮기자 미쓰우라가 다가왔다.

"사실은 이상한 이야기를 들었는데."

"그만둬. 또 부려먹을 생각이야?"

"그게 아니라, 어젯밤에 집 앞쪽을 청소했다면서?"

"까마귀가 쓰레기봉투를 헤집어 놓았으니까."

"그 일 말인데, 하무라네 앞쪽은 주차장이잖아."

차를 다섯 대밖에 세울 수 없는 주차장이지만 이곳도 미쓰우라 소유다.

"거기, 상가 두부가게에 세를 줬거든. 거기 아들이 어젯밤 9시쯤 CD를 가지러 차에 갔더니 웬 남자가 하무라네 바깥 계단을 올라가 문 앞에서 부스럭부스럭 뭔가 하고 있었대."

나도 모르게 발걸음이 멈췄다.

"안 그래도 겨울에 이 근처에서 연쇄 방화 사건이 있었거든. 다행히 쓰레기라든지 오토바이라든지 그 정도만 타고 끝났지만. 두부가게 아들이 혹시나 싶어 지켜봤는데 그 인간, 그대로 계단을 내려갔대."

"어떤 남자였대?"

"음…… 거기 어두워서 말이지. 그런데 덩치가 큰 남자였던 것 같아. 혹시 짐작 가는 거 있어?"

세라의 바보 같은 거구가 뇌리에 되살아났다. 나는 몸을 부르르 떨고 미쓰우라에게 말하려다 마음을 고쳐먹었다. 그라는 증거는 없다. 게다가 그런 인간이 쓰레기를 흩뿌리는 수수한 괴롭힘부터 시작할 것 같지 않다.

"여자 혼자 사는 줄 알고 섣불리 들이댄 바보가 있었던 거 아닐까?"

"그래도 혹시 모르니까 이번엔 하무라네 외등을 밝은 걸로 바꿀까 하는데 어때?"

"아, 그건 도움이 될 것 같아. 잘 부탁할게."

미쓰우라는 성실한 임대인인양 의젓하게 고개를 끄덕이며 다시 발걸음을 옮긴 내 등에 대고 덧붙였다.

"바로 해둘 테니까 걱정하지 마. 그래서 비용 말인데, 어림잡아 2만 5000엔 정도야. 어젯밤에 할인된 집세와 같은 액수라니 이런 우연이 어디 있대. 그러니 다음 달에도 5만 엔 납부 부탁해."

"뭐라고?"

소리를 질렀을 때 미쓰우라의 모습은 이미 없었다. 화가 치밀어 올랐다. 미쓰우라는 건물 관리를 모두 자기 손으로 하기 때문에 외등 설치에 필요한 재료들은 이미 가지고 있음이 틀림없다.

언짢은 기분인 채로 약속했던 신주쿠 백화점의 가이세키 요리점에 도착했다. 미치루가 가게 입구에서 기다리고 있었다. 사복 차림을 세 번째 보는데 여고생 느낌 나는 예쁜 티셔츠에 청바지를 입었던 엊그제와는 달리 쓰리피스 바지 정장에 넥타이까지 맸다. 마치 남자아이의 생일 파티 복장 같다. 예쁘지 않은 것은 아니지만 전혀 어울리지 않았다.

미치루는 나를 보자 가볍게 턱을 내밀었다.

"안에서 아빠랑 엄마가 기다리고 있어."

"어머니도 오셨어?"

"응. 아빠는 안 데려오려고 했는데, 꼭 오겠다며."

미치루는 뭔가 말하고 싶은 듯했으나 약속한 7시가 다 되

어간다. 가게 안으로 들어서며 나는 그녀에게 속삭였다

"너랑 둘이서 이야기하고 싶은데."

"좋아. 식사 끝난 후 어디로 빠질까?"

미치루는 퉁명스럽게 대답했지만 눈빛은 반짝였다.

"미안하지만 오늘은 9시 이후에는 다른 건으로 움직여야
해. 내일이라도 시간을 좀 내주면 안 되겠니?"

"하무라 씨네 가도 된다면 시간을 내줄 수도 있는데."

"내 방을 꽤나 보고 싶은 모양인데 별 거 없어."

"아무도 용궁 같은 건 기대하지 않아."

제일 안쪽 룸에 다이라 요시미쓰와 여성이 기다리고 있었
다. 고급스러워 보이는 연보랏빛 양장을 입고 헤어 살롱에
서 막 손질한 머리카락에 호리호리한 흰 손가락. 머리는 검
었지만 화장은 들떠 있었다.

"미치루의 어머니 기미코입니다. 이번에는 여러 가지로 신
세 많이 졌습니다."

테이블에 머리가 닿을 듯한 정중한 인사에 나는 당황했다.
이쪽도 거창한 인사로 받아야겠지만, 다행인지 불행인지 다
리가 아팠다. 간단하게 대답했다.

"하무라 아키라입니다. 초대해주셔서 감사합니다. 공교롭
게도 다리가 아직 아파서 선 채로 실례하겠습니다."

바로 다이라 부부에게서 엄청난 위로의 말이 돌아왔다. 자
리 배정으로 실랑이가 일었고, 다시 다리를 이유로 입구에

서 가장 가까운 자리에 앉았다. 다다미방이었지만 다리 부분이 밑으로 폭 파여 있어 다리를 뻗을 수 있는 것이 고마웠다. 하지만 문제는 자리 배정 정도로 끝나지 않았다. 음료를 어떤 것으로 할지, 메뉴는 어떻게 할지, 물수건을 받으시라느니, 차를 드시라느니, 하무라 씨는 술은 잘 마시냐느니, 미치루가 폐만 끼쳐서 죄송하다느니 등등.

그동안 미치루는 냉소를 머금고 잠자코 있었다. 마음은 알 것 같다. 나도 공작이 서로 날개를 펼쳐 보이는 듯한 이런 종류의 의식은 좋아하지 않는다.

사교 절차가 대충 끝나자 전원이 침묵했다. 때마침 상차림을 위해 직원이 들어와서 어색한 분위기를 구원해주었다. 기미코가 메뉴판을 들고 요리를 하나하나 읽어 내려갔다. 사실 음식은 맛있었지만 크게 감탄할 정도까지는 아니었다. 다시 어색한 공기가 흐르기 시작했을 때 다이라가 말했다.

"다키자와의 딸은 아무래도 큰일이 난 것 같더군."

대화를 이을 길이 막막했겠지만 하필이면 최악의 화제를 골라주었다. 미치루는 고개를 숙이고 순채 나물을 집어 올리는데 전념했다. 기미코가 끼어들었다.

"오늘 점심 뉴스쇼에서 봤어요. 미와도 그 '아야'라는 아이를 죽인 범인에게 살해당했다면서요?"

"아뇨, 아직 그렇게 결정된 건 아닙니다."

"하지만 TV에서 그랬는걸요. 뭐라더라, 범인의 집에 미와의 이름이 들어간 명단이 있었고, 거기에 표시가 되어 있었다고요. 하지만 범인은 미와를 죽였다든가 시체를 어디에 묻었다든가 하는 건 전혀 자백하지 않고 자살해버렸다나 봐요. 호호호."

엉겁결에 젓가락이 미끄러지면서 계란찜이 밑으로 툭 떨어졌다.

"그쯤하지."

다이라가 짧게 말했다. 기미코는 뾰로통해졌다.

"어머나, 뭐 어때요. 하무라 씨는 미와의 행방을 찾고 계시죠? 당신도 미치루도 짚이는 게 있으면 가르쳐주지 그래요? 경찰보다 먼저 발견하면 하무라 씨가 현상금을 받을 수도 있잖아요. 안 그래요?"

"현상금이 걸렸다는 이야기는 못 들었네요."

나는 최대한 온화하게 대답했다.

"어머나, 다키자와 씨가 현상금을 안 걸었다고요? 부자면서 너무 인색하네요. 모르는 바는 아니지만. 그 댁은 부부 모두 자녀에 대한 애정이 부족하니까. 그렇지 않고서는 이혼 따위를 할 리가 없죠. 두 사람 모두 악착스러운 주제에 이성에게는 약해서……."

"그만두지 그래."

"어쩌면 아스미 씨가 미와를 죽이라고 시킨 걸지도 모르겠네요. 그 고지마라는 범인에게."

기미코는 남편의 제지 따위는 개의치 않았다.

"그 사람의 금은방, 경영 부진으로 계속 적자라면서요? 은행에 엄청난 빚이 있다던가. 노나카 씨의 부인이 이긴 것처럼 말씀하더라고. 아스미 씨, 해외여행을 갔다고 거짓말을 하고 사실은 돈을 마련하러 다녔다며. 어쩜 좋아."

미와의 실종에 대해 물었을 때 바로 대답이 나오지 않았다는 것이 생각났다. 나한테까지 허세를 부리지 않아도 되었을 텐데. 아니면 그렇게까지 해야 할 만큼 경제적으로 어려움을 겪고 있는 것일까.

"노나카 씨라면 28회에 소속되어 있는 분인가요?"

다이라가 구원을 받은 듯 고개를 끄덕였다.

"잘 알고 있군. 컨설팅 회사를 경영하고 있는 친구로, 노나카 노리오라고 하네. 미국에서 대기업 인사 담당 매니저를 하다가 귀국해서 그 경험을 살려 회사를 시작한 거지. 지금은 모든 기업이 조직 개혁을 외치고 있다 보니 사업은 번창하고 있는 것 같네만."

잡지에 게재되어 있던 28회 멤버의 기사를 돌이켜 보았다. '노나카 경영전략연구소 소장'이라는 직함이 있었지만, 그 생김새나 세세한 경력까지는 기억나지 않았다.

"가끔 방송에서 패널로 출연하시죠?"

어림짐작이었지만 제대로 맞혔나 보다. 다이라가 쓴웃음을 지었다.

"옛날부터 튀는 걸 좋아하는 남자였거든. 텔레비전, 잡지, 신문에 강연회까지 분주히 뛰어다니고 있는 것 같아. 지금은 28회의 중심인물이 되어 놀이를 주도하고 있지."

"미국의 상류층 남자들이나 하는 배타적이고 마초적인 놀이를 좋아하는 아재야."

갑자기 미치루가 끼어들었다. 나는 놀랐지만 다이라는 더 놀란 것 같았다. 마치 처음 보는 생물처럼 딸을 바라보았다.

"하무라 씨, 제가 말한 거 어떻게 생각하세요? 아스미 씨가 미와를 죽인 게 아닐까 하는."

기미코는 애써 돌린 화제를 다시 꺼냈다. 나는 포기하고 말상대를 해주기로 했다.

"왜 아스미 씨가 미와 양을 죽일 필요가 있나요?"

"그야 다키자와 씨의 재산이 목표니까. 미와가 없어지면 다키자와 씨의 재산은 모두 아스미 씨 거잖아요."

"이혼한 전부인에게는 단 한 푼도 안 돌아가요. 그럴 바에는 다키자와 씨를 죽여 미와 양에게 재산을 상속시키고 후견인 입장에서 돈을 자유롭게 쓰는 게 낫죠."

"어머."

기미코는 실망과 동시에 정신을 차린 것 같았다.

"그럴지도 모르겠네요. 죄송해요, 하무라 씨. 나도 참, 모처럼의 식사자리에서 이런 말을 꺼내서."

"친한 사람들에게 큰일이 생기다 보니 이런저런 생각이

들기도 하죠. ……맛있네요, 이 생선회."

다이라가 마치 큐 사인을 받은 듯 서둘러 낚시 자랑을 시작했다. 놓친 고기는 큰 법이라고 한다지만 다이라가 잡을 뻔했던 돌돔은 백상아리 크기였던 모양이다. 적당히 맞장구를 치고 적당한 때를 봐서 아무렇지도 않게 물었다.

"다키자와 씨의 별저가 하자키에 있다고 들었는데 거기서 자주 낚시를?"

"그래, 여름에는 가족끼리 자주 가곤 했어. 최근에는 그럴 기회도 없었지. 다들 바빠서."

억지로 갖다 맞춘 듯한 말투였다. 미치루가 악의에 찬 어조로 끼어들었다.

"물고기보다 동물을 쏘아 죽이는 게 재미있어진 것 같아. 마초의 전통을 따라."

다이라가 흠칫 놀라며 식탁을 치며 고함을 질렀다.

"입 닥쳐."

나는 젓가락으로 눈을 찌를 뻔했다. 그 바람에 컵이 엎어져 맥주가 쏟아졌다. 미치루는 멍하니 아버지를 바라보았다. 식탁에 올려진 다이라의 손이 바들바들 떨렸다.

"어머나, 당신도 참. 하무라 씨가 깜짝 놀랐잖아요. 미치루, 너도 아빠한테 그런 식으로 말하면 못써."

기미코는 재빨리 컵을 바로잡고 물수건으로 맥주를 닦아 냈다. 다이라는 어깨를 늘어뜨린 채 자세를 바로 하고는 누구에게랄 것도 없이 사과했다.

"미안. 요즘 일이 바빠서 피곤한 모양이야."

기미코는 내게 미소를 지으며 회사가 얼마나 남편을 의지하고 있는지 하염없이 이야기하기 시작했다. 입안의 튀김을 간신히 삼켰지만, 룸의 천장 근처에 긴장의 잔재가 둥실둥실 감돌았다.

기묘한 식사는 8시 반에 끝났다. 미치루가 화장실에 가고, 기미코가 계산을 하러 가자, 다이라가 정색을 하고 말했다.

"오늘은 답례라고 생각하고 있었지만 별로 즐겁지 않은 식사가 되고 말았군. 기껏 오셨는데 미안하네."

다이라의 눈 밑은 거무스름했다. 어제오늘 나타난 것이 아닌, 이미 그의 일부가 된 듯한 다크서클이었다. 건설전문 신문사 기자인 구도가 했던 말이 생각났다. "알려지지 않은 비극을 겪은 사람."

"그래서 이건 실례라고는 생각하네만, 미치루를 돌봐준 사례일세. 약소하네만 받게."

그가 내민 봉투는 제과제빵 소재용 판초콜릿만큼 두꺼웠다. 이래놓고 할인권 다발이 들어 있는 것은 아니겠지.

"다키자와의 딸이나 다른 친구가 끔찍하게 죽어 미치루도 필시 불안해할 거라 생각하네. 가출해 남자와 동거하는 바보라 부모 말은 듣지도 않아. 부디 앞으로도 미치루를 도와줄 수 있을까? 잘 부탁하네."

이마를 다다미에 대고 절을 해서 당황했다. 남을 칭찬하지 않는 구도가 웬일로 다이라를 칭찬했다는 사실이 생각났다. 확실히 다이라에게는 어딘지 모르게 무거운 짐을 짊어지고 언덕을 비틀비틀 오르는 순례자를 생각나게 하는 점이 있다. 이런 인물을 들이받고 싶어하는 사람은 중증 사디스트뿐이다.

"이건 받을 수 없습니다."

나는 봉투를 되돌려 놓았다.

"하지만 미치루가 제게 도움을 요청하면 가능한 범위 내에서 돕겠다고 약속드리죠."

고개를 든 다이라에게 나는 미소를 지어 보였다.

"혹시 그래서 실비가 들게 되면 나중에 청구서를 보내겠습니다. 지난번 택시 요금처럼."

그럭저럭 평온하게 마무리하고 가게를 나왔다. 작별 인사를 할 때, 기미코가 가족에게서 떨어져 나에게 다가와 작은 소리로 말했다.

"미치루가 하무라 씨 같은 분을 알게 되어 참 다행이에요. 반항기라고 하나요, 미치루도 여러 일이 있었지만 연상인 여성을 본보기 삼으면 생활 태도도 조금은 달라지겠죠. 역시 같은 또래의 여자아이들에게는 아무래도 휘둘리는 법이니까요."

"네에⋯⋯."

"하지만 하무라 씨, 미치루는 아직 미성년자니까요."

기미코가 장난기 어린 얼굴이 되었다.

"그야 저도 남녀 사이에서는 여자가 여러모로 불리한 면이 많다는 사실을 알고 있습니다만, 그래도 하무라 씨가 연상이니까요. 미치루가 엉뚱한 짓을 할 것 같으면 하무라 씨가 말려주세요."

"……네에?"

"요즘 여고생들에게 미치루가 농락당하는 건 참을 수 없었어요. 나도 아직 할머니라고 불리고 싶지 않고. 그래도 다행이에요. 도리를 아는 여성과의 교제라면 비록 아이가 생긴다고 해도 처리할 수 있을 테니까요. 미치루의 앞날에 흠집을 내지 않도록 그 사실은 꼭 명심해주세요."

"저기……."

"걱정 마세요."

기미코는 키득키득 웃으며 내 팔을 가볍게 쳤다.

"나 그렇게 고지식한 엄마는 아니라고요. 아이가 성장해 가는 과정에서 이런 문제가 나온다는 건 잘 알고 있어요. 고등학생이 이성에 관심을 갖는 건 당연한 일이죠. 하지만 하무라 씨라면 안심이에요. 그럼 이만 실례할게요."

다이라 집안의 세 사람은 떠났다. 미치루가 떠나면서 뭐라 말할 수 없는 표정으로 돌아보았지만 아연실색한 나는 인사할 여유라고는 없었다.

10

  오다큐 백화점에서 그리 멀지 않은 곳에 있는 24시간 영업하는 카페에 들렀다.

  다이라 일가의 일을 머리에서 내쫓으려고 더블 에스프레소를 시켰다. 술을 깨기 위해 온 직장인과 시간 때우기에 열심인 젊은 그룹이 많아 배경음악이 들리지 않을 정도로 시끄러웠다.

  에스프레소를 마시면서 시바타에게 받은 우시지마의 자료를 펼쳤다.

  이런 종류의 자료치고는 제대로 된 얼굴 사진이었다. 도련님풍의 반듯하게 생긴 남자다. 자살한 미노리의 약혼자와 어딘지 모르게 닮았다.

  1967년생, 본적은 도쿄 스기나미 구 이즈미. 직업은 치과의사. 1997년 9월과 1999년 3월에 결혼 사기로 피소되어 체포되었다. 첫 번째는 피해자 측과 합의가 성립해 피해자가 고소를 취하했다. 두 번째에는 유죄. 하지만 집행유예로 끝났다.

비고란에 적혀 있는 내용이 마음에 걸렸다. 우시지마는 치과의사 집안에서 태어나 치과의사가 되었다. 본가는 유복하고, 본인도 본가의 병원을 돕는 등 재정 형편은 좋다. 도박이나 빚 관련 문제도 없다.

도대체 정체가 뭐람.

9시 조금 전에 도토종합리서치의 사쿠라이에게 연락이 왔다.

"잠시 후에 우시지마를 잡기로 했어."

사쿠라이가 빠르게 말했다.

"장소는?"

"게이오 선의 다이타바시 역. 놈은 매주 목요일마다 서예교실을 다니는데……."

"어디를 다닌다고?"

"그러니까 서예교실. 7시 반부터 9시까지 다이타바시 문화센터에서 하는 거. 사냥감을 물색하는 사냥터인 모양이야. 우리 고객과도 이케부쿠로의 문화센터에서 알게 되었어. 그때는 콜라주 강좌였다던데."

서예건 콜라주건 수강생 대부분은 여자들인 데다 젊은 남자가 다녀도 그다지 부자연스럽지 않은 과목이다. 하지만

232

꽃꽂이나 지점토 꽃 공예를 배우는 남자라면, 그것만으로 여자는 질색할지도 모른다. 지극히 성차별적인 발상이지만.

"그래서 우시지마를 붙잡는 건 다이타바시의 어디?"

"센터에서 나올 때 접촉한 뒤 동네 패밀리 레스토랑에라도 갈까 해. 역 북쪽 출구에 '패딩턴 카페'가 있으니까 아마 거기가 되겠지. 근데 하무라, 가게 들어가지 마. 우리 쪽 사람들은 하무라 얼굴을 아는 사람들뿐이니까 내가 정보를 흘린 게 들키게 돼."

"사쿠라이 씨에게 피해를 입히는 일은 안 해. 약속할게. 그런데 우시지마에게 결혼 사기 전과가 있다는 거 알고 있었어?"

"물론이지. 하지만 그건 비장의 카드가 아니야. 고객도 우시지마에게 들었대. 몹쓸 여자에게 걸려서 결혼하자고 협박당해서 거절했더니 고소당했다며. 하긴 녀석은 잘생겼고 성격은 소심해 보이니까 그런 일을 당했어도 이상하지 않다고 생각할지도 몰라. 그렇다고 왜 그런 과거가 있는 남자에게 거금을 주거나 벌거벗은 사진을 찍게 하는 거지?"

게이오 선 승강장으로 서둘러 가면서 어째서인가 생각했다. 시바타가 나에게 던진 막말이 생각났다. 거만하고 자존심이 강한 여자가 걸릴 것 같은 남자라고 했던가. 일리가 있다. 부유한 치과의사라는 직함, 유약해 보이는 미남, "나쁜 여자에게 걸려 혼이 났다"는 경험. 어느 모로 보나 매력적이다. 내가 옆에 있어줘야 해, 나만이 그의 진면목을 알고 있어, 그는 엘리트인데 마음은 소년 같은 데가 있어……. 이런 점들일까?

열차가 다이타바시에 도착할 때까지 한숨이 끊이지 않았다. 미노리의 모습으로 미루어 보건대 우시지마의 정체를 알려주어도 소용없을 것이 뻔했다. 우시지마를 부정하라는 말은 '우시지마를 알아주는 특별한 나'를 부정하라는 말이다. 모처럼 손에 넣은 멋진 자기 모습을 그렇게 쉽게 포기할 수 있을 리가 없다.

거기까지 생각이 미치니 정말 내 자신에게 화가 났다. 나는 실로 거만한 인간이다. 어째서 솔직하게 실연당하고 상처받을 친구를 보고 싶지 않다는 식으로는 생각되지 않는 것일까.

수십 번째 한숨을 내쉬려다 닫히려는 문으로 돌진했다. 하마터면 내릴 역을 지나칠 뻔했다. 서둘러 계단을 뛰어내려 북쪽 출구로 빠져 나왔다.

고슈 가도를 건너면 패딩턴 카페가 있다. 1층은 주차장이고 점포는 2층이라는 전형적인 필로티 양식이다. 주위를 둘러보았다. 맞은편에 다른 패밀리 레스토랑이 있었다. 맛이 없기로 유명한 가게다. 가게 안은 텅텅 비어 창가의 4인석을 독차지할 수 있었다.

6차선 거리 너머 더러워진 유리창 안쪽으로 의미심장한

집단을 확인했다. 하나 떨어진 테이블에 우두커니 앉아 서류를 만지작거리고 있는 사쿠라이, 그리고 제일 안쪽 테이블에 도토의 스태프 두 명과 머리가 긴 여성과 고개를 숙이고 있는 남자. 아마 우시지마이리라.

가방에서 소형 카메라를 꺼내 줌으로 들여다보았다. 너무 멀다 보니 상황은 분명치 않다. 여성이 상대 쪽으로 몸을 내밀며 뭐라 다그치고 있다. 그것을 달래면서 우시지마에게 말을 걸고 있는 도토의 스태프는 이런 종류의 교섭에 능숙한 남자다. 나는 손목시계를 들여다보았다. 9시 반. 그들이 가게에 들어간 지 20분 정도일까.

홍차를 주문하고 가만히 기다렸다. 사쿠라이는 자신 있는 듯했지만 우시지마가 선뜻 돈을 갚을지 의문이었다. 사태는 아무래도 내가 예상한 대로 전개되고 있는 모양이다. 10시가 되어도 11시가 되어도 그들의 대화는 끝날 기미가 보이지 않았다. 이따금 렌즈 너머로 들여다보면 사쿠라이는 끝없이 서류를 확인하는 시늉을 계속하고, 우시지마는 미소를 지으면서 서류가방 끈을 만지작거리며 고개를 흔들거나 짧게 대답하고 있다.

더는 참지 못하고 날짜가 바뀌자마자 사쿠라이에게 전화했다. 렌즈 속의 사쿠라이가 휴대전화를 꺼냈다. 다른 네 명도 사쿠라이에게 주의가 쏠렸다.

"재수가 없나 보네."

나는 단도직입적으로 말했다. 사쿠라이는 자리에서 일어나 가게를 횡단하면서 매우 정중하게 대답했다.

"아, 오랜만입니다. 네, 그렇습니다."

"갖고 있던 패는 다 쓴 거지?"

"네, 어쩌다 보니."

"그래도 안 되나 보네."

"그러게요. 그런데 지금 어디세요?"

"건너편 패밀리 레스토랑. 벌써 두 시간 반 넘게 앉아 있어."

"마찬가지입니다. 서로 힘드네요."

"그렇다면 의뢰인의 패배?"

"그렇지도 않습니다."

사진이나 돈, 그중 하나는 되찾을 수 있을 것 같다는 말이리라.

"사진을 돌려받을 수 있을 것 같아?"

그렇게 물었을 때 사쿠라이가 가게 밖으로 나왔다. 그는 이쪽 가게를 노려보았다.

"아니, 저건 생각보다 보통이 아니야. 돈은 그냥 준 줄 알았는데 곤란하다면 물론 갚겠다며, 저쪽에서 먼저 말을 꺼내더군. 사진에 대해서는 절대로 돌려주지 않을 것이며, 돌려줄 이유가 없다며. 서로 합의해서 촬영한 사진을 내가 갖고 있는데 뭐가 문제냐고."

사쿠라이가 내뱉듯이 말했다.

"저 자식, 즐기고 있어. 전과도 다른 여자관계도 SM 계열 유흥업소에 출입하고 있는 것도 모조리 부모님에게 알리겠다, 경찰에 신고하겠다, 고소하겠다, 환자에게 알려지면 곤란하지 않겠는가……. 모조리 소용이 없었어. 마음대로 하라더군. 저 자식은 소동을 즐기고 있어. 고소를 당하고 형이 확정되어도 신경도 안 쓰는, 아니, 오히려 그렇게 되면 새로운 경험을 할 수 있다며 기쁘게 생각하고 있어. 훈장이 늘어 만만세라는 거지."

이토록 귀찮은 상대일 줄은 몰랐다. 나는 의자에 등에 기댔다.

"그래서 어떻게 할 거야?"

"오늘은 이만 물러날 수밖에 없을 것 같아. 이대로 넘어갈 생각은 없지만. 좀 거친 수를 쓸지도 몰라."

"약이라도 슬쩍 주머니에 찔러 넣고, 경찰에 신고해 가택수색을 시킨 다음, 압수한 사진과 필름을 내부에서 빼돌려 막으려고?"

"하무라, 넌 만화책을 너무 많이 봤어."

사쿠라이가 전화기 너머로 웃음을 터트렸다. 나는 진지하게 말했다.

"저런 타입은 자기 현시욕이 강하잖아. 혹시 '우시지마 준타와 희생자'라는 내용의 홈페이지라도 개설하지는 않았을까? 확인해봤어?"

"그런 악취미적인 홈페이지가 있다고 한들 뭐가 어찌 되는데?"

"자신을 과시할 장소가 없어지면 좀 충격을 받지 않겠냐는 거지."

사쿠라이가 입을 다물었다. 나는 가게 안으로 눈을 돌렸다. 지쳐 보이는 상대방을 향해 일어선 우시지마가 미소를 짓고 인사를 하고 있다.

"사쿠라이 씨, 움직였어."

사쿠라이는 가게 쪽을 살피고는 말이 빨라졌다.

"그런 쪽에 빠삭한 인간이 우리 회사에 있어. 알아볼게."

휴대전화가 끊겼다. 사쿠라이는 시치미를 떼고 일동과 스쳐 지나 자리로 돌아왔다. 나는 망설였다. 우시지마를 미행해 집주소만이라도 확인할 생각이었지만 막차는 이미 끊겼다. 본적지를 알고 있으니 나중에 어떻게든 되리라.

고슈 가도의 택시 승차장으로 걸어갔다. 목요일 한밤중이기도 해서 차량이 무서운 속도로 지나다녔다. 승차장 표지판에 다다르자 다행히 택시 한 대가 멈춰 섰다. 어깨에서 가방을 내리려던 바로 그때 뒤쪽에서 온 남자가 나를 밀쳤다. 남자는 나를 보지도 않고 택시를 빼앗았다. 떠나가는 택시의 후미등이 눈물 너머로 무지개처럼 반짝였다.

또다시 발을 밟힌 것이다.

빌어먹을.

그대로 보도에 주저앉아 있는데 누가 말을 걸었다.

"괜찮으세요?"

소리도 내지 못한 채 괜찮다는 몸짓을 하던 나는 흠칫 놀랐다. 걱정스러운 듯 손을 내밀고 있는 것은 우시지마가 아닌가.

"다, 다친 발을 밟혀서."

나는 더듬거리며 서둘러 말했다. 우시지마를 보고 놀란 얼굴을 통증 탓에 얼굴이 굳어진 것뿐이라고 생각하게 하기 위해서. 다행히 성공한 모양인지 그는 친절하게 말했다.

"저런, 안됐네요. 괜찮다면 붙잡아주세요."

거절하고 싶었지만 자력으로 일어서 자신도 없다. 나는 우시지마의 손에 이끌려 일어섰다.

"발은 어쩌다 그랬는데요?"

"뼈에 금이……. 이젠 다 나았는데 밟히거나 하면 좀."

"한번 살펴볼까요? 아, 저 의사예요. 치과의사이긴 한데."

거절할 틈도 없이 우시지마는 몸을 굽혀 내 신발을 벗기고 발등을 건드렸다. 나는 몸서리가 날 것 같은 것을 참으면서 필사적으로 우시지마의 어깨에 손을 얹고 그 자세를 유지한 채 이 모습을 사쿠라이나 도토의 스태프에게 보여지지 않기를 기도했다.

우시지마는 극히 사무적으로 다리를 밀거나 구부리더니

발에 신발을 신기고 일어나 멋쩍게 웃었다.

"뼈에 이상은 없나 봐요. 심하게 부었는데 걸을 수 있어요?"

"네, 택시를 타고 갈 거니까요."

"금방 왔으면 좋겠는데. 괜찮으시다면 그때까지 날 붙잡고 있어도 돼요."

우시지마는 달변가였다. 연기력 또한 상당했다. 상대방에 대한 정보를 알고 있는 나조차 퉁명스럽게 응대하지 못했을 정도다.

"정말 괜찮아요."

"이런, 괜히 경계하게 만들었나요?"

우시지마는 다시 내성적인 미소를 지었다.

"이런 세상이니 경계해야 마땅하지만, 전 취하지 않았고 치과의사라는 것도 사실이에요."

우시지마가 조심스레 양복 안주머니에서 명함을 꺼냈다. 가로등 불빛으로 그것을 확인했다. 치과의사 우시지마 준타. 빌어먹을. 본명을 대다니.

이 남자가 사귀고 있는 여자에게 어느 정도 정직한가가 아니라, 무엇을 기준으로 비밀과 그렇지 않은 것을 구분하고 있는지 전혀 알 수 없지만, 섣불리 미노리와 내 관계가 들키기라도 하면 최악이다. 정공법으로 갈 수밖에 없다. 순간 나는 눈을 깜박이며 놀란 척을 했다.

"어머나, 우시지마 준타 씨. 혹시 제 친구와 아는 사이 아니신지요?"

"친구분이요?"

우시지마는 그저 놀란 것처럼 보였다.

"아이바 미노리라고 하는데요."

"어, 미노리 씨 친구이신가요?"

우시지마가 활짝 웃었다. 기쁜 듯한 순수한 미소다. 적어도 그렇게 보인다. 이것은 상황이 재미있게 되었다든가, 소동 소재가 증가할 것 같다든가 그런 악의가 숨어 있다고는 도저히 생각되지 않는다.

"이거 놀랍네요. 이런 우연이."

"그러게요. 미노리에게 당신에 대한 이야기를 들었습니다. 그렇다기보다 제가 물어봤거든요."

"아이고, 미노리 씨가 저에 대해 뭐라고 했나요?"

"중학교 시절부터 가장 친한 친구에게 들은 비밀 이야기를 술술 털어놓을 것처럼 보여요?"

"그래도 궁금하네요. 여자들끼리 털어놓는 이야기는 강렬하죠?"

"뭐, 그렇죠."

점점 피로도가 심해졌다. 나는 우시지마의 어깨너머로 자동차 행렬을 바라보았다. 빈차 램프가 켜진 택시가 신호 대기 중이었다. 태어나서 처음으로 택시가 백마처럼 보였다.

"갑자기 실례일지도 모르지만 괜찮다면 차라도 한잔 하실
래요?"

우시지마가 힐끗 택시를 돌아보고는 선뜻 말했다.

"미노리 씨 이야기를 듣고 싶어요. 사실대로 말하면 그녀
와는…… 그게…… 말이죠. 좀처럼 진전이 없어서 어떻게
해야 할지 고민이었어요. 여기서 우연히 미노리 씨 친구를
만난 건 신의 계시인 것 같은데, 제 고민 상담 좀 할 수 있을
까요?"

연극 놀이에도 한도가 있다. 나는 차갑게 대답했다.

"남의 연애에 끼어들 생각은 없어요. 비록 그게 미노리여
도요. ……택시가 온 것 같네요. 고마웠습니다. 실례할게요."

"그럼 조심히 들어가요."

우시지마는 예의 바른 개처럼 풀이 죽어 대답했다. 차 안
에서 나는 폭발할 뻔했다. 어째서 저런 결혼 사기꾼에게 미
안해야 하는 거지? 왜 하필이면 미노리는 저런 남자에게
걸린 거지? 남의 연애에 참견할 생각은 없다고? 이미 완전
히 머리를 들이밀고 말았으면서?

화장을 지우고 자는 것 이상의 일은 떠올릴 수 없을 정도
로 기진맥진한 채 귀가했다. 상가와 골목 사이에서 내린 뒤
마지막 힘을 다해 집 아래까지 걸어갔다.

악취가 콧속으로 스며들었다.

집 앞에 찢어진 쓰레기봉투가 놓여 있었다.

중반전

1

무엇인가 중요한 것을 잊고 있다. 그것이 무엇인지 생각나
지 않은 채 버둥거리면서 눈을 떴다. 밖에서 소리가 들렸다.
인기척도. 반사적으로 머리맡의 경찰봉을 잡고 일어섰다.

순간 바닥에 나뒹굴었다. 급하게 일어나다 현기증을 일으
켜서 비틀거렸는데 다리가 몸을 지탱하지 못한 것이다.

큰 소리가 난 탓이리라. 밖에서 들리던 소리가 그치고 노
크와 함께 집주인인 미쓰우라의 목소리가 들려왔다.

"어머나, 하무라. 내가 깨웠니?"

심장이 두방망이질 친다. 나는 러그 위에 쓰러진 채 힘없
이 대답했다.

"으으."

"외등 설치 중이야. 좀 시끄럽긴 하지만 곧 끝나니까."

"으으."

10초 정도 머리를 바닥에 비비다 간신히 꿈과 현실의 경계선에서 복귀했다. 시계를 봤다. 11시. 믿을 수 없었다.

경찰봉을 침대에 내던지고 휴대전화를 켰다. 아무 연락이 없다. 마음만 먹으면 오늘 하루, 아무것도 하지 않고 뒹굴뒹굴 누워 있을 수 있다. 남의 집 앞에 쓰레기를 흩뿌리는 괘씸한 인간이 누구인지 확인하기 위해 매복도 가능하다.

자기 전에 다시 장미 목욕을 하고 마사지를 해서 그런지, 아니면 익숙해진 탓인지 걱정했던 것보다 다리가 가볍다. 마라톤은 고사하고 계단을 뛰어내리기도 어렵지만 불가능할 정도는 아니었다.

빨래를 하고 청소를 했다. 전에 샀던 냉우동의 유통기한이 지나서, 파와 표고버섯과 돼지고기를 넣고 끓였다.

토막 난 우동을 결국엔 숟가락으로 떠먹으면서 어제 읽다 만 석간을 훑어보았다. 야나세 아야코 살해범이 경찰서 내에서 자살한 뉴스가 상당히 크게 다루어졌다. 무엇보다 중요한 사건에 대해서는 "고지마 유지 용의자는 남녀 관계 등의 문제로 인해 우발적으로 아야코 씨를 살해했다고 자백"이라고, 간단하게 언급되고 있는 것에 머물렀다. '경찰서 내에서 자살'이라는 쪽에 초점을 맞춘 듯한 기사였다.

한편 조간에는 조금 심도 있게 탐사한 기사가 게재되었다.

고지마 유지 용의자는 아야코 씨 이외에도 아야코 씨의

친구로, 이번 달 초부터 행방이 묘연한 여고생에 대해서도 어떠한 사정을 알고 있었던 것으로 보여지고 있었던 만큼 이번 자살은 무사시히가시 경찰서와 경시청에 큰 충격을 주고 있다.

텔레비전을 켜고 채널을 뉴스쇼에 맞췄다. 나무젓가락 자살은 세간의 관심을 모으기는 했지만, 특이한 자살 정도로는 뉴스가 되지 않기 때문에 엄중함을 가장한 패널들이 칼끝을 경찰에게 향하고 비판을 했다. 별 것 아닌 프로그램이라도 살짝 경찰을 비판하면 사회정의를 추구하고 있다는 느낌을 줄 수 있다. 그런 면에서 경찰은 여러모로 편리한 대상이다.

적어도 이 방송국에서는 미와의 본명은 밝히지 않았다. 미와는 미성년자고 마약 사건이니 당연한 배려일 것이다. 가나에 관해서는 전혀 언급되지 않았다.

시바타를 좀 더 압박해볼까 생각하면서 빨래를 널었다. 지금은 그 시기가 아니라는 뻔한 결론에 도달했다. 시바타는 아직도 머리에 열이 올라 있는 상태일 테고, 하세가와 소장이 끝난 일이라고 처리한 이상 여기저기 찔러대는 것은 좋은 방법이 아니다. 가나를 찾아달라는 의뢰인이 나타나기라도 한다면 모르지만 말이다. 가족이 없는 가나의 수색 의뢰인 후보로는 후지사키뿐인데 대학생인 그에게 돈이 있을 거라고는 생각되지 않고, 무엇보다 그렇게까지 할 정도로 가나에게 마음이 있는지도 알 수 없다.

바깥 소음이 가라앉더니 미쓰우라가 나를 불렀다.

"다 됐어. 잠깐 보러 오지 않을래?"

나는 슬리퍼를 신고 밖으로 나갔다. 미쓰우라가 득의양양한 표정으로 문 위를 가리켰다. 눈부실 정도의 빛이 환하게 켜져 있다.

"너무 밝은 거 아니야?"

"그게 포인트거든. 내려와 봐."

미쓰우라를 따라 계단을 내려갔다. 두 단만 더 내려가면 지면을 앞둔 상황에 딸깍 소리가 나면서 외등이 꺼졌다.

"대인 센서가 달린 경계등이야. 굉장하지?"

"우와."

"좀 더 감탄하라고. 의욕이 안 나잖아. 누군가가 계단을 오르기 시작하면 불이 확 켜지는 구조야. 하무라가 돌아와 문을 닫으면 잠시 후 불이 꺼지지. 밤새도록 불이 켜져 있으면 이웃에 폐가 되고 전기세도 들지만 이거면 딱이잖아."

나는 조금, 아니 꽤 감동받았다.

"⋯⋯고마워."

"너, 내가 필요 이상으로 경비를 요구한다고 생각했지?"

미쓰우라가 눈을 흘겼다.

"농담 말라고. 오히려 엄청 밑진 거거든.. 잊지 마."

집으로 돌아와 옷을 갈아입고 밖으로 나왔다. 신주쿠 구립 도서관에 들러 1980년 신문의 축쇄판을 빌렸다.

어떤 기사를 찾아야 할지 몰라 일단 첫머리부터 순서대로 살펴보았다. 너무 작은 글자를 대량으로 확인하다 보니 5월쯤에 눈이 흐릿해지기 시작했다.

도중에 안약을 두 번 넣었는데 지긋지긋한 느낌이 들기 시작했다. 6월 10일의 1면 톱. 어린이 영리 유괴 사건. 흘려 넘기려다 이름이 눈에 밟혔다.

5세 유아 유괴, 경찰 공개수사

경찰청은 지난달 31일 영리 목적으로 유괴된 뒤 행방이 묘연한 5세 남자아이의 공개수사에 나섰다.

도쿄의 대형 건설회사 사원 다이라 요시미쓰平義光 씨의 장남인 미치루滿 군의 행방이 묘연해진 것은 지난달 31일 저녁의 일이다. 마당에서 놀고 있었을 미치루 군의 모습이 보이지 않는 것을 알아차린 모친 기미코 씨가 찾으러 가려고 할 때, 괴한으로부터 500만 엔의 몸값을 요구하는 전화가 걸려왔다. "경찰에 알리지 말라"는 협박에 다이라 씨는 돈을 준비했고, 괴한의 지시에 따라 지난 1일 오후 10시가 넘어 후타코다마가와 유원지 인근 공중전화 박스에 500만 엔을 올려놓았다. 그 후 범인에게서 연락은 없고, 불안해진 다이라 씨가 3일 아침 경찰에 신고, 사건이 알려졌다.

경시청과 세이조 경찰서는 합동수사본부를 설치해 사건 수사에 나섰으나 사건 발생 시일이 지나 이렇다 할 단서를 찾지 못한 채, 범인의 접촉이 없어 은밀한 수사에 한계가 있는 점 등으로 인해 공개수사로 전환하기로 한 것으로 알려졌다.

경시청 광역범죄수사과의 미나미 다쿠시 수사주임은 "아이의 신변 안전을 제일로 생각해 지금까지 수사는 비공개로 실시해왔으나, 사건 발생 열흘이 지나 시민 제보를 받는 것이 해결의 실마리가 될 것으로 보고 공개수사에 나섰다. 이 사건은 어린아이를 유괴하고 가족의 불안감을 틈타 금품을 빼앗는 비열한 범행이지만, 아이가 무사히 돌아온다면 정상을 참작할 여지가 있을 것이다. 사랑하는 아이의 안부를 걱정하는 부모님의 긴장감과 불안감은 극에 달한 상태다. 한시라도 빨리 미치루 군을 무사한 모습으로 부모님에게 돌려주고 싶다"며 정보 제공을 호소했다.

미치루 군, 5세. 단발머리로, 유괴되었을 때에는 연한 파란 티셔츠에 애니메이션의 곰 캐릭터가 수놓아진 아플리케가 붙은 스트라이프 점퍼, 감색 반바지 차림이었다.

(신다이토 신문사는 인질의 안전을 위해 사건 보도를 지금까지 삼가 왔습니다)

사회면에도 상세한 내용이 실렸지만 내용은 대동소이했

다. 그러고 보니 이런 사건이 있었지, 하며 희미하게 기억이 되살아났다. 내가 초등학생 때 일어난 20년 전 사건이라 기억이 흐릿했다. 하지만 결말만은 분명하게 기억하고 있다.

참을 수 없는 감정을 품은 채 "미치루, 무사히 돌아와! 기도하는 아이들"이라든가, "모이는 정보, 분노의 목소리" 등과 같은 표제를 읽어 넘겼다. 공개수사로 전환된 지 사흘 후, 내 기억대로 사건은 급전개의 양상을 보인다.

유아 사체 발견, 범인 체포

어젯밤, 다마가와 하천 부지에 쓰레기봉투를 내던지고 달아나려고 한 수상한 차를 부근을 순찰 중이던 경찰이 붙잡아 신문한 결과, 쓰레기봉투 안에서 유아의 시신이 발견되어 차량을 운전하던 남자를 사체유기 현행범으로 체포했다.

체포된 것은 S대학교에 다니는 대학생 구사노 류이치(21)였다. 부슈 경찰서의 조사에 따르면 유아의 신원은 지난 달 31일, 몸값 목적으로 유괴되어 행방을 알 수 없게 되었던 도쿄의 건설사 사원 다이라 요시미쓰 씨의 장남 미치루 군(5)으로 밝혀졌다. 유괴 직후에 미치루 군의 목을 손으로 졸라 살해, 그 후 다이라 씨에게 협박 전화를 걸어 몸값 500만 엔 등을 갈취한 것으로 보고, 경시청에서는 구사노 용의자를 살인, 영리 유괴 등의 죄로 조사를 진행할 방침이다.

경찰 조사에서 구사노 용의자는 "사체를 빌려 쓰는 등 약

300만 엔의 빚이 있어 고민 중이었다. 우연히 마당으로 나온 다이라 군을 보고 이런 큰 집에 사는 아이라면 유괴해서 돈을 받을 수 있을 거라는 생각에 순간적으로 차로 데려갔다. 반항하기에 입을 다물게 하려고 손으로 목 졸라 죽였다. 미치루의 사체는 자택 냉장고에 넣어두었지만, 3일 전부터 공개수사로 전환되어 겁이 나서 사체를 처분하려고 차로 다마가와 하천 부지에 내던졌다"고 진술했다.

경시청 광역범죄수사과의 미나미 다쿠시 수사주임은 기자 회견에서 "최악의 결과가 되고 말았다. 수사에 도움을 주신 여러분께는 감사하지만 부모님의 마음의 상처를 생각하면 드릴 말씀이 없다. 향후에도 수사를 계속해 사건의 전모를 해명하는 데 노력하고자 한다"라고 말했다.

"드릴 말씀이 없다." 맞는 말이다. 어린이 범죄처럼 끔찍한 것은 없다.

그런데 지금 내 말이 안 나오는 이유는 따로 있었다.

平滿.

이 이름은 일반적으로 '다이라 미츠루'라고 읽는다. 물론 '미치루'라고 읽을 수도 있다.

'미치루'는 목이 졸려 살해당했다. 액살당했다.

미치루를 집까지 배웅했던 아침, "손으로 목 졸라 죽이는 걸 말해"라고 말한 순간, 집 안쪽에서 들려온 비명. 다이라는

"알려지지 않은 비극을 겪은 사람". 딸에게 남자아이와 같은 복장을 시키고, 마치 미치루와 나를 남녀 관계인 것처럼 대했던 기미코. 미치루는 미와의 첫사랑이라고 말하려다가 입을 다물어버린 아스미.

농담이 아니다.

공연히 담배가 피우고 싶어져서 밖으로 나왔다. 이것은 일이 아니라고 스스로를 타일렀다. 만에 하나 어젯밤 다이라에게 그 두툼한 봉투를 받았다고 해도 말이다. 그는 집안의 비밀을 입막음하고자 내게 돈을 주려고 한 것은 아니다. 나역시 미치루의 모든 것을 돌보겠다고 약속한 것도 아니다.

나는 그저 조사원이다. 돈으로 고용되어 일하는 탐정일 뿐이다.

도서관 밖 벤치에 앉아 휴대용 재떨이를 한 손에 들고 담배를 피우고 있는데 전화벨이 울렸다. 도토종합리서치의 사쿠라이였다.

"하무라, 고마워. 완전 대박이었어."

최근 나와의 전화는 모두 작은 목소리였지만 오늘의 사쿠라이는 목소리에 힘이 넘쳐서 당황했다.

"대박이라니, 뭐가?"

"그러니까 우시지마의 홈페이지. 오늘 아침에 그 방면에 정통한 직원에게 물어봤어. 최종적으로는 서버의 등록명부에 침입해야 할 테지만, 일단 포털 검색부터 시작하면 어떻겠냐고 그가 말하더라고. 그래서 우시지마나 준타 등등 생각나는 대로 키워드를 입력했더니 30분 만에 완전 적중. 하무라의 감, 역시 대단하다니까."

"그래서 무슨 홈페이지였는데?"

사쿠라이의 텐션이 갑자기 낮아졌다.

"아, 뭐랄까, 예상했던 대로……. 아니, 그 이상의 악취미였달까."

"우시지마를 위협하는 재료로 쓸 수 있을 것 같아?"

"사장이 변호사와 상담 중이야. 이 내용이라면 인권침해로 고소할 수 있지 않겠냐며. 고소 대상은 우시지마가 아니라 홈페이지를 관리하는 서버 쪽이지만. 소송이 가능하다면 서버를 고소해 우시지마의 홈페이지를 폐쇄한 뒤 다른 서버에도 손을 써서 다시는 이런 악질적인 홈페이지를 열지 못하게 하겠다고 협박할 수 있겠지. 자신을 과시할 장소가 없어지면 녀석도 얌전해지지 않을까 하는 하무라의 가설, 아마 맞을 거야. 다른 스태프나 사장 모두 같은 의견이고."

"저기, 그게 내 친구에게도 효과가 있을까?"

사쿠라이가 신음했다.

"아마도. 하지만…… 저기 하무라, 혹시나 해서 하는 말인데 이 홈페이지를 들여다볼 때는 의자에 깊숙이 앉아 주위에 깨질 만한 게 없는지 확인한 다음 각오를 다지고 보는 게 좋아. 친구에게 가르쳐줄지 말지는 보고 나서 판단하고."

어금니에 무언가가 낀 듯한 말투였다. 상당히 악질적인 것을 본 모양이다.

홈페이지 주소를 받아 적고 전화를 끊었다. 순간 전화벨이 울렸다.

"하무라 씨?"

미치루였다. 아까 읽은 신문기사가 생각나서 위가 아팠다.

"오늘 시간 좀 내달라고 했잖아. 지금부터라면 비어 있어."

시간을 확인했다. 마침 1시 30분이다.

"이런 시간에 수업이 끝난 거야?"

"말했잖아. 우리 학교는 자유 선택제라고. 내 수업은 끝났어."

거짓말하지 말라는 말이 목구멍까지 올라왔다. 어떤 수업 내용이든 1시 30분이라는 어중간한 시간에 끝날 리 없다.

성실하게 고등학교를 다닐 것을 하고 후회했다. 땡땡이 상습범이었던 과거가 없었다면 잔소리를 잔뜩 했을 것이다.

"이야기가 길어질 것 같으니 집에 가서 옷 갈아입고 와. 그런 다음 어디서 좀 만났으면 좋겠는데, 장소는 네가 정해."

"하무라 씨 집."

미치루는 킥킥거리며 웃었다. 그럴 줄 알았다.

3시에 나카이 역까지 마중 나가기로 하고 집으로 돌아왔다. 도중에 생협에서 일주일 치 식량을 샀다. 현금이 부족해서 소장에게 맡아둔 미와의 조사 경비를 조금 썼다.

내일이라도 정산을 하러 하세가와 탐정사무소까지 가야 할지도 모르겠다. 사쿠라이가 알려준 우시지마의 홈페이지도 보고 싶었다. 미치루에게 이야기를 듣고, 가능하다면 가나의 조사를 계속할 수 있도록 환경도 정비하고 싶고, 그러기 위해서는 가나의 모친인 아카시 가요에 대해 잘 안다는, 하자키에 있는 다키자와의 별저를 관리하는 관리인도 찾아가 보고 싶다. 집 앞에 쓰레기를 뿌리고 가는 괘씸한 놈도 잡고 싶고…….

할 일은 산더미처럼 많지만, 기가 막히게도 그 모든 것이 한 푼의 이득도 안 되는 일들뿐이다.

지금이라면 다이라가 내밀었던 두꺼운 봉투를 무조건 받겠다는 생각을 하면서 사온 것들을 집으로 옮겼다. 위쪽 계단에 다다르자 엄청나게 눈부신 광선이 내 눈에 쏟아졌다. 까맣게 잊고 있었다. 굴러 떨어질 뻔했다.

이 센서등에는 미치루도 감명을 받은 모양이다.

"우와, 신기해. 하무라 씨는 역시 탐정이네."

"그거랑은 상관없어. 그런데 아까부터 신경이 쓰였는데 웬 짐이 그리 많아?"

미치루는 낯익은 핑크색 보스턴백을 들어보이며 히죽 웃었다.

집 안으로 들어서자 미치루는 이리저리 두리번거리다 침

대 옆에 가방을 던져놓고는 옛날에 미노리가 크리스마스 선물로 준 커다란 쿠션 위에 털썩 앉았다.

"집 좋네. 비교적 넓고 깨끗하고. 이 쿠션 내 거 할래."

"기다려. 누가 쿠션을 준다고 했지?"

"안 가져가. 여기 있는 동안만 쓸게."

"저기, 확실히 해두고 싶은데."

"얼마간 여기서 지낼래."

미치루는 그렇게 말하며 지긋이 나를 올려다보았다.

"괜찮아. 학교도 빠지지 않고 나갈 거고, 집안일도 도와줄게. 용돈에서 식비도 낼 거고. 아빠도 하무라 씨랑 함께라면 불평도 안 할 거고."

"뭔가 착각하는 거 아니야? 나는 네가 생각하는 것만큼 좋은 사람도 아니고, 까다롭고, 피곤할 때는 누구와도 말을 하지 않는 사람이야. 보모가 필요하면 딴 데 알아 봐."

"응석을 받아달라는 말 아니야. 그저 길고양이나 뭔가가 어슬렁거리고 있다고 생각해주면 돼."

"넌 길고양이 아니거든."

"뭐 어때. 민폐 끼치지 않을게. 난 그저 집에 있고 싶지 않을 뿐이야."

"그렇다고 이게 되겠어?"

짜증이 났다. 혼자 살기 시작한 후 다시 깨달았지만 나는 역시 혼자 있는 것이 좋다. 독립적이었던 미노리와의 동거조차 가끔 신경에 거슬리곤 했다. 하물며 이 아이와 잘 지낼 리 없다.

"다쳐서 체력도 없고 일도 잘 안 풀리는 상태야. 그럴 때는 나도 무슨 짓을 할지 몰라. 너에게 화풀이를 할지도 몰라. 너를 다치게 할 수도 있어. 갑자기 남의 생활에 끼어든다는 건 그런 거야. 알아?"

미치루는 입술을 질끈 깨물었다.

"나를 쫓아버리지 않는 게 좋을 텐데. 그랬다가는 나중에 울 거야."

"흐음, 그건 왜?"

"이대로 집에 있으면 나 엄마 죽일 것 같아. 그렇게 되면 하무라 씨도 갖은 원망을 들을 거야. 미성년자의 필사적인 SOS를 거절한 냉정한 여자라는 소리를 듣겠지."

농담조로 들렸지만 미치루의 턱은 가늘게 떨렸다.

나는 한참을 노려본 후 미치루에게서 눈을 돌렸다.

"생판 남이 뭐라 하든 상관 안 하거든. 솔직히 말하겠는데, 현재 이 집에는 문제가 있어. 어딘가의 바보가 이틀 연속해서 집 앞에 쓰레기를 버리러 와서 말이지. 바깥의 등은 그것 때문이고. 그러니까……."

미치루가 매서운 눈초리로 나를 노려보았다.

"그러니까 밤에는 절대로 집에서 나가지 마. 내가 외출 중에 밖에서 무슨 소리가 나거나 누가 찾아오더라도 결코 문

을 열지 말고. 매일 부모님께 연락하도록 해. 그리고 학교도
빠지지 말고."

미치루는 말없이 고개를 숙이고 있다가 얼굴을 들고 툭
말했다.

"……알았어."

하아…….

도서관에서 신문기사 따위 찾아보는 것이 아니었다.

2

"미즈치 가나, 알지?"

매트리스를 꺼내놓거나 칫솔을 특정 위치에 놓는 일이 일단락된 후 오레오 쿠키와 차로 한숨 돌리던 차였다. 미치루가 흠칫 놀라 고개를 들었다.

"응……."

"왜 처음 물어봤을 때 그 여자를 숨겼어?"

"숨긴 건 아니야. 여러 가지 좀 복잡해."

"어떤 식으로 복잡한데?"

미치루는 어떻게 대답해야 하는지 난감한 듯했다. 컴퓨터와 같아서 바른 질문을 넣어야 답이 돌아온다. 미치루는 그런 생물이다.

"처음부터 가르쳐줘. 미와와 가나, 가나와 아야코가 각각 친구 사이였던 거네?"

"응. 가나는 우리보다 세 살 위야. 아야랑 가나는 병원에서 만났고. 가나 엄마가 입원해 있을 때 옆 침대에 아야 할머니가 계셨거든. 아야가 할머니를 너무 좋아해서 자주 병문안 가서 울었나 봐. 그걸 가나가 위로해줘서 그 일로 친구가 됐대."

"가나 씨 어머니는 작년 여름쯤 돌아가셨지?"

"맞아. 아야 할머니도 그 직후 돌아가셨어. 나 말야, 요전에 경찰에서 아야가 놀러 다닌 거 겨울쯤 실연당한 탓이라고 했잖아. 그건 거짓말은 아니지만, 아야가 방황하게 된 건 실연당하고 할머니가 돌아가신 거하고 가족과 이런저런 트러블을 겪은 게 전부 합쳐진 탓인 것 같아. 뭐, 단순히 남자를 좋아하는 것도 있지만."

미치루가 어른스러운 한숨을 내쉬었다.

"그래서 가나가 미와와 아야를 만나게 했다……?"

"응. 미와가 가나 엄마 손에 컸다며? 그래서 가나랑 엄마가 함께 살게 되고 난 뒤에도 가끔 만났나 봐. 미와는 부자잖아. 가나 엄마가 죽을 때 가나를 부탁한다고 미와한테 부탁한 거야."

"그렇군."

"그러니까 미와는 가나의 엄마가 죽은 후에도 가나가 맨션에 계속 살게 해준 거야. 미와도 빌어먹을 아빠가 소중한 물건을 마음대로 버려버리니까 자기만의 방을 갖고 싶어했고. 룸메이트가 되어서 집세라든가 광열비라든가 미와가 용돈에서 다 냈거든. 가나도 큰 도움이 되었을 거야. 그런데."

"그런데?"

"가나는 엄마랑 조금밖에 함께 못 살았잖아? 그동안 엄마
는 미와와 함께 살았고. 그런 건 복잡하지. 가나가 미와에게
는 빚지고 싶지 않다고 말한 적이 있어. 나도 아야도 그건
마찬가지랄까. 미와가 돈이 많다고 잘난 척하는 것도 아닌
데 말이야."

내가 이 아이들 정도였을 때도 묘한 결벽증이 있었다는
기억이 떠올랐다.

"어쨌든 요 1년 정도 넷이서 비교적 사이좋게 놀았던 거
네?"

"네 명이 함께하는 건 별로 없었어. 미와는 가나의 집에 틀
어박혀 있었고, 가나와 아야도 가끔 어울렸을 뿐. 나는 미와
와는 학교에서 함께 보냈고, 아야와는 밤에 '오렌지 캣츠'에
서 놀았지. 아야가 남자에게 미치기 전까지."

"가나와 미치루는? 별로 안 놀았어?"

"그러고 보니 그러네."

미치루는 얼떨떨한 표정을 지었다.

"별로 공통된 화제도 없고. 결국 나는 가나와는 잘 맞지 않
아서 단둘이 만난 적이 없어. 어른이라는 느낌이라 말이 잘
안 통했거든. 괜히 잔소리하거나 했고."

"미와도 너에게 잔소리를 했지?"

"응. 하지만 걔와는 어렸을 때부터 친구니까 별 수 없다는 느낌이 있었지만 가나에게까지 잔소리를 들을 이유는 없으니."

미치루는 테이블을 벗어나 바닥에 앉아서는 긴 발가락을 뻗으며 질문에 계속 답했다. 3월 20일 즈음 미치루와 아야코는 연락처를 교환하고 이따금 만나기도 했다. 반면 가나와는 거의 만날 일이 없었던 모양이다. 미와와는 학교에서 만나 다른 두 사람의 이야기를 들었던 것 같고.

"그래서 그다음은?"

"봄방학이 시작되었을 무렵 미와에게서 전화가 엄청 걸려왔어. 가나가 사라졌다는 거야. 미와가 일요일에 집에 갔더니 메모가 있었고, 아야에게 소개받은 아르바이트 때문에 잠시 집을 비운다고 적혀 있었대. 그때는 신경 쓰지 않았던 모양인데, 3일 후에 다시 갔더니 집에서 가나의 짐이 싹 사라졌다는 거야. 부동산 중개업소에 물어봐도 아파트 관리인에게 물어봐도 이사했다는 말 외에는 어떤 말도 안 해주니 어떻게 해야 좋겠냐며 미와가 울려고 했어."

미치루는 가방에서 파우치를 꺼낸 후 다시 매니큐어를 꺼냈다.

"난 사실 그때는 대수롭지 않게 생각했지. 분명 가나는 미와에게 넌더리가 났던 거라고, 그 짭짤한 아르바이트 덕에 큰돈을 벌어서 홀로 생활할 수 있게 되어서 나간 것뿐이라고 생각했어."

"미와에게도 그렇게 말했어?"

"……말해버렸어."

미치루는 고개를 숙이고 매니큐어 뚜껑을 힘주어 열고는 발가락으로 능숙하게 매니큐어를 발톱에 칠하기 시작했다.

"그랬더니 미와가 엄청 화가 나서는 나보고…… 남…… 아니, 엄청 심한 말을 하는 거야. 그래서 나도 속에 담아두었던 말을 다 하기는 했지만."

"아야가 고지마 유지, 아야를 죽인 범인인데 그에게서 대마를 샀다는 거, 너는 알고 있었어?"

"흐음."

미치루는 애매하게 신음하며 발톱을 핑크색으로 칠했다.

"어느 쪽이야?"

오레오를 먹으려고 손을 뻗자 미치루는 코를 찡그렸다.

"하무라 씨 말이야, 오레오 먹는 방법이 이상하지 않아?"

"어디가?"

"벗기고 안에 있는 크림만 먹고 나중에 바깥쪽 검은 쿠키 부분을 먹다니."

"내가 오레오를 어떻게 먹든 무슨 상관이야. 그것보다 너야말로 매니큐어 칠하는 게 뭐 그래."

"나, 발가락을 잘 움직이는 재주가 있거든. 웬만한 건 다 잡을 수 있어. 내 유일한 자랑."

가나 이야기로 되돌리려고 시도했다.

"그래서 알고 있었어? 대마 건."

"책도 넘길 수 있고 TV 리모컨도 사용할 수 있어."

미치루는 외면하고 발가락을 벌려보였다. 나는 눈을 부라렸다.

"저기 말이야, 설마 너도 한 건 아니겠지?"

"아무도 그런 말 안 했거든."

"한 거나 마찬가지야. 하여튼 너란 애는……."

"뭐 어때, 대마초 정도야. 중독은 안 되고 담배보다 훨씬 건강하다고 아야도 말했어."

"그것 때문에 살해당하면 건강이고 뭐고 아무 소용도 없잖아."

"그만해. 그런 말투."

미치루는 화가 난 듯 매니큐어를 파우치에 도로 넣었다.

"너, 아야를 많이 좋아했구나."

미치루는 바보 아닌가 하는 눈으로 나를 보더니 이윽고 후 하고 긴 숨을 내쉬었다.

"……걔 야한 이야기가 너무 심했어. 차 안에서 했다느니, 약을 먹고 했다느니, 세 명하고 했다느니, 그런 말만 해서 짜증이 났지만…… 내가 집을 나가게 되었을 때 이해해준 건 아야뿐이었어."

미치루는 다시 차분해졌다.

"아야가 죽은 뒤 계속 생각했어. 가나가 없어졌기 때문에 모든 게 엉망진창이 되었다고. 미와는 오기로라도 직접 가나를 찾아내려고 했나 봐. 아야가 가나에게 아르바이트 같은 거 소개해준 적 없다고 하니까……."

"잠깐만. 그게 정말이야?"

"정말이야. 아야한테 들었으니 틀림없어. 게다가 그렇게 좋은 아르바이트라면 아야가 직접 하는 게 당연하잖아. 아야도 돈이 궁했으니까."

그럴 만도 하다.

"그런데 미와는 그 말을 믿지 않고 몰래 아야를 조사하고 다녔어. 그러다가 대마초 건이 들통 나서 크게 싸웠대. 그만두지 않으면 경찰에 신고하겠다고까지 했다더라고. 미와는 가나가 행방불명된 게 대마초와 관계있다고 멋대로 결정짓고는 아야가 그 약장수에게 가나를 판 거 아니냐고까지 말하기 시작했어. 미와, 왠지 제정신이 아닌 것 같았어."

미치루가 불쾌한 표정을 지었다.

"마침 새학기가 시작되었을 때였는데 나에게도 불똥이 튀어서 최악이었거든. 미와는 말도 안 하고 엄마는 여전하고, 아야한테 대마초를 받아서 시도해봤는데 머리가 아파서 토할 뻔했어. 정보지에 나온 극단이라는 곳에 가봤는데 재미있지도 않고."

내 옆구리를 찌른 미야오카 고헤이. 그와는 그 극단에서 알게 되었으리라. 그 일을 따지고 들까 하다 그만두었다. 미치루의 문제는 뿌리가 깊다. 내친 김에 손을 댈 문제가 아니다.

순서대로 따져보았다. 가나가 행방불명된 것은 3월 16일. 19일에는 영화관을 무단결근했고, 다음 날 20일에 삼촌이라고 자칭하는 남자의 전화가 영화관에 걸려왔다. 그다음 날 즈음 미와가 가나의 '이사'를 알게 된다. 아마, 그 '이사'가 이루어진 것은 3월 19일이나 20일쯤일 것이다.

미와는 아야에게 소개받았다는 "짭짤한 아르바이트"에 집착해서 아야코의 주변을 캐다가 고지마에게 도달한다. 4월 초에는 아야코와 고지마, 쌍방을 협박해서 거래를 끊게 하고. ……어라?

나는 고개를 갸웃거렸다. 거기까지 도달했는데 미와는 행방불명된 5월 3일까지의 한 달 동안 도대체 무엇을 하고 있었던 것일까.

"네가 가출한 게 4월 20일이었지?"

미치루는 허공을 바라보며 고개를 끄덕였다.

"그즈음이었던 것 같아."

"그때까지 미와나 아야와 만난 적 없어?"

미치루가 진지한 얼굴로 찻잔을 내려놓았다.

"아야와는 한 번 만났어. 상담할 게 있다더라고."

"어떤 상담이었는데?"

미치루가 어깨를 으쓱했다. 나는 물러났다.

"알았어. 그때 가나 이야기는 나왔어?"

"미와만큼은 아니지만 아야도 가나가 없어진 사실을 이상하게 생각했어. 둘이 친했잖아? 미와가 싫어졌다고 아야하고까지 연을 끊을 이유는 없고. ……아야가 왠지 무섭다고 했어."

미치루는 멍하니 먼 곳을 보았다.

"가나는 친척도 없고, 없어져도 걱정하는 건 우리들뿐. 사라지면 사라진 그대로잖아. 그거 무섭지? 한동안 아야도 남자 만나러 다니는 거 그만두었을 정도야. 그랬더니 부모님이 골든위크에 하와이에 데려가주기로 해서 엄청 기뻐하더라……."

부러운 듯한 말투였다. 나는 콕 집어 말했다.

"그래서 가출한 거야?"

화를 내나 했지만 미치루는 콧방귀를 뀌었을 뿐이었다.

"이유는 그것만이 아니야. 내 일은 아무래도 상관없어. 아무튼 아야가 무서워하는 것도 무리는 아니지? 가나가 사라진 방법이 너무 이상해. 본인만이라면 모를까 방의 짐까지 전부 사라졌어. 미와의 것도 꽤나 있었을 텐데. 하무라 씨도 대규모 범죄조직이 얽혀 있다고 생각하지?"

돈이 있고 거짓말하는 법을 아는 사람이라면 그 정도 짐쯤 쉽게 사라지게 만들 수 있다. 물론 미와의 짐까지 두 사람 몫의 짐이 되면 양이 꽤 되어서 쉬운 일은 아니겠지만.

"그러니까 가나 이야기는 꺼낼 수 없는 분위기였어. 미와가 사라진 뒤에는 더더욱 그렇고. 아야는 짚이는 곳을 알아보겠다고 했지만, 나는 더 이상 가나 일에도 미와 일에도 관여하고 싶지 않았어."

자신의 일로 벅찼던 것이 부끄러운지 미치루는 고개를 숙였다.

"넌 미와가 없어진 게 가나의 행방을 찾고 다녔기 때문이라고 생각하는 거구나."

"왜냐하면 미와는 계속 가나를 찾아다녔잖아. 집으로 돌아온 뒤 들었는데……."

"무슨 말을 들었기에?"

"아빠가 내가 학교로 돌아갈 수 있었던 건 미와의 빌어먹을 아빠 덕분이라고 하셨어. 그래서 미와에게는 고맙다는 인사를 했거든. 그때 눈빛이 좀 굳어 있다고나 할까, 상태가 이상하더라고. 이 녀석, 대마초는커녕 이상한 약을 하기 시작한 거 아닌가 생각해서 조금 소름이 끼쳤어. 그랬더니 미와가……."

"미와가 뭐라고 했는데?"

"미와가 엄청 기분 나쁘게 웃더니."

미치루의 얼굴이 보기 흉하게 일그러졌다.

"자기도 짭짤한 아르바이트를 찾을 수 있을 것 같다며."

3

저녁 무렵, 나는 하세가 탐정사무소에 정산하러 가기로 했다. 사무실 컴퓨터를 빌려 보고서도 마무리하고 싶고, 내 친김에 우시지마의 홈페이지도 들여다볼 생각이었다.

미치루는 기어코 나를 따라가겠다고 고집을 부렸다.

"방해하지 않는다니까. 어차피 저녁은 먹어야 할 거고."

"너, 요리할 줄 안다며?"

"요리? 그게 뭐야?"

"집안일을 돕겠다는 이야기는 어떻게 됐어?"

그렇게 말하자 미치루는 뾰로통해졌다.

"그러니까 좀 가르쳐줘. 가르쳐주지 않으면 못 하잖아."

말다툼하는 것도 귀찮아져서 결국 둘이서 집을 나왔다. 상점가 한복판에서 미쓰우라와 마주쳤다. 미치루를 소개하자 미쓰우라가 힐난하듯 나를 쳐다보았다.

"하무라는 남자와 인연이 없다고 생각했는데 그런 거였어? 그렇다면 그렇게 말해주지 그랬어? 세입자 중 괜찮은 남자를 소개해줄까 했는데."

"너, 일부러 그러는 거지?"

미쓰우라가 호들갑스러운 몸짓으로 가슴을 쓸어내렸다.

"어머, 역시 그랬어? 다행이다. 나, 이래 봬도 사람 보는 눈은 있다고 자부하거든. 하무라는 스트레이트라고 확신하고 있었어. 빗나가면 사상 처음인데 어쩌지 그랬단 말이야."

내가 없는 동안 무슨 일이 있으면 부탁한다고 하자, 미쓰우라가 고개를 끄덕였다.

"물론이지. 내게 맡겨. 미치루라고 했니? 이상한 남자가 쫓아다니기라도 하면 바로 알려줘. 우리 집은 하무라 집에서 여섯 번째 파란 지붕 집이니까."

미쓰우라는 베트남 손뜨개 바구니를 들고 산뜻하게 손을 흔들고는 생선가게로 사라졌다. 눈을 동그랗게 뜨고 있던 미치루는 미쓰우라가 보이지 않게 되자 바로 물었다.

"혹시 저 사람 게이?"

"몰라. 그렇다고 해도 놀라진 않겠지만."

"어떻게 몰라? 남자인지 여자인지 확실히 하고 싶지 않아?"

"저 사람은 최고의 집주인이야. 지금은 말이지. 그것만 알면 충분해."

미치루는 뭐라고 말하려다 말았다.

미쓰우라에게 정신이 팔려 있었기 때문에 정신을 차려 보니 시계방을 지나쳐버렸다. 돌아가기도 귀찮았다. 손목시계 건전지를 바꾸는 것은 다음에 해야겠다고 생각하고는 역 앞 열쇠가게로 향했다. 여벌 열쇠를 만들어 미치루에게 건넸다. 집으로 돌아갈 때에는 꼭 돌려달라고 말했지만 미치루는 건성으로 대답했다.

"고헤이조차 여벌 열쇠는 안 줬는데."

미치루는 흥분한 듯 가슴에서 부적주머니를 꺼내서는 그 안에 넣었다. 동남아시아의 민예품인지 손으로 직접 만든 것으로 보였다. 문득 시바타의 말이 떠올랐다. 아야코의 신원은 그녀가 목에 걸고 있던 수제 부적주머니 덕에 파악할 수 있었다고 했다.

"그 부적주머니."

"응?"

"그거 어디 거야?"

"태국인지 미얀마인지 잘 몰라. 모두 같이 산 거야."

"모두라니?"

"그러니까 미와랑 가나랑 아야랑 나. 시모키타자와 잡화점에서 샀어. 커플로 똑같은 걸로. 왜?"

"아니, 다들 소중히 여기고 있구나 해서."

"아마 그럴 거야."

적어도 미치루와 아야코는 애지중지하고 있었던 것이다.

"너, 가나의 사진 갖고 있지 않아?"

미치루가 고개를 끄덕였다.

"있어. 앨범에 붙였어."

"나중에 복사할 수 있을까?"

"상관없지만 어쩌려고?"

경찰이 아야코를 죽인 범인이 자살한 후에도 수사를 계속해서 미와나 가나에 대해서도 조사하고 있다면 문제는 없다. 하지만 미와는 어쨌든 가나의 행방을 찾고 있는지 어떤지는 미심쩍다. 만약을 위해 가출 신고를 해두려고 한다고 열차 안에서 설명했다.

"아야를 죽인 범인이 미와랑 가나도 죽인 거 아니었어?"

미치루가 눈을 크게 떴다.

"미와에 대해서는 그런 가능성도 부정할 수는 없어. 고지마의 집에서 미와의 이름에 표시가 된 명단이 나왔다더라고. 하지만 가나 쪽은 아직 모르는 거니까."

"하무라 씨가 가나를 찾아주는 거야?"

"그럴 수는 없지. 의뢰인이 없으니. 개인적으로는 조사를 계속하고 싶지만 나는 자선 사업을 하려고 탐정을 하고 있는 것도 아니고, 적어도 실비를 부담해주는 상대가 없으면 움직일 수 없어. 미와의 조사도 중단되었고."

미치루는 무언가 생각에 잠겨서는 입을 열지 않았다.

하세가와 탐정사무소 사무실에는 무라키가 있었다. 미치루를 보고 묻는 듯 눈썹을 치켜올렸다.

"아무것도 묻지 마."

나는 선수를 쳤다.

"다키자와 미와 조사 경비를 정산하러 왔는데 소장님은?"

"파친코. 용케도 안 질린단 말이야."

소정의 용지에 기입하고 영수증을 붙였다. 서둘러 보고서를 작성했다. 미치루는 쭈뼛쭈뼛 소파에 웅크리고 앉아 있다가 이윽고 사무실 분위기에도 익숙해진 듯 입을 열었다.

"저기, 탐정을 고용하려면 돈이 얼마나 들어?"

"어떤 조사냐에 따라 다르지."

무라키가 요금표를 꺼내 미치루에게 보여주었다. 미치루는 으윽, 하는 표정을 지었다.

"이거 너무 비싸지 않아?"

"양심적인 가격이야."

"아빠가 나를 찾으려고 이렇게나 돈을 썼구나."

미치루가 누구인지 모르는 무라키는 나를 향해 다시 한번 눈썹을 치켜올렸다. 나는 고개를 저었다.

"묻지 말라니까. ……미치루, 네가 나를 고용할 생각이라면 거절하겠어."

"아까는 실비만이라도 괜찮다고 했잖아?"

미치루는 히죽 웃었다. 무라키가 손을 흔들었다.

"하무라, 너는 우리와는 프리랜서 계약이니 밖에서 다른 일을 얼마든지 해도 상관없어."

"미치루는 미성년자고 돈도 부모님 돈이니까. 생각하고 있는 사람이 있으니 쓸데없는 소리는 하지 마."

"생각하고 있는 사람? 어디 짐작 가는 데라도 있어?"

궁지에 몰린 나는 초조하게 책상을 때렸다.

"있다면 이런 데서 멍하니 있지 않는다고."

"실비 정도는 낼 수 있어, 나."

미치루가 끼어들었다. 나는 그녀를 노려보았다.

"어쨌든 그건 안 돼. 어젯밤에 네 아버지가 내게 돈뭉치를 떠넘기려 했던 거 거절한 의미가 없잖아."

"바보. 아깝게시리."

"받았으면 좋았을걸."

무라키와 미치루가 한목소리로 말했다. 둘이 사이가 좋아서 다행이다.

다행히 전화벨이 울렸다. 받아든 무라키가 눈을 동그랗게 뜨고 나를 손짓했다.

"아스미 씨야, 하무라."

전화기 너머의 아스미의 목소리는 잔뜩 흐렸다.

"하무라 씨? 이번 일은 정말 미안하게 됐어. 역시 조사는 이만 끝낼까 해서."

"그 건에 대해서는 소장님께 들었습니다."

"아까 경찰이 그러더라고. 범인이 자살해서, 결국 미와는……. 미와의 사체라고, 사체……."

나는 의자를 끌어당겨 앉았다. 미치루가 소파에서 다리를 껴안고 불안한 듯 나를 올려다보았다. 아스미는 착란을 일으킨 듯 몇 분 동안 지리멸렬한 단어를 늘어놓았는데, 이윽고 수화기를 손으로 막았는지 무언가 소리가 났다.

"여보세요, 아스미 씨?"

"미와를 찾고 싶어."

아스미는 절규했다.

"죽었다고 해도 상관없어. 미와의 몸이라도 데려와줬으면 해. 그러니까 하무라 씨……."

뒤에서 누가 뭐라고 말하고 있다. 나는 귀를 곤두세웠다. 수화기는 다시 손으로 막은 모양이다.

"여보세요, 들리세요?"

"……미안. 잠시 흥분했네."

"미와 양을 좀 더 조사해볼까요?"

희미한 희망이 솟아나 나는 강하게 말했다.

"물론 경찰은 고지마의 가택 수색을 통해 압수한 물품에서 미와 양이…… 있을 곳을 밝혀낼 단서를 얻었을 겁니다. 하지만 저도 좀 신경 쓰이는 게 있어서. 그 가나 씨 말인데, 찾았습니다."

"가나? 아, 미와가 은신처로 삼은 건 아닐까 했던 집과 관련된 아가씨?"

"아스미 씨 말씀대로 가요 씨의 딸이었습니다. 미즈치 가나. 하지만 그녀도 3월 20일 전후로 행방이 묘연해요. 미와 양은 가나 씨의 행방을 찾고 있었던 것 같습니다."

"가나의 행방을 미와가? 하지만 미와는 아야코를 죽인 마약 판매상에게 살해당했다고 그이…… 경찰이 말했는데."

"그게 이상해요. 미와 양은 고지마의 일도, 아야코와의 관계도 4월 초순에는 알고 있었고, 관계를 끊도록 두 사람에게 요구했습니다. 만약 가나와 고지마가 어떤 관계가 있었다는 걸 미와 양이 알고 있고 그걸 고지마가 알아차렸다면, 고지마가 미와 양을 5월 3일까지 그냥 놔두었을 리가 없고, 미와 양도 고지마를 방치해둘 리가 없습니다. 가나 씨의 행방을 밝혀내면 미와 양 관련해서도 분명 뭔가 나올 거라고 생각해요."

아스미는 대답하지 않았다. 또 수화기가 막혀 있다. 그리고 아스미는 누군가와 이야기하고 있다.

"아스미 씨?"

"저, 하무라 씨. 당신이 하는 말은 알겠는데 이건 역시 경찰의 일이라고 생각해. 미안하지만 그만 미와도 가나도 잊어줄 수 없을까?"

"아스미 씨는 왜 저에게 전화를 거셨나요?"

나는 애써 냉정하게 물었다.

"경찰을 못 믿어서 그런 거죠? 미와 양에게 뭔가 해주고 싶어서 그런 거 아닌가요?"

가쁜 숨소리만 들려온다. 나는 필사적이었다.

"최소한 사흘만 시간을 내주시면 안 될까요. 수확이 없으면 실비뿐이고 보수는 필요 없습니다. 하지만 만약 3일 안에 미즈치 가나와 미와 양의 실종과 연결되는 단서가 나오면 그때는. ……여보세요? 아스미 씨?"

"부탁해, 하무라 씨."

전화는 거기서 끊겼다. 수화기를 내려놓은 나에게 무라키가 물었다.

"왜 그래?"

"누군가 다른 사람이 있었던 것 같아. 마지막 목소리, 마치 멀리서 수화기를 향해 외치는 것 같았거든."

"뭐야, 그거."

부탁한다는 것이 의뢰 이야기인지, 아니면 가나나 미와에 대해서는 제발 더 이상 조사하지 말라는 의미인지, 나는 내 형편에 좋은 쪽을 선택하기로 했다.

보고서를 정리 중인 무라키가 저녁으로 배달 음식을 시킨다고 해서 편승하기로 했다. 가나와 미와의 조사를 속행하기로 결정했으므로 만두와 맥주를 추가 주문했다. 무라키는 절레절레 고개를 흔들었다.

음식이 올 때까지 사무실 컴퓨터를 빌리기로 했다. 우시지마의 홈페이지를 열었을 때 나는 사쿠라이의 충고를 까맣게 잊고 있었다.

'황소자리 JUNTA의 사냥꾼 일기'라는 제목이 나타났다. 가장 최근 날짜를 클릭해서 읽기 시작했다.

5월 17일 목요일

새로운 사냥감 물색을 위해 새롭게 다이타바시의 문화센터에 다니기 시작했지만 이렇다 할 여자가 없다. 시간과 들인 수고가 쓸모없이 오늘은 공치나 했는데, 대단한 사태가 발생. 전에 돈을 뜯어낸 고다이 미치코(가명)가 무려 탐정을 둘이나 데리고 나타났다! 고다이 미치코(가명)에게는 주소도 본명도 알려주지 않았지만, 놀랍게도 밝혀낸 것 같다. 돈 돌려달라느니, 우리는 네가 결혼 사기범이라는 걸 알고 있다느니, SM 성인업소에 다니고 있다는 것도 알고 있다느니 어쩌니.

나는 돈은 돌려줘도 좋지만 사진은 돌려줄 수 없다고 말했다. 그러자 탐정들이 당황한 모습이란. 고다이 미치코(가명)의 알몸 사진 따위 가지고 있어도 쓸 데가 없지만 순순히 돌려주면 재미없잖아. 고다이 미치코(가명), 히스테리를 일으키더라고. 얼마 전까지 결혼해달라느니, 당신을 위해서라면 뭐든 하겠다며 불법 포르노 잡지에서도 볼 수 없는 사진까지 찍게 해놓고는 어떻게 된 거야.

그런데 집에 올 때 재미있는 우연이 있었다. 택시를 타려다 튕겨 나간 멍청한 여자가 있어서 말을 걸어보니 이 녀석이 아이바 미노리(가명)의 친구였어! 아이바 미노리(가명)는 도서관 사서를 하고 있는 딱딱한 여자야. 좀처럼 손도 잡게 해주지 않았으면서 막상 할 때는 소리가 커서…….

"하무라 씨, 괜찮아?"

미치루가 달려왔다. 나는 무라키와 미치루의 부축을 받으며 의자로 돌아갔다.

"바보야. 발도 안 좋은 주제에 의자에서 굴러 떨어지기나 하고."

두 사람은 미심쩍은 듯이 나를 보았다. 떨어지면서 발이 이상하게 부딪혔다. 나는 억지 미소로 얼버무리고 홈페이지로 돌아왔다.

소리가 커서 녹음하는 보람이 있던 여자. 중간에 자기 과거라든가 말해버리는 타입인데, 그런 말을 들으면 남자가 좋아할 거라고 생각하는 거야? 약혼자가 자살했다고 하는데, 이런 여자와 결혼하는 처지가 되면 누구라도 자살하겠다.

그 여자의 친구와 맞닥뜨리다니 행운이야. 여자들끼리 날 사이에 두고 으르렁거리는 모습은 몇 번을 봐도 재미있다니까. 앞으로의 새로운 전개에 기대하라고 말하고 싶은 바이지만, 아이바 미노리(가명)의 친구가 이거 또 경계심이 대단히 강한 여자로, 다친 곳을 진찰해준다고 실컷 다리를 쓰다듬어줬는데 반응 제로. 이거 불감증이네.

"누가 불감증이야, 이 새끼가."

나는 컴퓨터에 대고 고함을 질렀다. 나도 모르게 힘이 들어가 문지르던 다리를 휙 꺾고 말았지만 그것을 신경 쓰고 있을 때가 아니었다.

"하무라, 너 도대체 왜 그래?"

"뭐가!"

나는 힘껏 뒤돌아보았다. 무라키와 미치루, 게다가 배달부와 하세가와 소장까지 등 뒤에 선 채 모두 입을 떡 벌리고 있었다.

"뭐라니, 방금 엄청난 말을 하지 않았나?"

"아, 그게……아무것도 아니야."

컴퓨터를 때려 부수고 싶은 욕구를 억누르고 홈페이지를 다시 읽었다. 첫머리에 "이 일기는 어디까지나 픽션입니다. 실재하는 단체·개인과는 아무런 관계도 없습니다"라고 하는 장난스러운 단서가 붙어 있다. 미노리를 비롯한 우시지마의 여자들에게는 이런 말이 통할 리가 없다. 그 사실을 알고서 이러는 거라는 생각이 들었다.

도토의 직원이 이 홈페이지를 폐쇄시켜주면 좋을 텐데.

이를 악물고 낱낱이 훑어보았다. 비열함으로 가득한 글 중에 더 끔찍한 문장을 발견했다.

요전에 내가 찬 후지 기미코(가명)라는 여자가 자살했다. 이것으로 나에게 차여 죽은 여자는 두 번째♡ 10명을 목표로 힘내자(웃음)!

이 녀석, 바보라서 말이야. 부모가 사준 아파트로 부잣집 치과의사와 결혼한다며 주위에 떠벌리고 다닌 모양이야. 머리가 텅 빈 이런 여자가 어째서 자신은 행복해질 권리가 있다고 생각하는지, 뻔뻔스러워. 울면서 나에게 전화를 걸어왔기에 그렇게 말했더니 아파트에서 확 뛰어내린 모양이야. 신혼집으로 삼을 예정인 아파트에서였던 것 같은데, 진짜 바보라는 느낌? 나중에 부모가 우리 집에 들이닥쳤는데 이럴 때 우리 엄마는 의지가 되거든. "함부로 트집 잡지 마세요. 약혼은커녕 프러포즈도 안 했는데 대담한 아가씨군요. 이쪽도 달갑지 않아요."

완전 그 말대로라니까.

바보는 죽어야 고쳐지는 법(웃음).

위가 아파서 모처럼의 만두가 속에 들어가지 않았다.

4

　돌아오는 길, 어떻게 미노리를 우시지마로부터 떼어놓을
까 계속 고민했다. 그 홈페이지를 보여주면 백만 년의 사랑
도 식을 테지만 나조차 심장이 멈출 뻔했다. 미노리가 어떻
게 될지도 모른다.

　상점가 중간쯤에 이르렀을 때 미치루가 소리를 질렀다.

　"하무라 씨, 저기."

　집 앞에 순찰차가 서 있고 빨간 불빛이 주위를 규칙적으
로 물들이고 있었다.

　발이 허락하는 한 서둘렀다. 구경꾼을 헤치고 경찰차 맞은
편을 들여다보니, 그 전등 빛 아래 계단 중간에 미쓰우라가
앉아 경찰과 뭐라 이야기를 나누고 있었다. 여기 있으라고
미치루에게 말하고 미쓰우라에게 다가갔다.

　"아, 하무라."

미쓰우라가 고개를 들었다. 손수건으로 귓가를 누르고 있다. 그 천이 빨갛게 보이는 것은 경광등 때문만은 아닌 모양이다.

"대체 무슨 일이야?"

"아까 모퉁이 우체통에 우편물을 부치러 갔어. 돌아올 때 문득 보니, 쓰레기봉투를 든 바보 같은 남자가 걷고 있잖아. 아, 이놈이 하무라를 괴롭히는 놈이라고 생각해서 뒤를 쫓은 거야. 그랬더니."

"그놈에게 맞았어?"

나는 내 표정이 변하는 것을 느꼈다. 미쓰우라는 진절머리를 내며 대답했다.

"아니, 전등에 놀랐는지 그 녀석이 발을 헛디뎌서 떨어졌어. 나는 그 밑에……. 에헤헤."

나는 그 자리에 털썩 주저앉았다.

"지금 웃을 때가 아니잖아. 다친 데는 거기뿐이야? 병원 안 가도 돼?"

"괜찮아. 난리가 난 것 같아 오히려 미안해. 나도 깜짝 놀라서 그만 살해당한다고 외치고 말았거든. 비명을 질렀는데, 누군가가 경찰차를 불렀나 봐."

"사과 안 해도 돼. 살해당한 게 아니라서 다행이야. ……그래서 그 남자는?"

"사이코패스도 보통 사이코패스가 아닌 것 같아. 나를 방해한 빌어먹을 년에게 천벌을 내리겠다느니 뭐라니 하며 나를 발로 차고 도망쳤어."

우리의 대화를 어이없다는 듯 지켜보던 경찰들의 움직임이 갑자기 분주해지더니 경찰차로 어딘가로 달려가고 말았다. 나와 미치루는 미쓰우라를 부축해 우리 집으로 옮겼다. 다행히 미쓰우라의 부상은 귓불에 상처만 났을 뿐 출혈에 비해서는 대수롭지 않았다.

"저기 하무라, 너 그 남자에 대해 짚이는 거 있지?"

미치루가 끓여준 세상에서 가장 맛없는 커피를 마시면서 미쓰우라가 물었다. 덩치 큰 남자, 빌어먹을 년, 발차기…….
역시 세라 마쓰오다. 미치루에게 그 기억을 다시 떠올리게 하고 싶지 않았지만 미쓰우라는 알 권리가 있다. 나는 사정을 설명했다.

"어머나, 세상에. 터무니없는 남자일세."

내 이야기를 다 듣자 미쓰우라는 분개했다.

"그런 걸로 장난을 치다니 적반하장도 유분수지. 나도 급소를 차버릴 걸 그랬어."

미치루는 다소 창백해진 얼굴로 바닥에 주저앉았다. 내가 말했다.

"세라라고 정해진 건 아니었기 때문에 지금까지 잠자코 있었지만 미치루는 이 일이 해결될 때까지 집에 가는 게 좋을 것 같은데?"

"싫어."

미치루가 내뱉었다.

"그야 그 인간과 마주치는 건 두려워. 하지만 집에 가는 게 더 무섭거든. 여기 있게 해줘, 하무라 씨."

나는 입을 다물었다. 미쓰우라가 우리를 번갈아 보다 조심스럽게 말을 꺼냈다.

"하무라는 이 아이를 걱정하는 거지? 걱정 마. 하무라가 집에 없을 때는 내가 봐줄게. 다른 세입자들이나 상점가 사람들한테도 말을 해놔서 그 덩치가 잡힐 때까지 신경 써달라고 할게."

지금 단계에서 잡혀도 죄가 되거나 하지는 않는다. 세라는 원한을 더 키워서 괴롭힘을 계속하리라.

그럼 어쩐다. 도토종합리서치의 구보타 사장에게 항의하거나, 적어도 주의는 해두어야 할지도 모른다. 그렇게 생각했을 때 누군가가 현관문을 두드렸다. 아까 미쓰우라와 이야기했던 경찰이 서 있었다.

"그 남자를 체포했습니다."

미치루와 미쓰우라가 환호했다. 순순히 기뻐할 마음이 생기지 않은 나는 경찰에게 물었다.

"계단에서 굴러 떨어진 것만으로 체포? 왜요?"

"그게 불심검문을 한 경찰관을 간다 강에 던져 넣었어요."

미치루와 미쓰우라가 이구동성으로 "에엑" 하고 추임새를 넣었다.

"공무집행방해!"

"그거면 상해죄가 되는 거지, 하무라 씨?"

"살인미수일 수도 있어. 좋았어. 당분간은 밖에 나돌아 다니지 못하겠군."

미치루와 미쓰우라는 서로 얼싸안고 껑충껑충 뛰었다. 나는 경찰에게 사과했다. 경찰은 뚱한 얼굴로 미쓰우라에게 조서 작성에 협조해달라고 했다. 미쓰우라는 흔쾌히 이에 응했고 나와 미치루도 동행하게 되었다.

신주쿠니시 경찰서에 구류되어 있던 것은 영락없는 세라였다. 나는 그와의 경위를 경찰에 설명했고 미치루도 이를 보충했다. 간다 강에 던져져 팔뼈가 부러지는 중상을 입었다는 경찰에게는 미안하지만 이것으로 어깨에 올라가 있던 짐 하나를 내려놓게 되었다.

안심한 마음에 미치루를 재촉하여 경찰서의 복도를 돌았을 때 도토종합리서치의 구보타 사장과 마주쳤다. 그는 나이든 여성과 함께였다. 아마도 세라를 키웠다는 구보타 사장의 누나, 소문의 여걸이리라.

"하무라 씨, 이게 도대체 어떻게 된 일인지?"

구보타 사장은 맞닥뜨리자마자 따지고 들었다. 나는 가능한 차분히 상황을 설명했다.

"말도 안 돼."

이야기를 끝까지 들은 구보타 사장은 내뱉었다.

"녀석에게는 자네에게 접근하지 말라고 명령했는데, 뭔가의 착오가 아닌가?"

"제 집의 임대인을 다치게 했어요. 그건 사고라고도 할 수 있겠지만 경찰을 간다 강에 처넣은 건 틀림없는 사실이니까요."

"그렇다면 왜 막지 않았나?"

나는 구보타 사장을 빤히 바라보았다. 어쩌면 그는 내 능력을 터무니없이 높게 평가하고 있는지도 모른다. 고마운 이야기다.

"그 자리에 있던 게 아니어서요."

"그건…… 그렇군."

구보타 사장은 어찌할 바를 모르겠는 듯 입을 다물었다. 그때 새된 목소리가 끼어들었다.

"네가 우리 마쓰오에게 정신적 고통을 준 여탐정이구나."

구보타 사장을 바짝 말린 것처럼 생긴 그 여자는 나를 서슬 퍼런 얼굴로 노려보았다.

"그래서 내가 그랬지. 이 여자에게 자기가 한 일에 대한 책임을 지게 해야 한다고. 하세가와가 기르는 개인지 뭔지 모르겠지만 방치해두니까 이렇게 된 거잖아. 마쓰오만 경찰에 잡혀 곤욕을 치르고 있는데, 이 여자는 아무런 벌도 받지 않고 태연하게 놀러 다니다니. 이런 불공평한 대우에 마쓰오가 화를 내는 것도 무리는 아니야."

2주간의 입원과 10일간의 부상 치료를 나라면 "태연하게 놀러 다닌다"라고 표현하지는 않겠지만, 세상에는 언론의 자유라는 것이 있다.

"너 때문이야. 다 네가 잘못한 거야."

여걸이 히스테릭하게 외쳤다.

"마쓰오에게 사과해. 네가 대신 감옥에 들어가면 돼. 자, 당장 형사한테 말해서 내가 잘못했으니 체포하지 말라고 무릎 꿇어."

"이 할망구 완전 미쳤잖아. 징그러워."

미치루가 그렇게 중얼거렸다. 나는 주위를 둘러보았다. 우리를 데리고 온 경찰, 미쓰우라, 기타 사람들이 멀찍이 둘러싸고 있다. 여걸이 흘끗 미치루를 노려보았다.

"뭐야, 이 계집애는."

미치루는 내 등에 숨어 목만 내밀어 응수했다.

"네 마쓰오에게 덮쳐질 뻔한 계집애거든. 하무라 씨가 도와줬다고. 저딴 놈은 아예 사형당해야 해."

"어떻게 그런 말을. 요즘 젊은 애들은 이놈 저놈 할 것 없이 제멋대로인 데다 냉혹하고."

"제멋대로인 건 당신이야, 할망구."

"하무라 씨, 이게 어찌된 일인지? 왜 이 아가씨가 여기 있는 거야? 마쓰오의 죄를 가중시킬 속셈인가."

구보타 사장이 힐난조로 말했다. 물론 여기에 지난번 희생자들이 모였으니 그렇게 보이기도 하리라.

"오해예요. 부모님의 부탁으로 그녀를 맡아주고 있는 것뿐입니다."

"왜 하무라 씨가. ……이상하잖아. 설마 마쓰오를 진짜로 함정에 빠뜨리려고 한 건 아니겠지?"

"당연히 이 여자가 함정에 빠뜨린 거지."

여걸이 틀니를 덜걱거리며 말했다.

"그 착한 마쓰오가 사건을 일으킨 데는 그만한 사정이 있었을 게 분명해. 이 여자가 마쓰오를 꾀어내고 경찰을 부추긴 거야. 가엾게도 마쓰오는 패닉에 빠져 정신 상태가 이상해져버린 거고."

구보타 사장이 의심스럽게 나를 보았다. 굳이 부정하는 것도 어처구니가 없어졌다.

"물론 안 그랬죠. 다친 경찰에게 내가 말을 걸었는지 물어보면 되는 거 아닌가요? 게다가 어떻게 경찰을 부추겨요? 개도 아니고."

마지막 말을 주위에도 들리도록 강조했다. 구보타 사장의 얼굴이 붉게 물들었다. 경우와 장소가 그제야 떠오른 모양이다. 나는 덧붙였다.

"저는 세라 마쓰오 씨의 연락처를 모릅니다. 오히려 어떻게 그가 제 주소를 알았는지 궁금합니다만."

구보타 사장이 헛기침을 하고 턱을 치켜올렸다.

"잠깐 이야기 좀 하세."

내 티셔츠에 매달려 있는 미치루를 떼어 내고 구석으로 이동했다. 사장이 작은 소리로 말했다.

"마쓰오가 폐를 끼친 사실은 인정하네. 하지만 그쪽에도 잘못이 있을 것이야."

"어떤 잘못인데요?"

"그건 그러니까…… 갑자기 경찰에 연락하지 않아도 내게 알려줬다면……."

"경찰을 부른 건 동네 주민입니다. 제가 돌아왔을 때는 이미 상황이 종료된 상태였고요."

"그러니까 미리 알려줬으면."

참는 데에도 한도가 있다.

"구보타 사장님, 이번 일은 모두 세라 씨가 멋대로 저지른 일입니다. 제가 도발한 것도 아니에요. 그에게 짓밟힌 발이 완치되지도 않았는데 제 몸을 위태롭게 하는 짓을 누가 합니까?"

"이봐, 하무라 씨, 그만 좀 어른이 되지 않겠나. 누님, 저분은 내 누나이자 마쓰오의 할머니인데 마쓰오가 감옥에 가기라도 하면 심장마비를 일으킬지도 몰라. 누님 말처럼 하무라 씨가 마쓰오를 위협한 것으로 해두면 모든 일이 원만히 해결 될 거야."

나는 하세가와 소장에게 받은 여러 은혜를 되새기려고 노력했다. 그랬더니 이 원숭이를 때려눕히고 싶은 마음이 아주 조금 사라졌다. 이를 갈면서 말했다.

"방금 말은 못 들은 걸로 할게요."

"하무라 씨, 섭섭지 않게 해줄 테니. 그러니까……."

이야기 도중에 여걸이 성큼성큼 다가와 내 팔을 잡았다.

"자, 투덜대지 말고 솔직하게 자기가 한 일을 자백하고 마쓰오에게 용서를 빌어. 사람은 누구나 저지른 일에 책임을 져야 하는 법이야."

드디어 인내의 한계점을 넘고 말았다. 갑자기 머리가 차갑게 식었다. 거칠거칠한 여걸의 불쾌한 손 감촉을 참고 나는 그녀에게만 들리는 목소리로 속삭였다.

"마쓰오 씨는 상당히 머리가 나쁜가 봐요."

"……뭐라고?"

여걸이 어리둥절한 듯 눈을 부릅떴다.

"자기 머리로는 사리 판단 못 한다고 친할머니한테까지 말을 듣다니. 참 안됐네."

"무슨 헛소리야."

여걸은 감쪽같이 걸려들어 말리려는 구보타 사장을 뿌리치고 나에게 달려들었다.

"마쓰오는 말이야, 상냥하고 성격 좋은 천사 같은 아이야. 그 아이는 지금까지 단 한 번도 잘못된 일을 한 적이 없어.

너 같은 메주가 활개를 치고 다니는 세상이 더 이상해. 이 여자와 권력을 남용한 경찰이 순진하고 귀여운 마쓰오에게 아주 못된 짓을 한 게 명백해."

한마디 할 때마다 백으로 머리를 두들겨 맞았다. 이윽고 경찰이 비집고 들어왔고, 여걸은 고래고래 소리를 지르며 끌려갔다.

"두고 봐, 너희들 모두. 마쓰오가 얼마나 훌륭한 인간인지 나중에 알고 반성해도 늦으니까. 특히 거기 여탐정 똑똑히 기억해. 마쓰오를 바보로 만든 죗값을 반드시 치르게 될 테니까."

본인의 모습이 사라진 뒤에도 여걸의 목소리는 또랑또랑 들렸다. 구보타 사장은 어깨를 떨구고 폭삭 늙어버린 모습으로 떠났다. 조금 안쓰러워졌다. 남을 침묵시키려는 방법 자체는 지저분하지만 저런 누나를 돌봐야 하는 입장은 동정할 만하다. 하지만 세라가 도토종합리서치에 계속 눌러앉을 경우 사장에게는 더 안 좋은 일이 생길 수도 있다. 조금 심술궂었을지도 모르지만 이것으로 다행이라고 생각했다.

"으아, 하무라 씨 괜찮아?"

미치루가 펄쩍 뛰어와 고개를 갸웃하더니 바닥에 주저앉은 나를 내려다보았다.

"이해가 안 돼. 저딴 할망구, 그냥 때려눕히지 그랬어?"

"경찰서 한가운데서?"

292

"나라면 못 참아. 어떻게 참았어?"

"참지 않았어. 그만 돌아갈까?"

경찰서를 나오자 눈을 동그랗게 뜬 미치루가 내게 말했다.

"어쩐지 대단해, 이런 거. 하무라 씨는 이런 꼴 자주 당해?"

"그러면 몸이 배겨나지 못하지."

"그래도 자주 있는 거잖아? 어떻게 아무렇지도 않게 있을 수가 있어. 그런 터무니없는 말을 듣고."

"괜찮지 않아."

"하지만 아무렇지도 않아 보여."

"그렇게 보이는 것뿐이야. 그러려고 노력하고 있으니."

"왜 그런 노력을 해?"

"어른이니까."

"흥."

미치루는 심각한 듯이 생각에 잠겼다. 세상의 아수라장을 엿보고 무언가 깨달은 바가 있었는지도 모른다. 그건 그렇고 "어른이니까"라는 말은 살짝 멋있었다고 내심 쓴웃음을 지었을 때 미치루가 얼굴을 들고 물었다.

"근데 메주가 뭐야?"

5

　하품을 하는 미치루를 침대에 눕히고 나는 손님용 이불을 부엌에 깔고 거기서 자기로 했다. 미치루는 입을 벌린 채 곤히 잠들어 있다. 상당히 피곤했을 것이다.

　휴대전화를 들고 욕실에 가서 욕조에 걸터앉아 하세가와 소장에게 연락했다. 소장은 졸린 듯이 대답했다.

　"그거 힘들었겠군. 그 할머니, 세상은 손자 중심으로 돌아가는 줄 알거든. 전에도 그래서 문제를 일으킨 적이 있어. 세라가 고등학생일 때 서점에서 물건을 훔쳐서 붙잡혔는데 동급생이 세라를 협박해 훔치게 했다고 우긴 거야. 끝내는 동급생 여자아이의 얼굴을 심하게 다치게 하고 폭행으로 체포됐어."

　똑똑히 기억하라는 고함이 귓속에 되살아나 나는 진저리를 쳤다.

"하무라, 괜찮아?"

"네."

"할머니에게서 눈을 떼지 못하게 구보타 사장에게는 못을 박아둘게. 구보타가 어떻게 생각하는지 모르겠지만 이런 일로 심장마비를 일으켜 꼴까닥할 것 같은 귀여운 노파가 아니니까."

"감사합니다."

결국 마지막에는 소장에게 의지하고 있다. 전화를 끊고 인상을 쓴 채 경찰봉을 꺼내 흔드는 연습을 잠시 했다.

휴대전화가 울렸다. 미노리의 목소리가 들렸다.

"저기 아키라, 도대체 무슨 일이야?"

화가 나 있을 때의 버릇으로, 목소리의 옥타브가 낮았다.

"우시지마 씨가 어젯밤 절뚝거리는 내 친구를 다이타바시에서 만났다고 하던데 그건 네 이야기잖아? 달리 생각할 도리가 없어."

부정한들 그냥 넘어갈 것 같지 않았다.

"그게 말이지, 나도 명함 받고 깜짝 놀랐어."

나는 밝게 얼버무렸다.

"택시 승차장에 날 밀치고 새치기를 한 사람이 있었는데, 넘어준 날 일으켜준 사람이 설마 미노리의 우시지마 씨였다니 이런 우연이 있을 줄이야."

"우연은 무슨 우연이야."

미노리가 소리질렀다.

"너, 나를 이런 걸로 속일 수 있다고 생각해? 도쿄 인구가 얼마나 된다고 생각하는 거야? 저질 서스펜스 드라마도 아니고, 그런 편리한 우연이 있을 리 없잖아."

"실제로 만났으니 어쩔 수 없지."

다이타바시라는 장소에 두 사람이 있었던 사실은 우연은 아니지만 그가 나를 도와준 것은 실로 우연이 아니면 뭐란 말인가, 하고 속으로 납득하고 강변했다. 미노리는 콧방귀를 뀌었다.

"속여도 소용없어. 아키라에 대해서는 잘 알아. 쓸데없는 참견하고 있잖아. 우시지마 씨가 어떤 남자인지 미행해서 확인하려고 한 거잖아. 아무리 탐정이라도 내 사생활에 끼어들 권리가 없다는 것쯤은 생각해보면 알겠지만."

"알아, 그런 거."

"그럼 다시는 우시지마 씨한테 얼씬도 하지 마. 나에 대해서도 신경 꺼. 너랑은 상관없으니까."

"미노리, 너 그 사람이 어떤 인간인지 알고 그러는 거야? 나도 나쁜 소문을 우연히 듣지 않았다면 참견하지 않았을 거야."

"거봐, 역시 미행했네."

미노리는 이겼다는 듯이 우쭐댔다.

"역시 그렇잖아. 전부터 생각했던 대로야. 그렇지 않으면 그런 일에 그렇게까지 몰입할 리 없지."

"……무슨 뜻이야?"

"너는 남의 생활을 엿보고 다니는 걸 좋아한다는 뜻이야. 자신은 남자도 만들지 않고, 제대로 된 일에 종사하려고도 하지 않고, 그냥 다른 사람 생활이나 엿보며 살려고 그러는 거잖아. 탐정이란 그런 일이야."

혈압이 솟구쳐 올랐다. 소리를 지르려다 일단 숫자를 속으로 열까지 셌다.

"미노리, 너 우시지마한테 무슨 소리 들었어?"

"우시지마 씨를 함부로 부르지 마."

미노리가 차갑게 대꾸했다.

"말해두지만, 그이는 네가 자기를 뒷조사한 거 몰라. 알려주려 했는데 언짢게 만들고 싶지 않아서 가만히 있었어. 그이는 사람이 좋으니까 아키라에 대해서도 착각하고 칭찬했지만, 그건 몰라서 그러는 거지."

"제발 진정해. 너, 오해하고 있어."

"오해? 내가? 까불지 마."

혈압이 다시 치밀어 올랐다.

"네가 들은 소문이란 게 우시지마 씨가 결혼 사기로 고소당한 걸 텐데, 안타까우시겠어. 그거 나도 아는 사실이거든. 그 사람에게 우유부단한 점이나, 다른 사람에게 이용당하기 쉬운 면이 있다는 걸 알고도 우시지마 씨와 평생 함께하기로 결정했어. 나, 그 사람 지켜줄 거야."

"설마…… 청혼을 받은 건 아니겠지?"

"너하고 무슨 상관이야. 결혼식에는 부르지 않을 테니 안심해."

온몸에 식은땀이 났다.

"미노리, 너 속고 있어. 진정하고 천천히 생각해. 정말로 제대로 프러포즈 받았어? 그 녀석이 사귀는 여자는 너 혼자가 아니고……."

"입 닥쳐."

미노리가 소리질렀다.

"아키라, 너 자신은 무엇 하나 제대로 성취하지 못하는 주제에 남보다 자기가 잘났다고 생각하는 거야? 너만큼 불행한 여자가 어디 있다고. 불쌍해. 동정한다."

나는 어이가 없었다.

"불쌍한 건 너야. 우시지마랑 너 절대 결혼 못 할걸. 내기해도 좋아."

"어, 그래? 발을 만지게 해주면 그이를 낚아챌 수 있을 거라 생각했어?"

정신을 차려 보니 나는 경찰봉으로 세면대를 내리치고 있었다.

"내가 그런 남자를 원한다고? 그 자식은 자기가 다리를 만져도 내가 어떤 반응도 보이지 않았다는 이유로 남을 불감

298

증이라고 놀린 인간이라고. 자기가 유혹하면 어떤 여자든 넘어올 거라 생각하는 그런 끔찍한 나르시시스트 따위는 내 마음대로 할 수 있다면 방사성 폐기물과 함께 드럼통에 넣어 바닷속에 빠뜨릴 거거든."

"아키라, 너."

수화기 너머로 미노리가 깊은 한숨을 내쉬었다.

"설마 그렇게까지 심사가 비뚤어졌을 줄은 몰랐다."

"……뭐라고?"

"우시지마 씨가 아키라를 불감증이라고 놀렸다고? 어떻게 그런 이야기를 떠올릴 수가 있어? 그 사람은 아키라에 대해 느낌이 좋은 예쁜 사람이라고 말했어. 역시 우시지마 씨 말이 맞아. 여자들은 한쪽이 먼저 행복해지려 하면 다른 쪽이 비뚤어진대. 나는 그런 건 남자의 망상이라고 웃어넘겼지만 정말이네. 그렇게까지 지독한 이야기를 꾸며낼 정도면."

"지어낸 이야기라고 생각하면 우시지마의 홈페이지를 확인해보시든가."

나는 고함을 질렀다.

"그걸 보면 우시지마가 어떤 놈인지 단번에 알 수 있어. '황소자리 JUNTA의 사냥꾼 일기'라는 걸 야후에서 검색하면……. 아."

황급히 입을 다물었지만 이미 늦었다. 미노리가 수상쩍다는 듯이 말했다.

"황소자리 JUNTA의…… 뭐라고?"

"아무것도 아니야."

나는 재빨리 입을 막았다.

"아무것도 아니긴 뭐가 아니야."

"아무것도 아니라니까. 어쨌든 그 녀석에게는 절대로 방심해선 안 돼. 우시지마는 최악의 남자니까. 여보세요, 미노리?"

전화는 끊긴 채였다. 나는 경찰봉을 치우고 바닥에 떨어져 부서진 컵을 내려다보았다.

유리 파편은 너무 촘촘해 다시 붙이지 못할 것 같았다.

6

후지사와 행 열차는 거의 만석이었다. 미치루는 말없이 비 내리는 차창 밖을 바라보고 있다.

미치루는 토요일이라 학교가 쉰다고 우겼다. 그러면서 하자키에도 막무가내로 따라왔다. 낯선 탐정만 있는 것보다는 가나의 친구가 함께 있는 편이 상대방도 경계를 덜할지 모른다. 그렇게 생각해서 데려왔지만, 과연 그게 옳았는지 자신은 없다.

"미치루를 부디 잘 부탁하네."

오늘 아침 일찍 전화를 걸자 다이라가 가냘프게 말했다.

"우리는 하무라 씨라면 안심하고 맡길 수 있다고 생각해."

어젯밤 경찰서에서의 소동을 알고 나서도 그럴지는 의문이지만 불필요한 말은 하지 않았다. 그 유괴 사건에 대해 알게 된 이후에는 '무거운 짐을 짊어진 순례'라는 다이라의 인상이 더욱 강해졌다.

"가나 씨 사진을 볼 수 있을까?"

미치루는 귀찮다는 듯 고개를 끄덕이더니 가방에서 앨범을 꺼냈다. 사진관에서 덤으로 주는 앨범을 여섯 권 정도 한데 모아 두꺼운 종이와 천으로 아기자기하고 깔끔하게 표지를 붙여 놓았다.

"귀엽잖아. 네가 만들었어?"

"이런 거 좋아하거든."

미치루가 쑥스러운 듯 미소지으며 활짝 열린 페이지를 가리켰다.

"이게 가나야."

미와와의 투샷 사진이었다.

가나는 예뻤다. 긴 홑눈꺼풀, 이마를 드러낸 헤어스타일, 표정 탓인지 네모난 느낌이지만 입술이 도톰하고 윤기가 있다. 미와는 가나의 팔에 즐거운 듯이 매달려 여전히 천진난만하게 웃고 있었다.

사진 아래쪽에 귀여운 라벨이 붙어 있었다. 두 사람의 이름과 촬영 날짜가 파란 펜으로 적혀 있다. 작년 12월 10일.

"셋이서 영화 보러 갔었어. 그때 찍었지. 가나 사진 중 가장 최근 게 이거라서."

"빌려도 돼?"

"줄게. 전에 한번 없어져서 다시 뽑았으니 필름이 어디 있는지 금방 찾을 수 있어."

"없어지다니?"

무척 아끼는 거 아닌가? 미치루가 뾰로통해졌다.

"어이없어 할 것까진 없잖아. 어느 틈엔가 없어진 걸 나보고 어쩌라고."

페이지를 넘겨보았다. 아스미에게서 빌린 미와 모녀와 아야코, 미치루 네 명의 사진도 거기에 있었다. 이 포샷 사진에는 여러 버전이 있었다.

"이건?"

"미와의 생일 축하로 미와 엄마가 우리를 초대해서. 그때 찍은 사진이야."

"가나는 안 불렀어?"

"유모의 딸이라는 걸 알게 되면 성가시니 안 온 것 아닐까."

아스미의 집에 장식된 사진만 보았을 때는 틀림없이 셀프타이머를 사용한 줄 알았는데 다른 것과 비교하니 그렇지 않다는 것을 분명히 알 수 있었다.

"이 사진, 누가 찍었어?"

미치루는 졸린 듯 멍하니 사진을 바라보다 고개를 주억거렸다.

"아, 노나카 아저씨야."

그 이름은 들은 기억이 있었다.

"노나카라면 28회 멤버이자 기업 컨설팅 회사 사장인 노나카 노리오?"

"맞아. 미국에서 돌아온 보수 마초. 알아? 그 인간, 다 의치야."

"아직 젊은데."

"아니, 그런 거 아니야. 멀쩡한 걸 다 뽑고는 예쁜 도자기로 바꿔 넣었어. 미국에서는 이가 사회적 지위를 나타낸다며 자랑하더라고. 그래서 난 필요 이상으로 치아가 번들번들한 인간은 믿지 않아."

나는 웃음을 터뜨렸다. 미치루는 입술을 삐죽거렸다.

"기업 컨설턴트라든지 경영 고문이라는 건 모두 사기꾼이야. 아빠도 그랬어. 이윤 추구라고 말하고는 직원들을 자르고, 남은 사람을 죽기 직전까지 일하게 하고, 나온 이익은 높은 놈들만 독점. 그런 식으로 구조 개혁을 시킨대. 그런 짓을 하면 윗사람에게 굽실거릴 줄만 아는 능력 없는 인간만 남게 되어 길게 보면 그 누구에게도 이득이 안 된다며 아빠가 화냈어."

미치루가 이런 생각을 하고 있다니 뜻밖이었다.

"아빠랑 자주 그런 이야기 해?"

"어쩌다 우연히."

미치루는 재미없다는 듯 내뱉었다.

추궁해보고 싶었지만 후지사와까지 이제 시간이 얼마 없

다. 요점만 물었다.

"그런데 어째서 이 자리에 노나카 씨가 있었던 거야?"

미치루는 물어볼 것도 없다는 듯 어깨를 으쓱했다.

"미와 엄마 가게의 후원자니까 그렇지. 웃기지도 않는 아재 개그나 늘어놓고, 언제까지나 돌아가지도 않고, 젊은 여자애들은 어떤 생각을 하고 있냐며 끈질기게 물어보면서 남의 노트나 앨범을 훔쳐보고 말이야. 엄청 성가셨어."

후지사와에서 버스로 하자키 역까지 이동했다. 거기서부터는 택시를 타고 미치루의 안내를 받아 다키자와의 별저로 이동했다. 궂은 날씨였지만 하자키 해변에는 사람의 모습이 드문드문 보였다.

다키자와의 별저는 태평양으로 돌출된 하자키 반도 끝의 나지막한 언덕 위에 있었다. 아낌없이 돈을 들인 듯한 훌륭한 석조 건물이었지만 이슬비에 잠겨 쓸쓸해 보였다.

관리인 부부는 별저 아래 아담한 집에 살았다. 주위의 인가는 하나같이 별장으로 보였다. 관리인 부부가 우리들의 갑작스런 방문을 별로 의심하지도 않고 맞아준 것은 낯선 사람들의 출몰에 익숙해진 탓이기도 했으리라. 여름 시즌을 앞두고 하자키는 낮은 구름 아래에 졸린 듯이 웅크리고 있는 것 같았다. 적어도 탐정의 방문은 졸음을 쫓는 자극제가 된다.

"미즈치는 외가 쪽 먼 친척뻘이 됩니다."

아즈마라고 성을 밝힌 관리인은 "미즈치 가나의 친구인데 그녀에게 힘이 되고 싶다, 나아가서는 그녀의 성장 내력을 알고 싶다"라고 하는 몹시 의심스러운 방문 이유를 그대로 받아들인 듯 부엌 테이블에 팔꿈치를 올리고 땅콩 껍질을 까면서 이야기하기 시작했다.

"먼 옛날, 현재 다키자와 회장님 별저가 있는 곳에는 미즈치를 모시는 신사가 있었어요. 미즈치, 아시나요?"

"용의 일종이죠. 일설에는 상어라고도 하고요."

"잘 아시네요. 그렇죠. 물의 신령 같은 거죠. 그 신주神主를 맡았던 게 미즈치 일족으로, 전설에 의하면 오랜 옛날 배를 몰고 나갔다 태풍을 만난 아버지의 귀환을 바라고 딸이 바다에 몸을 던졌다고 합니다. 며칠 후 아버지는 살아서 돌아옵니다. 아버지는 딸의 행동을 듣고 한탄하지만 어느 날 상어가 해안가로 밀려오고 상어 속에는 옥동자가 있었다. 이것이야말로 미즈치의 며느리가 된 내 딸이 보내준 아이임에 틀림없다는 이유로 아버지는 그 아이를 소중하게 기르는데, 그 아이는 이상한 힘을 가져서 그가 기도하면 아무리 거친 바다도 고요해지고, 다른 바다에서는 흉어가 계속되어도 이 근처에서는 풍어가 계속되었다는 겁니다. 메이지유신 이후 사메(상어) 신사가 요 앞에 있는 네코지마 신사에 합사되기 전까지는 어부들이 자주 찾는 지역의 중심 역할을 했던 것으로 알고 있습니다."

가나에 대해 알아보려 왔는데 역사전설 강의가 시작되니 미치루는 어이가 없어했다. 나는 웃음을 억지로 참았다.

"그렇다 보니 미즈치 가문은 자존심이 보통 강한 게 아니에요. 저희 부모님이 결혼할 때도 힘드셨나 봐요. 대대로 평범한 어부라는 이유로 미즈치 가문이 엄청 반대를 했다고 해요. 미즈치 가문의 수치라는 말까지 들었다고 하니까요. 어머니는 결혼 전부터 지역 어업조합에서 일하셨을 정도니까 충분히 어울린다고 생각하지만, 어쨌든 옛날 일이니까 말이에요."

보리차를 끓여온 부인이 신주쿠 역 승강장에서 사온 간단한 선물인 바움쿠헨 포장을 벗기며 끼어들었다.

"아직도 그런다니까요. 요전에도 미즈치 쪽 사촌이 말했는데, 친척들이 시끄러워서 이대로는 결혼 못 할 것 같다고. 이제 마흔이 다 되어 가는데, 안됐어요."

미즈치 가나에게는 친척이 있다. 이 정보는 내게 힘을 주었다. 하지만 남편이 아내를 향해서 고개를 저었다.

"이야기는 순서대로 해야지. 다른 지역에서 온 사람들은 이해하기 힘들 거야."

부인은 후훗 웃더니 우리에게 가볍게 눈짓을 보냈다. 이야기가 길어지니 조심하라고 말하고 싶은 모양이다.

"가나의 아버지인 사부로 씨는 미즈치 본가의 셋째 아들입니다. 당시 미즈치는 작은 건어물 공장을 운영하고 있을 뿐이라, 사부로 씨는 중학교 졸업 후 바로 요코하마의 자동차 공장에서 일하기 시작했고, 스무 살이 넘었을 무렵 아카시 가요 씨를 알게 되어 결혼했습니다. 가요 씨라는 분도 하자키 출신으로, 가문이 어떻다고 말할 정도의 출신은 아니지만, 그래도 본가는 땅이 좀 있어서요. 뭐, 셋째 며느리니까 봐주신 모양이에요."

남편이 따악, 하고 땅콩 껍질을 깼다.

"그런데 가나가 태어나고 얼마 후, 큰아들과 작은아들이 교통사고로 한꺼번에 죽었어요. 그래서 사부로 씨가 급히 미즈치 본가로 소환되었죠. 후계자가 될 사람이 그밖에 없었으니까요. 셋째 며느리로는 부족함이 없었던 가요 씨지만 대를 이을 며느리로는 실격이라고 시어머니가 말하기 시작하는데, 이분이 또 악마도 맨발로 도망칠 정도의 할머니라서요."

"여보."

"하지만 그렇잖아. 가문을 핑계 삼아 가요 씨를 쫓아낸 거야. 사부로 씨도 소심한 사람이긴 한데, 그 할머니를 거스르는 건 여간 힘든 일이 아니지. 가요 씨가 부모님께 물려받은 집, 토지, 재산은 모조리 미즈치의 건어물 공장이 빼앗고, 갓난아기까지 빼앗아서 쫓아내는 법이 어디 있나?"

"미안해요."

부인이 우리에게 웃으며 말했다.

"이 사람은 옛날에 가요 씨에게 마음이 있었으니 이 이야기만 나오면 그만 화를 내고 말아요."

"나잇살이나 먹고서도 전혀 상관없는 사람에게 질투나 하고. 나는 말이야, 가요 씨가 딱하다고 생각했을 뿐이야."

"불쌍하다고 생각했다는 건 반했다는 거잖아."

부인이 지지 않고 반박하자 남편이 진절머리 난다는 듯 손을 저었다. 미치루가 소리 내어 웃었다.

"그 이야기는 그쯤하고."

남편이 세수하듯 얼굴을 문지르며 말을 이었다.

"가요 씨와 우리 어머니는 사이가 좋았어요. 어머니도 미즈치 일가 때문에 곤욕을 치렀으니. 아버지와 결혼했을 때 반대했다고 했잖아요. 아버지 친척들도 자신들이 어마어마한 집안이라고는 생각하지 않았지만, 격이 떨어진다느니 밑바닥이라느니 하는 식으로 욕을 먹어서는 기분이 좋을 수가 없지. 어머니, 결혼 당시에는 이런저런 말들을 많이 들은 것 같아요. 그래서 가요 씨 일을 남 일로 생각하지 않았던 게 아닐까. 가요 씨가 맨몸으로 쫓겨나자 어머니가 미와 아가씨의 보모를 찾고 있던 다키자와 회장님에게 소개했고, 그래서 가요 씨는 그 집에서 일하게 된 거죠."

"가나 씨는 그 경위를 알고 있었나요?"

"가나가 중학생이 되었을 때 우리 어머니가 알려줬어요. 어머니를 만나고 싶어했거든요. 이후, 할머니의 눈을 피해

가요 씨 모녀는 1년에 두 번 정도 별저에서 만났죠. 언젠가 딸과 함께 살고 싶다는 게 가요 씨의 소원이었어요. 겨우 소망을 이루었는데, 1년 남짓 만에 죽다니 운도 지지리도 없지."

"그러게요."

아즈마 부부는 조용히 얼굴을 마주보았다.

"악마, 아니, 가나 씨의 할머니와 아버지는 돌아가셨나요?"

"그래요. 3년 됐나? 사부로 씨가 췌장암으로 죽고, 할머니는 그게 영향을 미친 것 같아요. 자식 모두를 먼저 떠나보냈으니 악마도 풀이 죽을 만하지. 사부로 씨의 장례식 도중에 쓰러져 그대로. 그래서 미즈치 가문은 가나의 남동생이 잇게 되고……."

"잠깐만요. 가나 씨에게 남동생이?"

미치루를 보자 그녀도 놀란 듯 고개를 저었다.

"사부로 씨는 가요 씨와 헤어지자마자 시어머니도 인정하는 여자와 재혼했어요. 거기서 태어난 것이 데쓰로. 이 데쓰로의 어머니인 사토미 씨가 수완이 좋아서요. 건어물 공장을 도시락 공장으로 바꾸고……. 알아요? 하자키 명물 네코지마 호화 도시락."

"나 알아요."

미치루가 소리를 질렀다.

"잡지에서 봤어. 고양이 얼굴 모양의 상자가 2단으로 되어 있는 도시락인데, 교토의 유서 깊은 요리점의 요리사가 개발한 도시락이죠? 하루 서른 개밖에 안 만들어서 좀처럼 먹기 힘들다고. 도시락통도 소장할 만한 가치가 있다고 적혀 있었어."

"대합밥에 전갱이 마리네, 하자키 목장의 쇠고기를 이용한 민스 커틀릿이 들어가는데 2800엔. 그게 히트친 덕에 도시락 주문이 쇄도했지요. 그러니까 사부로 씨가 죽었을 때에는……. 그 사람은 장사에 도움이 되지 않았다고 하지만, 미즈치 도시락 공장은 제법 위세등등했지. 지금도 꽤나 버는 것 같고."

남편이 보리차를 들이켰다.

"참, 할머니가 죽은 후, 가나는 가요 씨와 함께 살고 싶다고 말하기 시작했어요. 미즈치의 친척들은 난리도 아니고. 도시락 공장을 가나에게 상속시켜 실권을 쥐고 싶은 녀석들이 있었던 거예요. 하지만 가나는 완고하고 성실했거든. 사토미 씨와는 사이가 좋지 않았던 것 같지만 공장은 새어머니 거라며 자기 상속분은 포기하고 집을 나가기로 결심한 거예요."

"사토미 씨가 그걸 인정했나요?"

"내심으로는 '어머, 잘 가렴'이라고 말하고 싶었을지도 모르지만, 친척 앞에서 가나를 내쫓는 것처럼 되는 건 싫었던

게 아닐까요. 옥신각신 끝에 호적은 그대로. 아버지의 상속
분은 사토미 씨와 데쓰로가 상속하지만 어느 정도의 목돈을
가나에게 주는 것으로 정리되었죠."

"솔직히 말하자면요."

부인이 끼어들었다.

"가나가 나간 이면에는 그러지 않았으면 친척 중 누군가
와 결혼시키려 했던 이유도 있었어요. 핏줄에 시끄러운 사
람들이라고 말했잖아요. 가나가 상속받기로 한 재산도 갖고
싶고, 그러니 사촌 중 누구와 결혼해야 한다는 이야기가 나
왔죠. 어이가 없어요. 21세기나 되어서는."

미치루는 다른 세계의 이야기라도 들은 것처럼 눈을 깜박
거렸다.

"아까 가나 씨가 목돈을 받았다고 하셨는데."

"아, 그 돈은 가요 씨의 치료비로 사라진 것 같아요. 가나
가 3월 즈음 여기에 와서 말했거든요. 묘소 비용이 없는데
어떡하냐고."

"묘소."

나와 미치루는 일제히 소리를 질렀다. 아즈마 부부는 미심
쩍은 듯 이쪽을 바라보았다.

"묘소라면 가요 씨?"

"그래요. 3년 전 태풍 17호 탓에 아카시 집안의 묘가 날아
가버렸거든요. 지금은 묘비도 없이 그저 납작한 돌만 올려

져 있을 뿐. 복구하려면 200만 엔이 든다는데 그럴 돈이 없다고 가나가 고민했죠. 그랬더니 미와 아가씨가 도와주기로 해서……."

"미와가."

미치루가 다시 한번 소리를 지르고는 나를 바라보았다. 남편이 미치루를 유심히 보았다.

"그러고 보니 아가씨, 미와 아가씨 친구 아니었나? 다키자와 회장님 친구분 딸이었지? 본 기억이 있어."

"다이라 요시미쓰의 딸입니다. 이곳에는 두 번 와봤습니다."

미치루는 살짝 굳은 태도로 대답했고, 이어 무슨 말을 꺼내려 했다. 나는 테이블 밑으로 미치루의 다리를 걷어찼다.

"이 아이는 미와 양에게 가나 씨를 소개받았어요. 그런데 가나 씨와 연락이 되지 않아서 찾고 있어요."

"미와 아가씨한테는 연락하셨나요?"

아즈마 부부는 아무것도 모르는 모양이다. 나는 미치루의 기선을 제압했다.

"미와 양, 여기 있나요?"

"아뇨. 올해는 아직 뵙지 못했습니다만."

"그래요? ……그럼 가나 씨는요? 묘소를 고치러 여기 오지는 않았나요?"

부인이 고개를 갸웃했다.

"글쎄요, 1월에 한 번 만났는데 그 뒤론 3월 중순경에 산토 사* 주지스님을 만나러 왔다고 들었어요. 바빴는지 곧장 도쿄로 돌아간 것 같지만요."

"가나는 도쿄에 없나요?"

의심 한 점 없던 남편도 마침내 의아해하기 시작했다. 나는 미치루를 힐끔 보았다.

"애, 가나 씨랑 싸웠어요. 화해하려고 하는데 어디로 이사했는지 알 수가 없어서 사과할 수도 없고 해서, 여기 와서 물어보면 가나 씨와 연락할 수 있을 것 같아서요."

"……반성하고 있습니다."

미치루가 나직이 중얼거리며 내 연극에 협력했다.

"아, 그런 건가요. 하지만 그런 거라면 사토미 씨나 데쓰로에게 묻는 편이 좋을지도 모르겠네요."

그러겠다고 대답하고는 집 위치를 묻고 극진히 배웅을 받으며 관리인 부부의 집을 나섰다. 집에서 충분히 멀어지자 미치루가 나에게 대들었다.

"그 사람들한테 거짓말할 필요는 없잖아. 나쁜 사람들이 아니니 솔직히 말해도 되었을 텐데, 기분 나빠."

"좋은 사람들이야. 하지만 그만큼 말이 많고 거리낌이 없어."

"그 덕분에 가나에 대해 이것저것 알게 된 거 아니야?"

"맞아. 친척이 없다고 생각한 가나에게 새어머니와 이복동생이 있다는 걸 알아냈고, 그 결과, 사정도 달라졌지."

"어떻게 달라졌는데?"

미치루는 잰걸음으로 성큼성큼 나아간다. 나는 따라잡지
못하고 소리를 질렀다.

"가나에게는 가족이 있어. 이 사람들에게 물으면 가나가
정말로 실종되었는지 아닌지가 확실해져. 확실해질 때까지
실종 사실은 숨겨두는 게 좋아."

미치루는 멈춰 서서 내가 오른쪽 다리를 절며 걸어오는
것을 기다렸다.

"저기."

그녀가 말했다.

"묘소라고 했잖아? 짭짤한 아르바이트라는 게 그걸 위한
거였을까?"

"아마도 그렇겠지."

"미와는 가나에게 묘소 고치는 비용을 빌려줄 생각이었
나?"

"관리인의 말에 따르면 그런 것 같네."

"가나는 미와에게 그 돈을 갚으려고 했을까? 미와에게 빚
을 지고 싶지 않으니까."

"그렇게 생각하는 게 자연스럽지."

"그런데 사흘 만에 200만 엔짜리 아르바이트? 그런 건 원
조교제로도, 약으로도 무리야."

미치루는 비에 젖는 것도 아랑곳하지 않고 가드레일에 기대어 바다를 내려다보았다.

"혹시나 싶은데."

"뭔데?"

"아야라면 모를까 가나가 성인비디오에 출연한다는 건 생각할 수 없고, 그러면 짐작 가는 거라고는……."

"말해 봐."

"혹시, 혹시 말인데 신장 같은 거 팔아버린 건 아니겠지? 돈은 되잖아. 그렇다면 가나도 고통받는 사람에게 도움이 된다는 핑계를 대며 기꺼이 팔 수도 있고."

미치루는 진심이었다. 나는 정색을 하고 부인했다.

"장기 매매는 법률로 금지되어 있고, 그렇게 간단하게 구매자를 찾을 수 있다고도 생각되지 않아. 게다가 네 말에 따르면 가나는 비교적 상식적인 타입으로 생각돼."

"응."

"지금 당장 200만 엔을 장만하지 않으면 누군가의 목숨이 위태로운 상황이라면 모를까, 상식적인 인간이 고작 무덤 빚 때문에, 그것도 친구에게서 빌린 돈 때문에 위험하고 불법적인 수단에 호소할까?"

미치루의 어깨에 힘이 쑥 빠졌다.

"그것도 그렇네."

7

버스로 일단 역 앞으로 돌아와 상점가 카페에서 점심을 먹었다. 그런 다음 택시로 미즈치 도시락 공장으로 향했다.

미즈치 사토미는 처음에 우리를 만나려 하지 않았다. 직원과 몇 번이나 교섭하느라 꽤나 시간을 잡아먹혔다.

도시락 공장 2층에 있는 응접실에서 만난 사토미는 매우 평범한 아줌마로 보였다. 경영자라고 해서 딱히 꾸민 것도 아니고, 수수한 블라우스에 스커트를 입고 카디건을 걸쳤다. 단정한 몸가짐임에도 어째서인지 불결한 인상을 주는 사람이 있는데, 사토미가 딱 그런 타입이다.

"가나가 실종되었다고 하셔도……."

이번에는 가족이 상대여서 있는 그대로 사정을 설명했지만 사토미는 다소 당황할 뿐이었다.

"젊은 여자니까 남자가 생겼다느니 그런 것 아닌가요. 다키자와 가문의 아가씨에게도 그렇게 말씀드렸지만요."

"미와 양이 여기 왔었나요?"

"지난달 중순쯤이었나. 가나가 어디 갔는지 모르냐며 서슬이 시퍼래서는. 돈을 빌려줬다고 했습니다만……. 잠깐 실례."

사토미는 일어서서 전화를 받았다. 미치루가 나지막이 말했다.

"미와가 여기 돈 받으러 왔다고? 그런 바보 같은 말이 어디 있어?"

"가만 있어."

사토미가 돌아왔다

"그 아가씨에게도 말씀드렸지만, 계모라고는 해도 최근에는 왕래도 없고 아버지 제사 때나 얼굴을 볼 정도여서 가나가 어떤 생활을 하고 있는지 모릅니다. 때문에 가나에 대해 할 말은 없네요."

"가나 씨는 지극히 부자연스럽게 자취를 감췄습니다. 3월 16일을 경계로 연락이 닿지 않게 되었죠. 이사를 했습니다만 주민등록도 옮기지 않았고요. 혹시 다키자와 미와 양 사건을 아시나요?"

아즈마 부부와 마찬가지로 사토미도 그런 사실을 몰랐다. 미성년자를 보호하기 위한 익명 보도 탓이리라.

미와의 실종과 야나세 아야코 살인 사건, 범인의 자살, 미와가 그 범인에게 살해되었을 가능성이 있다는 사실을 열거했다.

사토미의 얼굴은 점점 창백해졌다. 그녀는 두 손을 비틀면서 말했다.

"그, 그럼 가나도 그 사건에……?"

"그건 아직 모르겠어요. 하지만 꼭 경찰에 실종 신고를 해줬으면 좋겠어요."

"그런데 만약 가나에게 무슨 일이 생긴 거라면 경찰에서 연락이 오지 않나요?"

"범인은 자살했습니다. 그가 실제로 무슨 짓을 했는지 경찰도 다 파악하기는 어려울 겁니다."

사토미는 카디건 자락을 더듬다 이마에 손을 대고 잠시 그 자세로 있었다.

"무슨 말씀인지 알겠어요. 좀 생각해보겠습니다."

미치루가 깜짝 놀란 듯 펄쩍 뛰었다.

"생각하다니 뭘? 실종 신고를 하는데 생각하고 자시고 할 필요가 있어? 생각할 틈이 있으면……."

"실례했습니다. 가나 씨의 실종 신고, 부디 잘 부탁드립니다."

나는 미치루를 질질 끌고 밖으로 나왔다. 미치루는 내 손을 뿌리쳤다.

"방해하지 않겠다는 약속은 어떻게 됐어?"

"하지만 너무하잖아? 아무리 가나가 친자식이 아니라고 해도 걱정 좀 해도 되잖아."

"사건이 있었습니다, 따님은 거기에 말려들었습니다. 이런 아닌 밤중에 홍두깨 같은 소리를 듣고 바로 믿는 사람은 없어."

"우리가 긴박하게 행동하면 상대도 그런 줄 알지 않을까?"

나는 한숨을 쉬었다.

"누가 탐정일까? 너, 아니면 나?"

"지금 날 바보 취급하는 거야?"

"나는 네가 초등학생일 때부터 이 일을 했어. 나름대로의 이유에 근거하여 행동을 결정하고 있지. 그게 모두 옳다고 는 할 수 없지만 탐정이 감정을 앞세우면 대개의 경우는 실패해. 그게 사실이야."

"그런 요청으로 실종 신고를 할 거라고 단정할 수 있어?"

"아마 낼 거야. 이미 표면화된 사건에 관계되었는데 가족이 가나의 실종 신고를 하지 않으면 소문이 무서운 법이거든."

"아아, 열받아. 소문이라든가 핏줄이라든가 그런 건 정말 싫어."

나는 상대하지 않았다. 열일곱 살에게는 그에 맞는 행동거지가 있고 어른에게는 어른에게 어울리는 행동거지가 있다.

못마땅한지 미치루는 산토 사에 도착할 때까지 말을 하지 않았다.

산토 사의 주지는 출타 중이었다. 그를 기다리는 동안 절 안을 돌아보았다. 중요 문화재로 지정되었다는 애염명왕의 동상이 유리 케이스에 담겨 있었다.

"사랑이라는 이름의 부처님이면서 왜 이렇게 무서운 얼굴을 하고 있는 거야?"

뒤따라온 미치루가 케이스에 이마를 갖다 대며 말했다.

"사람을 위기에서 구해주는 그런 종류의 사랑이니까 그렇지."

"그렇다고 왜?"

"아이가 차에 치일 것 같을 때 성모 마리아 같은 미소를 지으며 달려가는 어머니는 없거든."

"흐음."

케이스에 찰싹 달라붙어 있는 미치루를 내버려두고 묘지를 어슬렁어슬렁 걸었다. 비석이 없는 무덤이 여럿 눈에 띄었지만 과연 어느 것이 아카시의 것인지는 알 수 없다. 메마른 꽃다발과 타다 남은 향 자국이 가랑비를 맞으며 무덤에 달라붙어 있었다.

본당에 돌아오니 미치루가 소년과 이야기하는 중이었다.

"하무라 씨, 이 사람 가나의 남동생이래."

"미즈치 데쓰로입니다. 아까 엄마와 이야기하는 걸 듣고 쫓아왔어요."

데쓰로는 예의 바르게 인사했다. 가나처럼 피부가 희고 고운 소년으로, 안경을 쓰고 흰 티셔츠에 청바지 차림으로 다다미 위에 정좌해 있다.

　"누나가 실종되었다는 건 저도 어머니도 지난달에 미와 씨에게 들었습니다."

　데쓰로가 어른스러운 어조로 설명했다.

　"다만 누나는 옛날부터 무슨 생각을 하고 있는지 잘 모르겠는 부분이 있어서 우리는 그다지 신경 쓰지 않았거든요. 미와 씨는 묘소 대금이 어쩌고저쩌고 하던데, 왠지 잘 이해가 안 돼서요. 엄마는 돈을 돌려받으러 온 것이라고 굳게 믿었습니다. 그게 아니었음은 지금 이분께 들었는데요."

　"누나를 마지막으로 본 게 언제죠?"

　"3월 11일입니다."

　데쓰로가 흔들림 없는 어조로 대답했다.

　"일요일에 누나가 전화를 해서 이 절에 있는데 오지 않겠냐고 하더군요. 엄마와 누나는 사이가 별로 좋지 않다 보니 집에는 오고 싶지 않았던 거겠죠. 제가 고교입시에 합격했다는 문자를 보냈었는데, 그 축하 선물을 전해주러 왔더라고요."

　"뭐 받았어?"

　미치루가 흥미진진하게 물었다. 데쓰로는 안경을 치켜올리고는 미소를 지었다.

"영화 인물사전. 우리 둘 다 영화를 좋아하거든. 아빠가 옛날에 극장에 자주 데려가 줬어."

데쓰로도 미치루에게 반말을 튼 덕에 다소 진정된 듯했다.

"그때 누나에게 들은 것 없어? 생활을 바꾸려고 한다든가, 일자리를 바꾸려고 한다든가……."

"같은 말을 미와 씨에게서도 들었습니다만, 누나는 영화관 일을 무척 마음에 들어하는 것 같았어요. 월급은 얼마 안 되지만 좀처럼 보기 힘든 옛날 필름을 볼 수 있다고 자랑했어요."

"이건 어디까지나 만약인데, 영화 만드는 일에 초대받으면 누나라면 덤벼들었을까?"

"글쎄요."

데쓰로는 고개를 갸웃했다.

"누나는 영화를 보는 건 좋아해서 영화 에세이 같은 걸 쓸 수 있으면 좋겠다는 식의 말은 했지만, 만드는 건 글쎄요. 경험을 쌓기 위해서라도 그런 일에 종사하는 편이 좋다고 생각했을 가능성은 있습니다만, 그것도 꽤나 제대로 된 소개가 있었을 때의 이야기일 겁니다. 누나는 변덕이 심하기는 해도 야무진 사람이라, 상대가 잘 아는 사이도 아닌 경우, 영화 일 소개 같은 건 남을 속이는 구실에 불과하다는 걸 알았을 거예요."

도저히 고등학교 1학년 입에서 나오는 말 같지 않아 바로 다음 질문이 나오지 않았다. 그 틈에 미치루가 끼어들었다.

"옛날에 그래서 속았다며?"

"응. 속은 건 누나뿐만이 아니지만. 우리 도시락을 영화 소품으로 쓰고 싶은데 공장을 촬영하게 해줄 수 없겠냐는 이야기가 와서 말이야. 아빠도 기꺼이 협력하겠다고 했더니 이야기가 스폰서를 해주지 않겠냐는 식으로 바뀌었어. 이상하게 생각한 엄마가 알아본 덕에 거짓말인 걸 알았지."

"엄마, 능력 있는 사업가라며?"

미치루의 놀림에 데쓰로는 동요하지 않았다.

"능력이 좋은 건지 어떤지는 모르겠지만 덕분에 내가 잘 살고 있고, 고등학교도 사립학교에 보내주셨어."

미치루는 어색한 듯 입을 다물었다. 나는 이야기를 억지로 되돌렸다.

"누나가 친어머니 무덤 이야기는 안 했어?"

"언젠가 제대로 묘비를 세우고 싶다고 했어요. 하지만 그래서 곤란하게 되었다고도 했고요."

"어떻게?"

"미와 씨……. 그때는 누나의 입에서 그녀의 이름은 나오지 않았습니다만, 부자인 친구가 빨리 묘소를 고치라며, 돈이라면 자신이 부담하겠다고 말하기 시작했다고 했어요. 아무리 부자라도 자신보다 어린 여자에게 큰돈을 부담시킬 수는 없고, 무엇보다 생판 남에게 그런 도움을 받아야겠냐고 푸념했어요. 하지만 어쩌면 조만간 큰돈을 벌 수 있을지도 모른다고도 했고요."

"어떻게?"

데쓰로는 늘어진 앞머리를 쓸어 넘겼다.

"그게…… 게임이 어쩌고저쩌고 했는데."

나와 미치루는 얼굴을 마주보았다.

"게임? 어떤?"

"잘은 몰라요. 텔레비전에서 자주 하는 상금이 걸린 퀴즈 같은 게 아닐까 생각했습니다. 내가 위험한 게임은 아니겠지 하고 물었더니, 게임은 위험한 게 당연하지 하고 말해서 조금 놀랐지만, 누나는 그렇게 말하면서 웃었기에……."

게임은 위험한 게 당연하다고?

"좀 더 생각나는 거 뭐 없을까? 그 게임에 대해 누나는 달리 뭐라고 했어?"

"음."

데쓰로가 안경을 벗고 눈을 비볐다.

"미와 씨도 같은 걸 물었지만 그 밖에 다른 건 별로……. 친구가 소개해줬다고 들었다며……."

"잠깐만. 친구가 소개해줬다고 들었다?"

"네에."

"그렇다는 건 친구가 직접 소개한 게 아니라 누군가, 그러니까 친구가 다른 사람에게 가나를 소개한 거라고?"

"그렇게 되겠네요."

가나는 아야가 소개해준 아르바이트라고 메모를 남겼다. 하지만 누군가가 아야코의 이름을 사용해 가나에게 접근해서는 의심받지 않기 위해서 아야코 씨에게 너를 소개받았다고 말했다면? 가나는 그 말을 믿고 아야에게 소개받았다고 쓴 거라면?

실제로 아야코는 가나에게 아르바이트를 소개한 적이 없다고 미치루나 미와에게 단언했다.

가나에게 아르바이트 혹은 게임을 소개한 인물은 아야코와 가나, 쌍방을 알고 있었다.

"같은 이야기를 미와 씨도 신경 썼는데."

데쓰로가 불쑥 말했다.

"그 말을 들으니까 얼굴빛이 변해서 잠자코 돌아갔어요. 대체 뭔가요?"

"아직은 잘 모르겠어. 그 밖에 가나 씨가 한 말 중에 짚이는 거 없어?"

"없는데요."

"게임과 직접적인 관계가 없어도 좋아. 의미를 파악할 수 없는 말을 꺼냈다든가, 갑자기 화제가 엇나갔다든가. 그런 건 없었어?"

"……아, 그렇다면 있었습니다."

"어떤 건데?"

"하지만 정말 의미 없는 말이었어요."

데쓰로가 난처한 듯 웃었다.

"저 중학교 때 역사연구회 같은 데 들었어요. 고등학교에도 비슷한 동아리가 있었으면 좋겠다고 했더니, 누나가 갑자기 '이나바의 흰토끼' 이야기를 시작했어요."(흰토끼가 바다 건너 이나바에 가려고 악어를 속여 그 등에 탔는데 내리기 직전 너희는 자신에게 속은 거라며 놀리다가 가죽이 벗겨지는 벌을 받는다는 이야기—옮긴이)

"이나바의 흰토끼?"

데쓰로는 "그래서 의미 없는 말이라고 했잖아요" 하며 빠른 어투로 말했다.

"흰토끼가 악어를 속여 다리 대신으로 삼았다가 들켜서 가죽이 벗겨진다는 설화가 있잖아요? 《고사기》에는 악어라고 적혀 있지만 사실은 상어라고도 하는데, 상어는 즉 미즈치라고."

"아, 그……."

"미즈치가 토끼가 되는 거라고."

"……뭐?"

"그러니까 누나가 말했다고요. 미즈치가 토끼가 되는 거라고. 무슨 뜻인지는 모르겠어요. 누나는 때때로 알 수 없는 말을 하기 때문에 저도 그다지 신경 쓰지 않았거든요."

8

산토 사의 주지는 소탈하고 명랑한 인물이었지만 조사에
는 도움이 되지 않았다. 가나는 3월 중순, 미와는 4월 초순
에 각각 산토 사를 찾아왔다는 것을 확인할 수 있었을 뿐이
었다.

헤어질 때 데쓰로는 만약 어머니가 실종 신고를 하지 않
으면 자신이 하겠다고 약속해주었다. 경찰에는 야나세 아야
코 사건과 관련이 있을지도 모른다고 말하라고 충고했다.
시바타가 가나 건에 대해서는 어떻게 움직이고 있을지 불분
명하지만, 지금까지 조사에 임하지 않았더라도 이것으로 움
직이기 시작할 것이다.

돌아올 때는 요코하마로 나와 도요코 선을 타고 시부야로
왔다. 도중 몇 번인가 미노리에게 연락을 시도했지만 미노
리는 도서관을 결근한 채 집도 자동응답기가 응답했다.

시부야에 도착한 후 미치루에게 아야코의 집에 가겠다고 했다. 가나와 아야코를 동시에 아는 인물, 그것도 가나의 삼촌이라고 자칭할 수 있는 남자에 대해서 아야코의 가족에게도 확인해두고 싶기 때문이라고 설명했다.

"어떡할래? 먼저 집에 돌아가 있어도 상관없는데."

"같이 갈래."

미치루는 침을 꿀꺽 삼키며 잘라 말했다. 나는 의아했다.

"괜찮겠어? 너에게는 힘든 일이고 아마 별다른 수확도 기대하기 어려울 거야."

"괜찮아. 그리고 하무라 씨, 내가 있는 게 나을 것 같지 않아? 나는 정말로 아야의 친구였으니까."

아야코 집에 전화를 걸었다. 향을 올릴 수 있게 해달라고 했더니 포기한 듯한 여자의 목소리가 길을 가르쳐주었다. 다키자와 저택 앞길을 300미터 정도 직진한 모퉁이의 집이 아야코의 집이었다. 장례식은 이미 끝났고 뉴스 취재 또한 마무리되었을 것이다. 주택가는 쌀쌀맞은 침묵을 되찾은 상태였다.

탈취제와 방향제 냄새가 뒤섞인 현관으로 우리를 마중나온 사람은 아야코의 어머니였다. 열일곱 살 딸이 살해당하고, 딸이 그 범인과 약이나 육체관계가 있던 사실을 알게 되었다. 게다가 그 일이 만천하에 알려져 언론의 취재 공세까지 당했다. 그럼에도 모친은 온몸을 아름답게 치장하고 있었다. 머리카락은 한 가닥 흐트러짐 없이 세팅되어 있고 은은한 향수 냄새까지 풍겼다.

"일부러 와주셔서……. 어서 들어오세요."

익숙한 솜씨로 슬리퍼를 가지런히 놓아주며 안으로 들여보내주었다. 거실은 마치 꽃밭 같았다. 꽃무늬 커튼, 꽃무늬 쿠션, 드라이플라워 화관. 곳곳에 놓인 라벤더 방향제.

소녀 취향의 인테리어로 꾸며진 거실 구석에 방석과 유골함, 위패와 영정이 가지런히 놓여 있었다. 영정 속 아야코는 미치루의 앨범 사진 속의 짙은 화장에 환하게 웃던 소녀와는 동일인물로 보이지 않았다. 털을 다 뜯긴 닭처럼 생기가 없는 시선을 멍하니 이쪽으로 향하고 있었다.

향을 올리고 합장했다. 미치루는 긴 팔다리를 주체할 수 없는 듯 어색하게 꽃무늬 방석에 무릎을 꿇고 나를 흉내 냈다. 기도 시간은 매우 짧았다.

미치루 대신 미치루와 아야코의 관계를 설명했다. 듣고 있는지 아닌지 모친은 바닥에 앉아 쟁반을 만지작거렸다. 바람이 창문으로 스며들며 라벤더 향기가 물밀듯이 밀려왔다.

말을 마치자 모친은 미치루를 쳐다보았다.

"경찰 쪽에서 아야코가 죽기 전에 친구와 약속했었다고 들었습니다."

"네, 저예요."

미치루는 알아듣기 힘들 만큼 가냘픈 목소리로 대답했다.

"그렇구나……."

모친은 리버티 프린트 원피스 자락을 만지작거렸다.

"우리 아이가 누구와 친했는지 부모인 우리는 전혀 몰라서. 학교 친구한테는 연락했는데 너에게는 미안하게 됐구나."

"아뇨……."

"가나 씨라고 했니? 아야코에게 너를 소개한 건."

"네."

"미와와는 만난 적이 있어. 집이 이웃이고 미와가 사라진 후 아버님이 여기에 오셨기 때문에 기억하고 있거든. 미와도 아야코를 죽인 범인에게 살해당했을지도 모른다면서?"

미치루의 입술이 떨렸다. 나는 돕기 위해 끼어들었다.

"미와는 아야코를 도우려고 했어요. 그러니까 미와가 없어졌을 때 분명 아야코도 미와를 도와야겠다고 생각한 거겠죠."

"왜 쓸데없는 짓을 해서."

모친이 흐릿한 눈으로 나를 바라보았다.

"친구들만 아끼고 가족들은 소홀히 한단 말이죠. 이 나이 또래의 여자애들은 왜 그럴까? 부모와는 제대로 말도 안 하고 친구와는 오래도록 통화하고. 왜?"

마지막 말은 미치루를 향했다.

"부모가 자식 걱정을 하는 게 당연하잖아. 그런데 친구들

걱정만 하고. 왜?"

"부인……."

"부모 생각 따위는 추호도 하지 않고 멋대로 놀러 다니다가 멋대로 살해당하고 폐만 끼치고 사과도 하지 않고 가버렸어요. 엄마가 그렇게 싫었니? 왜 미움을 받아야 하지? 내가 도대체 뭘 했다고?"

담담하게 늘어놓은 뒤 아야코의 어머니는 먹이를 달라고 조르는 개처럼 미치루를 보았다. 나는 자리에서 벗어나기 위해 황급히 인사말을 입에 담았지만 그것을 미치루가 가로막고 아야코의 어머니에게 말했다.

"아야, 엄마나 아빠 성가시다거나 귀찮다거나 말했지만 그래도 가족 여행으로 하와이에 가는 걸 무척 기대했어. '아빠가 나흘밖에 휴가를 못 내서 요즘 세상에 2박 4일로 하와이라니 속상하지 않아?'라고 말하면서 엄청 기뻐했어."

"……그래?"

아야코의 어머니가 되물었다. 미치루는 고개를 돌리고 일어섰다.

"정말이야. 난 아야가 부러웠어."

우리가 집을 나온 이후에도 아야코의 어머니는 거실에 주저앉은 채였다.

집을 나서자마자 낯익은 얼굴이 다가왔다.

"여, 하무라. 이런 데서 뭐하는 거야."

시바타였다. 표정으로 미루어 여전히 기분이 언짢아 보이지만, 배후에 하야미 형사가 있어서인지 말투는 부드러웠다.

"이 아이가 향을 올리러 온 걸 따라……."

시바타가 내 설명을 막았다.

"미와의 모친을 협박해서 조사를 계속하도록 부추겼다면서? 그렇게까지 할 정도로 일이 필요한 거야?"

"저기, 시바타……."

"딸을 잃은 부모의 약점을 이용하다니 저질이군."

"아, 그러셔? 그럼 미와가 있는 곳은 경찰이 알아냈나 보네?"

말문이 막힌 시바타가 물러났다. 대신 하야미 형사가 앞으로 나섰다.

"아야코의 어머니와는 무슨 이야기를 했지?"

"그냥 아무것도. 저 상태로는 답례 인사를 하는 것도 벅차니까요. 그보다 미즈치 가나 말인데요."

시바타가 깜짝 놀랐다. 하야미는 그것도 모르고 멍하니 나를 돌아보았다.

"미즈치 가나? 그러고 보니 고지마의 명단에 그런 이름도 있었지. 아야코와 무슨 특별한 관계라도?"

시바타는 내가 미즈치 가나에게 주의를 기울이라고 말한 것을 묵살한 모양이다. 동료의 면전에서 실수를 들추어내서 복수의 쾌감에 취하는 것과 은혜를 베풀었다 훗날 웃는 것을 천칭에 매달아본 나는 망설이지 않고 후자를 선택했다.

"다키자와 미와, 미즈치 가나, 야나세 아야코 이 셋은 친한 친구였어요. 하야미 씨에게 말하지 않았던가요?"

"안 했는데."

"명단에 오른 여자들의 추적 조사는 안 했나요?"

"그게, 그러니까……."

하야미가 입을 다물고 헛기침을 했다. 근처 주민이 몇 사람이나 우리를 호기심 어린 눈으로 보고는 스쳐지나간다. 아야코의 집은 당분간 명소와도 같다. 그 앞에 서서 이야기하고 있으니 눈에 띄지 않을 리가 없다.

하야미가 권유하는 대로 그들의 차에 올라탔다. 조수석에 앉은 하야미가 말했다.

"방금 당신이 말한 대로 우리는 아직 미와의 행방을 파악하지 못했어. 미와와 고지마의 연결고리는 그 명단뿐이고, 그 밖에 미와의 유품이나 소지품 같은 건 전혀 발견되지 않았지."

예상했던 대로다.

"고지마를 자살하게 만든 치명적인 실수 탓에 경찰서는 우왕좌왕하게 되었어. 면밀한 수사라는 건 어디론가 사라지고 말았지. 미와가 고지마에게 살해당했다는 근거는 명단. 아야코, 그리고 두 사람이 미와가 실종되기 한 달 전에 함께 있는 모습이 목격되었다는 것뿐이야."

하야미 형사가 흰머리를 쓸어 올렸다. 그러고 보니 이 사람, 하세가와 소장과 연줄이 있었다는 것이 생각났다.

"지금 경찰 분위기가 이래. 곤란한 일은 우선 고지마에게 뒤집어씌우고 무덤으로 가져가주기를 바라고 있지. ……하지만 나는 납득하지 않았어."

"저기, 하야미 선배."

시바타가 입을 떡 벌렸다. 하야미가 키득거리며 웃었다.

"하세가와한테 들었는데, 그 명단을 보고 싶어한다면서? 보여준다고 하면 어떡할 거지?"

"그쪽의 조건은?"

"이야기가 빠르군. 과연 하세가와의 비장의 탐정다워. 그쪽 정보를 달라는 게 조건이야."

"받아들이죠."

나는 그 자리에서 대답했다.

"다만 그 전에 알려주세요. 시바타 씨가 제가 미와의 모친을 협박해 의뢰를 계속하게 했다고 말했는데 누구한테 들었나요?"

하야미가 시바타를 향해 턱을 치켜올렸다. 시바타는 마지못해 입을 열었다.

"그런 항의가 왔어. 쓰지 아스미의 대리라는 남자에게서. 내가 받아서 조처하겠다고 약속했지. 그것뿐이다."

"명단에 나온 여자들의 추적 조사는 어떻게 되었죠?"

"여자는 대부분이 여고생이었고 남자 이름도 두 개 있었어. 아직 전원의 신상을 파악하지는 못했지만 지금까지 고지마 유지, 야나세 아야코, 다키자와 미와 중 단 한 명과의 관계조차 인정한 사람은 아무도 없어."

"가나는요? 연락이 닿았나요?"

시바타가 무뚝뚝한 얼굴로 고개를 저었다. 하야미가 조수석에서 몸을 내밀었다.

"그 가나란 도대체 누구고, 당신은 왜 그 여자의 행방을 궁금해하는 거지?"

"그 전에."

나는 미소를 지으며 손을 내밀었다.

"명단, 보여주세요."

"하야미 선배, 그러니까 말했잖아요. 얘가 이런 여자거든요. 거래할수록 손해라니까요."

하야미는 시바타가 계속 지껄여대는 것을 무시하고 양복 안주머니에서 경찰수첩을 꺼내 사이에 끼워놓았던 복사 용지를 내게 건넸다. 펼쳐보니 종이는 작았다. A6 사이즈. 컴퓨터 프린터로 인쇄한 것으로 20명 정도의 이름과 주소, 전화번호, 이메일 주소 등이 기록되어 있다. 명단이라기보다 주소록의 한 페이지 같다.

맨 밑에 미와, 가나, 아야코가 늘어서 있었다. 미와의 이름

옆에는 ○표시가 붙어 있었다.

"저기, 그거 나도 보여줘."

미치루가 복사본을 낚아채서는 뚫어지게 보았다.

"아는 이름 있어?"

미치루는 우리 셋을 차례로 보며 고개를 끄덕였다.

"있어. 그런데 이거 내 주소 데이터야."

"……뭐라고?"

형사들이 깜짝 놀랐다.

"응. 내가 컴퓨터로 만든 거. 실린 이름들, 전부 내 친구고."

"봐" 하고 미치루는 백에서 수첩을 꺼냈다. 작은 대학 노트에 직접 도장이나 무엇인가로 귀엽게 표지를 장식한 것인데, 그 수첩의 한 페이지를 펼쳐서 우리에게 보여주었다. 거기에 붙어 있는 것은 영락없이 '고지마 유지 명단'과 동일한 것이었다.

우리 어른들은 말없이 얼굴을 마주보았다.

"그럼 이게 어째서 고지마의 집에 있었던 거야?"

"몰라, 그런 거."

"미치루는 고지마를 만난 적이 있어?"

아야에게 받아서 대마를 피웠다고 미치루가 인정한 것이 생각났다. 하지만 미치루는 극히 자연스럽게 부정했다.

"없어. 있을 리가 없잖아. 하지만…… 아, 맞다."

"뭔데?"

"아야에게 줬어. 이거랑 같은 거."

"언제?"

"얼마 안 됐어. 아야가 술에 취해서 어딘가에 주소록을 흘린 것 같다고……."

"앗" 하고 미치루는 입을 막았지만 하야미도 시바타도 미성년의 음주 같은 것에 신경 쓸 여유는 없었다.

"그래서 어떻게 했어?"

"……그러니까 미와나 가나의 연락처를 알려달라고 했는데, 우연히 둘 다 필기구가 없었거든. 마침 그때 포켓타입 클리어파일에 여러 가지 넣어 가지고 있었고, 주소록도 거기 있었어. 그래서 귀찮으니 그냥 이거 가지라며 그 종이 그대로 줬어. 집에 가서 컴퓨터로 다시 출력하면 되는 거라."

아야코는 그것을 가방에 넣은 채로 있었을 것이다. 그리고 아야코를 죽이고 가방을 가져간 고지마의 집으로 옮겨졌다는 실로 단순한 이야기다.

아연해하던 하야미는 이윽고 너털웃음을 터뜨렸다.

"우리 경찰은 엄청난 착각을 하고 말았군. 야나세 아야코 살해와 다키자와 미와의 실종을 일직선으로 연결시켜버렸지만, 두 사건은 완전히 별개의 것이었던 모양이야."

과연 완전히 별개라고 단언해도 좋을까? 사건이 잇따르고 있는 만큼 수상쩍다는 생각도 든다. 하지만 내 입장에서는 미와의 실종만을 중점적으로 수사해주는 편이 훨씬 좋다.

나는 지금까지 조사한 사실을 순서대로 설명했다.

하야미 형사는 즉시 미타카 시 시모렌자쿠로 차를 몰았다. 맨션 도야마의 관리인은 경찰수첩을 보자마자 나나 무라키가 질문했을 때와는 180도 달라져서는 비굴하게 말하기 시작했다.

3월 19일 월요일 오전, 미즈치 가나의 삼촌이라는 사람이 나타나 부동산 계약 해지를 요청했다. 갑작스런 해지 이유를 '삼촌'은 이렇게 설명했다. 가나는 스토커의 표적이 되고 있다, 게다가 아무래도 그녀의 친구가 그 스토커에게 정보를 흘리고 있는 것 같다, 몰래 이사하는 것은 그 때문이다, 누가 묻더라도 가나의 이사에 대해서는 입을 다물어주었으면 좋겠다고. 관리인은 집의 임대인인 부동산 중개업소 위치를 알려주었다.

'삼촌'은 밴을 타고 왔고, 함께 온 남자와 둘이서 짐을 옮겼다. 대형 쓰레기를 포함한 꽤 많은 양의 쓰레기를 관리인에게 처리해달라고 부탁했다. 가나의 재난에 동정한 관리인은 흔쾌히 그 일을 떠맡았다…….

"그리고 물론 상당한 액수의 돈도 받았을 테고."

하야미가 관리인을 노려보았다. 노인은 부들부들 떨었고 나는 마른침을 꿀꺽 삼켰다.

"대형 쓰레기 버리는 데도 돈이 들고 보통 힘든 일이 아니거든요. 게다가 젊은 아가씨가 스토커에게 협박당하고 있다니 안됐잖아요. 사람을 살리는 일이었어요. 그러니까 요전에 그쪽 분이 물었을 때도 대답하지 않았을 뿐이고."

관리인은 눈을 슴벅거리며 고개를 숙였다. 하야미는 변명을 무시했다.

"신분증 같은 건 확인했나?"

"아, 아니, 거기까지는……."

"어떤 남자였지?"

"오십 전후의 멋진 신사로……."

"특징은?"

"머리를 7대 3 가르마로 가르고, 정장을 입고, 안경도 쓰고, 부티가 나고."

"그게 뭐가 특징이야?"

하야미는 숨 돌릴 틈도 주지 않고 다그쳤다.

"전 잘못 없어요. 그들은 스토커에게 감시당하면 곤란하다고 안절부절못했고, 짐 싸는 거 도와주겠다는 말도 마다했다고요."

"밴에 또 다른 남자가 있었다고 했지? 그놈 얼굴은?"

"제복 같은 거 입고 모자를 깊숙이 눌러 써서 얼굴까지는."

"어떤 제복이지?"

"택배기사가 입고 다니는 주황색. 그런 거 입고 다니는 상대는 얼굴까지는 안 봐요. 햇볕에 그을렸지만 그렇게 젊지는 않았던 것 같아요."

"밴의 특징은?"

"흰색. 흰색뿐. 번호판은 못 봤어요."

"쓰레기는 어떤 것들이 있었지?"

"옷이랑 천이 든 봉투라든가, 주방용품이라든가, 접시라든가, 책상이나 난방기구라든가, 의자라든가."

"그렇다면 소지품 거의 전부잖아?"

"네, 양이 상당했습니다."

"아무리 스토커의 표적이 되었다고 해도 가재도구 전부를 버리고 가는 이사가 있을 것 같아?"

"요즘 젊은 애들은 물건들을 소중히 여기지 않으니까."

"이삿짐을 나르러 온 건 오십 전후의 남자라면서?"

"부자도 물건을 소중히 여기지 않으니까."

하야미가 한숨을 쉬었다.

"그래서? 쓰레기는 전부 처분했나?"

"아까워서 쓸 만한 건 재활용 상점에 팔았어요."

"여기 남은 건 없냐고 물어보는 거야."

"그 뒤로 두 달이 지났어요. ……아, 이렇게 재수가 없을 줄이야. 이럴 줄 알았으면 나도 바로 경찰에 신고했을 텐데."

관리인은 소리를 내며 코를 훌쩍거렸다. 불쌍하다는 생각이 살짝 들었다.

부동산의 증언도 비슷했다. '삼촌'은 열쇠를 반납하고, 한 달 치 집세를 지불했다. 또한 스토커에 대한 꾸며낸 이야기를 들려주어 부동산 중개인의 동정을 샀다. 나이는 50세 전후, 스토커에게 감시당하면 곤란하다는 이유로 바로 떠났다, 그래서 얼굴은 잘 기억이 나지 않는다. 밴의 특징? 가게 밖까지 나가서 배웅한 건 아니라고 한다…….

"아무래도 당신 촉이 맞은 것 같군."

부동산의 이야기를 다 듣고 차에 오르자 하야미 형사가 내게 말했다.

"가나가 사건에 휘말렸을 가능성은 커. 문제는 도대체 어떤 사건인가 하는 건데. 그 게임에 대해 짐작 가는 게 전혀 없나?"

하야미의 눈길에 미치루는 당황한 듯이 고개를 저었다.

"전혀 없어. 미와는 짭짤한 아르바이트라고만 했고."

"젊은 여자애들 사이에 유행하는 게임이 있나."

"200만 엔이나 받는 게임은 들어본 적도 없어."

"그렇겠지."

하야미는 관자놀이를 벅벅 긁었다.

9

한 번 더 그 '명단'이 미치루의 것임을 설명해주었으면 한다고 해서 무사시히가시 경찰서에 갔다. 최근 매일같이 경찰서에 오는 것 같다. 미치루를 기다리는 동안 미노리에게 전화를 걸었다. 자동응답기가 나를 맞이했다. 뭔가 메시지를 남기고 싶었지만 말이 떠오르지 않았다.

포기하고 하세가와 소장에게 걸었다. 소장은 드물게 사무실에 있어서 "보고서 읽었어"라고 말했다.

"잘 쫓고 있는 것 같은데? 대단해."

"감탄하는 김에 부탁 하나 해도 될까요? 아스미와 노나카 노리오라는 인물의 연결 고리를 알고 싶은데요."

소장은 전병을 씹어 먹는 듯한 소음을 와삭와삭 내면서 태연하게 대답했다.

"그거라면 이미 알아봤는데."

나는 순간 말문이 막혔다.

"벌써? 어째서?"

"의뢰인으로 삼기 위해 상대의 사전 조사를 해둘 만한 지혜가 없어서야 탐정사무소 소장을 맡을 수가 없지."

소장은 기분이 좋은 듯 말했다.

"2년 정도 전, 아스미는 기울어져 가는 보석점을 되살리기 위해 경영 어드바이저로서 노나카와 계약했어. 노나카는 금세 아스미의 신뢰를 얻고 경영에도 참가하게 되었지. 그러다 연인 관계로 진척되었다는 소문도 있어. 실제로 노나카는 아스미의 맨션에 살다시피 하는 것 같으니 헛소문은 아닌 것 같고."

"그런 것까지 용케 알아내셨네요."

"아스미의 맨션을 담당하는 경비 업체와는 연줄이 있어서. 그런데 하무라, 거기서 경비원에게 핀잔을 주었다면서?"

으악.

"노나카는 컨설팅 회사 사장으로 건전한 경영을 서포트하는 기업의 아군이라는 얼굴을 하고 있지만, 사실 기업에게는 생존이 최우선 과제라느니 하며 둘러댄 끝에 수만 명의 일자리를 빼앗은 인간이야. 세상이 이렇다 보니 어쩔 수 없는 일이라 해도 아랫사람의 목을 벤다면 경영진에게도 책임을 지게 하는 게 도리일 텐데, 그런 건 외면하고 있지. 쉽게 말해서 세상은 돈이다, 약육강식이다, 하는 타입이야."

소장치고는 드물게 표현이 과격했다. 노나카를 진드기나 하이에나처럼 생각하는 것은 비단 다이라 부녀만은 아닌 모양이다.

　"일단은 이름이 알려진 노나카 같은 사람이 그다지 크지도 않고 돈이 되지도 않는 아스미의 보석점에 힘을 빌려준 목적이 아스미에게서 경영권을 빼앗기 위한 것 아니냐고 이야기를 들려준 내부 고발자는 생각하는 것 같은데, 아스미는 그걸 아직 모르는 것 같더군."

　기미코는 노나카의 아내가 아스미가 해외여행도 가지 않고 돈을 마련하러 다닌다고 승리한 듯이 말했다고 했다. 남편과 아스미 관련해서 안 좋은 소문이 돌고 있으니 노나카의 아내가 아스미를 폄하하고 싶어져도 이상하지 않다.

　"그 내부 고발자는 왜 그렇게 생각했나요?"

　"노나카가 들어오면서 보석점은 거래 은행을 바꿨는데, 그 산토 은행 간부는 노나카와 연관이 있지. 1년쯤 전, 아스미는 쇼를 열기 위해 1년 상환 약속으로 가게와 재고를 담보로 은행에서 돈을 빌렸어. 쇼는 성공하지 못했지만, 아스미는 변제 기한이 도래해도 노나카가 어떻게든 해줄 거라고 우기는 모양이야. 그러나 이것이 모두 노나카의 계획이었다면? 쇼를 열라고 아이디어를 낸 것도, 은행을 소개한 것도 물론 노나카였거든. 부동산 가격이 떨어지고 있다고는 해도 아카사카의 금싸라기 땅에 있는 점포, 보석점이 가지고 있는 재고, 모두 합하면 수억 엔이 훨씬 넘지. 은행은 한몫 단단히 챙기게 되고 당연히 노나카에게도 리베이트가 돌아갈거고."

참 아름다운 이야기일세.

침을 뱉고 싶었지만 경찰서 복도에서 그런 짓을 할 용기는 없었다.

다이라에게도 미치루가 무사하다는 것을 알려두는 것이 좋지 않을까 생각해 전화를 걸었다. 전화를 받은 건 기미코였다.

"어머, 하무라 씨. 미치루는 잘 지내는지요?"

기미코는 밝은 목소리로 내게 물었다.

"놀고 싶을 때고 하무라 씨니까 안심하고 맡기고 있지만, 너무 오랫동안 집을 비우면 저도 걱정이 돼요."

"미치루에게도 집에 전화하라고 전하겠습니다."

"그래 줄래요? 역시 연상인 분이라면 안심이야. 논다고 해도 배려심이 있고 시야가 넓으니. 그런데 말이죠, 하무라씨."

"네에."

"얼마 전, 식사 함께했을 때 남편이 갑자기 화를 내서 미안해요. 그때 미치루가 28회를 욕했잖아요. 28회와 연관되면 남편이 신경질적이 되거든요. 남자들끼리 스스럼없이 노는 걸 뭐라고 하는 게 싫은 모양이에요. 다들 바빠서 요즘 얼굴 볼 기회도 줄어든 모양이고요. 올해 들어 모임이 있었던 건 3월 한 번뿐이니까 쓸쓸한 걸 테죠. 하지만 하무라 씨를 불쾌하게 만든 것 같아서."

"별로 신경 쓰지 않습니다. 따님 일도 안심하세요."

긴 사과의 말을 끊으려고 대충 맞장구를 쳤다. 어제오늘 미치루가 체험한 일을 생각하면 안심할 수 있는 외박은 아니지만, 그렇게 말할 수밖에 없었다.

기미코가 갑자기 웃음을 터뜨렸다.

"어머나, 하무라 씨도 참. 따님이라니요. 피곤해요? 우리 소중한 아들을 여자로 만들지 마세요."

미치루 유괴 사건 기사를 읽은 후부터 어렴풋이 예상했던 일이었다. 그것을 실제로 경험하게 된 나는 숨을 들이켰다.

"미치루는 어릴 때부터 여자라고 불릴 때가 많아서 곤란했어요. 딴사람이 재미삼아 여자 취급을 하니 미치루마저 그런 마음을 먹고 남자랑 동거하거나 하고. 그래서 하무라 씨에게 맡긴 거예요. 난 아들을 게이로 만들 생각이 없다니까요. 그것만은 분명히 말씀드리지요."

"사모님, 저기."

나는 침을 꿀꺽 삼켰다.

"사정은…… 알고 있습니다. 아드님 일은 안됐다고 생각해요. 하지만."

"안됐다고요? 미치루에게 무슨 일 있어요?"

"아니요, 미치루는 잘 지내요. 그 미치루가 아니라 유괴된 아드님을 말하는 거예요."

"도대체 무슨 말씀을 하시는지 모르겠네요."

기미코의 목소리는 차갑게 울렸다.

"하무라 씨까지 그런 터무니없는 말을 꺼내다니. 설마 당신, 다른 사람들처럼 미치루를 게이로 만들 생각이야?"

"그럴 생각은 전혀 없습니다."

나는 단언했다. 거짓말이 아니다.

"그렇다면 다행이고요."

기미코가 가지고 있던 나에 대한 신뢰감이 80퍼센트 정도 사라졌다는 것을 느낄 수 있었다. 나는 '여자 형제들만 있어서', '일이 바빠서 피곤해서'라는 식으로 열심히 자기변호를 했다. 그 보람이 있었는지 전화를 끊을 무렵에 기미코는 다시 나에 대한 신뢰를 강조하기 시작했다.

"놀랐잖아요, 하무라 씨. 물론 당신에게라면 안심하고 미치루를 맡길 수 있다고 생각하고 있습니다. 하지만 만약을 위해 말씀드리지만 저는 아들을 남자답게 키우고 싶어요. 혹시라도 방해를 받으면 무슨 일을 할지 몰라요."

이 사람이라면 분명 무슨 일을 저지를지 모른다.

미치루를 괴롭히는 원인은 다름이 아닌 이 사람이다. 그렇다고 기미코의 병적인 착각을 전화 한 통화로 해결할 수 있다고 생각할 만큼 어수룩하지는 않다. 일단 미치루를 집으로 돌려보내게 되는 것보다는 낫다고 생각하기로 했다.

지쳐 벤치에 주저앉아 있는데 누군가가 내 앞에 캔 음료를 들이밀었다. 시바타가 옆에 앉았다.

"지난번엔 미안했어."

시바타가 거들먹거리며 사과했다.

"그리고 미즈치 가나에 대한 정보를 내가 뭉개버린 거, 잠자코 있어줘서 고마워."

"천만에."

"왜 그리 기운이 없어? 뭐, 무리도 아니지만."

시바타는 속에 뭔가 담고 있을 때 보이는 특유의 웃음을 지었다. 나는 진심으로 짜증이 치밀었다.

"또 뭔데?"

"못 들었나?"

시바타는 내 손에서 캔 음료를 돌려받은 뒤 캔 뚜껑을 따고는 내 손에 돌려놓았다.

"네 남자친구가 습격당했다더군."

주스는 내 청바지에 빨려 들어갔다. 나는 펄쩍 뛰었다.

"뭐라고?"

시바타가 손수건을 건네주면서 히죽 웃었다.

"우시지마 준타가 괴한에게 습격당해 다쳤어. 대단한 부상은 아닌 것 같지만 신고가 들어왔거든. 그래서 바로 감이 왔지."

 설마, 그 홈페이지를 읽고……. 미노리, 너 도대체 무슨 짓을?

 머리에 왈칵 피가 오른 덕분에 시바타의 말이 뇌에 스며들기까지 시간이 걸렸다.

 "……방금 뭐라고 했어?"

 "그러니까 어젯밤 무라키가 우시지마 준타에 대해 알려달라고 했다고. 그리고 몇 시간 지나지 않아 놈이 습격당했으니 나만큼의 명형사가 아니더라도 하나에 하나를 더한다면?"

 나는 햇볕에 탄 시바타의 옆얼굴을 망연히 바라보았다.

 "무, 무라키라면 하세가와 탐정사무소의 무라키 요시히로?"

 "무라키가 달리 더 있겠어?"

 "어, 어, 어째서 무라키 씨가?"

 "그러니까 말이야. 행복의 파랑새는 근처에 있었다는 거 아닐까?"

 시바타는 잔뜩 비아냥거리며 내 옆구리를 쿡쿡 찔렀다.

 "너도 말이야, 분수도 모르고 눈만 잔뜩 높아서는 결혼 사기꾼 따위에게 걸려들지 말고 가까운 남자부터 잘 둘러보라는 거지. 감히 내 여자를 속였구나, 하고 복수해주다니 그런 사람도 달리 없을걸? 하무라가 백만 년을 기다려도 다른 사람은 나타나지 않을 거야. 내기해도 좋아. 아, 너무 그렇게 동요하지 마. 이 이야기는 아무에게도 말하지 않았으니까."

시바타는 소리 높여 웃으며 떠났고 나는 벤치에 털썩 주저앉았다.

말도 안 돼.

10

미치루가 고집을 부려서 기치조지의 스테이크하우스에서
저녁 식사를 했다. 정육점 옆 좁은 계단에 줄서기를 30분,
간신히 먹게 된 고기는 확실히 부드럽고 맛있었다.

"탐정은 배가 고픈 법이잖아."

잘 먹는 미치루 옆에서 나는 무리해서 위 속에 꾸역꾸역
집어넣었다. 나는 네 자매의 막내, 그것도 전혀 응석을 받아
주지 않고 키운 막내다. 내가 태어났을 때 집안의 공주 자리
는 셋째 언니의 차지였다. 언니는 막무가내로 그 자리를 손
에서 놓으려 하지 않았고, 사랑스러운 데다 모두에게 귀여
움을 받아 제멋대로였다. 남자였다면 사정이 달랐을지 모르
지만, 결국 철이 들었을 무렵 나는 가족에게도 잊히기 쉬운
존재가 되어 있었다. 식사를 남길 수 없게 된 것은 그 탓일
지도 모른다. 생존 경쟁의 험난함을 어렸을 때부터 몸소 체

험했기 때문이다.

밥값은 내가 냈다. 미치루는 단 것을 먹고 싶다며, 그것은 자기가 산다고 했다. 카페로 이동해서 케이크를 먹고 둘이서 멍하니 커피를 마셨다.

"아까 네 엄마한테 전화했어."

미치루가 컵을 꽉 움켜쥐었다.

"……돌아오래?"

"아니, 그 지점은 잘 둘러댔어. 하지만 물어보고 싶은 게 있는데."

"뭔데?"

"엄마는 치료 잘 받니? 상담받으러 다닌다든가."

"엄마가 미쳤다는 거야?"

미치루는 웃었지만 입술이 비뚤어져 있다.

"오빠에 대한 거 신문에서 봤어."

나는 차분히 대답했다.

"고작 다섯 살짜리 어린아이를 유괴당하고 살해당했다면 마음에 상처를 입는 게 당연하다고 생각해. 보통 깊은 상처가 아니니 얕으면 낫는다고 할 수는 없지."

미치루는 앞니로 컵을 으드득 씹었다.

"하무라 씨, 알고 있었구나. 왜? 탐정이라서 알아본 거야?"

"너희 모녀를 조사해달라는 일을 맡은 기억은 없어. 그냥 궁금해서."

"대체 왜? 하무라 씨가 상관할 일이 아니잖아."

"네 아버지가 너를 잘 부탁한다고 하셨어."

"쓸데없는 소리나 지껄이고."

미치루가 욕설을 퍼부었다.

"좋아, 가르쳐줄게. 엄마는 정신과 안 다녀. 그게 듣고 싶었던 거지? 하지만 미쳤든 아니든 하무라 씨는 엄마와는 아무런 관계도 없잖아."

"미치루와는 관계가 있지."

"혹시 나도 미쳤다고 생각하는 거야? 자다가 해코지당할까 걱정하는 거야?"

"스스로도 믿지 않는 걸 남에게 떠넘기는 건 그만둬."

나는 딱 잘라 말했다.

"어머니의 마음이 병든 것과 그 딸의 정신 상태는 별개 문제야."

"입에 발린 소리나 하고. 하무라 씨 역시 핏줄이나 그런 거전혀 관계가 없다고 생각 안 하는 주제에. 엄마가 이상하니그 딸도 이상해. 그 엄마에 그 딸이니까. 흥."

"네 어머니는."

나는 심호흡을 하고 말을 꺼냈다.

"아들을 살해당한 상처가 너무나도 커서 너와 네 아버지에게 매달려 깨물고, 아픔을 참고 있는 거야. 이를 악물고 자신의 아픔을 참고 있는 거지. 너와 아버지도 어머니의 아픔을 덜어주기 위해 알고서도 묵묵히 참고 물리는 거고. 하지만 누구라도, 어떤 이유가 있어도, 도를 넘은 아픔은 견딜 수 없는 법이야."

미치루는 한동안 말없이 앞니로 계속 컵을 깨물다 이내 그 사실을 알아차리고 난폭하게 컵을 내려놓았다.

"처음으로 이상하다고 생각한 건 유치원 때였어."

미치루가 말했다.

"엄마가 만들어준 교복을 입고 유치원에 갔어. 시모어 학원은 초등학교까지는 공학이야. 그랬더니 선생님이 왜 여자아이에게 남자아이 옷을 입혔냐고 말씀하셨어. 엄마가 어이가 없다는 듯이 선생님에게 말했어. '어머, 왜냐하면 우리 미치루는 남자니까요.' 결국 어떻게 처리했는지 나는 남자아이 차림으로 유치원에 다니게 되었지. 모두에게 자주 놀림받았어."

미와의 첫사랑이 미치루였던 것은 그래서였다.

"그때까지도 아이 마음에 왠지 이상하다고 생각한 적이 자주 있었어. 나, 단 거 정말 좋아하는데, 엄마는 '미치루는 싫어하잖아'라는 거야. 머리 기르고 싶다고 해도 들은 척도 안 하고. 인형을 갖고 싶다고 말하는데, '미치루는 자동차를 좋아하지'라며 미니카를 사주고. 초등학생이 된 이후에는 아무래도 엄마가 나를 남자라고 생각한다는 걸 눈치챘지만, 그래도 가끔은 엄마가 제정신으로 돌아가서 내가 여자라는

걸 알아. 그럴 때 엄마는 화를 내. 왜 여자로 다시 태어난 거
냐며."

"그럴 때 아버지는 어떻게 하셔?"

"이가 아픈 듯한 얼굴로 입을 다물고 계셔. ……나 말야,
계속 내가 너무 나쁜 아이라서 엄마가 화내는 줄 알았어. 아
빠가 그런 게 아니라면서 오빠의 유괴 사건을 가르쳐주셨
어. 중학교 올라가기 전에. 아빠가 그랬어. 오빠가 살해당하
고 엄마도 시체 같았다고. 말도 안 하고, 식사도 안 하고. 하
지만 내가 생기고 겨우 생기를 되찾았대."

미치루는 후, 하고 긴 숨을 내쉬었다.

"엄마는 나를 오빠가 환생한 거라고 우겼어. 이름도 남자
나 쓰는 똑같은 한자 이름으로 하겠다는 걸 여자로도 통용
되게끔 간신히 가타카나로 표기했대(미치루의 오빠는 한자로
滿이라고 쓰고 '미치루'라고 읽고, 미치루는 가타카나로 ミチル라고
쓴다—옮긴이). 엄마는 오빠와 나를 동일인물이라고 여겼어.
내가 조금이라도 오빠와 다른 일을 하려고 하면 잘못된 거
라고 결정지어버리는 거야. 생리가 시작되었을 때는 병원에
끌려갔어. 내가 머리를 기르면 자고 있는 동안 잘라버리고.
구슬반지라든가, 어린이용 화장품이라든가, 미와가 준 것들
도 죄다 버려버리고."

하지만 아이는 성장한다. 언제까지고 다섯 살인 채인 죽은
미치루와 점점 성장하는 여자아이 미치루. 완전히 다른 인

격과 신체의 소유자를 동일시하게 되면 어떻게든 문제가 생기고 만다.

"아빠 이야기를 듣기 전까지는 내 잘못이라고 생각했어. 하지만 그게 아니라는 걸 알고 안심했고, 엄마가 불쌍해졌어. 엄마가 그렇게 생각하고 싶다면 나는 남자인 척해주기로 마음먹었어. 아침에 남자 복장으로 집을 나와서 역 화장실에서 여학교 교복으로 갈아입고. 엄마를 위해서 계속 그랬어. 하지만."

미치루는 입술을 뜯기 시작했다. 보기만 해도 아팠다.

"누구에게나 한계는 있어."

"한계인지 아닌지 어떻게 알아? 나는 단지 싫증이 났을 뿐이야. 학교 아이들은 나를 마치 나쁜 병원균처럼 취급해. 미와라든가 두세 명 말고는 말도 걸지 않아. 무심코 부딪히기라도 하면 변태라거나 기분 나쁘다며 떠밀고. 이상하게 착각해서 날 남자로 대하려는 애도 있어. 성동일성 장애에 대해 길게 설명하기도 하고. ……난 남자가 되고 싶은 게 아니야. 그냥 이대로이고 싶을 뿐."

"그래서 집을 나갔어?"

"아빠는 아무것도 해주지 않았어."

미치루는 열에 들뜬 듯 계속 말했다.

"일이 바쁘다고 늦게까지 안 들어오는 거야. 가끔 쉬는 날은 28회에서 놀고. 예전에는 모임에 우리도 데리고 간 적이 있는데, 엄마가 이 또래 남자애는 손이 많이 간다든가, 미와에게 나를 유혹하지 말라거나 하는 말을 28회 사람들 앞에서 지껄인 적이 있어서 그 후로는 절대로 데려가지 않게 되었어. 올 3월 즈음, 나중에 생각해보니 가나가 사라졌을 때인데, 그때 왠지 이미 최악이었어. 그때까지 난 옷 같은 거내가 직접 샀거든. 엄마가 사오는 건 죄다 남자 옷이기 때문에 싫은 거지만 촌스럽다고 둘러댔었어. 하지만 분기 할인으로 쇼핑하러 간 엄마가 내게 남자 팬티를 사온 거야!"

나는 입이 다물어지지 않았다.

"난 화났어. 완전 아무것도 보이지 않게 됐지. 그 자리에서 팬티 내리고 소리질렀어. 보라고, 내 어디에 고추가 달렸냐고. 난 여자야, 당신 딸이지 아들이 아니야. 그랬더니 엄마가 새파랗게 질린 얼굴로 '미치루, 너 게이가 될 생각이니?'라고."

미치루의 입술에 피가 맺혔다.

"그래서 아빠한테 말했어. 엄마를 어떻게 좀 해달라고. 하지만 아빠는 엄마를 나무라지 말라며, 엄마는 사건 때문에 많이 상심했으니까 잘 대해주라며 늘 하는 설교나 늘어놓고 엽총을 들고 28회에 놀러갔어. 동물을 죽일 여유가 있으면 달리 할 일이 있을 텐데."

미치루는 피 묻은 입술을 다시 한번 잡아 뜯었다.

"그러고 한참 뒤 아빠가 말했어. 엄마가 미치루가 게이가 된다며 히스테리를 부리니까 당분간만 더 지켜봐달라고. 그러니까 나보고 아들 연기를 계속하라는 거야. 당분간이란게 언제까지? 아빠는 어쨌든 당분간이라는 말만 반복했어. 내가 이젠 지쳤다고 말했더니, 아빠는 자기도 피곤하다고 고함을 치는 거야. 나, 아빠한테 혼난 건 처음이라 조금만 더 힘을 내기로 했어. 오래 가지는 않았지만."

미치루는 입술을 핥으며 아픈 표정을 지었다.

"어느 날 학교에서 돌아왔더니 방 앞에 야한 잡지가 쌓여 있더라. 처음에는 이런 게 왜 여기 있는지 궁금했지만 바로 엄마가 한 짓이라는 걸 알았어. 화를 낼 기운도 없어져서 회사에서 돌아온 아빠에게 잡지를 보여주며 말했지. 엄마를 병원에 데리고 가달라고. 엄마는 이상하다고, 병이라고. 아까 하무라 씨가 말한 것 같은 말을. 아빠가 그것만은 절대 안 된다고 했어. 오빠가 살해당한 후 엄마를 입원시킨 적이 있대. 그랬더니 약에 절여져서 시체처럼 된 건 그 때문이라고, 엄마는 환자가 아니라고, 평범하게 생활하고 있지 않냐고, 이대로 둘이서 돌봐주면 그것으로 족하다고. ……엿 같아."

나는 테이블 너머로 손을 뻗어 미치루의 손목을 잡았다. 가느다란, 엄지와 검지의 원 안에 들어갈 만큼 가는 손목이었다. 억지로 아래로 내리게 하고는 냅킨을 건넸다.

"피 나. 조급해하지 않아도 되니까."

미치루는 냅킨으로 입술을 꾹꾹 누른 뒤 코를 풀었다. 살짝 웃었다.

"나 그래서 말했어. 엄마가 약에 절여지는 게 싫다면 내가 약에 절여지면 되겠네, 하고. 아야가 준 대마를 거실 한가운데서 피웠어. 하지만 아빠는 말없이 집에서 나가더라고. 집을 떠나야겠다고 생각한 건 그때였어."

남자랑 자려고 한 것도 그때였을 것이다. 미치루는 내 생각을 알아차리고 어깨를 으쓱했다.

"그래. 제대로 여자가 되어주겠다고 결심했지. 아야도 힘내라고 해줬고. 상대는 누구라도 좋다고는 할 수 없었지만, 고헤이라면 나쁘지 않다고 생각했고. 결국 쓸데없었지만. 왜냐하면 엄마의 '미치루 게이설'을 뒷받침해버렸거든. 전혀 의미가 없었어. 그러기는커녕 엄청난 아수라장이 되어버렸고."

세라에게 목이 졸린 것이 생각났으리라. 미치루는 부르르 몸을 떨었다.

"그건 미치루 때문이 아니야."

"그야 당연하지. 그런 괴물을 데려올 줄이야. 게다가 아빠나 엄마가 조금은 바뀌었을까 했는데 여전했어. 엄마는 저렇고, 아빠는 골든위크에도 일이 있다고 도망가버리고. 짜증나."

미치루의 목소리에는 더 이상 물기가 어려 있지 않았다.

대신 살짝 날카로워졌다.

우리는 카페가 문을 닫을 때까지 말없이 마주보고 앉아 있었다. 10시가 지나서 겨우 귀로에 올랐다. 둘 다 휘청거리며 집으로 돌아왔고, 미치루는 샤워를 하고 침대에 기어들어가 자기 것으로 정한 쿠션을 끌어안고 순식간에 잠이 들었다. 숨 쉬고 있는지 걱정스러울 정도로 푹 잠에 빠졌다.

반대로 나는 잠이 오지 않았다. 무라키에게도 연락이 닿지 않는다. 미치루를 이대로 맡아둬도 좋을 리가 없지만, 그렇다고 기미코의 상황이 호전될 리도 없다. 게다가 기미코는 머지않아 반드시 미치루를 귀가시키라고 말할 것이다.

"이대로 집에 있으면 나 엄마 죽일 것 같아."

몸을 뒤척였더니 이불 속이 후덥지근해졌다. 일어나서 보리차를 마셨다. 최근에는 끊었던 담배를 꺼내 부엌 창문을 살짝 열고 피웠다. 자기 집에서 뭘 이렇게 조심스레 피워야 하는 건지, 하고 생각하니 어처구니없기도 하고 초조하기도 했다. 자신의 영역을 침범당하고 싶지 않다. 그 점은 나도 다키자와와 같았다.

두 개비째 담배에 불을 붙였을 때 갑자기 창밖이 밝아졌다가 금세 어두워졌다.

대인 센서가 부착된 외등이 작동했다는 사실을 곧바로 알 수 있었다.

서둘러 경찰봉을 꺼내 현관에 가서 바깥 상황을 살폈다. 인기척은 없다. 고양이 아니면 까마귀이려나 하는 생각에 이마에 맺힌 땀을 닦고 시계를 보았다. 12시 정각. 묘하게 기분 나쁜 시간이다.

휴대전화를 들고 무라키와 미노리에게 전화를 걸었다. 둘 다 연결이 되지 않았다. 왜 이렇게 걱정거리를 안아야 하는지 점점 화가 났다. 세라에게 폭행당하고 고헤이에게 찔린 즈음부터, 아니 그것보다 훨씬 이전부터 부조리의 신에게 찍혀 부탁하지도 않은 은총을 충분히 받고 있는 것 같다.

손 안의 휴대전화가 갑자기 울려 나는 펄쩍 뛰었다.

"여보세요?"

"안녕, 하무라 아키라 씨. 저, 기억해요?"

심장이 꼬리뼈 근처까지 가라앉았다가 천천히 떠오르는 것 같은 감각을 맛보았다. 싱그러운 그 목소리는 귀에 익었다. 우시지마다.

"누, 누구세요?"

"잊어버렸구나. 실망이야. 우시지마 준타예요. 그 왜 미노리 씨 친구. 다이타바시 택시 승차장에서 만났잖아요."

"제 휴대전화 번호는 어떻게 아셨죠?"

나는 이름조차 밝히지 않았었다.

"물론 미노리 씨에게 들었다……는 건 거짓말입니다. 미노리 씨는 당신의 이름밖에 가르쳐주지 않았어요. 그래서 미노리 씨의 주소록을 잠깐 들여다보았죠. 원래부터 숫자는 잘 외워요."

"무슨 일이시죠?"

"아이고, 냉정하네요. 사람이 그리워져서 당신 목소리가 듣고 싶었을 뿐이에요. 그럼 안 되나요?"

"기쁘지는 않네요."

"으아, 그런 말 들은 건 처음이에요."

우시지마가 전화기 너머 지껄였다.

"신기하네, 당신 같은 사람. 왠지 더 흥미가 생겼어요."

"나는 사냥꾼 일기의 소재가 될 수 없을 것 같은데?"

흠, 하고 말한 우시지마는 침묵했다.

"그걸 읽고 네 본성을 알고서도 너처럼 썩어빠진 남자를 사귀는 여자는 없을 것 같은데?"

"당신……."

"하기야 곧 문을 닫을 테니까, 그 홈페이지. 요즘은 인터넷 상의 윤리 문제에도 시끄러워지고 있고, 어느 서버라도 소송 사건에 휘말리고 싶지는 않을 테니까. 아쉽네. 자기 현시 욕을 드러낼 수 있는 곳이 없어져서. 뭐, 그런 하찮은 자아 따위 아무도 제대로 보지 않겠지만."

수화기 저편에서 신음소리가 울려왔다. 그것은 이내 웃음 소리로 바뀌었다. 나는 입술을 꾹 다물었다.

"너, 바보구나."

우시지마는 목구멍으로 계속 웃으며 말했다.

"내 홈페이지가 폐쇄되어도 나는 일기를 계속 쓸 거고 공표할 거야. 이름이 블랙리스트에 오른들 아프지도 가렵지도 않아. 다른 사람 이름으로 쓰면 될 뿐. 자존심만 강한 노처녀들이 나랑 결혼하고 싶어서 내보이는 한심한 꼬락서니들을 계속 쓸 거야. 막아도 소용없어, 하무라 아키라."

살의가 끓어올랐다. 윽박지르고 욕하고 싶었다. 미노리를 생각했다. 진심으로 이 쓰레기를 믿고 나를 질투해서 결국 큰 상처를 입을 그녀를 위해 복수하고 싶었다.

하지만 무언가가 나를 멈추게 했다. 그래 봤자 이 녀석한테는 찰과상조차 입힐 수 없다. 이 인간은 그것을 일기 소재로 삼을 뿐이다. 기쁘게 해줄 뿐이다. 그렇다면 어떻게 해야 될까? 어떤 말을 던져야 이 녀석의 섬뜩한 자기만족을 격침시킬 수 있을까?

뇌리에 번쩍였다.

아까 내가 했던 말. *"그런 하찮은 자아 따위 아무도 제대로 보지 않겠지만."*

"그러고 싶으면 그러시든가."

나는 아무렇지도 않은 척했다.

".......뭐라고?"

의표를 찔린 우시지마는 입을 다물었다. 나는 다정하게 속삭였다.

"홈페이지를 열어 놔도 상관없다고 했어. 근성뿐 아니라 귀도 머리도 나쁜 거야?"

"머리가 나쁘다고? 누구 보고 지껄이는 거야."

우시지마의 가쁜 숨결을 향해 나는 담담히 말했다.

"사냥꾼 일기 독자들이 그걸 읽고 어떻게 생각하는지 말해줄까? 이 작자, 망상으로 맛이 갔구나. 계속해서 여자를 사냥하는 것처럼 쓰고 있지만 이런 녀석은 절대로 인기가 없을 거야. 진짜 인기 있는 사람이 이런 말을 쓸 리가 없지. 여자가 상대해주지 않아서 욕구불만이 가득해서 그 원한을 머릿속으로만 풀고 있는 불쌍한 녀석."

우시지마가 당황한 듯 응수했다.

"까, 까불지 마. 나는 여자가 부족했던 적은 없어. 어떤 여자든 내게는 단번에 걸려들어. 내가 얼마나 인기 있는 줄 알기나 해? 게다가 내 홈페이지를 기꺼이 읽고 있는 녀석도 있어. 어딘가에서 댓글로 그런 의견을 읽은 적이 있어."

"어머 그래. 그래서?"

"그래서?"

"응, 그래서? 그런데 그 의견을 쓴 남자는 어때? 여자에게 인기가 많은 사람이야? 사생활에는 만족하든? 그런 사람이야말로 여자가 상대해주지 않아서 욕구가 쌓인 그런 남자 아닌가?"

우시지마는 완전히 침묵했다. 나는 필사적으로 내 말투를 조절했다.

"대형 쓰레기를 버릴 때는 빠짐없이 작은 쓰레기가 딸려 나오지. 어쩌다 쓰레기가 떠받들어준다고 해서 네가 대형 쓰레기라는 사실은 변하지 않아. 뭐, 그건 그 일기가 진짜였을 때의 이야기지만."

"그건 진짜다. 사실밖에 안 썼어."

"거짓말. 첫머리에 픽션이라고 적혀 있는걸."

"아니, 그건 만약 고소당했을 때를 예방하기 위한 거다. 거기 쓴 건 전부 사실이야. 나는 닥치는 대로 여러 여자를 사냥하고 있어. 누, 누가 욕구 불만이야!"

우시지마가 절규했다. 나는 코웃음을 쳤다.

"아무도 믿지 않아. 대부분의 인간은 그런 병적인 자랑거리, 지저분하다고밖에 생각하지 않는 법이지. 마음 내키는 대로 계속 쓰시든가. 쓰면 쓸수록 네가 전국적으로 비웃음을 당할 뿐인걸. 가여워라, 불쌍한 녀석, 망상 속에 살고 있는 인간, 그만 정신 좀 차려, 네가 여자에게 인기가 없다는 패배자라는 건 잘 알겠어……. 이런 식으로 경멸당할 뿐이니까."

"불감증인 망할 년."

우시지마가 맞받아쳤다.

"나는 패배자가 아니야. 나는 엘리트야. 우수하지. 그래서 바보 같은 년들을 얼마든지 짓밟을 수 있어. 네 친구인 미노리라도 짓밟아주마. 시험해볼까? 그 여자를 어디 옥상에서 뛰어내리게 해줄까? 내가 밀어버리마. 죽여버리겠어."

"고마워."

나는 눈앞이 분노로 캄캄해지는 것을 느끼며 간신히 냉정하게 대답했다.

"뭐, 뭐라고……?"

"고맙다고 했어. 지금 한 말, 제대로 녹음했거든. 만약 미노리가 어딘가에서 시체로 발견되기라도 하면 난 이 녹음된 걸 가지고 경찰에 갈 거야. 미노리가 우시지마 준타에게 살해당했다는 증거가 되겠지."

"고작 그런 걸로 살인범을 만들 수 있을 리가……."

"미노리에게 못 들었어? 내가 하는 일, 경찰과는 깊은 관계가 있거든. 그래서 아는 거지. 경찰은 검거율을 올리는 걸 엄청 좋아해. 예산이 검거율로 정해지니까. 살인 사건이 해결되면 자살 뒤처리보다 훨씬 더 좋아할 거야. 게다가 범인이 아예 특정되어 있으니 수사에 돈도 들지 않고, 아는 형사에게 진 빚도 갚을 수 있고. 내게도 도움이 되겠네."

시바타가 들으면 졸도할 듯한 거짓말을 늘어놓았다. 우시지마는 감쪽같이 속아 넘어갔다.

"마음대로 해봐. 무고죄로 고소해주마. 언론은 무고 사건으로 경찰을 괴롭히는 거 정말 좋아하거든. 그래, 어디 해봐. 안됐어. 너와 경찰은 무고한 인간을 범인으로 만든 악마고,

나는 가엾은 희생자가 될 테니. 내가 사람들에게 동정받고 각광받는 걸 바라보며 마음껏 억울해하다 위에 구멍이나 나시든가."

"홈페이지가 공개되고 이 대화가 텔레비전에 흘러나오면 확실히 넌 각광받겠지. 딱한 희생자로서가 아니라 정신병리학 사례로. 두세 번 뉴스에 나오고, 인터넷상에 이틀 정도 화제가 되었다가 금방 잊힐 거야. 하지만 네 얼굴과 이름은 세상에 알려지겠지. 그런 후에도 너한테 걸려드는 여자가 있을까?"

"너구나."

우시지마는 갑자기 도깨비의 목소리라도 빌린 것처럼 소리질렀다.

"어젯밤에 나를 등 뒤에서 습격한 인간. 그게 너였구나. 그래, 틀림없어. 아니, 틀려도 상관없어. 그 범인은 하무라 아키라였다고 경찰에 고소하겠어."

등골이 오싹해졌다.

"이미 신고했잖아? 그때 범인은 나라고 말했어? 나중에야 생각나다니 그런 편의주의가 경찰에 통할 거라 생각해? 경찰도 너를 믿지 않아. 그 사냥꾼 일기를 읽으면 사람들이 너에 대해 어떻게 생각할까?"

"나에게는 사회적 지위가."

"허언증이 심하고."

"난 부자 부모님이."

"유치한 자기애 덩어리에다."

"누구나 나를 믿어. 돈과 사회적 지위와 두뇌가 있어. 그래서 나는 신용을 받는 거야."

"사기 전과까지 있지. 애초부터 거짓말쟁이 사이코패스라고 모두가 생각할 게 뻔해. 경찰도, 다른 누구도 너 따윈 믿지 않아."

잠시 우시지마의 가쁜 숨소리와 냉장고의 윙윙거리는 신음소리밖에 들리지 않았다. 나는 마른침을 삼켰다. 그때 우시지마가 희미하게 말했다.

"두, 두고 봐."

전화가 끊겼다. 온몸에 흠뻑 땀이 나고 무릎이 덜덜 떨렸다. 휴대전화를 왼손에서 떼어 테이블에 놓았다. 고양감과 자기혐오를 동시에 느꼈다. 무서울 정도로 기분이 나빴다.

샤워를 마치고 보리차에 설탕을 넣어 휘저어 마시고 혈당치가 올라가기를 기다렸다. 이윽고 썰물이 빠지듯 신체의 불쾌감은 사라졌지만 이미 기진맥진한 상태였다. 모든 것을 내팽개치고 이삼 일 쉬고 싶었다.

이불 위에 쓰러졌을 때 탁자 위에 놓아두었던 휴대전화가 울리기 시작했다. 벨소리만큼 심장에 나쁜 것은 세상에 없을 것이다. 가슴을 누르고 일어나 기어가서 전화를 받았다.

처음에는 아무 소리도 들리지 않았다. 눈썹을 찡그리고 귀를 기울이니 희미하게 소리가 들렸다. 그것이 무엇인지 알게 된 순간 식은땀이 다시 왈칵 솟구쳤다.

여자의 흐느낌이다.

나는 산소를 흡입하려 입을 뻐끔거리다 간신히 쉰 목소리를 내는 데 성공했다.

"여보세요, 여보세요, 미노리? 너야? 어디 있어?"

"밤중에 죄송합니다. 저기, 쓰지 아스미입니다."

탈진해서 바닥에 털썩 주저앉았다. 아스미였다.

"……아, 네에."

"갑작스럽게 죄송합니다만 드릴 말씀이 있어서요."

아스미의 목소리는 가냘프고 툭툭 끊겼다.

"뭔데요?"

"늦은 시각에 미안하지만 지금 만날 수 있을까요? 직접 뵙고 들어주셨으면 해서요."

시간을 확인했다. 체력을 나타내는 계기판은 E Empty에 가까웠다. 바로 대답하기 힘들었다.

"아…… 죄송합니다. 비상식적이었네요."

아스미가 당황한 듯 중얼거렸다. 희미하게 코를 훌쩍이는 소리가 울렸다.

"미안해요. 나만 생각해서. 지금 한 말은 잊어줘요."

능력 있고, 엄격하고, 날카로운 말을 툭툭 던지던 아스미…… 지금 그녀는 마치 그때의 아스미에게 시트를 씌운 것처럼 예리함이 전혀 없었다.

아, 젠장.

"아스미 씨, 지금 댁이에요?"

"네, 그렇습니다만."

"바로 찾아뵙겠습니다."

"하지만……."

"괜찮습니다."

"고마워요. 기다릴게요."

머리만 빗고 옷을 갈아입었다. 늘 지니고 다니는 커다란 숄더백에서 지갑과 티슈와 휴대전화만 작은 핸드백에 옮기고는 경찰봉을 꽂았다. 바지 주머니에 손수건을 쑤셔 넣고 침대를 보았다. 미치루는 꿈쩍도 하지 않고 꿈나라에 가 있다. 아스미의 집에 다녀오겠다고만 메모에 적었다가 잠깐 생각한 후에 시간까지 적고 테이블 위에 올려놓았다. 문단속을 잘하고 집을 나섰다.

택시를 잡으려면 야마노테 길까지 나가야 한다. 서두르고 싶었지만 오른발이 생각대로 움직이지 않았다. 통증은 꽤나 가라앉았지만 국부적인 근육 피로가 다리 전체를 지배하면서 무거웠다. 30여년 만에 새로운 발견을 했다. 엉뚱한 곳에 근육이 존재하고 있었던 것이다. 아프지 않으면 어디에 어떤 근육이 있는지 좀처럼 눈치채지 못하는 법이다.

세이부신주쿠 선 건널목을 건너 상록수 연립 근처까지 온

나는 되돌아보았다. 뭐가 들린 것도 아니고 무언가를 느낀 것도 아니다. 왜 돌아보았는지 스스로도 알 수 없었다. 밤바람은 시원해 열띤 몸과 머리를 편안하게 어루만졌다. 온몸이 나른했다. 머릿속에는 안개가 끼어 있다. 나는 핸드백에서 경찰봉을 뽑았다. 아니, 뽑으려 했다.

다음 순간 어깨가 확 달아올랐다. 길가에 주차되어 있던 차 사이드미러에 얼굴을 부딪혔고 그 충격으로 정신이 번쩍 들었다. 하얀 차체에 몸을 맡기듯 미끄러지는 순간 자세를 낮추면서 고함을 질렀다.

목소리는 금방 멈췄다. 등을 얻어맞아 못 나오게 된 것이다. 이어서 또 충격이 왔다. 그리고 또…….

정신이 아득해졌다.

후반전

1

비몽사몽간에 남자의 낮은 속삭임을 들었다. 다음 순간
쾅, 하고 큰 소리가 나서 정신을 차렸다.

기침과 함께 몸부림치며 몸을 일으켰다. 숨을 쉴 수가 없
었다. 목 안쪽에 무언가 막혀 있다. 생각할 겨를도 없이 손을
들어 입으로 가져갔다. 호흡을 방해하는 것을 입에서 떼어
내고 헐떡였다. 다음 순간 막힌 것이 시큼한 냄새를 풍기며
왈칵 방출되었다.

코로 숨을 쉬며 꺼낼 수 있는 건 다 꺼냈다. 엎드려서 얼굴
이 지끈지끈 저릴 때까지 그 자세로 있었다. 이윽고 위가 진
정되고 호흡도 진정되었다. 손을 써서 자리를 이동한 뒤 배
를 감싸듯 누웠다.

도대체 무슨 일이 일어난 거지?

어깨와 목덜미가 욱신욱신 쑤시고 아팠다. 몸을 움직이려

니 등에 심한 통증이 느껴졌다. 치명적이라고까지는 할 수 없지만 상당한 부상을 입은 것이라 깨달은 순간 호흡이 얕아졌다. 숨쉬기 힘들었다. 심장도.

눈을 질끈 감고 숨을 크게 쉬었다. 느끼는 것이 아니라 생각하려고 했다. 구토를 했다는 사실은 적어도 목은 아직 몸에 붙어 있다. 네 발로 몸을 옮길 수 있었다는 것은 팔다리도 몸에 붙어 있다.

아주 가슴이 따뜻해지는 정보다.

이윽고 고동이 진정되고 식은땀도 멎었다. 가만히 손을 들어 통증 상태를 살펴보았다. 앉아도 보고 일어서도 보고 걸어도 보았다. 어느 쪽도 쉽지는 않았지만 〈2001년 스페이스 오디세이〉의 원숭이 역 오디션에 참가할 수는 있을 듯했다.

다시 한번 주위를 살폈다. 작은 방 같았다. 어두웠지만 천장과 벽의 경계선 사이로 빛이 스며든다. 비좁은 철제 방. 다소 기울어져 있다.

이제는 어둠에도 눈이 익숙해졌기 때문에 지금 있는 장소가 어딘지 알았다. 또다시 패닉을 일으킬 뻔했다.

트럭의 짐칸.

크기로 미루어 볼 때 2톤짜리 박스형 트럭의 짐칸이다. 처음 쓰러져 있던 곳은 문 정면이었다. 문은 꽉 닫혀 있다. 텅 비어 있고 아무것도 없다.

양손으로 밀치고, 때리고, 고함치며 걷어찼다. 문은 꿈쩍도 하지 않았다.

갇힌 것이다. 완전히.

분노를 느꼈다. 스스로도 어찌할 바 모를 분노였다. 왜 내가 이런 꼴을 당해야 하는 거지?

그 분노를 문에 전가했다. 반복해서 몸으로 부딪쳤다. 다섯 번째 부딪쳤을 때 목덜미에 심한 통증이 오지 않았다면 그대로 체력을 완전히 소비할 때까지 무의미한 저항을 계속했을지도 모른다.

소리도 내지 못하게 되어 그 자리에 주저앉았다. 이윽고 통증이 잦아들었을 무렵에는 이대로 감정에 몸을 내맡겨보았자 아무 이득도 없다는 사실을 깨달았다.

이성을 발휘하기 위해 걷고 관찰했다. 천장과 벽 사이사이에 균열이 있다. 물이 괴고 녹이 슬었다. 아마 이것은 폐차일 것이다. 문은 밖에서 잠겼고 안쪽에서는 열 수 없다. 귀를 기울여도 사람의 목소리나 도시의 소음 등은 들리지 않는다. 어쩌면 이른 아침이라 그런지도 모른다. 그렇다면 좋겠는데.

적어도 약간의 물과 공기는 있다. 그 사실을 알고 안도했다. 덕분에 생각하는 데 전념할 수 있을 것 같았다.

나를 여기에 집어넣은 범인은 도대체 무슨 생각일까? 죽일 작정이었나? 아니면 죽였다고 생각했나?

죽였다고 생각했을지도 모른다는 카드는 곧바로 버렸다. 어떤 아마추어인지 모르지만 호흡이나 맥박을 확인하지도 않고 '시체'를 운반한 뒤 방치하거나 하지는 않을 것이다.

반대로 죽일 작정이었다는 카드는 비교적 마음에 들었다. 아마 인적이 드문 곳에 버려진 트럭 짐칸에 나를 집어넣은 것은 내버려두면 죽는다고 생각했기 때문이리라.

아까 토해낸 것을 발로 구석으로 밀고, 바닥 위에서 접착테이프를 집어 들었다. 이것 때문에 질식할 뻔했다. 접착테이프를 입에 붙인 피해자가 질식사하면서 강도 사건에서 강도살인 사건으로 변해버린 사례가 있다. 그러나 이 경우, 내가 말을 못 하게 하기 위해, 또는 질식시키기 위해 접착테이프를 붙인 것이라면 내친김에 손발도 단단히 묶어두었을 것이다.

그렇다면 목적은 무엇이냐?

답은 바로 나왔다. 나를 괴롭히고 싶었으리라.

내가 이 비좁은 공간에서 보기 흉하게 허우적거리고, 목청껏 도움을 청하고, 절망과 고통 속에서 울부짖는 그런 모습을 상상하고 즐긴다. 혹은……. 갑자기 오싹해졌다.

범인은 근처에 있고, 내 목소리를, 비명을, 실제로 맛보려고 기다리고 있다.

무서운 이야기이나 내게는 오히려 그편이 고마웠다. 근처에서 이쪽의 상태를 살피고 있다면 아까 문에 몸통박치기를 했을 때 내 의식이 돌아온 것을 범인은 알았으리라. 그 후, 내가 조용히 숨을 죽이고 있으면 감질난 범인은 어떠한 액션을 보일 것이다. 저쪽에서 먼저 차체를 두드리고, 결국은 문을 열 것이다.

끈기 싸움으로 가자.

트럭이 흔들리지 않게 조심해서 앉았다. 입 안이 맵고 목도 말랐다. 입에 침을 머금고 삼켰다. 탈수 증상이 나타나기까지 얼마나 걸릴까? 그 전에 범인이 참지 못하게 되면 좋을 텐데.

머리가 몽롱했다. 눕고 싶었지만 모처럼의 기회를 놓치고 싶지 않다. 벽에 기대어 생각하기로 했다. 생각할 만한 가치가 있는 질문을 던져준 범인에게 감사하기로 했다.

나를 덮치고 여기에 가둔 이는 대체 누구인가.

그런 일을 할 것 같은 인간은 너무나도 많았다.

우선은 다키자와 미와, 미즈치 가나 실종 사건의 중요한 용의자인 '삼촌'.

세라 마쓰오를 바보 취급한 죄는 반드시 갚아주겠다고 막말을 남긴 세라 마쓰오의 할머니.

역시 두고 보라고 했던 우시지마 준타.

미치루를 자신의 기대대로 키우기 위해서라면 뭐든지 하겠다고 단언한 다이라 기미코.

맙소사. 일주일 사이에 하무라 아키라도 꽤나 인기가 많아졌다.

한 명 한 명 검증해보았다. 다이라 기미코는 제외해도 될 것 같다. 여차하면 무슨 일을 저지를지 모르는 비뚤어진 모성의 소유자이나 당장 나를 어떻게 할 생각은 없었을 것이다. 하지만 경찰서에서 전화를 받은 뒤 불안해진 그녀가 집 근처에서 우리를 지켜보다가 늦은 밤 미치루를 두고 외출하는 나에게 엉뚱한 앙심을 품었을 가능성은 있다. 소중한 '아들'을 내버려둘 정도라면 이 여자, 누군가 다른 남자와 바람을 피운다고 생각했을 수도 있다. 정말 어처구니없는 이야기지만 가능성이 제로라고도 할 수 없다. 미묘하다.

다음으로 가능성이 낮은 것은 '삼촌'이다. 그—함께 짐을 운반하러 왔던 남자를 포함하면 그들—가 습격범으로, 내가 벌써 그들의 꼬리를 잡았다고 생각해 입막음을 계획했다면 이렇게 손이 많이 드는 불확실한 방법은 선택하지 않을 것이다. 때려죽이고 산 속에 묻으면 끝이다.

만약 그들이 정말로 미와나 가나를 살해했다면, '게임'이라는 말에서 암시되는 것은 쾌락살인이다. 희생자가 괴로워하면 괴로워할수록 즐겁기 그지없다. 입막음만으로는 아깝다고 생각해 1석 2조의 살인을 계획했을 가능성도 있다.

어느 쪽이 진짜 목적일지에 대해 꽤나 고민했다.

내가 습격당한 것은 우시지마 준타와의 통화 직후다. 세상에 휴대전화라는 편리하지만 알리바이 트릭에는 악몽 같은 발명품만 없었다면 우시지마는 금세 의혹의 권외로 떠났을 것이다.

하지만 놈은 우리 집 주소를 알아내서 근처에서 전화를 걸었을지도 모른다. 여덟 자리 휴대전화 번호를 암기할 수 있다면 다섯 개의 숫자로 구성되어 있는 주소도 외울 수 있었을 것이다. 그 빌어먹을 나르시시스트답게 당신을 잊을 수가 없어, 근처에 있는데……. 이런 식으로 말하면 내가 버선발로 나올 거라 생각해서 근처에서 전화를 걸었을 가능성도 배제할 수 없다. 그리고 화를 풀지 못한 채 서성거릴 때 마침 내가 나왔다.

이 추리의 결점은, 그렇다면 우시지마는 순간적으로 나를 덮치고, 순간적으로 생각해낸 폐 트럭의 짐칸에 나를 집어넣은 셈이 된다는 점이다. 놈은 상당히 숙련된 변태이기는 하나, 그동안 여자를 속이거나 내려다보며 즐기기는 했어도 언어폭력 이외의 폭력과는 무관할 것이다. 언젠가 여성을 감금하고 싶어진다고 생각해, 미리 좋은 장소를 알아봐두었다……고는 생각하기 어렵다.

그렇다면 역시 세라의 할머니인가. 아무리 기력이 충만한 여걸이라 해도 그 할머니가 혼자 나를 덮치고 운반했다고 볼 수는 없지만, 그런 사람을 고용할 수는 있다. 우시지마에게 전화가 걸려오기 직전 외등이 깜박인 것도 고용된 사람이 우리 집의 상황을 살피고 있었기 때문일지도 모른다. 집 앞에 잠복해 있던 고용인이 우연히 나온 나를 보고 기회라는 듯이 습격해 납치했다. 그런 일을 전문으로 하는 사람이라면 감금 장소 대여섯 개쯤은 미리 준비했을 것이다.

그런 의미에서는 세라 할머니의 범인설이 가장 신빙성이 높다. 그 할머니라면 그저 고용해서 덮치게 하는 것만으로는 만족하지 못하고 내가 울부짖는 소리를 듣고 침을 꿀꺽 삼키고 싶었으리라. 다만 이 가설의 단점은, 밤새 내 집 근처에 잠복할 정도로 열심히 일하는 프로 심부름꾼이라는 것이 현실에 존재하는지, 그리고 즉석에서 그 인물을 고용할 지식이 세라의 할머니에게 있었는지 하는 점이다.

여걸과 일을 벌인 것은 엊저녁의 일이다. 아무리 그래도 일처리가 너무 빠르다.

골똘히 생각한 끝에 내린 결론은 '누가 범인인지 알 수 없다' 이거였다.

한숨을 내쉬자 몸 여기저기가 쑤셨다. 불시에 뒤통수를 한 대 맞아도 불과 30분 정도면 완전히 회복되는 타입의 남자들이 부러웠다. 체력을 요구하는 일이고, 때로는 물리력을 써야 할 때도 있어서 간단한 호신술 강좌도 받았고, 스트레칭이나 달리기는 다리를 다치기 전까지 빼먹지 않도록 유의해왔다. 그러나 일단 일을 시작하면 아침 일찍부터 밤늦게까지 시간을 빼앗기기 일쑤다. 돌아오면 피로에 절어 운동을 할 처지가 아니다. 무리하게 운동 같은 것을 한다면 심장이 멎어버릴지도 모른다. 실로 어처구니가 없다.

지극히 평균적인 서른이 넘은 여자의 체력을 호되게 습격을 당하고도 태연하게 버텨내는지로 판단하지는 않는다.

　다리를 뻗고 다시 앉았다. 다른 통증이 심한 탓인지 다리 통증은 많이 느껴지지 않았다. 내 등 뒤에 붙어 있는 신은 성격이 비뚤어진 모양이다. 다리를 낮게 하기 위해 잠시 푹 쉬고 싶다는 소망이 설마 이런 식으로 이루어질 줄이야.

　잠시 바깥 소리에 귀를 기울였다. 까마귀 울음소리가 들리고 이파리가 바스락거리는 듯한 소리가 나는 것 이외에는 조용하다. 자동차 소리, 사람 소리, 희망을 가질 만한 소리는 전혀 들리지 않았다.

　누군가 귀를 기울인 채 기다리는 듯한 기색도 없었다.

　덜컥 머리가 기울어 정신을 차렸다. 깜박 정신을 잃었던 모양이다. 무거운 머리를 들어 주위 상황을 살폈다.

　천장과 벽 틈새로 비치는 빛의 각도가 아까와는 많이 달라졌다. 틈새로 눈길을 향하면 눈이 부셨는데 지금은 그렇지도 않다. 하지만 덥다. 손가락이 부은 것 같고 목구멍 속까지 바싹 말랐다.

　혀로 입 안을 핥고 턱 밑을 마사지했다. 조금씩 침이 고이기 시작했다. 두 번에 나누어 삼켰다. 처음 깼을 때보다 온몸이 훨씬 무겁다. 종아리와 어깨를 조심해서 천천히 주물렀다. 손가락 운동을 하고 신발을 벗어 발가락과 발목도 똑같이 움직였다.

이 정도로 목이 마른데도 소변이 마려웠지만 무시하기로 했다.

온몸을 살폈다. 제일 먼저 확인했어야 했는데 아까는 머리가 제대로 돌아가지 않았던 것 같다. 티셔츠, 청바지, 운동화……. 모두 집을 나왔을 때 입은 그대로였다. 핸드백은 없다. 청바지 뒷주머니에 쑤셔 넣어둔 휴대전화도 없어졌다. 잊고 있던 분노가 되살아났지만 생각을 고쳐먹었다. 만약 휴대전화를 확인하지 못할 정도로 멍청한 범인에게 이런 꼴을 당했다면 더 화가 났을 것이다.

손목시계는 남아 있었지만 주머니에 들어 있던 손수건은 없어졌다.

범인은 나를 습격해, 때리고, 소지품을 모두 빼앗았지만, 몸에 걸친 것을 벗길 의도는 없었던 것 같다. 하지만 고마움 따위는 느껴지지 않았다. 이런 것을 들먹이며 정상을 참작하라고 요구하면 참을 수 없다.

외부와 연락할 수 있는 방법은 없다. 트럭에 드나드는 쥐나 고양이도 없다. 내가 여기에 있다는 사실을 알릴 수 있는 수단은 외치는 것밖에 없지만, 지금 느껴지는 바깥 기척으로는 내 비명을 들을 수 있는 것은 까마귀와 범인뿐이다.

'절대로 비명 같은 것은 지르지 않겠어.'

그런 생각을 하면서도 불안하고 가슴이 답답했다. 이대로는 머지않아 체력을 잃고 탈수 증세로 움직일 수 없게 되고 굶주림과 목마름으로 죽고 만다. 사태가 그렇게 되기 전에 도움을 청하는 것이 좋지 않을까? 세라의 할머니도 설마 나를 죽이려고까지는 생각하지 않겠지. 비명을 지르고, 울고 용서를 구하면……. 그것으로 여기서 꺼내준다면…….

반사적으로 몸을 일으켰다. 문으로 달려갔다. 소리를 지르려고 했다.

소리를 내기 직전에 간신히 멈췄다.

전략상 그것은 좋지 않다. 밖에 범인이 있으면 상대는 기뻐하며 나를 꺼내주지 않으리라. 없으면 나는 헛되이 체력만 소모하게 된다.

누군가가 바깥에 있다는 것이 확실해질 때까지 움직이지 않는 것이 좋다.

말을 걸어도 움직이지 마.

상대방이 내 상태를 확인하고 싶다는 생각이 들 때까지 참아야 한다.

그래도 고함을 지르고 싶다는 마음은 사그라지지 않았다. 이로 팔을 깨물고는 참았다. 피부의 소금기를 핥고 천장 틈새에 고인 약간의 물방울을 손가락으로 적셔 쇳내 나는 물을 핥았다.

그러는 사이 진정이 되었다.

진정됨과 동시에 잊고 있던 요의가 되살아났다.

주저앉아 도대체 몇 시쯤 되었을까 생각했다. 정오는 지난

느낌이다. 미치루는 어떻게 하고 있을까. 눈을 뜨고 내가 남긴 메모를 읽고, 내가 새벽 1시에 나간 이후 돌아오지 않았다는 것을 깨닫는다. 화를 낼지도 모른다. 불안해할 수 있다. 그렇게 되면 그녀는……. 아.

현기증을 느꼈다.

중요한 사실을 잊고 있었다.

아스미다.

그런 시각에 집에서 나오게 된 것은 애초에 아스미 때문인데 그녀에 대해 전혀 고려하지 않았다. 누가 가장 나를 덮치기 쉬웠나? 물론 아스미다. 딸을 잃어버렸을지도 모르는 여자가 울면서 전화를 걸어오면 누구라도 다소 무리를 해서라도 만나려고 한다. 그 전화는 단순히 나를 집에서 끌어내기 위해 건 것일지도 모른다.

그런데 왜?

왜 아스미가 나를 덮쳐야 하는 것일까. 사건에서 손을 떼게 하고 싶다면 단순히 역시 마음이 변했으니 손을 떼라고 하면 그만이다. 나는 미와와 가나의 조사를 끈질기게 물고 늘어졌고, 아스미의 그 '어중간한 의뢰'가 취하된다 해도 조사를 포기할 마음도 없었다. 게다가 내가 포기한다고 해도 무사시히가시 경찰서의 하야미 형사가 움직이기 시작했다.

다만 아스미는 그 사실을 모른다.

아스미는 내게 할 말이 있다고 했다. 울고 있었다. 그것은 모두 속임수였던 것일까.

아닐 거라고 생각하고 싶다. 그 사실을 부정할 수 있는 근거를 찾았다. 그렇다. 만약 그녀가 범인이라면 그 아카사카의 맨션에 내가 도착하는 것을 기다렸다가 덮치면 된다.

나는 혀를 찼다. 아니, 그럴 수는 없다. 그 고급 맨션에는 경비원이 있고, 감시 카메라가 있다. 내가 맨션에 들어갔다 나오지 않으면 의심을 산다. 혹은 주차장 CCTV에 실려 가는 내 모습이 잡힐지도 모른다. 그래도 아스미 범인, 혹은 공범설은 부정할 수 없다.

생각이 한 지점을 계속해서 빙빙 돌았다. 졸음이 왔다. 몽롱한 머리로 생각했다. 전부터 떠올리려 했던 것, 미와의 생일 파티 사진을 보았을 때부터, 미치루의 이야기를 들었을 때부터 의아했던 것.

'삼촌'은 아스미의 후원자이자 28회의 노나카 노리오인 것은 아닐까.

1센티미터 정도 열려 있던 방 문. 나와 통화하는 아스미 옆에서 숨을 죽이고 있던 누군가.

노나카는 적어도 아야코와 안면이 있었다. 생일 파티 때 사진을 찍었으니까. 미와의 어머니와 가깝게 지냈다면 미와와 만날 기회도 많았을 것이다. 가나에 대해서는 미와에게 들은 것이 아닐까. '어머니의 묘소를 정비하고 싶다고 말하는 친구에게 돈을 빌려주고 싶다고 생각하고 있다' 정도의 이야기는 했을지도 모른다.

만일 노나카가 돈이 필요하고 유혹에 빠지기 쉽고 시끄러운 주변 인물이 없는 젊은 여자를 찾고 있었다면, 가나는 확실히 조건에 완벽하게 부합한다. 실제로 가나에게는 계모와 이복 남동생이 있었지만, 젊은 여자가 "어머니의 묘소를 정비하고 싶다"고 말하면 가까운 친척 모두 죽은 것처럼 오해하기 쉽다. 미치루도 가나에게 동생이나 계모가 있다는 것을 몰랐으니 미와도 아야코도 그 사실을 몰랐을 것이다.

게다가 노나카는 미치루의 앨범을 보았으니 가나의 얼굴도 알고 있다.

미와는 가나의 동생 데쓰로에게 '게임' 이야기를 들었고, 직후 가나가 "친구가 소개해줬다고 들었다"는 말에 안색을 바꾸었다. 미와도 나처럼 '삼촌'이 가나와 아야코, 쌍방을 알고 있다는 사실을 알아차리고 노나카에게 주목했다. '게임'이라는 말도 어디선가 들은 적이 있었을지 모른다.

한 가지 더. 아스미가 노나카에게 경영권을 빼앗길 수도 있다는 소문. 소장이 누구에게 들었는지는 모르지만 미와의 귀에도 그 소문이 들렸다면 어떨까. 그녀가 정의감이 강한 소녀라는 것은 누구나 인정하는 바이며, 가나 실종의 수수께끼를 푸는 것이 어머니를 궁지에 몰아넣은 남자를 추궁하는 일과 결부된다면 미와는 절대 주저하지 않았을 것이다.

몸이 가늘게 떨리기 시작했다.

미치루의 앨범에서 어느새 사라져버린 가나의 사진…….

미치루는 내가 남긴 메모를 보고 어떻게 했을까. 제발 이웃인 미쓰우라에게 상담했기를 절실히 염원했다. 미쓰우라라면 내가 사라진 사실과 메모가 남아 있던 것을 바로 하세가와 소장에게 알릴 것이다. 하지만 만약 미치루가 직접 아스미를 찾아가 추궁하게 되면…….

어떡해야 하지.

미치루에게 무슨 일이 생기면…….

나는 자만하고 말았다. 그 사실을 깨닫고 입 안의 쓴맛이 더욱 짙어졌다. 세라의 할머니를 함정에 빠뜨려 흥분시켜 쫓아버렸다. 우시지마 역시 말로 제압했다. 미쓰우라의 부탁도 어렵지 않게 해결했고, 미치루의 속마음을 털어놓게 했다. 미와·가나 실종 사건에 대해 아스미에게 재차 의뢰를 끌어냈고, 경찰에 정보를 제공하고, 사건의 양상을 완전히 뒤바꾸어버린 것은 바로 나, 탐정 하무라 아키라가 한 것이다. 어때 굉장하지…….

내가 진정으로 해야 했을 일은 지금처럼 실종 사건에 대해 알게 된 사실을 정리하고 차근차근 검증해보는 일이었다. 아스미의 전화를 받기 전에 그녀의 배경을 복습해두었어야 했다.

그랬다면 나는 깊은 밤에 아무 생각 없이 집을 나서지 않았으리라. 나간 후에도 조심하지 않았다. 피곤했다거나 문제가 연이어 밀어닥쳐 대응에 급급했다는 것은 변명이 될 수 없다. 내가 여기서 죽는 것뿐이라면 어쩔 수 없다. 자신의 미숙함과 오만함에 대한 책임을 스스로 질 뿐인 것이다.

하지만 미치루는.

비록 '삼촌'이 노나카라고 해도, 나를 여기에 가두어둔 것이 노나카의 짓이라고는 생각되지 않는다. 그러면 틀림없이 나를 죽였으리라. 다른 누군가의 손에 내가 붙잡힌 탓에 미치루가 아스미가 있는 곳으로 가서, 그 행동이 노나카의 불안감을 부추기거나 하게 되면……. 아니, 불안감을 부추기지 않더라도 미치루는 가나보다, 미와보다 어여쁜 여고생이다. 만약 노나카가 수중에 떨어진 미치루에게 못된 마음을 품게 되면…….

일어서서 문으로 다가갔다. 두드리고 발로 차고 소리를 질렀다. 여기서 꺼내달라고 아우성을 쳤다.

대답은 없었다.

2

다음에 눈을 떴을 때 주위는 어두컴컴했다. 누가 코를 베어가도 알 수 없는 진짜 어둠이다.

바람 소리, 새소리조차 들리지 않는다. 주위에 인기척은 없다.

추웠다. 동시에 뜨거웠다.

눈을 감아도 떠도 어둡다.

암모니아 냄새와 토사물 냄새가 코끝을 스쳤다. 그다지 악취라고는 느껴지지 않았다. 코가 익숙해졌는지 그런 냄새 속에서조차 배가 엄청 고팠다.

범인 이외의 그 누구도 내가 여기 있다는 사실을 알지 못한다. 나조차 여기가 어딘지 모른다.

이대로 방치된다면 내가 발견되는 것은 언제쯤일까. 내가 이곳에 갇혀 불안에 떨며 지냈음을 언젠가 모두 알게 될까?

그때 내가 어떤 마음이었을지 상상은 해볼까?

썩어가는 시체. 그 누구의 관심도 받지 못한 채 그저 존재를 끝내고…….

싫다. 그런 것은 참을 수 없다.

정신을 차리려고 몸부림쳤다. 어둠에 묻혀 보이지 않는 두 손을 내밀고 보이지 않는 다리를 버둥거리며 숨 쉬는 것조차 잊고 무엇이든 느끼고 싶어 내 양팔을 할퀴었다.

손이 손목시계에 닿았다.

귀에 갖다 댔다. 규칙적인 소리가 고동처럼 귓전을 때렸다. 그 소리가 나를 제정신으로 돌아오게 했다.

소동을 피우면 안 된다. 소리질러도 소용없다. 오히려 불리해진다.

어떻게든 생각하려고 했다. 부드러운 스테이크라든지, 맛있는 커피라든지, 소장이나 무라키와 나누는 비꼬는 듯한 대화의 응수가 아닌 다른 무엇인가를.

미노리는 어쩌고 있을까. 지금의 나와 똑같이 절망과 희망의 줄에 매달려 흔들흔들 흔들리고 있을까.

아니, 미노리 쪽이 훨씬 괴로워하고 있을 것이 틀림없다.

차라리 죽는 편이 낫다고 생각할 정도로 아픈 마음에 잠을 이루지 못하리라.

나는 절대 죽지 않아. 이런 곳에서 이대로 썩어 문드러질 수는 없어.

손으로 더듬어 문 쪽으로 다가갔다. 귀를 문에 갖다 대었다. 속으로 범인을 불렀다.

빨리 와. 내가 죽어가고 있는지 겁에 질려 있는지 구경하러 오라고.

천장 틈새로 비치는 빛이 약했다. 소리가 들려 바로 몸을 일으켰다.

비가 오고 있다. 짐칸 천장에 빗방울이 후드득 떨어지고 있다.

틈새로 손가락을 뻗어 몇 번이나 물방울을 핥았다. 한 모금도 채 마시지 않았을 텐데 열기가 식은 탓인지 소변이 마렵다. 요독증에 걸리는 것보다 낫다는 것도 알고, 어차피 처음도 아니기에 장벽이 많이 낮아졌을 텐데도 짐칸 안을 돌아다녔다.

딱딱하고 차가운 바닥에 누워 있었는데도 상처는 어제만큼 아프지 않다. 통증은 온몸에 퍼져 있다. 단지 등만 독자적인 존재감을 주장하고 있다.

비 저편에 발자국 소리가 들리지 않는지 귀를 기울였다. 사람의 존재를 드러내는 소리라면 시끄럽고 서투른 음악이든 건방진 초등학생 수백 명의 아우성이든 불법 개조 폭주차든 우익 선전차든 뭐든 좋다.

빗소리가 떨어지는 곳에 따라 음계가 바뀌고 흐트러졌다.

질서 정연하게 똑똑, 후두둑, 쏴아아, 하고 들릴 뿐이다.

소리는 머릿속으로 파고든다.

몇 번이고 저것이야말로 사람의 발소리라고 생각했다. 그 때마다 나는 문을 두드리고 바닥을 쿵쿵거렸다.

반응은 없다.

빗소리가 난다. 그것이 웃음소리가 되고 비명이 되고 속삭임이 된다. 누군가가 문 너머에서 나에게 속삭인다. 무슨 말인지 알아듣지 못해 귀를 문에 갖다 댄다. 때린다. 외친다.

대답은 없다. 그저 언제까지나 속삭이고 있다.

소곤소곤, 소곤소곤.

뭐, 뭐라는 거야.

고함을 치려다가 정신을 차렸다.

아니, 저것은 사람 목소리가 아니야. 빗소리가 그렇게 들릴 뿐이다. 희망적 관측, 아니 희망적 망상, 환청이다.

아니, 환청이 아니야. 누군가가 내가 여기 있는 것을 알고 있어. 범인이. 그가 돌아온 것이다. 내 존재를 확인하러 온 거다.

내 존재는 무시할 수 없을 것이다. 잊지 못할 것이다. 그래서 돌아온 거다.

문에 뺨을 붙이고 기다렸다. 아무리 기다려도 들리는 것이라고는 빗소리, 속삭임, 중얼거림.

거짓말. 환청 따위가 아니야. 누군가가 있어. 내가 잊힐 리가 없어. 그런 것은 잘못되었어. 왜냐하면 나는 여기 있으니까. 틀림없이 있으니까.

문과 문 사이에 손톱을 끼워 넣었다. 틈은 손톱을 튕겨 냈다. 날카로운 통증이 흐른 탓에 나는 내 상태를 깨달았다. 동시에 발작이 나를 엄습했다. 혈압이 오르고 아드레날린이 한꺼번에 분비되면서 고동이 요란하게 빨라졌다. 필사적으로 심호흡을 반복했다. 악취를 폐 깊숙이 들이마셨다가 내뱉고 다시 들이마셨다.

숨이 막혔다.

바닥에 엉덩이를 붙인 채 트럭 안쪽까지 뒷걸음질치다 쓰러졌다.

생각을 해. 느끼지 마. 머리만 쓰고 마음은 움직이지 마.

그런 것은 무리야.

무리 아니야, 괜찮아. 너에게는 달리 장점도 없잖아.

참는 거야. 놈은 반드시 온다. 확인하러 온다.

몇 번이고 잠이 들었다가 깨어났고 발작이 와서 쓰러졌다.

도대체 지금은 언제고 그로부터 얼마나 지났을까 하는 생각이 들었다.

온몸에서 고약한 냄새가 피어오르고 있다. 썩은 냄새다.

머리며 몸이며 완벽하게 끈적끈적하다. 녹아내리는 듯한 느낌마저 든다.

팔을 보려고 했지만 볼 수가 없다. 나는 어둠 속에 있다.

손이 있다고 생각한 것은 착각일까. 몸이 있다는 것도 착각일 수 있다.

썩어빠진 시체 속에 아직 내 영혼이 남아 꿀 속에 빠진 파리처럼 몸부림치고 있다.

아니, 아니야. 냉정해져.

나는 천천히 눈을 깜박거렸다.

지진이나 건축물이 붕괴되어 꼼짝도 하지 못한 채 도움을 기다리는 사람들도 있다. 그에 비하면 나는 풍족하다. 빗물을 마실 수 있다. 숨도 쉴 수 있다. 몸을 움직일 여유도 있다. 돌아다닐 수도 있다.

그러나 그러한 사고를 당한 사람들은 머지않아 구조대가 온다는 희망을 가질 수 있었을 것이다. 나는…… 나는…….

고개를 저었다. 내가 잘못 예상한 것이 아니라면 이것은 악질적인 괴롭힘이다. 반드시 누군가가 내 상태를 보러 올 것이다. 구조하러 오는 것은 아니다. 때문에 그때 제정신을 차리고 있어야 한다.

어둠 속에서 스트레칭을 했다. 자신의 가쁜 숨소리만 들린다. 일어서서 두 손을 휘둘렀다.

절대 포기하지 않아. 살아남겠어. 하지만…….

미치루에게 무슨 일이 생기면.

온몸이 차갑게 식었다. 무릎이 휘청 꺾였다. 아무도 오지 않는 것은 설마 미치루를 잡았기 때문인가? 그 일을 처리하는 것만으로도 벅차니까?

"진정해."

나는 반사적으로 입 밖으로 말을 꺼냈다. 목소리는 어둠 속으로 사라졌다. 빨려 들어가듯이.

모든 것이 빨려 들어가고 사라진다.

부들부들 떨면서 필사적으로 찾았다. 무엇이든 좋다. 정신을 유지하게 해줄 것 같은 것, 버팀목이 되는 것. 내가 여기 있고, 아직 살아 있음을 깨닫게 해주는 것.

내 팔에 손톱을 세웠다. 통증이 느껴질 것이다. 날카롭고 확실한 통증이.

느껴진다. 하지만 그것은 어딘가 멀고, 멍한 통증이었다.

손가락을 깨물었다. 턱에 힘을 주었다. 둔탁한 통증이 온몸으로 퍼진다. 틀렸다. 고통마저도 어둠 속으로 빨려 들어간다.

정신을 차려 보니 다시 몸부림치고 있었다. 시계에 생각이 미쳤다. 시계 초침 소리, 고동 비슷한 그 소리.

급히 손목시계를 귀에 들이댔다. 눈을 꼭 감고 기다렸다.

계속 기다렸다. 하염없이 기다렸다.

온몸에 피가 돌지 않는다. 귀까지 이상해진 줄 알았다.

소리가 나지 않는다. 아무것도 들리지 않는다.

거짓말. 그럴 리가 없어. 시계가 고장 난 것일까. 아니, 그렇지 않아. 건전지가 다 닳은 것이다. 건전지를 갈아야 한다고 생각하면서도 그럴 틈이 없었으니까.

정말로 그 때문일까.

건전지가 아니라, 그저 내 청각이 상실되었고, 청각뿐 아니라 모든 것이 상실되었으며, 내 존재마저도 이미 상실되었다면.

진정해. 손목시계의 벨트를 풀고 잘 흔들어 보았다. 몇 번이고 흔든 다음 귀에 들이대었다. 들릴 것이다. 그 믿음직스럽고 규칙적인…….

흔들던 손이 미끄러지면서 손목시계가 쑥 빠졌다. 바닥이 쿵, 하고 울리고, 그 후 조용해졌다.

나는 으르렁거리며 어둠 속을 기어다녔다. 없다, 없어. 손에 닿는 것은 바닥의 싸늘한 낯선 감촉뿐.

아아…….

더는 참을 수가 없었다. 나는 문이 있다고 생각되는 방향으로 팔을 뻗고 비틀거리며 걸어갔다. 거리감을 잡을 수가 없다. 손으로 세게 벽을 쳤다.

"열어. 여기서 꺼내줘."

나는 절규하며 벽을 쳤다.

"꺼내달란 말이야, 비겁자. 어서 여기서 꺼내줘. 문을 열어."

대답은 없었다. 아무 소리도 들리지 않는다. 귀 안쪽 저편이 아플 정도의 고요함.

"열어. 뭐든 할 테니. 부탁이야. 살려줘."

나는 고함을 지르다 숨을 삼켰다. 그것만은 말하지 않을 생각이었다. 그 말만은 결코 입 밖에 내지 않겠다고 각오했을 터였다.

서 있을 수가 없었다.

쭈그리고 앉아 흐느껴 울면서 나는 벽을 두드리며 계속 소리쳤다.

"싫어. ……여기서 꺼내줘. 이젠 용서해줘, 살려줘, 제발."

3

얼마나 지났을까?

천장과 벽의 경계선에서 희미한 빛이 비치고 있었다.

벽에 머리를 기댄 채 움직이지 못하는 상태였다.

나는 나 자신이 강한 인간이라고 믿고 있었다. 머리도 좋고 상황에 대처할 힘이 있다고 믿었다.

이왕이면 착각한 채 행복하게 죽고 싶었다.

한심했다. 비참했다. 무지와 오만이 가져온 재앙을 감수해야 할 수밖에 없는 그런 초라한 존재를 그래도 걱정하고 있을 사람들에게는 적어도 사과하고 싶었다. 하지만 그것조차 할 수 없다.

차 소리가 났다. 말소리도 들린다. 아직 헛된 희망을 버리지 못해 환청을 듣는 자신이 안타까웠다.

쿵, 하는 둔탁한 소리가 나며 트럭이 흔들렸다. 나는 눈을 깜박거렸다. 이것도 망상일까.

또 사람 소리가 났다. 남자와 여자의 목소리. 무언가 의논하고 있다.

일어섰다. 힘껏 문을 두드렸다. 소리를 질렀다. 도움을 청했다. 귀를 기울였다.

말소리가 멎고 고요가 찾아왔다. 나는 이를 악물고 울음을 터뜨렸다.

그때 문이 쾅, 울렸다. 바깥에서. 그리고 흐리긴 했지만 목소리가 들렸다.

"거기 누구 있어요?"

나는 귀를 의심하면서 온힘을 다해 외쳤다.

"살려주세요. 갇혀서 나갈 수가 없어요."

밖에서 다시 말소리가 난다. 기도했다.

이윽고 금속이 스치는 듯한 소리가 나더니 어이없이 문이 열렸다. 무언가 잘못되었거나 무언가의 함정이 아닐까 하는 생각마저 들었다.

눈 안쪽이 둔탁하게 아프고 눈물이 시야를 스쳤다. 하지만 신선한 바깥 공기를 쐬면서 꿈이 아님을 깨달았다.

짐칸에서 굴러 떨어지는 것을 단단한 팔이 받쳐주고 아래로 내려주었다. 축축한 흙냄새가 난다. 주저앉아 눈을 비비고 주위를 살폈다. 중년 남녀가 깜짝 놀란 듯이 나를 내려다보았다.

"아가씨, 도대체 어떻게 된 거야?"

목구멍 안쪽에 덩어리가 있어서 생각처럼 소리가 나오지 않는다. 숨도 쉬어지지 않는다. 헐떡이면서 간신히 말했다.

"여기, 는, 어디인가요?"

남자의 팔을 잡고 그 뒤에 숨어 있던 여자가 나와 트럭을 번갈아보았다.

"도노쿠라인데."

"도, 도노쿠라?"

"도치기 현의 도노쿠라. 몰라? 대체 어쩌다 이런 곳에 있는 거야?"

"누군가에게 납치당해 갇혔어요……."

남자가 흐엑, 하고 소리를 질렀다.

"언제부터?"

"20일 새벽 2시쯤으로 알고 있어요."

남녀는 입을 벌리고 얼굴을 마주보았다.

"그럼 꼬박 이틀이나 이 안에? 너무하잖아. 도대체 누가 그런 짓을."

"오늘은……."

"화요일. 22일 아침 5시야. 괜찮아? 일어설 수 있어?"

손을 내밀어 일으켜 세워준 남자가 고개를 돌린 것을 깨달았다. 냄새가 지독하겠지. 나는 두 사람에게서 떨어져 숨을 내쉬며 주위를 살폈다.

구중중하고 생기가 없는 잡목림 속이었다. 그 근방에 대량의 대형 쓰레기가 흩어져 있었다. 내가 갇혀 있던 트럭은 생각했던 대로 이곳에 버려진 폐차였다. 네 바퀴 모두 타이어가 없고 차체는 여기저기 도장이 벗겨진 채 움푹 파이고 기울어져 있다.

문득 보니 트럭 옆에 냉장고가 버려져 있었다. 오래 써서 낡은 것이지만, 비에 젖지 않았다. 나는 구세주와 바로 옆에 세워져 있는 검은 픽업트럭을 말끄러미 바라보았다.

"경찰에 가야 하나?"

남자가 조심조심 말을 꺼냈다.

"이건 분명 사건이겠지? 역시 경찰에 가야 하나."

남자의 말투에는 귀찮은 일에 휘말렸다는 기색이 역력했다. 그야 그렇겠지. 그들은 폐기물 처리법에 저항해 냉장고를 불법 투기하러 온 거니까. 이런 시간에 이런 장소에 무엇을 하러 왔는지 경찰이 따지고 든다면 매우 곤란해지리라.

몸 속 깊은 곳에서 무언가가 치밀어 올랐다. 정신을 차려보니 나는 깔깔대며 웃고 있었다.

"저기, 괜찮아?"

여자가 기분 나쁜 것이라도 보듯 한 걸음 뒷걸음질치면서 말했다.

"일단 병원에 가봐야 하지 않을까?"

나는 몸을 숙인 채 손을 저었다. 구세주는 발작이 가라앉을 때까지 참을성 있게 기다려주었다.

"경찰은 괜찮습니다."

간신히 진정되자 나는 눈물을 닦고 티셔츠 소매로 콧물을 풀며 말했다.

"병원도 괜찮을 겁니다. 친구에게 전화해서 데리러 와달라고 할 테니 근처 공중전화까지 태워주실 수 있을까요? 꼭 갚을 테니 전화비도 좀 빌려주셨으면 합니다."

"그거야 얼마든지."

남녀는 안심한 듯 얼굴을 마주보았으나 이내 마음에 걸린 듯 남자가 말했다.

"하지만 당신을 이곳에 감금한 인간이 다시 덮치거나 그러지는 않을까? 그렇게 되면 우리 꿈자리가 뒤숭숭한데."

남자는 코를 벌름거렸다.

"만약 괜찮다면 집까지 태워다줄게."

"그래, 괜찮으니까 타고 가."

무뚝뚝한 여자의 말투에 메말랐어야 할 눈물이 터져 나오기 시작했다. 나는 고개를 저었다.

"도쿄에서 왔어요. 공중전화가 있는 곳까지 짐칸에 태워주시면 돼요."

"도쿄?"

두 사람은 이구동성으로 외쳤다.

"거기서 어쩌다 여기까지 끌려왔나?"

"질 나쁜 장난이었던 것 같아요. 저쪽은 이미 저 따위는 잊어버렸을 거예요, 분명. 짐칸에 태워만 주시면."

"정말 욕봤네. 안에 타."

실랑이 끝에 나는 짐칸에 실려 잡목림 속의 쓰레기장을 떠났다. 공도에서 그리 멀지 않은 40미터쯤 들어간 곳이었다. 그곳을 나오니 논이 펼쳐져 있고, 게다가 건너편은 신흥 주택지답게 반짝이는 인가가 많이 보인다.

원래 버스정류장이었던 모양인데, 판잣집처럼 지붕이 달린 벤치가 있고 그 옆으로 초록색 공중전화기와 자동판매기가 있었다. 거기서 내렸다.

"정말 괜찮겠어? 친구 올 때까지 같이 있어줄까?"

"아니요, 괜찮습니다. 감사합니다."

여자가 씨익 웃었다.

"밝으니까 나쁜 짓 하는 사람도 없을 거라고 생각하는데, 이 길은 도호쿠 자동차도로와 연결되니 조금만 있으면 차도 제법 지나가게 될 거야. 그러니 무슨 일이 있으면 소리를 힘껏 질러."

"그럼 이거."

남자가 천 엔짜리 지폐를 내밀었다. 나는 고맙다는 인사와 함께 돈을 받고 이름과 주소를 종이에 적어달라고 했다. 그들은 고개를 저었다.

"안 돌려줘도 돼. 그냥 써."

"하지만……."

나는 손에 든 천 엔짜리 지폐를 내려다보았다. 여러 장이었다.

"이러면 너무 많아요. 감사히 한 장만 받겠습니다."

"잘 간직해둬. 필요해질지도 모르니까."

더 이상 대화를 계속할 기운은 없었다. 나는 고개를 숙이고 생명의 은인에게 이름을 대려고 했다. 남자는 고개를 저었다.

"괜찮아. 모르는 편이……. 그럼 조심하게."

픽업트럭은 달려 사라졌다. 천 엔짜리 지폐는 다섯 장이 있었다. 이 5000엔이라면 냉장고 수거 비용도 지불할 수 있었을 것이다. 다시 웃음 발작이 터질 뻔했다.

자판기에서 스포츠음료를 사고 거스름돈을 공중전화에 쏟아 부었다. 외우고 있는 유일한 번호를 눌렀다. 하세가와 소장은 여느 때처럼 졸린 목소리로 응대했다.

"뭐, 도치기 현? 박스트럭 짐칸? 하여튼 어디로 사라졌나 했더니."

"죄송합니다."

"일단 거기서 꼼짝하지 마. 공중전화 번호 좀 말해줘. 무라키를 보낼 테니까."

"미치루는, 다이라 미치루는 무사한가요?"

"지금 남 걱정할 때야? 미쓰우라가 챙겨주고 있으니 안심해. 그쪽에도 연락해둘 테니까."

아무 일도 없었던 듯한 말투였다. 벤치에 앉아 스포츠음
료를 홀짝거리며 이상함과 당혹감을 한꺼번에 느꼈다. 꼬박
이틀. 몇십 일에 걸친 고문을 견뎌내는 사람도 있는데, 불과
이틀 만에 깨끗하게 패배한 자신.

놀랍게도 세계는 태연히, 무엇 하나 변하지 않은 채였다.

두 시간 정도 지났을 무렵 무라키의 지프차가 나타났다.
나를 보자마자 무라키의 얼굴이 굳어졌다.

"……이봐, 이봐."

"그렇게 냄새나?"

"그런 문제가 아니야. 하여튼 뭣 때문에 경찰봉을 빌려줬
다고 생각하는 거야."

"아, 그렇지. 미안. 소지품은 전부 빼앗긴 것 같아."

무라키가 한숨을 쉬었다.

"변상할 테니 봐줘."

"됐으니 어서 타기나 해."

창문을 열고 신문지를 깔고 조수석에 앉았다. 좁은 차 안
에 내가 발생시키는 냄새가 진동해 눈물이 나올 정도였다.
창문을 활짝 열고 꼼짝도 안 했다. 무라키는 말없이 운전하
면서 가끔 곁눈질로 나를 보았는데 갑자기 핸들을 꺾었다.

"오다가 24시간 영업하는 모텔 간판을 봤어. 계속 신경 쓰

이지? 그럼 씻고 가면 돼."

"역시 냄새나는구나."

"그야 약간은 냄새가 나지만 네가 신경 쓸 정도는 아니야."

"아무리 곤욕을 치른 동료라고 해도 사양할 필요 없어. 냄새나는 건 나도 아니까."

무라키가 혀를 찼다.

"주위가 적투성이인데 한밤중에 무방비로 싸돌아다니다가 얻어맞고 감금당하는 바보에게 누가 사양하겠냐."

오싹할 정도로 화려한 모텔에 들어섰다. 가장 싼 방을 골라 욕실로 직행했다. 거울 앞에서 옷을 벗어 던졌다. 등을 보았다. 짙은 감색과 보라색과 황록색이 펼쳐져 있다.

얼굴은 확인하고 싶지 않았다. 꼴이 말이 아닐 것이 뻔하기 때문이다.

비치되어 있는 샴푸로 성대하게 거품을 내고, 온몸 구석구석을 문지른 뒤 물로 씻어 내렸다. 기분이 풀릴 때까지 뜨거운 물을 끼얹어 근육을 풀었다. 머리카락의 물기를 짜고, 목욕 타월을 걸치고, 코를 킁킁거렸다.

아직도 냄새가 난다.

샤워기 밑으로 돌아와 샴푸를 듬뿍 머리에 뿌렸다. 귓속까지 문지르고 샤워를 하면서 칫솔도 사용했다.

그래도 냄새가 난다.

계속 씻는 동안 샴푸 용기가 비었다. 벽에 내던졌다. 뜨거운 물줄기를 맞으며 팔을 문질렀다. 힘껏 문질렀다.

"야, 하무라."

문이 살짝 열리고 무라키 목소리가 들렸다. 나는 짜증을 냈다.

"뭔데?"

"뭐긴, 언제까지 씻고 있을 거야. 벌써 한 시간이 넘었어."

"냄새가 안 빠지니 어쩔 수 없잖아. ······잠깐만."

무라키는 서슴없이 욕실로 들어왔다. 나는 황급히 목욕 타월을 낚아챘다. 무라키는 거리낌 없이 선 채로 내 머리채를 움켜쥐고 냄새를 맡았다.

"너무 냄새난다."

"그러니까 내가 말했잖아."

눈물이 나왔다. 무라키는 내게서 떨어져 팔짱을 꼈다.

"아니, 샴푸 냄새가 너무 난다고 했어."

"그렇게 신경 안 써줘도······."

"그 팔 좀 봐라. 네 팔."

보았다. 까져서 희미하게 피가 흐르고 있었다.

"착각이야. 네 기분 탓이라고. 알았다면 빨리 물기를 닦고 나와. 안 그래도 체력을 소모했을 텐데 오랫동안 목욕을 했다가는 심장이 멈추고 말아."

무라키는 고개를 돌리고 나갔다가 바로 돌아와 탈의 바구니를 안에 넣었다.

"갈아입을 옷. 내 티셔츠랑 반바지. 빨래한 거니 참고 입어. 그리고 속옷도 사왔어. 너, 양말은?"

"묻지 마. 그런 거."

호통을 친 후 수도꼭지를 잠갔다. 급하게 옷을 갈아입고 머리를 타월로 닦으며 밖으로 나왔다. 무라키는 침대에 드러누워 담배를 피우고 있다가 나를 보자마자 일어나 팔을 소독하고 약을 발라주었다. 무라키의 손가락 감촉에 어떤 충동이 일어났다. 그것을 억누르기 위해 거의 말라버린 인내심을 모조리 소비했다.

"또 다친 데는 없냐?"

무라키는 내 눈을 보려고도 하지 않고 그렇게 물었다.

"괘……괜찮아. 멍이 남았지만 그것뿐이야."

"이거 마셔. 효과가 있어. 일단은 효과가 있다고 적혀 있어."

차가운 병을 받아 금색과 붉은색으로 채색된 라벨을 보았다. '중국 4천년 환상의 약초 배합 · 이무기 전설 · 은하를 넘는 강력 파워' 같은 말들이 적혀 있다.

"웃지 마."

무라키는 얼굴을 찡그렸지만 입술 끝이 실룩거렸다.

"어쨌든 도쿄까지 데려다줘야 하니까."

"은하를 넘을 수 있으니까 도쿄 따윈 금방이겠네."

기아를 체험한 뒤라면 어떤 것이든 맛있게 느껴질 줄 알

앗는데 '이무기 전설'은 지독했다. 살짝 핥고 구역질이 나서 두 모금만 간신히 홀짝였다. 텅 빈 속을 더 이상 자극하고 싶지 않았기 때문에 그만두었다.

 광고 카피만큼은 아니더라도 효과는 있었다. 온몸이 곤죽이 되었음에도 돌아오는 길에 내 눈은 또렷이 떠진 채였다.

4

미치루와 미쓰우라가 열렬히 나를 환영해주었기에 마음
껏 응석부리게 놔두었다. 뜨거운 수프를 먹이고, 죽을 먹이
고, 담요로 둘둘 말아 족욕을 시켜주고, 머리까지 빗겨주었
다. 버려진 후, 수백 킬로미터를 걸어 원래의 주인 가족을 찾
아낸 개 같은 기분이 들었다.

잠에서 깨어난 뒤 내가 없어진 사실과 남겨진 메모를 알
아차린 미치루는 어떤 사정으로 귀가가 늦어지고 있는 것이
라고 생각해 근처 가게에 아침을 사러 갔다고 한다. 그곳에
서 미쓰우라를 만나 사정을 설명했다.

"나, 바로 이상하다고 생각했어."

미쓰우라가 내 부엌을 자신의 것인양 사용하면서 득의양
양해했다.

"하무라가 연락도 없이 아침까지 돌아오지 않는 게 아무

래도 이상했어. 벌써 점심때가 가까웠을 무렵이었거든. 미
치루는 메모에 적혀 있던 아스미라는 사람에게 가겠다고 우
겼지만, 그건 그만두는 게 좋겠다며 말렸어. 그 아줌마에게
하무라가 붙잡힌 거라면 어쩔 생각이냐고. 그래서 하세가와
아저씨에게 연락한 거야. 하세가와 아저씨, 깜짝 놀랐던 모
양이지만, 그 아스미라는 사람에게 대신 물어봤었지. 그런데
그곳에 하무라가 도착하지 않았다는 걸 알게 된 거야."

"미와 엄마, 하무라 씨가 오지 않는다고 화를 내던데?"

미치루가 턱을 내밀었다.

"엄청 싸웠어. 당연히 거짓말이라고 생각했으니까. 하지만
소장 아저씨가 경비회사를 경유해 알아봤더니, 하무라 씨가
그 맨션에는 절대로 출입하지 않았다는 걸 알고는 큰 소동
이 벌어졌어. 그저께랑 어제 얼마나 찾아다녔다고."

감사의 마음을 드러낼 기회도 없이 자기혐오만 더 심해졌
을 뿐이다. 나는 아무 말 없이 고개를 끄덕였다. 무라키가 화
제를 바꾸었다.

"그런데 대체 누구한테 당한 거야?"

"배후에서 습격당했기 때문에 상대의 얼굴은 보지 못했어.
하지만⋯⋯."

나는 갇혀 있는 동안 생각했던 것을 순서대로 설명했다.

이야기를 다 듣자 무라키는 으르렁거렸고 미치루는 괴성
을 질렀다.

"노나카 아저씨가? 가나랑 미와를? 거짓말이지?"

"일리가 있지만 설득력이 좀 부족하군. 애당초 '삼촌'이 범인인지 아닌지도 모르고, 그 노나카가 범인이라면 왜 하무라를 죽이지 않았지?"

왜 나를 죽이지 않았는지는 모르겠다. 내가 느끼기로는 이틀 동안 아무도 내 상태를 지켜보러 오지 않았기 때문에 내 생각이 틀렸는지도 모른다. 즉, 내가 괴로워하는 것을 즐기려고 가두어둔 것은 아니었을지도 모른다.

"아니면 완전히 죽어버리기를 기다렸다가 등장할 작정이었나?"

무라키가 내뱉은 말에 미쓰우라가 얼굴을 찡그렸다.

"너희들, 항상 그런 대화만 해?"

"다른 용의자를 제외한 이유가 또 있어?"

무라키는 미쓰우라를 무시하고 질문을 계속했다. 나는 고개를 끄덕였다.

"나중에 생각난 건데, 건널목을 건넜을 때 등을 얻어맞고 그 기세에 밀려 정차해 있던 차의 사이드미러에 얼굴을 부딪혔어. 어두워서 어떤 차인지는 확실히 기억나지 않지만 흰색이었던 것만은 확실해. 거기에 선 채로 얼굴을 부딪혔다는 말은 차고車高가 어느 정도 있는 차라는 게 되겠지. 요컨대."

"자칭 '삼촌'이 가나의 이사에 사용한 흰 밴 말인가."

무라키가 턱을 쓰다듬었다.

"그렇군. 아무리 심야라고 해도 도심 주택가다. 엉뚱한 시간에 어슬렁거리는 사람이 적지 않아. 그렇게 되면 자신의 차 근처에서 습격한 뒤 바로 차 안으로 집어넣는 편이 목격되지 않을 확률이 훨씬 높아. 그래도 꽤 편리한 장소에 주차할 수 있었군."

"그 시각, 아카사카까지 가려면 택시를 탈 수밖에 없고, 택시를 잡기 위해서는 야마노테 길까지 나갈 필요가 있어. 언덕을 올라가 히가시나카노 역 방면으로 나가는 방법도 있지만, '삼촌' 일당이 나를 감시하고 있었다면 다리를 다친 사실도 알았을 테고, 그러니까 내가 언덕을 오를 확률은 낮다고 대답할 수 있겠지. 게다가 밝고 안전해서 여성이 안심하고 걸을 것 같은 길이지만 비명이 들려도 주민이 일어나는 데 시간이 걸려. ……그곳은 절호의 포인트야. 결코 우연이 아니야."

"사전 조사를 했단 건가."

"나를 습격하기 위한 사전 조사였는지는 어땠는지는 몰라. 하지만 적어도 몇 번인가 우리 집 주위를 조사했을 거야. 밴이 정차했던 곳에서 가장 가까운 집 현관 앞에 세발자전거가 놓여 있었어. 어린아이가 있는 집, 때문에 밤늦게까지 안 자고 있을 가능성은 적을 거라 판단했을 거야. 토요일 늦은 밤이다 보니 평소보다 깨어 있는 사람도 많을 테고, 위험도는 높았겠지만."

미치루는 잠자코 이야기를 듣다가 입술을 삐죽거렸다.

"그렇지만 흰 밴은 어디에나 있을 정도로 흔하잖아. 단순한 우연 아니야?"

하마터면 아이는 빠지라고 말을 꺼낼 뻔했다. 일일이 쓸데없는 질문에 대답하고 싶지 않았다. 짜증이 치밀었다.

"하무라는 우연일 가능성도 포함해서 알고 있는 범위 내의 걸 말하는 거야. 아마추어가 지적하지 않더라도."

무라키가 미치루를 타일렀다. 미쓰우라가 얼른 생강차를 코앞에 내밀었다.

"자, 이것도 마셔."

"배가 완전 빵빵한데."

"그리고 의사를 불렀는데."

미쓰우라는 내 항의 따위는 듣지도 않았다.

"주사 한 대 맞는다고 어떻게 되진 않아. 바로 오라고 했는데…… 늦네. 뭐하는 거야, 그 돌팔이."

문가에 그림자가 드리우더니 의사가 문을 두드렸다. 키가 크고 마른 데다 무뚝뚝하기 짝이 없는 노인으로, 미쓰우라가 형용사를 잔뜩 집어넣어 선전한 나의 재난을 듣고도 눈썹 하나 까딱하지 않았다.

"이건 병자가 아니잖아. 당장 오라고 해서 어떤 케이스를 만날지 기대했는데."

"알았으니 힘이 날 것 같은 녀석 좀 놓아줘. 다음 달 월세, 20퍼센트 할인해줄 테니까."

"무서운 소리 하지 마라. 힘보다 휴양이 먼저야. 사흘 정도 재워주지."

진료 가방을 부스럭거리며 뒤적거려서 나는 펄쩍 뛰었다.

"잠깐만요. 아직 해야 할 일이 있어요. 잠만 자고 있을 순 없다고요."

의사는 콧방귀를 뀌며 그렇다면 일단 진료부터 하겠다고 했다. 무슨 일이 있어도 반드시 수면제를 놓겠다는 기세를 포기시키기 위해서는 다른 방법이 없었다. 미쓰우라와 무라키를 쫓아내자 의사가 몸 상태를 살핀 후 경멸하듯 말했다.

"파스를 좀 주마. 통증은 누그러질 거야. 그리고 영양제를 놓아주지."

"정말 영양제 맞나요?"

"계속 잔소리하면 영원히 재워버리는 방법이 있어. 아직 인체에 시도해보지 못한 약들이 많거든. 인류의 미래에 도움이 될 것들이다."

미쓰우라의 세입자답게 당치도 않은 의사다.

의사는 솜씨 좋게 주사를 놓은 후 무뚝뚝하게 돌아갔다. 미치루의 도움을 받아 등과 목덜미에 파스를 붙였다. 내친 김에 족욕을 한 덕에 흘린 땀으로 축축해진 무라키의 티셔츠를 벗고 내 운동복으로 갈아입었다.

"내가 없는 동안 미쓰우라의 집에 있었어?"

"응."

미치루는 고개를 끄덕였다.

"미쓰우라 씨가 2층의 자물쇠가 딸린 방을 빌려줬거든. '자물쇠가 있든 없든 나는 여자에게 관심이 없지만 너는 그 편이 안심이지'라면서. 좋은 사람이야, 저 사람."

"집에 연락은?"

"약속이니까 매일 하고 있어. 하무라 씨 이야기는 안 했지만. 무사히 돌아왔으니 계속 여기 있을게."

"미안하지만."

나는 구역질을 참으며 말했다.

"잠시만 혼자 있게 해줄 수 없을까?"

미치루의 웃는 얼굴이 얼어붙었다.

"무슨 뜻이야 그게."

"네가 신경 쓸 일이 아니야. 단지 내가…… 너무 피곤하고, 남에게 신경 쓸 여력이 없을 뿐."

"신경 쓸 필요 없잖아. 하무라 씨 집이니까 맘대로 하면 되잖아."

"사람이 둘이면 신경을 안 쓴다는 건 불가능해. 만약 이번 일이 끝나고 내가 기운을 되찾으면 그때 돌아와도 돼. 하지만 지금은 안 돼. 생각한 것만으로도 견딜 수 있을 것 같지 않아."

"어째서?"

어째서, 어째서, 어째서. 내 안에서 무언가가 끊어졌다.

"내 코가 석자라고 했잖아. 너까지 지킬 수가 없어. 내 몸 하나 지키지 못하면서 네 걱정까지 하고 싶지 않아. 잠시만 참고 집으로 돌아가. 적어도 그편이 안전하니까."

"또 누군가가 하무라 씨를 덮칠 거라고 생각해?"

"모르겠어. 모르겠는데 그런 일이 일어날 거라고 생각하는 것만으로도 견딜 수가 없어."

"혼자보다 둘이 안전할 수도 있어. 약속했잖아, 잠시 여기 있게 해주겠다고. 약속을 어기다니 비겁해."

"너, 학교는?"

미치루는 멈칫하며 외면했다.

"……오늘은 개교기념일이야."

"거짓말하지 마. 학교는 가기로 약속했잖아. 그걸 깨뜨리고 나한테만 약속을 지키라는 거야?"

"어쩔 수 없잖아. 왜냐하면 긴급사태였으니까. 하세가와 아저씨에게도 하무라 씨와 함께 들은 이야기를 전하거나 해서 나도 도움이 되었으니까. 방해만 하지 않았어. 정말이야. 그러니까……."

"어쨌든."

메스꺼움이 심해지고 현기증까지 났다.

"혼자 있고 싶어. 어떻게 설명해야 할지 모르겠지만 당분간 혼자 있고 싶기도 하고 그래야 할 것 같아."

"내가 하무라 씨를 도와줄게."

미치루는 작은 목소리로 말했다. 나는 반사적으로 말대꾸를 했다.

"그만둬. 그런 거 가능할 리가 없으면서."

미치루는 잠시 멍하니 있다가 이윽고 일어섰다.

"대체 뭐야."

분노로 얼굴이 잔뜩 굳었다.

"바보 아니야? 뭐가 잘났다고. 고작 이틀 갇힌 것만으로 인생 다 산 것처럼. 내가 사람 잘못 봤네. 당신 따위, 자신은 뭐든지 할 수 있다는 얼굴을 하고 있지만, 사실은 겉만 번드르르했을 뿐이잖아. 쳇, 이게 뭐야. 재미없는 여자. 기대한 만큼 손해였네. 소용없었어."

미치루가 바지 주머니에서 열쇠를 꺼내 나에게 던졌다.

"이딴 거 돌려줄게. 나가면 될 거 아니야, 나가면. 당신 같은 사람은 평생 혼자 외롭게 살아보시지."

미치루는 집 안이 흔들릴 정도로 문을 세게 닫고 나갔다.

악몽에서 눈을 뜨니 서쪽 창문으로 불그스름한 빛이 비치고 있었다. 그 빛을 똑바로 받아 눈부신 듯 눈썹을 찡그렸던 무라키가 고개를 돌렸다.

"여어."

언제 침대에 누웠는지 전혀 기억이 없다. 일어나 무라키에게 물었다.

"지금 몇 시야?"

"다섯 시가 넘었어. 잘 자더라."

"잘 생각은 없었는데 갑자기 의식이……. 앗, 설마 그 의사."

"불평하지 마. 영원히 잠들지 않은 것만으로도 감사한 일이지."

이 말에는 뭐라 반박할 수 없었다.

"무라키 씨, 계속 여기에?"

"소장님이 시켜서. 잠시 붙어 있으라고."

한숨이 나왔지만 그것에 대해서는 나중에 이야기하면 되리라. 여덟 시간이나 허비했으니 상황 정리가 먼저다.

다시 샤워를 하고 보리차를 벌컥벌컥 마셨다. 속이 쓰릴 줄 알고 있었지만 참을 수가 없었다. 찬 액체가 대량으로 목구멍을 넘어가는 쾌감은 무엇과도 바꿀 수 없다.

"내가 없어진 거 설마 무사시히가시 경찰서의 하야미 씨와 시바타에게도 이야기하진 않았겠지?"

"그게…… 이미 하무라의 소지품이 경찰서에……."

하세가와 소장이라면 내가 사라졌다는 것을 알게 된 순간 유실물 수배 정도는 하겠지 생각했지만, 설마 정말로 발견되었다니.

"언제? 어디에서?"

"일요일 저녁 무렵 기타 구에 사는 초등학생이 파출소에 신고했어. 공원 나무 사이에 떨어져 있었대. 본인이 가야 수령할 수 있어서 확실치는 않지만 휴대전화와 지갑 같은 건 거의 무사한 것 같아. 경찰봉은 모르겠지만. 그리고 하나 더."

무라키가 이마를 벅벅 긁었다.

"오늘 아침 도치기 경찰에 익명의 전화가 왔어. 여성 한 명이 도노쿠라 근처 잡목림 속 쓰레기장 트럭에 갇혀 있으니 가서 꺼내주는 게 어떻겠냐는 전화였다고 해."

나는 숨을 들이켰다. 무라키는 얼굴을 찡그렸다.

"범인은 도대체 무슨 속셈이었을까. 적어도 하무라를 죽일 생각은 아니었다는 이야긴데, 그렇다면 왜 하무라를 가둔 걸까?"

그것은 내가 알고 싶다.

"아스미에게 연락을 하고 싶은데."

생각한 끝에 다음 행동을 결정했다.

"그 여자, 지금 어디 있을까. 아직 가게에 있으려나?"

무라키는 잠자코 있었다. 기묘한 긴장감이 느껴져 나는 잔을 내려놓았다.

"아스미에게…… 무슨 일 있었어?"

"있었어."

무라키는 그렇게 말하며 테이블을 돌아 내게 다가왔다.

"그녀는 자살했어."

말이 나오지 않았다. 무라키가 고개를 돌리더니 말이 빨라졌다.

"죽은 건 일요일 심야. 하무라가 아직 짐칸에 갇혀 있었을 때야. 수면제를 다량으로 복용하고 목욕탕에서 손목을 그었어. 발견이 늦어져 구할 수는 없었지."

"어째서……."

"자세한 건 나도 아직 몰라. 소장님이 손을 써서 알아보고 있는 중이야. 뭔지 알게 되면 연락을 줄 거야. 야, 괜찮아?"

두 손으로 테이블 가장자리를 잡았다. 무라키가 어깨를 받쳐주었다.

"말하고 싶지는 않았지만 알려주지 않을 수도 없으니."

아스미에게 걸려온 마지막 전화. 그 흐느낌.

빌어먹을.

테이블의 유리잔이 조금씩 떨리고 있었다. 나도 흔들리고 그에 따라 무라키의 팔까지 떨렸다.

"너, 언제나처럼 네 탓이라고 생각하지?"

무라키가 내 귓전에 대고 말했다.

"하무라 탓이 아니야. 설령 빨리 달려갔어도 늦었어. 아스미가 뭘 껴안고 있었는지 모르지만 생판 남인 하무라가 대신 짊어져 줄 수는 없었어."

무라키의 손이 따뜻했다. 그 온기는 구원이었지만 동시에 위험했다. 그에게서 떨어져 테이블 반대편 의자에 앉아 팔꿈치를 괴었다. 심호흡하며 생각했다.

"……소장님께 들었는데, 노나카는 아스미의 보석점이 몽땅 은행에 넘어가게 일을 꾸몄다던데."

"그렇다더군."

무라키가 내 정면 의자에 앉았다.

"변제 기한은 1년이고, 은행에 돈을 빌린 건 약 1년 전이라고 들었어. ……아, 그런 거였나."

"혹시 이런 거 아니었을까. 토요일 밤, 아스미가 나를 만나고 싶다고 말한 건 변제 기일이 월요일이었기 때문이야. 그때는 이미 돈을 구할 모든 방법을 시도한 다음이고, 끝내 아스미는 노나카에게도 최종 선고를 받은 거지."

"변제 기일을 확인할 필요가 있겠군."

무라키는 어디까지나 냉정했다. 나는 말을 이었다.

"아스미가 내게 미와에 대한 조사의 속행을 부탁한 건 금요일 밤으로, 그때 그녀 곁에는 누군가가 있었어. 아마 노나카가."

"흠."

"아스미로서는 애인인 데다, 경영의 중추에 있고, 게다가 은행과의 중개역이었던 노나카가 설마 자신을 배신했을 거라고는 좀처럼 생각하지 못했을 거야. 노나카도 마지막 순간까지 아스미에게는 그런 내색을 하지 않았을 테고. 실수로라도 아스미가 변제할 돈을 준비해버리면 곤란하니까. 예를 들어 참을성 있게 다키자와를 설득하거나 치켜세우면 돈을 냈을지도 모르니까."

"뭐, 그럴지도 모르겠군. 하지만 그게 아스미의 자살과 연관이 있다 하더라도…… 실종 사건과는 어떻게 결부되지?"

"그래서 아스미는 토요일 심야에 나를 부른 거야."

나는 일어나서 주방을 서성거렸다.

"금요일에 나는 아스미와 통화했거든. 그때 아스미는 이런 말을 했어. '미와는 마약 판매상에게 살해당했다고 그이…… 경찰이 말했는데'라고."

"그가 노나카인가?"

"그래서 나는 그게 이상하다고 지적했거든. 아스미는 잠시 배후 인물과 상의한 뒤 먼저 조사를 그만두라고 말했으나 바로 부탁한다고 소리쳤고."

"도대체 무슨 말이 하고 싶은 거야?"

무라키가 담배를 물고 나는 찬장에서 재떨이를 꺼냈다.

"그 시점에서 아스미는 아직 노나카 편이었어. 생사여탈을 노나카가 쥐고 있었으니 이상하다고는 느껴도 저항할 수 없었을지도 몰라. 하지만 토요일 밤, 아스미는 노나카에게 버림받고, 동시에 지금까지 고의로 외면해온 그의 혐의에 눈을 돌리게 되었지. 미와의 실종에 노나카가 얽힌 게 아닌가

하는 의심을 하게 된 거야."

"만약 그렇다면 그 정보는 노나카에 대한 비장의 카드가 되었겠군. 딸의 실종과 관련된 사실이 폭로되는 것이 싫다면 은행에 변제 기한을 연장해달라고 해라, 아니면 변제금을 노나카에게 준비하라고 협박할 수도 있고."

나는 조금 망설였다. 무라키의 말은 옳다. 하지만 마치 아스미가 가게를 딸보다 더 아끼는 것처럼 받아들여진다.

아스미는 딸과 가게 모두 잃는 것을 견딜 수 없었으리라. 그 둘이 그녀의 전부니까. 딸의 생사나 행방을 협박의 소재로 쓰기 위해 알아내고자 했던 것은 아니다.

그렇게 믿고 싶다.

"어쨌든 아스미가 토요일 밤에 나를 불러낸 건 노나카를 몰아넣을 재료를 손에 넣어 미와가 있는 곳을 알아내기 위해서였어. 실제로 그 단계에서 이 실종 사건에 아야코와 가나 양쪽을 알고 있는 인물이 관련되어 있다는 걸 알았고, 우리가 만나 정보를 교환했더라면 사건은 일거에 해결⋯⋯되었을지도 몰라."

"하지만 하무라는 납치·감금되어 아스미와 만나지 못했지."

"나, 아스미에게 말했어. 적어도 사흘만 더 조사하게 해달라고. 노나카가 그 대화를 듣고 위기감을 느낀 게 아닐까? 보석점을 손에 넣기 전에 나와 아스미를 만나게 해서는 곤란할 테니. 그래서 나를 가둬두고⋯⋯."

"어? 잠깐만."

무라키는 끝까지 다 피운 담배를 재떨이에 떨구었다.

"그건 이상한데."

"어디가?"

"노나카가 실종 사건과 연결되어 있다는 사실이 알려지면 노나카의 입지는 위태로워지잖아?"

"물론이지. 그러니까⋯⋯."

"보석점을 손에 넣기 전이든 후든, 실종 사건의 관련자로 찍힌다면 큰일이라는 건 틀림없어. 그렇지?"

그 말이 맞다. 나는 빠져나갈 길을 찾았다.

"노나카는 내가 그에게 얼마나 다가섰는지 몰랐던 건 아닐까? 죽일 것까지는 없다고 생각한 거 아닐까?"

"여자 두 명을 아마도 죽여 놓고 하무라만 살려둔다고? 그렇게 바보인가, 노나카 노리오라는 남자는?"

"내가 이미 트럭에서 도망친 걸 알고 살해 의도를 숨기기 위해 경찰에 전화를 해놓았다든가."

무라키는 다음 담배에 불을 붙이고 내게도 한 대 주었다.

"차분하게 다시 생각해볼 필요가 있다고 생각하지 않아? 감금 사건은 일단 제쳐두고 실종 사건 쪽만 생각해봐. 하무라가 노나카를 의심하는 그 근거는 뭐지? 노나카가 미와와 가까이에 있었던 것, 아마도 가나랑 아야코 양쪽을 알고 있었던 것, '삼촌'의 체격이나 모습이 노나카에게도 들어맞는 것, 그것뿐이잖아."

나는 오랜만의 담배 한 개비에 현기증을 일으키면서 필사적으로 생각했다.

"으음, 그건 그런데……"

"그런데?"

"그 밖에도 노나카를 의심할 만한 근거가 한두 가지는 더 있었다고 생각해."

"생각만으로는……"

"그건 그렇지만 분명히 뭔가가 있었어. 그게 뭔지는 기억이 안 나는데."

머리를 감싸 쥐었을 때 무라키의 휴대전화가 울렸다. 무라키가 잠시 통화를 이어나갔다.

"소장님 전화야. 하무라를 덮친 건 노나카가 아닌 것 같아."

"그게 무슨 소리야?"

"알리바이가 있어. 토요일 밤부터 다키자와 외 다른 28회 멤버나 가족과 함께 멤버의 별장이 있는 가루이자와로 외출했어. 월요일 아침, 아스미의 부보가 전해져 도쿄로 돌아온 모양이야."

나는 의자에 털썩 주저앉았다.

"하무라의 습격이 노나카의 소행이 아니었다고 하면 실종 사건과의 관련성을 입증하기는 더욱 어려워질 거야. 한번 노나카를 혐의에서 빼보는 게 어때?"

그럴 수 없었다. 왜 그런지 나도 모르겠다. 하지만 미와와 가나의 실종에는 반드시 노나카가 끼어 있다.

스스로도 신기할 정도로 그런 확신이 들었다.

5

소장이 무사시히가시 경찰서의 하야미 형사에게 연락해서 노나카의 사진을 가나의 맨션 관리인과 부동산 중개인에게 보여주기로 했다. 내가 사라졌던 이틀 동안 하야미 형사는 열심히 수사했지만, 그 결과 가나가 완벽하게 자취를 감췄다는 사실만 확인되었을 뿐이었다. 하자키 경찰서는 하야미의 연락도 있어서 가나의 실종 신고를 단순한 가출인 취급이 아니라 사건 취급을 하여 데쓰로 등에게 참고인 조사를 한 것 같지만, 중요한 '게임'이 무엇을 의미하며, 누가 관련되어 있는지는 여전히 알 수 없는 채였다.

소장은 노나카의 신변 조사도 실시했지만, 현재 노나카의 여자관계로 거론된 것은 아스미뿐. 밤마다 여고생을 산다든가 난교 파티에 빠져 있다든가 그러한 이야기는 일절 나오지 않는다고 했다.

나를 습격했을지도 모르는 다른 용의자들 또한 의심스럽기도 하고 그렇지 않기도 했다. 세라의 할머니는 너무 흥분한 나머지 지병인 심장병이 악화되어 그 직후 신주쿠니시 경찰서에서 구급차에 실려 병원으로 옮겨져 아직 입원 중이라고 한다. 우시지마는 집에 틀어박혀 있었다고 하고, 기미코도 마찬가지인 모양이다. 세라의 할머니가 병원에서 심부름꾼을 고용했는지 어떤지, 우시지마와 기미코가 정말로 집에서 나오지 않았는지 어떤지 모두 확실하지 않다.

나는 무라키의 차로 기타 구의 경찰서에 가서 핸드백을 되찾았다. 경찰봉을 제외한 내용물은 동전까지 모조리 무사했다. 사건 노트를 숄더백에 넣은 채로 두어서 다행이었는지도 모른다. 그것을 읽었더라면 나는 살해당했을 것이다. 아마도.

"그러니까 노나카는 일단 제쳐둬."

무라키가 운전석에서 짜증을 내며 말했다.

"한 단서에 집착하면 다른 걸 놓치게 돼."

하세가와 탐정사무소 사무실에서 소장이 기다리고 있었다. 소장은 나를 위아래로 훑어보더니 히죽 웃었다.

"하여튼 하무라도 바쁜 여자로군."

"걱정을 끼쳤습니다."

"이것도 일단 일이 되었으니."

소장은 책상에 쌓인 서류더미 맨 위에 올려놓은 봉투를

툭 밀었다. 나는 책상에 접근하지 않도록 멀찍이 팔을 뻗어 봉투를 집었다.

"어제 저녁에 도착했어."

보낸 사람은 아스미였다. 봉투는 단단히 입구가 봉해지는 타입으로, 안에 상자 자국이 있다.

"내용물은 금고에 넣어두었어. 귀금속이다. 수중에 현금이 없으니 '이걸 조사료로 써주십시오'라고 적혀 있었어. 과연 전문가의 소유물다워. 장물아비에게 팔아도 수백 만 엔은 넘겠지."

내 앞으로 온 편지가 봉투에 들러붙어 있었다. 읽었다.

저는 죽습니다.

하무라 씨라면 어쩌면 이미 알고 계실지도 모르겠군요. 내가 노나카에게 속고 있었다는 것을. 토요일 밤, 전화로 똑똑히 통보를 받았어요. 그는 내가 가게 경영을 맡긴 당초부터 결국 모든 것을 빼앗을 작정이었습니다……

나와 무라키가 상상했던 그대로의 일들이 빽빽이 적혀 있었다. 아스미는 노나카의 마수에 감쪽같이 걸려들었고 결국 모든 것을 잃게 된 셈이다.

미와의 실종과 노나카의 관련성에 대해 그녀는 의심하지도 않았다. 그렇다기보다 의심하고 싶지 않았으리라. 하지만 일단 노나카의 정체를 알게 된 후, 곰곰이 생각해보니 짚이는 것이 몇 개인가 있었다.

미와가 노나카에게 무언가 집요하게 캐물었던 것. 노나카는 당초 피해 다녔으나 나중에는 미와와 소곤소곤 이야기했던 것. 내가 아스미의 집을 방문했던 그날, 역시 노나카는 옆방에 있으면서 자초지종을 들었고 아스미에게 조사를 중단하라고 했던 것.

거기까지 읽고 나는 실망했다. 이래서는 노나카를 의심하는 합리적인 근거라고 할 수 없다.

하지만 편지 말미에 뜻밖의 내용이 있었다.

저는 생각했어요. 골똘히 생각한 결과 한 가지 방법이 생각났습니다. 노나카에게 복수하는 것과 동시에 미와가 있는 곳을 밝혀내기 위한 방법을.

다른 길도 없어서 실행하기로 했어요.

하무라 씨, 뒷일은 부탁드립니다.

"이게 도대체 무슨 말인가요?"

나는 소장에게 물었다. 소장은 어깨를 으쓱했다.

"아스미의 보석점은 법인이 아니야. 즉, 그녀 개인의 소유물이라는 게 되지. 은행이 돈을 빌려준 상대는 아마 아스미 본인일 거야."

"그래서요?"

소장은 살찐 고양이 같은 얼굴에 미소를 지었다.

"변제 전에 아스미가 죽으면 빚이나 점포나 상품 재고는 어떻게 된다고 생각해?"

나는 손뼉을 쳤다.

"그렇구나. 딸인 미와가 상속을 받게 되죠. 하지만 그 미와는 실종 상태고……."

"생사 불명. 상속 절차도 밟을 수 없지."

"만약 노나카가 미와의 실종과 연관되어 있다면, 그녀가 어디 있는지 알고 있다면."

"살아 있는 그녀, 아니면 시체라도 꺼내 와야 돼."

무라키가 결론을 내리며 소장을 보고 고개를 갸웃거렸다. 소장은 에헴, 하고 헛기침을 했다.

"물론 이런 기회를 놓칠 수야 없지. 이미 도토에 부탁해서 사쿠라이 외 몇 명을 지원받아 노나카를 철저하게 감시 중이야. 사실은……."

소장이 종이 한 장을 꺼냈다.

"노나카의 회사도 같은 은행에서 고액의 융자를 받고 있더군. 그 은행의 대출 담당 중역이 바로 그 28회 멤버 중 한 명인데, 아마 노나카는 이 녀석과 짜고 아스미를 함정에 빠뜨린 걸 테지. 자신의 빚을 청산하기 위해."

하지만 그것은 아스미의 자살 덕분에 막판에 가서 공중에 떴다. 노나카는 초조할 것이다.

"노나카가 움직일까요?"

"움직일 거야. 어떻게 움직일지는 알 수 없지만."

"내일 아침, 직접 노나카를 만나볼까 해요."

소장은 소파에 털썩 주저앉아 눈을 가늘게 떴다.

"그 인간을 부추기려고?"

"아스미의 장례식은 어떻게 되고 있나요?"

"장례식은 치르지 않기로 했어. 시신은 다키자와가 인수했다고 해."

"다키자와가?"

헤어진 남편이 왜?

"아스미에겐 소식이 끊긴 이모만 한 명 있을 뿐 다른 친척은 없으니까. 사체는 부검 후, 다키자와 저택으로 보내졌어. 내일이면 화장하겠지."

"부검?"

"아무튼 유서가 없는 의문사니까."

나는 아스미의 편지와 소장을 번갈아 보았다. 하세가와 소장의 분노가 느껴졌다. 날 때부터 게으름뱅이로, 이 하세가와 탐정사무소의 경영조차 귀찮아하는 소장이 보여줄 수 있는 최대한의 반항인 셈이다.

나는 그 사실은 언급하지 않고 다른 질문을 했다.

"어떻게 내일 화장할 거라는 건 알았어요?"

"다키자와가 내일 11시에 부슈에 있는 화장터를 예약했어. 하야미가 아스미의 자살에 흥미를 보여서 말이야. 지금 우리가 알고 있는 사실은 그 녀석도 모두 알게 된다는 걸 명심해."

하야미 형사에 불만은 없지만 중간에 노나카를 빼앗기고 싶지는 않았다. 나는 얼굴을 찡그렸다.

"내일 아침, 노나카도 그 화장터로 갈까요?"

"어찌된 영문인지 간다는 모양이야."

내일의 행동을 결정한 뒤 셋이 함께 식사를 했다. 제대로 된 고형물을 먹는 것이 오랜만이라 턱이 저릴 정도로 꼭꼭 씹어 먹었다. 그 후, 나는 무라키의 차를 얻어 타고 집으로 돌아오는 길에 휴대용 탈취제를 사고 바로 미쓰우라의 집으로 향했다. 아니나 다를까 미치루는 그의 집에 있었다.

"크게 싸웠나 보네?"

미쓰우라는 분홍색 슬리퍼를 신고 나와서는 현관 앞에서 소곤거렸다.

"쟤, 하무라에게 실망했다면서 엄청 흥분했었어."

"미안해."

"아니, 난 괜찮아. 쟤, 편리하더라. 힘쓰는 일도 맡길 수 있고 계산도 잘하고. 지금 내 세금 관련 서류를 검토 중이야. 그런데 하무라한테 그렇게 찰싹 달라붙어 있었는데 대체 어떻게 된 거야?"

"본성을 보게 되었다거나 그런 거 아닐까?"

"어머. 본다고 문제 될 거 있는 본성도 아니라고 생각했었는데."

며칠 전까지만 해도 나 역시 그렇게 생각했다.

"지금 맡고 있는 사건이 정리되는 대로 미치루와도 제대로 대화를 나누고 어떻게든 할게. 미안하지만 그때까지 말아줄 수 있을까?"

"우웩."

미쓰우라가 쾌활하게 헛구역질 하는 시늉을 했다.

"하무라가 정색하고 그렇게 말하면 오히려 기분이 나빠. 좋아, 난 전혀 상관없으니 안심해."

고맙다는 인사를 하고 집으로 돌아왔다. 기미코가 이 사실을 알면 난리가 날 것이 뻔했다. 미치루의 부모님에게도 연락을 해두고 싶었지만 그만두기로 했다.

이래저래 이미 11시가 지난 시각이었다. 무라키는 하품을 참고 있었다.

"아침 일찍부터 늦게까지 같이 있어줘서 미안했어. 난 이제 괜찮으니 가서 자면 어때?"

무라키는 놀란 듯이 얼굴을 문질렀다.

"난 전혀 상관없어. 오늘밤쯤 같이 있어줄게."

"모처럼이니 오늘밤쯤은 혼자 있어야지."

설명하기 싫었지만 무라키는 무언가를 알아차린 듯 표정이 굳었다.

"가끔은 다른 사람 도움을 받아도 벌 같은 건 안 받을 거라 생각하는데."

"안 돼."

반사적으로 소리쳤다. 스스로도 놀라서 횡설수설했다.

"결국…… 어쨌든 이미 충분한 도움을 받았고, 앞으로 누군가에게 매달려 있을 수도 없고……. 그러니까, 그…….."

"뭐, 하무라가 그렇게 말한다면 그만 돌아갈게."

무라키는 퉁명스럽게 대답하고 테이블 위에 놓여 있던 담뱃갑을 집어 들어 재킷에 쑤셔 넣었다.

"……미안."

"사과할 거 없어. 그 마음 잘 아니까. 하지만 이것만은 분명히 말해두지."

무라키의 굳은 얼굴을 제대로 보지 못하고 고개를 숙였다. 그는 구두를 신고 돌아섰다.

"하무라, 너 말이야."

나는 마음의 준비를 했다. 무라키는 선서하듯 오른손을 들어 엄숙하게 선언했다.

"……더 이상 냄새 안 나."

무라키가 나가자 왠지 배가 심하게 고팠다. 밤길이 두렵지 않은 것은 아니지만 그 기아감은 견딜 수 없는 것으로 바뀌었다. 우물쭈물하다 시간이 더 늦어지는 것보단 낫다는 핑계를 대고 지갑을 들고 집에서 나왔다. 계단을 뛰어내려 발이 땅에 닿자마자 외등이 꺼졌다.

눈앞이 캄캄해졌다. 다음 순간 갑자기 맥박이 빨라졌다. 입 안이 순식간에 말라 숨을 쉴 수가 없다. 소름이 돋고 어지러웠다. 겨드랑이에서 땀이 줄줄 흘러내렸다.

아스팔트에 무릎을 꿇고 헐떡거렸다. 발버둥을 치면서 네 발로 계단을 올라갔다. 불이 확 켜졌다.

부들부들 떨며 계단에 주저앉아 불빛 속에 어깨를 감싸 안았다.

어둠이 무섭다.

알기 쉬운 신경증이다. 그렇게 자신에게 타일렀다. 어둠 속에 갇혀 끔찍한 경험을 했던 것이다. 갑자기 깜깜해져서 무서워지는 것도 당연하다. 조금도 이상하지 않다. 나도 인간이었던 셈이다. 고작 그뿐이다.

차마 다시 계단을 내려갈 용기는 들지 않았다.

집으로 돌아와 온 집 안에 불을 밝히고 잠을 청했다.

종반전

1

거의 잠들지 못한 채 아침이 되었다.

빨래를 하고, 청소를 하고, 아침을 먹었다. 등의 멍이 꽤 흐릿해졌다. 이틀 푹 쉰 덕분인지 발등도 아프지 않다. 누구의 소행인지 모르지만 고마운 일이다.

9시가 지나 아침이라면 있지 않을까 해서 미노리에게 전화를 걸었다. 여전히 부재중이었다. 대화하기 싫으면 말 안해도 되니까 문자만이라도 달라고 자동응답기에 남겼다.

우울한 기분으로 짐을 꾸리고 옷을 골랐다. 장소를 생각해 검은 정장 바지를 꺼냈다. 참 이상하게도 그것을 위해서 산 것은 아니지만, 한번 장례식에 사용해버리면 평상시 그것을 입을 기분이 들지 않는다. 반년 만에 입어보니 허리가 헐렁했다. 순간 얼굴에 미소가 지어졌지만 어째서인지 배 주위는 꽉 찼다. 위쪽 살이 아래로 내려간 모양이다. 중력은 위대하다.

밖은 맑았다. 더워질 것 같다. 안에 회색 반팔 티셔츠를 받쳐 입기로 했는데 신발은 어떻게 하나 고민했다. 운동화를 신을 수는 없고, 펌프스로는 불안하다. 가지고 있는 검은 가죽구두를 전부 꺼내놓고 생각에 잠겨 있는데 누군가가 문을 요란하게 두들겼다.

시바타가 발을 들여놓으려다 으악, 하고 말했다.

"너처럼 차림새에 신경 안 쓰는 여자도 신발이 이렇게 많나?"

"장사 도구니까. 들어와."

시바타에게는 일행이 있었다. 하야미 형사는 흰머리를 아침 햇살에 반짝이며 들어와 은근슬쩍 방 전체를 훑었다. 특히 책장을 꼼꼼히 살폈다. 보리차를 끓여서 내놓으며 친절하게 말해주었다.

"마르크스 레닌 전집은 창고에 맡겼어요. 영성 관련 책도. 살인과 폭탄 제조법이 실린 책은 문고본 뒤에 숨겨 놓았고요."

"그거 재미있군."

시바타가 나른하게 맞장구를 쳤다.

"꼭두새벽부터 세계 평화를 위해 일하는 경찰들을 놀리다니, 이틀 감금된 정도로는 비뚤어진 성격을 고치기엔 부족했나 보네. 어때, 3년 정도 징역형을 받아보면?"

"무슨 죄로?"

"그야 상해죄지. 우시지마……."

시바타는 하야마가 있다는 사실을 깨닫고 말끝을 흐리며 화제를 바꾸었다.

"그…… 감금 사건에 대해서 말인데, 노나카의 소행이 아니었던 것 같아."

"가루이자와의 별장에 28회 멤버와 함께 있었다는 알리바이가 확실하다면 말이지."

"그건 틀림없어. 가루이자와 별장이라는 건 산토 은행 중역인 고다마 다케오의 소유물인데, 고다마 부부에 다키자와, 변호사 마루야마 간지, 게다가 별장지기 부부까지 모두가 노나카의 알리바이를 증명했어."

"흠, 다키자와도 있었다고?"

"그게 왜?"

노나카가 토요일 심야에 전화로 아스미에게 최후 통보를 한 것이 마음에 걸렸는데 그 이유를 알 것 같았다. 혹시라도 아스미가 전남편에게 돈을 빌리거나 하지 못하게 노나카는 다키자와에게 달라붙어 있었던 것이다.

"아니, 별 건 아닌데."

"별 거 아니라면 심각한 표정 짓지 마. 어울리지 않게."

"오늘 당신을 찾아온 건 말이지."

하야미 형사가 대화에 끼어들었다.

"노나카의 사진을 맨션 관리인과 부동산 중개인에게 보여준 결과를 알려주고 싶었기 때문이야."

"어땠어요?"

"아주 애매해. 비슷하게 보이기는 하는데 이 사람이 분명한지 확신은 없다더군."

목격자의 전형적인 답변이다.

"그럼 노나카는 무죄 방면되나요?"

"당분간은 지켜본다……는 게 되겠지."

"노나카를 의심할 근거가 약하다는 건 알아요. 노나카가 아야코와 면식이 있었던 건 확실합니다만……."

어제부터 몇 번이나 반복해온 '변명'을 하야미는 간단하게 끊어버렸다.

"그뿐만이 아니야. 놈은 아야코와 그 이후로도 여러 차례 접촉했어."

갑자기 눈이 또렷해졌다.

"미와가 사라지기 전 이야기인가요?"

"나중이야. 이달 7일, 9일, 10일, 14일. 적어도 네 번 통화했더군. 통화 기록이 남아 있어."

"아야코 쪽에서 건 전화였나요?"

"그래."

노나카가 아야코와 계속 연락하고 있었다고? 나는 무심코 하야미를 보았다. 그는 내가 말하고자 하는 바를 재빨리 깨닫고 고개를 저었다.

"아니, 착각하면 곤란해. 아야코를 죽인 건 고지마가 틀림없어. 아야코의 사체에서 놈의 지문이 나왔고 연못가에서 놈의 족적도 발견되었어. 자백에도 미심쩍은 점은 없고."

"고지마와 노나카 간에 접점은?"

"있을 리가 없잖아."

시바타가 일언지하에 부정했다. 그 말에는 하야미도 고개를 끄덕였다.

"적어도 고지마의 집에서 노나카와 연결되는 건 나오지 않았어."

그도 그렇다. 연결고리가 발견되었거나 한다면 짜맞춘 듯한 우연에 오히려 의심부터 했으리라.

그렇다면 이렇게 생각할 수는 없을까. 아야코는 미와가 사라진 당초 노나카를 의심했다. 어쩌면 그녀도 '게임' 이야기를 들은 적이 있었을지도 모른다. 그래서 아야코는 노나카에게 연락해서 미와가 어디 있는지 알고 있는 것은 아닌지 물고 늘어졌다.

노나카는 컨설팅 전문가다. 젊은 여자를 구슬리는 것쯤 식은 죽 먹기였으리라. 고지마의 존재를 알아차리고, 아야코에게 그가 수상하다고 부추긴다. 아야코는 고지마를 쫓아다니기 시작했고, 밤에 공원에서 고지마를 다그치려다 오히려 살해당했다.

아야코는 불특정 다수의 남자들과 사귀었다. 모험심이 상당히 강하다고도, 반면 위험에 무관심한 성격이라고 말할 수 있다. 하지만 늦은 밤 으슥한 공원에 고지마를 불러내 단둘이 만났다는 것은 아무리 그래도 무방비하다. 물론 이것은 어디까지나 고지마의 진술에 거짓말이 없다는 가정하에. 아야코는 노나카의 백업이 있다고 믿고 고지마와 만난 것은 아닐까. 물론 노나카 입장에서 보면 아야코가 고지마에게 무슨 일을 당하든 상관없었다. 살해당할 거라 예측한 것은 아니겠지만 위해를 당할 가능성은 염두에 두었을 것이다. 아니, 노나카는 그렇게 되기를 바라고 아야코에게 고지마를 추궁하라고 지시했다…….

이런 흐름 속에서 아야코가 살해된 것이라면 가나, 미와의 실종과 아야코의 살해가 단기간에 연이어 일어난 것이 설명이 된다.

두 형사는 잠자코 생각에 잠긴 나를 물끄러미 바라보았다. 나는 깍지를 끼었다.

"그 관리인의 말에 따르면 '삼촌'은 다른 남자를 데리고 왔을 텐데요. 그게 누군지는 알아냈나요?"

"아니."

하야미가 벌레를 씹은 듯한 표정이 되었다.

"오히려 그쪽이 뭔가 단서가 되지 않을까 기대했었는데."

"이삿짐 나르는 일만 돕는 거라면 노나카의 관계자일 필요까지는 없어. 아무 심부름센터라도 데려오면 되니까. 아니면 하무라를 감금한 게 노나카의 명령을 받은 그 남자라고 생각하는 거야?"

"심부름업자에게도 입은 달려 있으니까."

나는 시바타의 말을 반박했다.

"노나카에는 심복 부하 같은 거 없어?"

"바보 같은 소리 하지 마. 노나카는 컨설팅 회사 사장이지 야쿠자 두목이 아니야. 범죄에 기꺼이 가담할 부하 같은 게 어디 있겠냐."

시바타의 말을 다시 반박하려 했을 때 무엇인가가 언뜻 뇌리를 스쳤다. 내가 노나카를 의심하는 다른 근거…….

그 순간 휴대전화가 울리면서 약간의 광명은 순식간에 사라졌다. 나는 혀를 차고는 휴대전화를 들었다. 하세가와 소장이었다.

"큰일났어."

소장의 목소리에는 당황한 기색이 역력했다.

"왜 그러세요?"

"방금 사쿠라이에게 연락이 왔어. 노나카가 여고생을 데리고 다키자와 저택에 들어갔다는 거야."

"잠깐만요, 그건 설마."

"몰라. 노나카의 미행을 부탁한 도토 쪽에는 미와의 사진 같은 건 건네주지 않았으니까. 내가 이런 실수를 할 줄이야."

말도 안 돼. 미와가 살아 있었다고?

안심하고 기뻐해야 할 텐데 그렇게는 생각되지 않았다. 나는 시계를 보았다. 9시 조금 전.

"바로 다키자와의 집으로 갈게요."

"노나카와 거의 동시에 다른 한 명의 남자가 저택에 들어갔다고 해. 조심해."

신발을 고를 여유가 없었다. 형사들에게 이 사실을 알리고 큰 백을 안은 채 바로 근처에 있는 검은 구두에 발을 찔러 넣고 집에서 뛰쳐나왔다.

남의 집에 들어와 보리차까지 마신 주제에 시바타는 나를 차에 태워주지 않았다. 히가시나카노로 나와 JR 노선을 타고 기치조지로 향했다. 녹초가 되어 당도했지만, 다키자와 저택 근처에 사쿠라이의 모습은 눈에 띄지 않았다. 저택의 문은 굳게 잠겨 있어 안을 살펴볼 수 없었다.

초인종을 눌렀다. 무뚝뚝한 여자 목소리가 들렸다. 엉겁결에 물러났다. 나와 이야기를 나누었던 가토 가정부와는 분명히 다른 사람이다.

"하무라 아키라라고 합니다. 다키자와 기요시 씨는 댁에 계신가요?"

"나가셨어요."

"그럼 가토 씨는 계십니까?"

"그런 사람 여기 없는데요."

"가토 아이코 씨입니다. 가정부인."

"그저께 그만두신 분이군요."

"그만뒀다고요? 왜요?"

"글쎄요. 저는 어제 여기 왔기 때문에 자세한 건 모릅니다."

찰칵 소리가 나더니 인터폰이 끊겼다. 다시 초인종을 눌렀지만 대답이 없었다.

2

택시를 잡아타고 목적지를 부슈 화장터라고 말했다. 백에서 염주를 꺼내 왼 손목에 감고 다른 한 손으로 사쿠라이에게 연락했다.

"놈들, 부슈 화장터로 향하는 길이야. 한 발 차이였던 것 같군."

"경찰은?"

"글쎄."

"적어도 경찰과 같은 시점에라도 노나카가 데리고 온 여고생의 얼굴을 보고 싶은데."

"보는 건 좋은데 걔네들의 얼굴이 구별돼? ……뭐, 어때. 형사 같은 사람이 오면 어떻게든 시간을 끌어볼게. 다만 들은 이야기로는 부슈 화장터는 작년에 지어진 호화로운 건물로, 직원이 입구에 줄지어 서서 마중해준다고 해. 그걸 돌파

하려면 상당한 용기가 필요할 거야."

의외로 내성적인 사쿠라이의 술회를 흘려 넘기고 택시기
사에게 시간이 없으니 가능한 한 서둘러 달라고 부탁했다.
다행히 기사는 부슈 영업소에 소속해 있었고, 항상 역 앞에
서 손님을 기다리고 있다고 했다. 주택가 뒷길을 유려하게
이리저리 빠져 나갔다.

덕분에 '부슈 메모리얼 홀'에 도착하자마자 영구차와 검은
색 전세 차량 두 대가 미끄러져 들어가는 것이 보였다. 프로
같은 일처리에 감동해 팁을 주고 영수증도 제대로 챙겨 차
에서 내렸다. 화장터 건너편 코인주차장에 정차해 있는 구
형 스카이라인 차량에서 사쿠라이가 손을 흔들었다.

"빨리 왔네."

"경찰은?"

"그럴 듯한 기색도 없어. 어쩔 거야?"

나는 화장터 입구로 눈을 돌렸다. 마침 영구차에서 관이
운구되는 중이었다. 스님을 선두로 몇 명인가가 안으로 향
한다. '대합실 2F'라는 화살표가 달린 간판을 확인할 수 있
었다.

"관이 화로에 들어가는 데 5분 정도 걸리겠지. 그때까지
기다렸다 그들이 대기실로 들어가면 가보려고."

"괜찮겠어?"

"설마 화장터에서 내 목을 조르거나 하진 않겠지. 그런데

여기까지 온 건 누구와 누구야?"

"스님과 다키자와 기요시, 노나카 노리오와 여고생, 그리고 남자가 또 한 명. 아마 이 녀석이 아닐까?"

사쿠라이는 컬러 복사본 한 장을 꺼냈다. 내가 건설전문 신문사에서 받은 28회에 대한 잡지 기사와 동일한 사진이다. 사쿠라이가 가리킨 것은 마루야마 간지라고 하는 변호사였다. 가루이자와에서의 노나카의 알리바이를 증명한 멤버 중 한 명이다.

왠지 수상쩍은 느낌이 물씬 풍겼다.

사쿠라이에게 미와의 사진을 보여주었다.

"노나카가 데려온 여고생이 이 아이가 틀림없어?"

사쿠라이는 100엔짜리 동전을 만지작거리며 시큰둥하게 사진을 바라보았다.

"모르겠어."

"사쿠라이 씨?"

"슬쩍 봤을 뿐이라 정말 모르겠대. 하무라도 보면 그렇게 말할 수밖에 없을 거야. 그보다 우시지마 건 말인데, 우리 의뢰인이 엄청난 짓을……."

그제야 시바타가 운전하는 차가 보였다. 나는 서둘러 스카이라인에서 뛰쳐나왔다. 성큼성큼 입구로 향하는 시바타와 하야미 형사의 뒤를 자못 동행인양 따랐다. 두 사람은 힐끗 나를 쳐다보았을 뿐 제지하거나 하지는 않았다.

그대로 입구를 통과했다. 마침 안쪽에서 다키자와가 나왔다. 다키자와의 얼굴은 거무스름하고 탁해졌으며 수척하고 홀쭉했다. 처음 만났을 때와는 딴판이었다.

시바타와 하야미는 다키자와에게 다가갔다. 다키자와는 겁에 질린 듯 눈을 깜박였다.

"무사시히가시 경찰서에서 나왔습니다. 삼가 고인의 명복을 빕니다."

하야미가 빈틈없이 인사를 하고 다키자와를 돌아보았다.

"실은, 따님이 돌아오셨다고 들었는데요."

"네에, 네."

다키자와는 바싹 마른 입술을 힘없이 달싹였다.

"상황이 이렇다 보니 무리도 아니겠지만 경찰에도 소식을 전해주셨으면 좋았을 텐데. 화장하는 동안 따님께 이야기를 듣고 싶은데요."

"그게 도대체 무슨 말씀이신가요?"

다키자와가 나온 방에서 변호사 마루야마가 모습을 나타냈다. 그 배후에 노나카와……. 나는 눈을 의심했다.

시모어 학원의 교복을 입은 열일곱 살 가량의 소녀였다. 몸집은 미와와 비슷하다. 그러나 사쿠라이의 말대로 그녀가 미와인지 아닌지를 한순간에 판단하기는 어려우리라. 얼굴에는 갈색 파운데이션을 짙게 발랐고 아이섀도와 하이라이트 역시 도드라졌다. 눈썹은 자연스러운 형태가 거의 남아 있지 않았으며, 속눈썹을 위아래로 붙이고, 아이라인을 두텁게 그었으며, 눈꺼풀은 청색과 백색으로 빛났다. 사진에서 지극히 자연스러운 색조였던 머리는 짙은 노란빛이 되었으며, 가축의 엉덩이를 닦은 뒤의 짚처럼 푸석푸석 늘어져 있었다. 이른바 '갸루' 화장이라고 불리는 그것이다.

소녀는 시무룩한 눈으로 나와 형사들을 돌아보았다. 마루야마가 말했다.

"미와 양의 어머님이 화장 중입니다. 그런 상황에 경찰이 상식을 벗어난 행동을 한다는 건 바람직스럽지 않군요."

나와 마찬가지로 말문이 막혔던 하야미가 간신히 제정신을 차렸다.

"아스미 씨는 미와 양의 행방을 마지막 순간까지 신경을 쓰셨습니다. 실종, 아니, 야나세 아야코 살해 사건과도 관련이 있죠. 우리가 시급히 미와 양에게 사정을 듣고 싶은 상황도 이해해주셨으면 합니다."

"그 누구도 경찰을 피해 숨어 있거나 하지 않았습니다만."

마루야마 변호사가 비웃었다.

"원한다면 아스미 씨의 유골을 댁으로 모신 다음 미와 양을 무사시히가시 경찰서로 데리고 가겠습니다. 아무튼 이 자리는 그만 물러나주셨으면 하네요."

"일단 한 가지만 확인해주시면 당장이라도 물러나겠습니다."

하야미가 침착하게 응수했다.

"그 여성은 다키자와 미와 양이 분명한 거겠죠?"

"그게 무슨 실례되는 말이야, 당신."

노나카가 끼어들었다. 직접 그와 대면하는 것은 이것이 처음이라는 사실을 깨닫고 나는 노나카를 관찰했다. 얇은 눈썹, 얇은 입술. 원망과 분노 때문인지 무심코 파충류를 연상했지만 특출하게 개성적인 외모라고는 할 수 없었다. 안경을 쓰고 수수한 정장을 입으면 군중 속에 녹아들 것이다.

노나카는 하야미에게 고압적으로 호통쳤다.

"미와 양이 아니라면 아버지가 이런 곳에 데려오겠나?"

하야미가 여성을 똑바로 쳐다보았다.

"당신 이름은?"

"다키자와 미와."

소녀는 화장으로 인해 배는 더 커 보이는 눈을 깜박거리며 응수했다.

"이 소녀는 당신 딸, 다키자와 미와 양이 틀림없겠지요?"

하야미가 다키자와에게 물었다. 다키자와의 시선은 허공을 맴돌 뿐 대답하려 들지 않았다. 손이 가늘게 떨리고 이마에 땀이 송골송골 맺혔다.

"왜 그러시죠, 다키자와 씨. 이 사람이 당신 딸이 맞나요?"

노나카에게 등을 떠밀린 화려한 화장의 소녀가 다키자와의 팔을 잡았다.

"왜 그래, 아빠. 내가 미와라고 이 아저씨에게 말해야지."

다키자와가 격렬하게 팔을 뿌리쳤다. 소녀는 토라진 채 고개를 돌리고 시커멓게 칠한 손톱을 비벼대기 시작했다. 문득 주위를 둘러 보니 스님, 장의회사 직원들, 메모리얼 홀의 직원들이 우리를 흥미진진하게 바라보고 있었다.

"다키자와 씨는 전부인이 돌아가신 일로 큰 충격을 받은 상황입니다."

마루야마 변호사가 다시 끼어들었다.

"그런 때 정신적 충격을 주는 행위는 삼가시지요."

"미와 양은 당초 살인 사건의 피해자로 여겨졌습니다. 그러니……."

"그러고 보니 당신들은 피의자를 경찰서 취조실에서 죽게 놔두지 않았던가?"

하야미가 화가 난 듯 입을 다물었다. 마루야마 변호사는 의기양양하게 말을 이었다.

"미와 양이 살해당했다는 식으로 잘못된 수사도 했고. 그건 어디까지나 당신들 실수일 뿐 다키자와 씨 일가에게는 그 어떤 책임도 없어. 이런 자리에서 아무런 권리 없이 두 분을 동요시키는 언동은 삼가했으면 합니다. 물러가시죠. 그렇지 않으면 경시청에 엄중 항의하겠습니다."

그래도 하야미는 물고 늘어졌다.

"그럼 적어도 이 여성이 미와 양 본인인지 아닌지는 확인하게 해주시죠."

"이렇게 부모가 바로 옆에 있는데 그럴 필요가 있을까요?"

"죄송합니다만 사진과 얼굴이 너무 달라서요."

하야미가 노나카에게 미와의 사진을 내밀었다. 노나카는 고개를 돌렸다.

"미와 양……이라고 했죠? 얼굴 좀 확인할 수 있을까요?"

"인권침해다."

마루야마 변호사가 냉정하게 말했다.

"당신은 설마 여기서 미와 양의 화장이라도 지우라는 건 아니겠지?"

"무슨 문제라도?"

"여자의 화장을 지우라니 어떻게 그런 심한 말을 할 수가 있지? 장소를 분별해서 말해."

오히려 '미와'의 화장이 장소를 분별하지 못한다고 생각되지만 변호사의 말도 지당하다. 화장한 얼굴에 익숙해져 있는 여성에게 그것을 사람들 앞에서 지우라고 하는 것은 발가벗으라는 말과 마찬가지다. 나는 말참견을 했다.

"그렇다면 미와 양 친구에게 확인해보는 건 어떨까요?"

일동의 시선이 나에게 쏠렸다. 마루야마 변호사는 의심스러운 듯이 나를 보았다.

"누구야, 당신."

"하무라 아키라라고 합니다. 아스미 씨에게서 미와 양 조

456

사를 의뢰받았습니다."

"그 의뢰는 취소했을 텐데?"

노나카가 외쳤다. 나는 최대한 애교 있게 대답했다.

"아스미 씨는 일단 조사를 중단시켰다가 다시 요청했습니다."

"그럴 리가 없어. 아스미가 부탁한다고 한 건 부탁이니 제발 쓸데없는 조사를 그만두라는 뜻이었어."

흐음. 나는 뚫어져라 노나카를 바라보았다. 역시 아스미가 건 전화 옆에서 아스미의 입을 다물게 했던 인물은 노나카였다. 게다가 그는 존칭 없이 아스미라고 불렀다.

노나카 자신도 그것을 깨달은 듯 순간 얼굴이 창백해졌으나 곧 침착하게 덧붙였다.

"전화 의뢰로는 의뢰가 있었다는 증거가 되지 않아."

"그게 아스미 씨에게 편지를 받았거든요. 제대로 서면으로 남아 있습니다. 원하신다면 복사본을 보여드릴까요?"

노나카는 살짝 얼굴을 일그러뜨렸다.

"하긴 변호사님 말씀대로 이런 자리에서 여성의 화장을 지우라니 그건 좀 심한 처사라고 생각되네요. 그렇다면 좀 더 온화한 방법을 쓰는 게 어떨까요? 다행히 미와 양이 다니고 있는 시모어 학원은 이 부슈 시에 있습니다. 미와 양의 친구를 호출해도 고인의 화장이 끝나기 전, 아마도 20분이면 도착할 겁니다. 친구와 5분 정도 이야기를 나누면 미와 양의 기분도 안정될 것이고, 더 이상 소란을 크게 벌이지 않아도 됩니다. 경찰도 물러날 테고요."

시바타가 불평을 하려 했지만 하야미가 눈짓으로 말렸다. 노나카, 마루야마 변호사, 미와라고 자칭한 소녀 사이에 긴장감이 일었다.

"……사람 의심하는 게 직업인 경찰은 어쩔 수 없지. 그런데 당신은 뭐야. 고작 탐정 아닌가. 죽은 사람의 부탁으로 주제넘게 나서는 것도 그쯤하시지."

"아스미 씨에게 받은 조사 의뢰서에는 '조사의 중지는 의뢰인 본인의 지시에 의한 것이거나, 또는 조사비가 부족하게 되었을 때'라고 명기되어 있습니다. 의뢰인의 생사는 관계가 없습니다."

"이렇게 미와가 발견되었는데 조사가 더 필요한가?"

"미와 양 본인임을 확인하게 되면 말씀대로입니다. 저도 빨리 조사를 끝내고 싶으니까요. 미와 양, 친구인 다이라 미츠루를 아시나요?"

노나카가 말릴 사이도 없이 소녀가 말했다.

"알아. 미츠루. 설마 그런 짜증나는 녀석 데려오진 않겠지?"

"어머나, 세상에."

나는 난처한 듯 어깨를 으쓱했다.

"잠시 집을 비운 사이에 유치원 때부터의 절친 이름도 잊어버렸어? 미치루야 미츠루가 아니라.”

‘미와’는 깜짝 놀라 뒷걸음질쳤다. 지푸라기 같은 머리카락이 움직여 귀가 보였다. 진짜 미와의 통통한 귓불과는 달리 빈약한 귀다.

그녀는 가짜라고 새삼 확신했다.

그렇다 치더라도 노나카도 머리를 굴렸다. 얼마 전, 세타가야에서 괴한의 피해를 당한 ‘열여섯 살 여고생’이 사실은 교복을 입은 마흔네 살이었다는 거짓말 같은 진짜 사건이 있었다. 현장으로 달려갔던 경찰은 당초 그 사실을 전혀 몰랐다고 한다. 교복과 화장, 특히 이런 식의 화장은 얼마든지 속임수가 통한다. 미와라고 밝힌 이 여성, 어디서 데려왔는지는 모르지만, 나중에 맨얼굴로 대면해도 동일 인물인지 어떤지 판단할 수 없을 것이 분명하다.

“더, 더러운 함정이야.”

노나카가 침을 튀겼다. 나는 고개를 갸웃했다.

“그렇다면 함정에 걸린 이분은 미와 양이 아니라고 인정하시는 건가요?”

“아무도 그렇다고는 하지 않았습니다.”

마루야마 변호사가 노나카를 밀쳤다.

“당신도 경찰도 여기서 소란을 피울 권리가 없습니다. 나중에 그녀를 경찰서로 데려가겠다고 말씀드렸지 않습니까. 여기는 이만 물러나시죠.”

나도 형사들도 한 걸음도 움직이지 않았다. 여기서 눈을 떼면 '미와'는 또 자취를 감춰버릴 것이다. 노나카도 마루야마 변호사도 "설마 그녀가 또 행방을 감추리라고는" 하며 놀라는 척을 하고는 끝이다.

"미치루에게 연락하겠습니다."

나는 휴대전화를 꺼냈다.

"그녀도 미와 양을 걱정하고 있었기 때문에 기꺼이 달려올 거예요."

"잠깐만."

노나카가 성큼성큼 다가오는 것을 시바타가 가로막았다. 나는 종종걸음으로 장례식장 밖으로 나가 미치루의 휴대전화에 전화를 걸었다.

연결이 되지 않아 시모어 학원 번호를 알아보다 그만두고 먼저 미쓰우라에게 전화를 걸었다.

"미치루라면 아침 댓바람에 밖으로 나갔는데?"

미쓰우라가 태평하게 대답했다.

"학교에?"

"그건 아닐 거야. 교복도 안 입었으니까."

알았다면 왜 말리지 않았냐고 호통치려다 간신히 삼켰다. 미쓰우라에게는 미치루를 학교에 보낼 의무가 없다.

"어디 갔는지 짐작 가는 거 없어?"

"일단 집에 돌아가는 거냐고 물었더니 왠지 그런 비슷한 말을 해서 그런 줄 알았는데. ……혹시 무슨 일 있어?"

미치루가 집에 돌아갔다고?

엄마를 죽일지도 모른다고 말했던 미치루의 목소리가 뇌리에 되살아났다.

초조함을 느꼈다. 하지만 다키자와 일행을 바라보았을 때 그것은 다른 불안으로 변했다. 노나카가 휴대전화를 꺼내 형사들에게 등을 돌리고 통화 중이었다. 이윽고 그는 만면에 미소를 지으며 마루야마 변호사에게 뭐라고 속삭였다. 변호사의 몸에서 긴장감이 사라졌다. 변호사가 침착하게 형사들에게 말하는 것이 들렸다.

"알겠습니다. 화장이 끝날 때까지만이라면 위쪽 대기실에서 그 친구인지 뭔지를 기다리기로 하죠. 그럼 되겠죠, 형사님?"

노나카는 해보라는 듯이 번쩍이는 이를 드러내며 내게 웃어 보이고는 가짜 미와와 마루야마 변호사를 데리고 계단을 올라갔다. 죽은 사람처럼 창백한 안색의 다키자와가 그 뒤를 따랐다.

설마.

땀으로 휴대전화가 미끄거렸다.

'삼촌'의 동행이었던 흰 밴의 운전기사.

"여보세요, 하무라?"

미쓰우라가 수화기에 대고 크게 말했다. 나는 황급히 전화기에 주의를 돌렸다.

"미치루, 정말 집에 간다고 했어? 아니면 확답하기 싫어서 얼버무린 거야? 어느 쪽이야?"

"그렇게 옥박지르듯 말하지 마. 어디 보자, 짐은 그냥 놔두고 간 것 같아."

"어디 갔는지 뭐 짚이는 거 없어?"

"갑자기 그렇게 말한들……."

"뭐든 좋으니까 생각해 내. 오늘 아침 미치루는 어떤 모습이었어?"

"졸린 것 같았는데, 6시에 일어나서 은행 문 아직 안 열었으니 돈 좀 빌려달라고……."

"얼마?"

"신주쿠라면 24시간 ATM기가 있다고 놀릴 생각으로 알려줬더니 그럼 거기서 돈을 인출하겠다고 했어."

"어젯밤에는 일찍 잤어?"

"아, 그러고 보니 엊저녁에 이상한 일이 딱 하나 있었어. 그 왜 하무라도 알다시피 나 동요 좋아하잖아."

초조해하며 미쓰우라의 말에 맞장구를 쳤다.

"어제, 자기 전에 복도에서 동요를 흥얼거렸더니 미치루가 방에서 휙 튀어나와서 다시 한번 불러달라는 거야."

"잠깐, 잠깐만."

동요? 나는 눈을 감았다가 문득 생각났다. 가나가 '게임'

에 대해서 남긴 말.

"어제 그 동요가 혹시 이나바의 흰토끼와 관련이 있어?"

"응, 있지. 〈대흑천님〉(동요 '대흑천님'은 악어 혹은 상어를 속여 바다를 건너려 했던 흰토끼가 그 벌로 가죽이 벗겨져 울고 있는 것을 지나가던 대흑천이 도와준다는 내용이다—옮긴이)이니까."

미쓰우라의 세입자 중 한 명인 교코를 집까지 '호위'했을 때에도 "커다란 자루를 어깨에 짊어지고"라며 미쓰우라가 음산하게 노래했던 것이 생각났다.

"그런데 그게 어쨌다는 거야? 여보세요, 하무라?"

나는 백을 내려놓고 28회 기사를 꺼냈다. 각자의 이름, 직함, 그중에…….

다이코쿠大黑 시게키. 덴포 생명보험 영업통괄매니저.

다이코쿠(대흑천), 미즈치(상어), 토끼.

가나가 남긴 말의 의미를 알 것 같았다.

아마 미치루도 그 사실을 눈치챘으리라.

미쓰우라에게 사과를 하고 떨리는 손으로 휴대전화를 껐다. 중견 보험회사였던 덴포 생명은 3년 정도 전에 도산했다. 다이코쿠는 지금 어디에서 무엇을 하고 있을까.

어떤 사실이 번쩍였다.

노나카에게서 도저히 의심의 눈길을 돌릴 수 없었던 이유. 계속 신경이 쓰여서 어쩔 수 없었던 것.

노나카가 문제가 아니었다. 아니, 물론 노나카의 이름이 가장 신경이 쓰였지만, 그뿐만이 아니었다. 내 신경의 어딘가를 쿡쿡 찔렀던 것은 28회 그 자체였다.

다키자와 저택의 가정부 가토가 한 말. "회장님께서는 여느 때처럼 사냥 동료들과 후쿠시마 쪽으로 *2박 3일로 외출하실 예정이었는데.*"

그것은 미와의 실종과 완벽하게 겹친다.

미치루가 한 말.

"*올해 3월쯤, 나중에 생각해보니 가나가 없어졌을 무렵이지만—(아빠가) 엽총을 들고 28회에 놀러갔어.*"

가나가 실종되었을 때도 미와가 실종되었을 때도 28회 모임은 후쿠시마에 있는 다키자와의 별장에서 열렸다.

계속 어디선가 신경이 쓰였던 것은 바로 이것이었다.

우연일까.

남자들이 젊은 여자를 모아 염치없는 파티를 여는 것은 드물지 않은 일일지도 모른다. 하지만 아무리 그래도 친아버지가 딸을 난교 파티에 참가시켰다고는 생각되지 않는다. 처음 만났을 때의 다키자와의 모습에서 그는 정말 미와가 있는 곳에 짚이는 데가 없어 보였다.

아니, 우연이 아니다. 무언가가 있다. 가짜 미와를 등장시킨 것은 아스미의 재산을 노리기 위한 것만일까? 빈껍데기처럼 변해버린 다키자와의 모습. 기꺼이 그렇게 하고 있다고는 생각되지 않는데 가짜 미와를 내쫓으려고 하지 않고,

경찰에 대한 대응도 노나카와 마루야마에게만 맡기고 제대로 말도 꺼내지 않는 저 변모한 모습.

게다가 노나카만이 아니라 마루야마 변호사까지 등장했다. 내 육감이 맞다면 다이코쿠 시게키도 그렇다. 그렇다면 28회 전체와 관련된 문제 아닐까?

28회.

다이라 요시미쓰.

식사 자리에서 갑자기 격앙했던 다이라 요시미쓰.

설마. 그런 바보 같은 일이. 하지만 말은 된다.

나는 화장터에서 앞쪽 도로로 뛰쳐나가 서둘러 역으로 향했다.

3

유니콘 건설 건물은 오차노미즈의 수로변에 세워져 있었다. 건물도 거창하지만 안내원의 태도도 거창해서 다이라 전무를 만나고 싶다고 했더니 약속이 없는 분은 안내할 수 없다고 정중히 거절당했다. 치켜세우고 달래고 한 끝에 나는 협박에 나섰다.

"제 이름만이라도 전해주시겠어요? 여기서만 하는 말인데."

사이보그보다 완벽한 헤어스타일과 화장을 한 안내원의 귀에 대고 속삭였다.

"따님인 미치루 양이 위급한 상황이거든요."

관엽식물과 가죽으로 된 소파 사이를 쉴 새 없이 왕래하며 기다렸다. 정보의 조각들을 정리하다 새롭게 도출된 결과에 도저히 가만히 있을 수 없었다. 틀리기를 바랐다.

오래 기다렸다는 생각이 들었지만, 채 1분도 지나지 않았을지도 모른다. 안내원이 호출했다.

"그쪽 엘리베이터를 타고 15층까지 올라가시면 오른쪽 막다른 곳이 전무실입니다."

달려들어 키스하고 싶었지만 완벽한 화장을 망칠 수는 없어 시키는 대로 올라갔다. 엘리베이터가 유리로 되어 있어서 밖이 훤히 보인다. 이런 놀이기구는 잘 못 타서 항상 내장이 쏟아지는 것 같은 기분을 맛보는데, 오늘은 달랐다. 어두운 것보다 낫다.

다이라는 전무실의 응접세트에 앉아 메밀국수를 먹고 있었다. 그러고 보니 벌써 점심시간이었던가.

"미치루에게 무슨 일 있나, 하무라 씨?"

회사 중역으로서 대면하고 있어서인지 오늘의 다이라는 지금까지와는 달리 자신감이 넘치고 편안해 보였다. 노나카에게 연락을 받은 듯한 모습도 없다. 나는 숨을 크게 들이마셨다.

"없어졌어요."

다이라는 메밀국수에 목이 메었다.

"어떻게 그럴 수가. 하무라 씨에게는 미치루를 잘 부탁한다고 거듭 말해두었을 텐데……."

"불평은 뒤로 미루세요. 미치루가 어디 있을지는 짐작이 갑니다. 그녀는 붙잡혀 있을 겁니다."

"붙잡혔다고?"

다이라가 깜짝 놀랐다.

"바보 같은 소리를 하면 곤란해. 도대체 누가 미치루에게 그런 짓을 한다는 건가?"

"다이코쿠 시게키. 아시죠?"

다이라의 시선이 살짝 흔들렸다.

"물론이지. 그도 28회 멤버니까."

"미치루가 다이코쿠를 만나러 갔다고 짐작 가는 바가 있어요. 이유는 미즈치 가나라는 미와와 미치루의 공통된 친구의 실종에 다이코쿠가 얽혀 있을 가능성이 있기 때문이죠."

"뭐라고?"

다이라가 망연자실했다. 나는 다그쳤다.

"다이라 씨, 솔직히 대답해주시겠어요? '토끼'라고 하면 생각나는 건?"

다이라의 손이 미끄러지며 소스 그릇이 엎어졌다. 융단에 국물이 흘렀다.

"역시 뭔가를 아시는군요."

"아니…… 모르겠네."

다이라는 새파랗게 질린 얼굴로 고개를 저었다. 이어서 다음 단어를 말했다.

"그럼 '게임'은?"

다이라는 금방이라도 정신을 잃을 것처럼 보였다. 오른손이 무의식적으로 넥타이를 느슨하게 풀었다.

"무슨 말인지 모르겠네. 하무라 씨, 당신 도대체 무슨 말이하고 싶은 건가?"

"저도 아직 잘 몰라요. 알고 있는 거라고는 아마 미치루가 다이코쿠에게 붙잡혀 있다는 것뿐입니다. 그 결과, 미치루가 '토끼'가 된다면?"

"말도 안 돼."

다이라가 절규했다.

"도대체 왜 미치루가……."

"제 말이 틀렸는지 노나카에게 물어보면 어떨까요?"

다이라는 잠시 망설이는 것 같더니 이윽고 성큼성큼 책상으로 다가가 수화기를 들었다. 난 소파에 앉아서 기다렸다.

"음, 나야."

다이라가 나를 흘끗 보더니 거만하게 말하기 시작했는데, 이내 그 목소리는 불안함으로 잔뜩 채색되었다.

"혹시 미치루가 있는 곳을 알고 있나?"

"다이코쿠 쪽에 있다는 게 사실인가?"

"왜? 그건 상관없잖아. 있는 거야, 없는 거야?"

"소리치지 말라고? 아니…… 그건 그렇지만."

"물론 그건 알아. 하지만……."

"무사히 돌려주겠다니……. 넌 다이코쿠와 함께 있는 거 아니잖아?"

"잠깐만 기다려. 네가 다이코쿠에게 시킨 거야?"

"날 협박하지 마."

"아……알았어. 알고 있어. 그런데…… 여보세요, 노나카.
노나카?"

다이라는 무릎 밑으로 근육이 녹아내린 듯한 느낌으로 의
자에 털썩 주저앉았다. 다이라의 뇌에 정보가 침투할 때까
지 나는 잠자코 있었다.

"아무래도 자네 말이 맞는 것 같군."

이윽고 다이라는 고개를 들고 쉰 목소리로 말을 꺼냈다.

"하지만 붙잡혀 있다니 말이 심하지 않나. 미치루는 무사
히 돌아올 거야. 노나카가 그렇게 약속했어."

"미와는 돌아오지 않았지만요."

잔혹하다고 생각했지만 나는 말했다.

"미와는 5월 3일에 자취를 감추었죠. 28회는 그다음 날부
터 후쿠시마에서 사냥을 했고요. 이후 미와는 돌아오지 않
고 있습니다. 게다가 어찌된 영문인지 아까 노나카는 가짜
미와를 데리고 나타났더군요."

"자, 잠깐만 기다려줘."

"다이라 씨는 골든위크 중에도 일하셨다면서요? 미치루에
게 들었어요. 그러니까 미와가 없어졌을 때의 사냥에는 참
가하지 않았다. 하지만 가나가 사라진 3월 20일 전후와 같

은 시기에 있었던 사냥에는 참가했다. 일전에 함께 식사할 때 다이라 씨, 미치루가 사냥 이야기를 꺼냈더니 화를 내셨죠."

"자네……."

다이라는 웃으려고 노력했지만 결국 그러지 못하고 얼굴을 손에 묻었다.

"28회는 뭔가를 숨기려 하고 있어요. 다이라 씨 또한 그 사실을 숨기고 싶어하고. 하지만 다이라 씨는 그 사실을 부끄러워하고 있어요. 그러니까 미치루가 사냥 이야기를 꺼냈을 때 그렇게 화를 낸 거잖아요."

다이라에게는 더 이상 자신감이라고는 추호도 남아 있지 않았다.

"다이라 씨, 알려주세요. 다이코쿠는 지금 어디 있나요?"

"……후쿠시마다."

"후쿠시마? 다키자와의 별장이 있는?"

"다이코쿠는 덴포 생명이 도산한 후, 다키자와의 별장지기로 고용되었지."

미치루는 미쓰우라에게 돈을 빌리려고 했다. 먼 길을 가야 했기 때문이다.

나는 발길을 돌려 서둘러 엘리베이터로 향했다. 점심시간이 끝나가는 탓인지 엘리베이터는 좀처럼 오지 않았다.

어제 미치루를 집에서 쫓아내지 말았어야 했다는 것은 알고 있다. 하지만 미치루와 둘이서만 지내는 것은 무리였다. 나는 내가 생각했던 것만큼 냉정하지도 강하지도 않다. 그것을 뼈저리게 깨달은 지금, 불안정한 정신 상태의 소녀와 제대로 마주할 자신이 없었다. 결국 난 이기주의자에 불과했다.

등 뒤에 인기척을 느끼고 뒤돌아보았다. 다이라가 결연한 발걸음으로 내 쪽으로 다가왔다.

"내 차로 가지. 그편이 빨라."

지하 주차장에 세워져 있던 다이라의 차는 볼보였다. 회사 관용차로 출퇴근을 할 거라고 생각했지만 다이라는 그런 딱딱한 허례허식을 거부하는 듯한 면모가 있다.

그는 아직 충격에서 회복하지 못한 상태였기에 후쿠시마에 들어갈 때까지는 내가 운전하기로 했다. 다이라는 반대하지 않았다. 조수석에 앉아 말없이 생각에 잠겨 있다. 나는 겨드랑이에 탈취제를 잔뜩 뿌리고 웃옷을 벗고 창문을 살짝 열고 출발했다.

평일의 수요일이라고 해도 도심을 빠져나올 때까지는 상당히 고생했다. 하코자키까지 일반도로를 달리다 거기서 수도고속도로로 갈아타고, 가와구치 분기점에서 도호쿠 자동차도로로 접어들었다. 우라와, 이와쓰키를 지나니 차량 통행량이 눈에 띄게 감소해 나는 추월 차선을 쭉쭉 달렸다.

사노의 휴게소에서 휘발유를 가득 채웠다. 배고픔을 느끼기 시작했는데, 먹으면서 운전하는 것은 꺼려져 일단 엄청 단 캔커피와 초코바를 몇 개 샀다. 그런 다음 하세가와 소장에게 연락했다.

미치루가 나타나지 않자 두 형사는 물러날 수밖에 없는 처지가 되었다. 그리고 아니나다를까, 나중에 마루야마 변호사가 전화를 해서 미와가 다시 가출을 했다고 죄송하다고 했다며 하세가와 소장이 알려주었다.

"사쿠라이가 가짜 미와 사진을 여러 장 찍었어. 이것으로 얼굴 윤곽과 귀 모양 등을 대조해 가짜였다는 걸 증명할 수 있으면 좋겠는데."

"이쪽은 다이코쿠를 붙잡을게요. 노나카의 미행을 계속해 주시겠어요?"

"그건 상관없지만, 마루야마 변호사가 무사시히가시 경찰서 서장에게 직접 항의한 모양이라 하야미는 당분간 움직일 수 없을지도 모르겠어. 무사시히가시 경찰서는 지금 사소한 문제에도 신경을 곤두세우고 있으니까."

그래서 흉악 사건의 범인을 놓친다면 본말이 전도된 것이 아닌가 싶지만 구태여 말하지는 않았다. 그런 것은 소장도 하야미나 시바타도 잘 알고 있다. 눈앞의 일에 얽매여 꼼짝 못하게 되는 것은 공공기관이나 기업이나 개인이나 마찬가지다.

"그보다 하무라, 무모하게 굴지 마. 뒤처리가 힘드니까."

소장은 특유의 느긋한 어투로 못을 박았다. 나는 쓴웃음을 지었다.

"걱정 마세요. 상황을 보다가 제가 감당하기 어려울 것 같으면 바로 경찰에 연락할게요. 친아버지가 유괴나 감금이라고 떠들면 경찰도 바로 와줄 겁니다."

다이라에게 우롱차를 건네주고 출발했다. 도치기 시를 통과했다. 이것으로 수수께끼가 하나 풀렸다. 후쿠시마의 별장 지기를 맡고 있는 다이코쿠라면 도쿄를 몇 번이나 왕래하는 중에 도노쿠라 부근에 들러서 도호쿠 자동차도로로 빠지는 길을 무심코 우회전해버렸다가 그 쓰레기 불법 투기장을 맞닥뜨렸을 수도 있었으리라. 나를 도와준 중년 여성이 도호쿠 자동차도로 이야기를 꺼냈을 때 바로 다키자와의 후쿠시마 별장을 떠올렸어야 했다.

"나는 사냥을 그다지 좋아하지 않았어."

우쓰노미야에서 닛코 가도로 들어섰을 무렵, 다이라가 불쑥 말을 꺼냈다.

"노나카나 다키자와는 사냥에 열중했었지. 특히 노나카는 미국에서 제법 사냥을 많이 해서인지 대물 사냥은 사나이의 훈장이라든가, 수렵의 기술을 몸에 익혀야 남자라는 식으로 말했어. 나는 그런 거창한 생각을 따라갈 수는 없었지만 그것도 어른들의 교제라고 생각했지."

"28회 모임은 다이라 씨에게는 유일한 휴식처였겠죠."

별 생각 없이 한 말인데 다이라는 그 말에 매달렸다.

"그래, 그 말이 맞아. 게다가 사냥 자체를 좋아했던 건 아니지만 마음 맞는 동료들과 한덩어리가 되어 사냥을 하고, 사냥감의 숨통을 끊고, 해체하고, 자랑 이야기나 실패담으로 끓어오르고, 둘러앉아 냄비 요리를 먹고, 스트레스와 세속의 굴레를 모두 잊고……. 뭐라고 설명해야 할지 모르지만, 스스로 잡은 동물을 조리해 먹는다. 사온 것이 아니라, 자신의 힘만으로 손에 넣은 것으로 배를 채운다. 그게 배 이외의 것도 만족시킨다고나 할까."

냄비 요리의 재료는 사냥감만은 아니었을 텐데요, 하고 딴죽을 걸려다가 그만두었다. 다이라의 기분은 왠지 상상할 수 있었다.

"하지만 나는 낚시가 더 좋았어. 생물을 죽여 먹는 건 마찬가지지만 물고기는 맛있어 보이고 오리는 불쌍하달까. 말도 안 된다고 생각하지만 그렇게 느껴지는 것이니 어쩔 수 없어. 사냥의 참맛에 대해 한번 말을 꺼내면 멈추지 않는 노나카에 따르면, 살인과 사냥을 별개의 것으로 인식하지 않으면 능숙해지지 않는다고 했지. 전무로 승진한 뒤 바쁘기도 해서 내키지 않는 사냥에는 참가하지 않았어. 하지만 3월 중순경……. 그, 여러 일들이 있어서……."

"집안 이야기는 미치루에게 들었습니다."

다이라는 놀라는 동시에 안도하는 듯했다.

"그렇군. 미치루를 부탁했을 때 미리 말했어야 했는데, 다른 사람들에게 어떻게 설명해야 할지 몰라서……."

나는 다이라를 안심시켰다. 지금은 다이라 집안의 내부 사정보다 궁금한 것이 있다.

"그래서 올 3월 사냥에는 참가하신 거군요."

"엽총 잡는 게 2년 만이었어. 다키자와도 노나카도 28회의 모임에 사냥은 빠질 수 없지, 하며 나의 오랜만의 참가를 환영해주더군. 나는 감각이 둔해졌다 보니 짐이 되기 싫어서 사냥에는 참가하지 않겠다고 했어. 모두가 돌아오는 걸 별장에서 기다리고 있으려고 했지. 하지만 다른 모두가 동의하지 않더군."

"28회의 일곱 명이 모두 모여 있었나요?"

"니이마 말고는 다 있었지. 니이마는 얼마 전부터 28회 모임에 나오지 않게 되었어. 다시 생각해보니 그는 올해 연하장도 보내지 않았지. 거기에는 이유가 있었어……."

다이라는 잠시 차창 밖 경치를 바라보다가 작심한 듯 말을 이었다.

"사냥은 이른 오후부터 시작되었어. 개시 전에 노나카가 인사말을 했지. 이번에는 지난 11월 사냥에 이어 특별한 '게임'을 준비했다고."

"게임?"

"지난번 게임에 대해 일부에서 불평이 있었기 때문에 이번에는 고르고 고른 귀여운 토끼라고. 다이코쿠의 노고에 고마워하자며. 다른 녀석들은 박수와 환성으로 달아올랐지. 나는 영문을 모른 채 따라 박수를 쳤어. 토끼는 이미 산중에 방사되었고, 두 패로 갈라져 토끼를 몰아세우자고. 노나카가 그렇게 말하고 팀을 나누었지. 다키자와가 소유한 두 산림의 거의 중간 지점에 이미 다이코쿠가 토끼를 풀어놓았다며. 우리는 두 군데의 출발점을 정하고 각자 차로 향했어. 나는 다키자와와 노나카 그룹에 속해 그들 틈에 끼이듯 산림을 나아갔지."

상상했던 내용이었지만 이야기가 진행될수록 온몸이 차갑게 식었다. 다이라가 나직이 말을 이었다.

"운동 부족이었기 때문에 걷기 시작한 지 두 시간도 안 되어 피곤하고 지겨워지기 시작했어. 추웠고 무섭기도 했어. 다키자와에게는 묘한 자신감이 있어서 자신이 운전하고 있으면 절대 자동차 사고가 안 나고 엽총은 오발하지 않는다고 믿고 있거든. 때때로 엽총을 어깨에 걸치기 때문에 총구가 이쪽을 향하는 거야. 그만두라고 말해도 듣지 않아. 가능한 한 거리를 두려고 하자, 그러면 또 이번에는 노나카가 불평하는 거야. 그럼 너 먼저 가라고 말하는 사이에 전방에서 총성이 울렸지. 우리는 황급히 달려갔어."

다이라가 손등으로 눈을 문질렀다.

"달려가다가 다키자와가 넘어져 신음하더군. 그 전방을 하얀 물체가 달려가는 게 언뜻 보였어. 다키자와가 나에게 빨리 쏴, 도망쳐버릴 거야, 하고 외쳤지만 나는 움직일 수 없었어. 그 흰 것은 토끼치고는 너무 컸어. 게다가 한순간밖에 못 봤지만 두 발로 달리고 있는 것처럼 보였으니까."

온몸이 더 차갑게 식었다.

게임에는 '사냥감'이라는 의미도 있다.

가나는 남동생에게 뭐라고 말했지?

"게임은 위험한 게 당연하지."

"다키자와는 일어나자 무서운 기세로 하얀 물체의 뒤를 쫓기 시작했어. 노나카는 무선으로 다이코쿠의 팀에 연락했고. 그런 다음 나에게 빨리 가, 저쪽 팀도 가까운 곳까지 와 있어, 이러다 녀석들에게 빼앗긴다며 고함치며 달려가려고 하더군. 나는 노나카를 필사적으로 막고 저건 사람이라고 말했어."

다이라는 고개를 저었다.

"노나카는 웃으며 '저건 토끼야. 알지, 토끼라고. 스스로 게임에 참가하고 싶다고 자원한 토끼야. 도망치면 큰돈을 받을 수 있다고 믿고 있지. 우리 인간이 살상 능력이 있는 무기는 갖고 있지 않다고 믿고 있어. 도망칠 수밖에 없는 가족도 없는 불쌍한 외톨이 토끼야'라고 말했어. 나는 무슨 뜻이냐고 물었어. 사람을 죽일 작정이냐고. 노나카가 나를 비웃더군. '쓸데없는 건 묻지 마. 우리는 헌터다. 사냥과 살인은 별개야. 첫째, 저건 토끼다. 그렇게 머릿속에 입력해.' 그리고 이렇게 덧붙였어. '28회는 운명 공동체다. 모두가 이 게임을 즐기고 있는데 다른 사람들의 즐거움을 망치고 용서받을 수 있을 것 같아?' 나는 노나카에게 등 떠밀려 사냥으로 돌아갈 수밖에 없었어."

더 이상 운전을 계속할 수 있을 것 같지 않았다. 닛코 가도에서 고마도메 분기점에 진입하기 직전에 차를 세웠다. 다이라가 홀린 듯이 계속 지껄였다.

"그 후 토끼는 찾지 못한 채 날이 저물기 시작했어. 노나카와 다키자와는 기분이 언짢아졌지만 나는 안도했지. 그리고 이런 생각도 들었어. 그건 잘못 본 게 아닐까. 노나카의 말이 무언가를 의미하는 것처럼 생각되었던 것도 기분 탓이 아니었을까. 아무리 그래도 그런 무서운 짓을 벌일 리가 없으니까. 어쨌든 피곤했어. 빨리 사냥을 끝내고 돌아가고 싶었지. 그때 어디선가 멀리서 총성이 들리고 노나카가 들고 있던 무전기가 울렸어. '젠장, 저쪽이 먼저 사냥에 성공했잖아' 하고 노나카가 말하고는 게임을 보러가자고 우리를 재촉했어. 도망가고 싶었지만 현재 어디에 있는지 알 수조차 없었던 나는 둘을 따라갈 수밖에 없었지."

다이라의 몸이 부들부들 떨렸다.

"얼마나 나아갔는지, 다이코쿠가 기르는 개 짖는 소리가 들렸어. 건너편에 다이코쿠와 마루야마, 고다마가 서 있더군. 산길에서 엎드려 쓰러진 그것을 빙 둘러싸고 있었어. 다키자와가 큰 소리로 '잡았구나' 하고 말하니 다이코쿠 팀은 기쁜 듯이 그에 호응했어. 역시 싱싱한 토끼는 사냥하는 보람이 있다며. 나는 조심조심 다가갔지."

다이라가 우롱차를 벌컥벌컥 들이켰다. 잠시 후 말을 꺼냈을 때 목소리의 떨림은 더 심해져 알아듣기 힘들었다.

"그건 머리만 하얬어. 귀가 길었는데……. 차마 더는 볼 수가 없었어. 고개를 돌리고 그 자리에 쭈그리고 앉아버린 나를 알아차리고 노나카가 다이코쿠에게 뭐라고 지시했던 것 같아. 시트인가 뭔가로 덮었을지도 모르지만, 그 후에는 기억이 거의 없어. 어떻게 차로 돌아와 어떻게 별장에 당도했는지는 기억이 나지 않아. 내 차가 보였을 때 도망치고 싶었어. 몸이 안 좋다고, 이런 상태로 더 있으면 분위기만 망칠 거라고 하고 인사도 하는 둥 마는 둥 별장을 뛰쳐나왔지."

"어째서……."

내가 묻는 것을 다이라가 가로막았다.

"나를 배웅한 사람은 노나카 혼자였어. 그가 웃으며 내게 말하더군. 고작 토끼 한 마리로 사고 치지 말라고. 아내나 미치루는 내가 없으면 무사히 살아갈 수 있을지 의심스럽다며."

우회적인 협박을 다이라는 적확하게 받아들였다는 것이

다. 기미코의 정신 상태가 그렇지 않았다고 해도 다이라는 침묵할 수밖에 없었을 것이다. 동정할 수는 없지만 이해는 된다.

"차로 닛코로 나가 여관에서 사흘 밤을 묵었지. 여관 사람들은 내가 자살을 시도하는 건 아닐까 걱정했을지도 몰라. 나는 몇 번이나 생각하고 또 생각했어. 그게 꿈이었나 현실이었나. 온천에 몸을 담그고 있으니 꿈만 같더군. 도쿄로 돌아와서 업무에 복귀했을 무렵에는 완전히 자기 암시에 걸려 있었어. 그건 꿈이라고. 그렇게 생각하고 싶었어."

다이라가 엷은 미소를 지었다.

"우리가 28회를 결성한 건 아직 대학 때로, 원래 멤버는 나와 니이마, 마루야마, 고다마 이렇게 네 명이었어. 모두 쇼와 28년(1953년)생으로, 야망에 불타고 있고, 언젠가는 각자 원하던 분야에서 두각을 나타내 제일선에서 활약하고 싶다. 그러고는 업종의 테두리를 넘어 의견 교환을 해 새로운 사회 시스템을 창조하자는, 그런 젊은이다운 이상을 가지고 있었지. 우리는 넷 다 부유한 가정에서 자랐고 학업 성적도 우수해 학창 시절부터 차를 몰고 다녔어. 우리는 다른 사람들과는 다르다는 선민의식도 적잖이 있었지. 그래도 훌륭한 사회를 실현하기 위해 스스로가 할 수 있는 일을 하고 싶다고 진지하게 생각하고 있었어."

노블레스 오블리주. 풍족한 환경에서 태어나 자란 사람은 그만큼 사회에 보답할 의무가 있다는 사상. 다이라나 그 동료들이 살던 시대에는 아직 소소하게나마 그러한 의식이 남아 있었던 것이다.

"하지만 현실 사회에는 이상론을 이야기할 수 있는 장소는 없었어. 있는 것이라곤 눈앞의 이익, 눈앞의 실적, 눈앞의 물질욕. 그런 것뿐이었지. 28회가 없었다면 나도 현실에 쫓기며 어느덧 이상을 잊었을 거야. 뜨겁게 서로 이야기 나눌 수 있는 유일한 장소, 그게 28회였지. 이윽고 다키자와와 노나카 등 나머지 멤버가 들어왔어. 그들 역시 우리와 같은 계급이었고, 같은 사고방식을 갖고 있었지."

아주 자연스럽게 계급이라고 말한 것을 다이라는 깨닫지 못한 모양이다.

"무엇보다 각자 가정을 꾸리고 순조롭게 출세하면서 이상론은 허울이 되었고, 28회는 친목 모임이 되었어. 우리도, 아니, 특히 내가 그걸 원했을지 몰라. 줄곧 기술 분야에서 경험을 쌓은 나는 그다지 출세하지 못할 거라고 체념했고, 가정은 그런 사건이 일어난 덕분에 썩어버렸어. 아까 자네가 말했듯이 28회는 내 유일한 안식처였지. 그것이 어째서 그런 무서운 일을 벌이게 될 정도로 비틀려버렸는지 나는……모르겠어."

잠시 다이라가 진정되기를 기다렸다가 다키자와의 별장으로 가는 길을 물었다. 다이라가 직접 운전하겠다고 했다.

그는 가슴에 막혀 있던 것을 토해낸 탓인지 얼굴 표정이 좋아졌다. 자리를 바꾸자 다이라는 넥타이를 풀고 상의를 벗고 손목시계도 풀고 와이셔츠 소매를 걷어붙인 뒤 말없이 차를 출발시켰다.

4

차가 우회도로에서 숲길로 들어섰을 무렵 전화가 왔다. 소장이 여전히 태평한 어조로 나쁜 소식을 전했다.

"사쿠라이가 노나카를 놓쳤어."

"그거, 언제 일이에요?"

"세 시간쯤 전."

"왜 빨리 알려주지 않았어요?"

"나도 그렇게 말했는데, 저쪽은 그들이 찾을 수 있다고 생각한 것 같아서 말이야. 생각나는 모든 장소를 뒤진 것 같긴 한데……."

그런 아마추어 같은 짓을, 하고 말하려다 삼켰다.

"어디서 놓쳤죠?"

"다키자와 저택으로 돌아온 후, 노나카만이 차로 외출했어. 놈의 차는 부슈 인터체인지에서 수도고속도로로 진입했고, 이후 행방불명. 요컨대 그쪽으로 갔다는 이야기다. 그쪽은 어때?"

"곧 별장에 도착합니다."

"시간이 꽤 걸렸네."

"여러 가지 일이 있어서. 나름 서두른다고 했는데."

"그래. 뭐, 따라잡히지는 않겠지만 노나카가 올지도 모른다는 건 염두에 두도록 해."

미치루가 별장에 있는 것을 확인하는 대로 경찰에 연락하겠다고 약속하고 전화를 끊었다. 다이라는 대화 내용으로 상황을 이해한 듯 아무것도 묻지 않았지만 얼굴은 굳어 있었다. 그래도 그의 운전 솜씨는 수준급이었다. 꾸불꾸불한 길을 부드럽게 나아갔다.

"다이코쿠에 대해 알려주세요."

나는 다이라의 모습을 보면서 물었다. 다이라는 오히려 이야기하기를 원했던 듯 핸들링에 흐트러짐이 없었다.

"다이코쿠가 28회에 들어온 건, 분명 노나카 소개였을 거야. 그는 대학 시절에 미국에 단기 유학을 갔었는데 그때 노나카와 알게 되지 않았을까. 28회에 참가했을 무렵에는 이미 덴포 생명에서 착실하게 매상을 늘리던 중이었지. 말주변이 세련되어 상대에게 불쾌함을 유발하지 않는 사람으로, 우리도 어느새 덴포 생명에 가입했을 정도였어. 그의 말버릇은 머지않아 물품보다 정보가 높은 가치를 지니게 되

고, 정보를 지배하는 자가 세계를 지배한다는 것이었지. 각
종 경제잡지를 훑어보고 일찌감치 집에 컴퓨터도 들여놓았
고. 그런 인간도 자사의 도산을 예측할 수 없었지만. 세상일
이라는 건 그런 법이겠지."

"다이코쿠는 어째서 다키자와의 별장지기가 되었죠? 덴포
생명에서는 영업부문 총괄매니저였잖아요?"

"저간의 사정은 잘 몰라. 다만 다키자와에게는 거만한 면
모가 있지만, 구두쇠도 아니거든. 못된 마음을 먹고 친구를
싸게 쓸 생각은 아니었을 거야. 덴포 생명 도산 후, 다이코쿠
는 아내와 이혼하고, 재취업도 생각처럼 되지 않고, 거의 노
이로제 상태였으니 휴양시키기 위해 별장지기를 부탁한 거
아닐까 했지."

"아무도 다이코쿠의 재취업을 신경 쓰지 않았나요?"

"모두 이런저런 제안을 했지만 녀석이 거절했어."

"그건 또 왜요?"

"음."

다이라가 나를 힐끔 곁눈질했다.

"설명은 못하겠지만 나도 같은 입장에서 취업 활동을 해
야 한다면 친구들에게 신세를 지고 싶지 않을 것 같아."

하지만 결과적으로 다이코쿠는 2년 넘게 다키자와의 별
장지기에 만족하고 있지 않나.

"다이코쿠는 개를 기르고 있다고 했죠?"

"한 마리만. 작은 일본견인데 사냥개로는 우수한 것 같아."

"혹시 흰 밴을 갖고 있나요?"

다이라는 그 질문에 놀란 것 같았다.

"그래, 갖고 있어. 별장에 세워놓은 걸 봤어. ······거의 다 왔어. 이 앞을 곧장 가서 오른쪽으로 200미터 정도 들어간 막다른 곳이야."

나는 차에 달린 시계를 보았다. 4시 반이 지나 해가 기울 기 시작했다.

아침에 그렇게 급히 출발만 안 했더라도 다른 것을 챙겨 오는 거였는데. 하기야 그 다른 손목시계라는 것도 몇 년 전에 무언가의 덤으로 받은 천 엔도 안 되는 전자시계다. 시간은 휴대전화로도 확인할 수 있지만 조금이라도 배터리를 아끼고 싶다.

차가 산길로 꺾어지려는 순간, 길가에 떨어져 있는 것이 눈에 띄었다. 나는 소리쳤다.

"멈춰주세요."

차에서 뛰어내려 달렸다. 길가의 수풀에 떨어져 있던 것은 낯익은 수제 부적주머니였다. 열어 보았다. 안에는 진다이 사의 부적과 다이라 미치루 명의의 카드가 들어 있었다.

"다이라 씨, 미치루가 별장에 있는 건 분명한 것 같네요."

뒤따라 차에서 내린 다이라에게 그 부적주머니를 보여주 었다.

"그녀는 이 별장에 와 있습니다. 아마 다이코쿠를 어딘가로 불렀다가 차로 여기까지 끌려온 거예요. 그러던 중 틈을 보아 이걸 던진 걸 테죠. 상황은 분명해졌습니다. 경찰에 연락하겠습니다."

"기다려줘."

다이라가 내 휴대전화를 빼앗았다.

"경찰에는 아직…… 그러다간 미치루가 또 살해당하고 말아."

'또 살해당한다.'

또.

그 단 두 마디가 기미코뿐만이 아니라 다이라 또한 미치루는 유괴되어 살해당한 아들의 환생이라고 생각하고 있다는 것을 나타내고 있었다. 그러나 지금은 그럴 때가 아니다.

"이대로 어슬렁어슬렁 다이코쿠를 만나러 가봤자 세 사람 모두 당할 뿐입니다. 아무리 '토끼'를 '사냥'했다지만 사실은 단순한 살인이라는 것, 그것도 젊은 여자를 즐겁게 죽였다는 사실을 노나카나 다이코쿠가 모를 리 없어요."

"하지만 경찰을 어떻게 믿지?"

다이라가 걱정스럽게 중얼거렸다. 사체도 없고 자신조차 꿈같은 심정으로 치부한 그 경험을 경찰에 잘 설명할 자신이 없으리라.

"일단 토끼 사냥 건은 나중입니다. 우선은 미치루를 무사히 별장에서 데리고 나오는 데 집중하죠. 당신은 아버지고 미치루는 미성년자예요. 경찰에는 가출한 딸이 여기에 와 있는 것 같은데 문제가 될 것 같으니 동행해달라고 부탁하면 도와줄 겁니다. 혹시 모르니까 우리 소장님을 통해 이쪽 경찰서에 말을 전해달라고 할게요."

"하지만 그러고 있을 여유가 있을까."

모르겠다는 것이 솔직한 심정이었다. 화장터에서 노나카가 전화를 받고 싱글벙글 웃었다. 그때 11시가 넘었다. 아마 다이코쿠는 미치루의 힐문을 받고, 미치루의 신병을 어떻게 할지 노나카에게 상담했을 것이다. 그리고 노나카가 다이코쿠에게 미치루를 붙잡아두라는 지시를 내렸다.

미치루가 어디서 다이코쿠와 만났는지는 모르지만 별장에 들어간 지 이럭저럭 네 시간쯤 지났다고 보아야 할 것이다. 죽이고 묻기에 충분한 시간이다.

하지만 희망은 있다. 다이코쿠는 나를 가두었지만 결국 죽이지는 않았다. 살인과 사냥은 별개의 것. 그는 사람을 토끼라고 속여 사냥할 수 있을지는 모르지만, 죽이지는 못한다. 그렇게 믿는 수밖에 없다.

"급할수록 돌아가라고 하잖아요. 다이라 씨는 이대로 가까운 경찰서로 가주세요. 저는 소장님께 연락하고 나서 바로 별장 상황을 살피겠습니다."

"괜찮겠어?"

"네."

다이라의 눈을 똑바로 보고 즉답했다.

"지켜볼 뿐입니다. 미치루가 무사하다면 손을 대지 않겠습니다. 당신과 경찰이 오기를 기다리죠. 그러니까 서둘러 주세요. 노나카가 도착하면 상황은 심각해질 거예요."

다이라는 마지못해 승낙했다. 달려가는 볼보의 뒷모습을 보며 심호흡을 했다. 소장에게 연락하고 걷기 시작했다.

산바람은 예상보다 훨씬 시원했다. 상의 단추를 잠근 뒤, 생각을 정리하고, 전원을 끈 휴대전화를 오른쪽 상의 주머니에 넣고, 가방을 뒤적였다. 무기가 될 만한 것은 무엇 하나 없었다. 탈취제와 초코바 한 개를 부적 대신 엉덩이 주머니로 옮기는 것만으로 만족했다. 그 무렵에는 별장에 당도했다.

그 거대한 통나무집 앞에서 나는 웃음을 참을 수 없었다. 수렵용 오두막이라고 들은 다키자와가 즉석에서 상상한 통나무집을 그대로 짓게 한 것임에 틀림없다. 하지만 분위기는 나름 괜찮았고 무엇보다 통나무집이라고 하기에는 너무 훌륭했다.

주위는 벌목을 해서 확 트였다. 아직 5월이라 그런지 풀도 그리 빽빽이 자라지 않았다. 짙은 숲에 둘러싸인 별천지 같은 느낌이다. 별장 영역에는 외부인 따위는 절대로 들이지 않겠다고 결의한 듯 섣불리 다가가지 못하도록 돌담으로 둘러쌌다. 예부터 숲속의 집은, 들여다본 순간 사람을 잡아먹는 마녀가 살고 있다고 했다.

길 끝에 낮은 돌담이 있고 그 앞은 자갈이 깔린 주차장이었다. 희고 낡은 소형 밴과 무라키의 애차와 같은 차종의 지프차가 주차되어 있었다. 무라키의 애차는 연지색이지만, 이쪽은 호랑나비의 애벌레만큼이나 선명한 연두색이다. 이 차라면 도쿄 도심이어도 너무나도 눈에 띄어 사람들 인상에 남기 쉬울 것이다. 가나의 '이사' 때도 나를 납치할 때도 밴을 사용한 이유가 바로 이해되었다.

주차장 바로 앞 나무 그늘에 숨어 기운을 내기 위해 초코바를 씹으면서 생각했다. 이래서는 내부의 모습 같은 것은 알 수 없다. 기어가도 개에게 들킬 것이고, 들켜서 소동이 벌어지고, 그 바람에 미치루가 죽기라도 하면 후회해도 다 소용없다. 여기서 이대로 기병대의 도착을 기다려야 하나. 아니, 경찰은 설득하는 것을 도우러 올 뿐이다. 집에는 절대로 들어갈 수 없다며 다이코쿠가 거절하면 집 안에 들어갈 수 없다. 그런 정도로 다이라가 물러설 리도 없지만, 그는 거짓말이나 변명에 서툰 사람이다. 그러다가 노나카가 오기라도 하면 경찰과 함께 그의 사탕발림에 넘어갈 가능성이 있다.

게다가 다이코쿠는 별장 내부를 잘 알고 있다. 어딘가에 미치루를 숨기면 찾아내는 것은 쉽지 않다.

다른 길은 없다.

나는 길 한복판을 걸었다. 개 짖는 소리를 들으며 돌담을 넘어 현관에 서서 초인종을 누르고 큰 소리로 불렀다.

"실례합니다."

개가 집 안에서 요란하게 짖었다. 잠시 기다렸다가 다시 초인종을 눌렀다. 이윽고 두꺼운 문 안쪽에서 인기척이 느껴졌다.

"누구야?"

나지막한 남자의 목소리. 트럭에 갇혔을 때 비몽사몽간에 들었던 그 목소리.

나는 침을 꿀꺽 삼켰다.

"하무라 아키라라고 합니다. 여기 찾아온 친구를 데리러 왔습니다."

대답은 없었다. 이윽고 자물쇠 돌아가는 소리가 나며 문이 열렸다. 나는 천천히 고개를 들어 그 남자와 눈을 마주쳤다.

나타난 사내에게 뿔과 꼬리가 달려 있든 눈이 파랗게 빛나든 놀라지 않았을 것이다. 하지만 거기 서 있던 것은 평범한 남자였다. 아니, 평범하다는 것은 좀 이상한 표현이다. 그는 햇볕에 그을린 다부진 얼굴에 머리를 짧게 자르고 빛바랜 데님 셔츠를 입고 있었다. 어깨도 넓고 체력이 있어 보이는 느낌이 좋은 남자였다. 나는 당황했고 그것을 감추려고 안간힘을 썼다.

남자는, 다이코쿠 시게키는 가만히 나를 보고 있었다. 나는 평정심을 가장하고 그를 똑바로 바라보았다. 이 남자는 나를 알고 있다. 그렇게 직감했다. 이나바의 흰토끼에서 유추했던 단순한 상상이 처음으로 3차원의 형태를 갖추었다.

"이쪽에 다이라 미치루 양이 실례하고 있지 않나요? 아버지가 걱정하시기에 데리러 왔습니다."

한껏 간살부렸다. 다이코쿠는 고개를 저었다.

"미치루라면 잘 알고 있지만 오랫동안 만나지 못했어. 뭔가 잘못 안 거 아니야?"

"아뇨, 미치루가 여기로 다이코쿠 씨를 찾아간다고 메모를 남겼거든요."

"허어."

잠깐 텀이 있었다. 생방송 도중 잘못된 장면에서 잘못된 대사를 쳐버린 배우 같은 기분이 들었다. 아뿔싸. 분명 다이코쿠는 미치루가 아무에게도 알리지 않고 여기에 왔다는 것을 알아냈으리라. 그러나 내가 여기에 도착했기 때문에 다이코쿠는 미치루를 거짓말쟁이로 생각할 것이다. 이제는 미치루의 안부를 내 눈으로 확인하지 않고는 이곳을 떠날 수 없게 되었다.

"다이라 씨에게 보고를 해야 합니다. 그는 걱정이 태산이에요. 어쩌면 미치루가 입막음을 부탁했을지도 모르지만 그나마 무사한 모습을 한 번만이라도 보여주실 수 있을까요?"

"그러니까 미치루와는 오랫동안 만나지 않았고 여기에도

오지 않았다니까."

다이코쿠가 새하얀 이를 보이며 웃었다.

"근데 편지가 있더라고요."

다이코쿠 뒤에서 개가 얼굴을 내밀었다. 사냥개치고는 작지만 치밀한 이빨을 과시하듯 큰 입을 벌리고 있다. 동물과 친해진 적이 별로 없지만 이 개와는 특히 궁합이 맞지 않을 듯했다. 개는 내가 움직이는 치즈인가 무언가로 보이는지 우적우적 씹고 싶다는 듯이 침을 흘렸다.

"실례지만 집 안을 좀 살펴볼 수 있을까요. 저로서도 절대로 이 집에 없다고 확인해야 물러설 수 있으니까요."

"미안하지만 여긴 내 집이 아니거든."

다이코쿠가 개에게 단호하게 명령했다. 개는 자못 아쉬운 듯이 나를 슬쩍 보고는 안으로 물러났다.

"부탁으로 친구 별장을 관리하고 있어. 그 친구의 허락도 받지 않고 함부로 남을 들일 수는 없어."

"다키자와 기요시 님의 허락이라면 받아두었습니다."

점점 거짓말하는 것이 즐거워졌다. 다이코쿠가 눈을 가늘게 떴다.

"다키자와의? 그럴 리가 없는데."

"다이라 씨가 다키자와 씨의 허가를 받아주겠다고 말했습니다."

"다시 말해서 당신은 그걸 확인한 게 아니구나."

"다이라 씨와 다키자와 씨는 친한 친구입니다. 다키자와 씨가 거절을 할 리 없습니다만."

"거절할 리 없다는 가정만으로는 좀."

다이코쿠가 쑥 앞으로 나왔다. 나는 문 가장자리를 잡은 채 한 걸음 물러섰다. 위압당해 겁을 먹었다. 스스로도 그것을 알고 있었지만 꽁무니를 말고 도망치려면 여러 가지를 희생해야 한다. 쉽게 포기할 수 없는 소중한 것들이다.

나와 다이코쿠는 서로 노려보았다.

"뻔뻔한 여자로군. 아무리 떼를 써도 집 안에 들일 수는 없어."

"미치루를 감금해서인가요?"

"미치루는 여기 없다고 했잖아."

"황급히 문전박대를 하려는 인간의 말은 믿을 수 없습니다."

"수상한 사람을 내쫓는 것도 내 일이다. 빨리 돌아가지 않으면 개를 풀겠어."

"안에 들여보내주지 않으면 경찰을 풀겠습니다."

다이코쿠가 다시 눈을 가늘게 떴다.

"할 수만 있다면 경찰과 함께 돌아와 보시지. 그럼 안에 들여보내주지."

다이코쿠가 문손잡이를 힘껏 당겼다. 나 역시 온 체중을 걸고 문을 당겼다. 여기서 다이코쿠에게 시간을 주면 미치루를 집 어딘가에 숨기고 말 것이다. 하지만 내 힘으로는 절대로 다이코쿠를 당해낼 수 없었다. 문을 사이에 두고 줄다리기가 시작되자마자 내 몸은 조금씩 다이코쿠 쪽으로 끌려갔고, 다이코쿠의 얼굴에는 기쁜 표정이 떠올랐다. 내 손가락이 세차게 문에 끼는 순간의 감촉을 상상하는 듯한 미소였다.

나는 순간적으로 말했다.

"토끼."

다이코쿠의 몸에서 힘이 빠졌다. 나는 여세를 몰아 헐떡이며 말을 이었다.

"나는 토끼에 지원하러 왔어."

다이코쿠는 문에서 손을 떼고 우뚝 서서 나를 바라보았다. 검은자위와 흰자위의 경계선이 사라진 듯한 거슴츠레하게 빛나는 듯한 눈이었다.

"그런 거면 빨리 말했어야지."

다이코쿠가 발길을 돌려 안으로 들어갔다. 나는 문에 손을 얹은 채 잠시 호흡을 가다듬은 다음 다이코쿠를 따라 집 안으로 발을 들여놓았다.

다이코쿠가 들어간 것은 현관 오른쪽의 공간이었다. 천장이 높고, 신발을 신은 사람과 개가 뛰어다닐 수 있을 정도의 크기였다. 기치조지에 있는 다키자와 저택의 응접실을 꾸민 것과 같은 취향을 가진 사람이 인테리어를 맡았으리라는 사실은 나만큼 혜안을 가진 사람이 아니더라도 금세 짐작할 수 있으리라. 모피와 스카치위스키와 벽난로와 벽에서 튀어나온 동물의 목.

다이코쿠는 방 안쪽에 있는 1인용 소파로 걸어가 옆 테이블 위에 올려져 있던 기관부가 개방된 엽총을 집어 들고 앉았다. 개도 따라가 그의 발밑에 웅크리고 앉았다. 그리고 그 소파 옆에는 사람 한 명이 간신히 비집고 들어갈 수 있을 정도의 개집보다 다소 큰 우리가 내용물이 채워진 채 덩그러니 놓여 있었다.

지금은 몸을 웅크린 미치루가 들어가 있었다.

"이 토끼가 토끼라는 걸 좀처럼 이해해주지 않아서 난처했었거든."

다이코쿠가 열려 있던 엽총을 닫고 공이 쪽 틈을 살피며 우리를 찼다.

"이 나쁜 토끼가 말이지."

발로 차인 탓에 우리가 조금 들썩였다. 미치루가 찢어져라 눈을 뜨고는 고개를 저었다. 입에는 접착테이프가 붙어 있고 양손도 테이프로 칭칭 감겨 있었다.

"저, 적어도 테이프만이라도 떼어주면 어때?"

나는 가능한 한 아무렇지도 않은 듯 말했다.

"나도 전에 입에 접착테이프가 붙여진 적이 있는데 하마터면 질식할 뻔했거든."

"토끼는 물어뜯어서."

다이코쿠가 우리를 세 번 찼다.

"게다가 아우성을 치기도 해서."

또 찼다.

"자신이 토끼인 줄도 몰라. 토끼는 바보니까 어쩔 수 없지만."

우리는 점점 내 발밑으로 다가왔다. 나는 천천히 우리로 다가갔다.

"하지만 여기 이렇게 자원한 토끼가 한 마리 더 나타났으니 이쪽 토끼는 필요 없잖아."

"사냥감이 많을수록 사냥은 즐거워지는 거야."

"두 마리 토끼를 쫓다가는 한 마리도 못 잡는다는 속담 몰라?"

다이코쿠가 웃으며 총구를 나에게 돌렸다. 탄환이 들어 있지 않다는 것을 알고 있어도 총구를 바라보는 것은 그다지 즐거운 일이 아니다.

"괜찮아. 잠시 후면 사냥꾼도 둘이 될 거니까."

다이라는 대체 뭘 이렇게 꾸물대고 있는 것일까.

"이제 곧 해가 지는데? 어둠 속에서 한 명씩 토끼 한 마리를 쫓아다니는 게 과연 가능할까?"

"그런 건 토끼가 걱정할 필요 없어. 걱정 마. 이쪽 토끼는 설득하는 데 시간이 걸릴 것 같으니 너부터 사냥하도록 하지."

됐다. 나는 백을 어깨에서 내리고 상의 주머니에서 휴대전화를 꺼내서 동시에 바닥에 내려놓았다. 휴대전화는 안 보이게 가방 그늘에 숨겨 놓았다.

"도망칠 수 있다면 200만 엔을 받을 수 있다는 이야기는 사실이겠지?"

휴대전화를 살며시 미치루의 발쪽으로 밀었다. 우리에서 나와 있는 미치루의 발가락 쪽에 휴대전화를 들이댔다. 미치루가 주춤거렸다.

"먼저 함정으로 토끼를 모을 거야."

다이코쿠가 하품을 하고 천으로 총을 닦았다.

"그런 다음 토끼를 산속에 풀어놓는 거지. 토끼는 머리가 나빠서 사람이 자기들을 죽여 잡아먹으려 한다는 사실을 전혀 깨닫지 못해."

"다시 말해서 전부 거짓말이라는 거네."

휴대전화를 미치루의 다리에 밀었다. 그래도 미치루는 눈치채지 못했다. 겨드랑이에서 땀이 솟구치며 배 쪽으로 미끄러져 내려간다. 악취가 심하게 났다.

"이봐, 토끼는 말대꾸 같은 거 하지 마."

"난 지원했을 뿐 아직 토끼가 된 게 아니야. 게다가 사실은 당신, 아직 토끼를 사냥한 적이 없지?"

다이코쿠가 눈썹을 찌푸렸다.

"첫 번째 토끼를 잡은 건 마루야마잖아? 네가 해치운 게
아니라. 두 번째 토끼를 해치운 건 누구였어?"

다이코쿠가 눈을 깜박였다. 자, 말해. 나는 자세를 취했다.
미와를 죽인 인간의 이름을 말해.

"그러고 보니 난 아직 토끼를 잡아본 적은 없네. 제일 먼저
곰을 쏜 건 노나카였고."

곰?

다이라의 말이 생각났다. 사냥을 시작하기 전, 인사차 선
노나카는 "지난번 게임에 대해 일부에서 불평이 있었기 때
문에"라고 말했다. 가나와 미와 이전에도 누군가가 사냥감
이 되었던 것이다.

"그럼 두 번째 토끼를 사냥한 건 누구야? 토끼를 누가 데
리고 돌아갔어?"

"일일이 사냥감을 가지고 돌아가겠나. 우리는 사냥 자체를
즐기는 거야. 죽이면 그걸로 끝이다. 먹이 사슬을 아나?"

나는 대답하지 않았고, 다이코쿠도 딱히 대답을 기다리는
것은 아니었다.

"동물은 흙으로 돌아가 숲을 비옥하게 만든다. 토끼도 곰
도 지금은 숲을 풍요롭게 하는 데 한몫하고 있지."

입술이 떨리는 것을 앞니로 눌렀다.

"그래서? 두 번째 토끼는 누가 쐈는데?"

다이코쿠가 고개를 비스듬히 끄덕였다.

"우리 중 제일가는 사냥꾼이 잡아냈지. 눈에 보이지도 않는 속도로 총구를 겨누어 토끼의 머리를 꿰뚫었어. 그건 정말 재빠른 솜씨였지."

"누가 그렇게 재빠른데?"

묻지 않을 수 없었다. 답을 알면서도 차마 묻지 않을 수 없었다. 다이코쿠는 별일 아니라는 듯 대답했다.

"그야 물론 다키자와지."

5

시계가 5시를 알렸다. 다이코쿠는 한숨을 쉬고 일어섰다. 접착테이프를 집어 들어 10센티미터 정도 잘라 나에게 내밀었다.

"입에 붙여."

망설이자 다이코쿠가 미치루의 우리를 걷어찼다.

"빨리빨리 해."

일단 순순히 말을 듣기로 한 나는 그 약냄새가 나는 테이프를 내 입에 붙였다. 다이코쿠는 애정 어린 눈으로 나를 보고는 미소 띤 얼굴로 고개를 끄덕였다.

"넌 착한 토끼구나. 앞선 토끼들도 착한 토끼였는데 너만큼은 아니었어. 한번 덫에 걸린 토끼라는 건 실로 얌전해지는가 봐."

다이코쿠가 나를 끌어당겨 접착테이프 위에 쪽 소리를 내며 키스를 했다. 이번에야말로 정말 죽을 뻔했다. 질식하고 싶지 않은 마음으로 테이프 너머의 섬뜩한 감촉을 참았다. 다이코쿠는 재빨리 내게서 떨어져 방구석에 있는 찬장으로 다가갔다. 나는 서둘러 미치루와 눈길을 마주친 후 시선을 발끝으로 향했다. 미치루는 그제야 알아차렸는지 발가락을 바쁘게 움직였다. 나는 휴대전화를 다시 그쪽으로 밀었다. 미치루의 다리가 휴대전화를 덮었다. 긴 발가락이 움직이다가 미끄러진다. 다시 발가락을 움직여 휴대전화를 잡았다. 살며시 끌어당긴다.

"넌 이게 어울릴 것 같아."

아슬아슬한 순간에 다이코쿠가 뒤로 돌았다. 나는 다이코쿠가 손에 들고 있는 것을 보고 깜짝 놀랐다. 그것은 머리를 완전히 덮는 형태의 토끼 탈이었다. 보송보송한 털로 되어 있고 귀가 길고 눈과 코에 구멍이 있는 새까만 토끼 탈.

다이코쿠는 긴 손가락을 뻗어 마스크를 어루만지며 다가왔다. 뒷걸음질치면서도 눈이 탈에서 떨어지지 않았다. 목 부분에 철로 된 사슬이 빙 둘러져 있는 것이 보였다.

"이걸 써. 내가 직접 만들었지. 사이즈도 딱 맞는 것 같고."

안쪽이 보였다. 이상하게 검고 번들거렸다.

어둠처럼 검은 고무였다.

나는 다이코쿠를 들이받고 입구를 향해 달렸다. 개가 짖어대며 쫓아온다. 방을 나와 현관으로 달려갔다. 개가 윗도리에 달라붙었다. 웃옷에 개를 매달고 질질 끌면서 달렸다. 사냥개치고는 작았지만 무거웠다. 뛰면서 접착테이프를 떼려다 그 바람에 넘어졌다. 개는 내 등에 앞발을 올리고 귀가 떨어져라 시끄럽게 짖어댔다.

다이코쿠가 다가왔다. 머리채를 붙잡고 몸을 일으켜 세우고는 저항할 틈도 없이 마스크를 씌웠다. 목 뒤에서 짤깍 소리가 났다.

마스크가 들어 올려져 피부가 땡겼다. 비틀거리며 일어섰다. 시야가 좁다. 세상이 어두컴컴해 숨을 쉴 수가 없다. 다이코쿠가 뭐라고 했지만 들리지 않는다. 위로 끌어올리던 힘이 약해졌고 나는 다시 땅바닥에 쓰러졌다. 넘어지면서 얼굴이 긁혔다. 목과 탈 사이로 손가락을 넣어 떼어 내려고 했다. 쇠사슬이 기관지를 눌러 기침이 나왔다. 목 뒤로 손을 돌리자 자물쇠 같은 것이 손가락에 닿았다.

다이코쿠가 또 뭐라고 했다. 알아들을 수 없었다. 탈은 내 얼굴에 밀착되어 눈 가장자리로 손가락을 넣으려고 해도 들어가지 않았다.

다시 탈을 잡힌 채 일으켜 세워져 파충류 같은 차량까지 끌려갔다. 다이코쿠가 나를 트렁크에 넣고 문을 닫았다. 캄캄해졌다. 어둡다. 견딜 수 없다. 숨을 못 쉬겠다.

나는 날뛰었다. 있는 힘껏 이리저리 걷어차고 날뛰었다. 쓸데없는 저항을 해서 체력을 소모하면 안 된다는 것을 뻔히 알면서도 마음이 말을 듣지 않는다.

이윽고 차가 한 번 크게 흔들렸다. 다이코쿠가 탔으리라. 시동이 걸리는 소리가 나더니 차가 움직이기 시작했다.

어떤 생각도 하지 못한 채 두 발로 트렁크 문을 찼다. 터질 것처럼 심장 박동이 빨랐다. 가만히 있을 수가 없고 입으로 숨이 쉬어지지 않았다. 의식이 멀어진다. 하지만 기절할 수도 없다. 나를 붙잡고 있는 감정은 하나뿐. 공포, 공포, 공포.

이젠 비정상의 경지에 들어서버렸는지도 모른다…….

흔들리는 것이 차인지 자신인지조차 구분되지 않은 채 몽롱해질 무렵 차가 멈췄다. 트렁크가 열렸고 나는 끌려나갔다. 꽤 오랫동안 끌려다녔다. 이윽고 다이코쿠가 쭈그리고 앉아 탈을 쑥 들어올렸다.

"굉장히 날뛰더군."

내 눈과 같은 높이에 다이코쿠의 눈이 있었다. 목소리는 물속에서 듣는 것처럼 흐릿했다.

"전에 가두었을 땐 꽤나 얌전했는데. 나쁜 토끼로군. 지금 날뛰면 도망갈 수 없게 될 거야. 그러면 사냥이 시시해지잖아."

떠밀려 쓰러졌다.

"사냥은 일몰 후에 시작한다. 표시를 해두지."

시너 냄새가 났다. 나는 이리저리 고개를 돌려 다이코쿠가 뭘 하려 하는지 지켜보려고 했지만 보이지 않았다. 다이코쿠가 웃었다.

"걱정 마. 이 토끼는 내가 꼭 사냥할 테니까."

다이코쿠는 똑똑 머리를 때리고 성큼성큼 차로 돌아갔다. 나는 필사적으로 일어나 자동차 뒤를 향해 달렸다.

다이코쿠가 조수석에서 무엇인가를 꺼내 되돌아보았다. 나는 멈춰 섰다. 그는 씨익 웃으며 내 쪽을 향했다. 나는 오른쪽으로 몸을 돌려 도망쳤다.

다이코쿠가 무언가를 던졌다. 그것은 내 머리 위를 넘어가 그 앞에 떨어졌다. 나는 뛰던 걸음을 멈추고 뒤로 돌았다. 다이코쿠는 다시 운전석에 올라타려는 참이었다.

"기다려."

잘 움직이지 않는 입으로 말했다. 그러나 다음 순간 파충류 같은 차는 달리기 시작했다. 순식간에 거리가 벌어져 이윽고 차의 모습은 보이지 않게 되고, 소리도 들리지 않게 되었다.

뛰는 것을 포기하고 쪼그리고 앉았다.

얼마간 그 자리에서 꼼짝도 할 수 없었다.

너무 피곤하고 입으로 숨을 쉴 수 없어 몹시 괴로웠다.

땀이 일단 가라앉자 날씨가 쌀쌀해졌다. 이대로 여기서 움직이지 않고 있다가 총에 맞아 죽는 것이 낫지 않을까 하는 생각마저 든다.

머지않아 해가 완전히 진다. 숲속에서 진정한 어둠이 나를 덮친다. 그렇게 되면 이제 도망갈 곳은 없다. 어디에도 없는 것이다.

땅에 손을 짚고 현기증을 참고 천천히 일어섰다. 우선 차가 간 방향으로 가려다 그것은 위험하다고 생각을 고쳐먹었다. 다이코쿠 역시 내가 그쪽으로 향할 거라고 예상하고 있으리라. 출구에서 총을 겨누고 기다리면 토끼가 달려올 거라고 생각하고 있을지도 모른다. 하지만 반대로 깊은 곳으로 내가 도망칠 것이라고 예측하고 있을지도 모른다.

어떤 편이 나을까.

나는 숲속에서의 생존법이라고는 모른다. 안쪽으로 도망쳐 사냥꾼들이 못 찾으면 목숨을 건지는 것도 아니다. 다이라가 경찰을 데리고 별장에 가서 미치루를 구해내는 것은 그리 한참 뒤의 일도 아닐 것이다. 어쩌면 노나카와 다이코쿠가 사냥에 나서기 전에 경찰이 이들의 신병을 구속해줄지도 모른다. 하세가와 소장도 아무리 그래도 오늘 정도는 파친코에 가지 않고 사무실에 있으면서 지휘를 하고 있을 것이다.

누군가가 도와주러 와줄 때까지 살아남자. 그렇게 정했다.

두려운 것은 총알보다 어둠이다. 방황하여 체력을 소모하는 것. 갈증이나 배고픔을 견딜 수 없게 되는 것.

해가 있는 동안에 가능한 한 빨리 공도로 나가자.

다이코쿠가 던진 물건 쪽으로 다가가 주웠다. 꽤 큰 사이즈의 빨간 바람막이 재킷이다. 내가 추위로 움직일 수 없게 되면 사냥이 재미없게 된다. 놈은 진심으로 그런 것을 걱정하고 있는 모양이다.

겨드랑이에 끼고 아래를 내려다보고 걸으면서 타이어 자국을 찾았다. 토끼 탈이 몹시 거추장스러웠다. 몇 번이나 손으로 찢어보려고 하다 포기했다. 해가 있는 동안, 아직 밝을 때 사람이 있는 곳으로 나가야 한다.

산길을 직선으로 얼마나 걸었을까? 갑자기 길이 두 갈래로 갈라졌다. 왼쪽은 내려가고 오른쪽은 올라가는 길이다. 어느 쪽이나 차가 지나다닐 수 있는 폭이며, 어느 쪽에도 차가 달렸다고 생각되는 흔적이 있다. 좀 더 제대로 확인하고 싶지만 이미 해가 떨어져 시야가 좋지 않았다.

트렁크에 들어간 것만으로도 그렇게 냉정함을 잃었던 것이 후회스러웠다. 차의 움직임, 방향, 그런 것에 더 주의했어야 했다. 밤이 천천히 찾아오고 있다. 높고 우거진 나무 그늘이 나를 더욱 혼란스럽게 했다.

어떡하지? 내려갈까, 올라갈까.

내려가면 언젠가 인가나 공도가 나올지 모른다. 하지만 그때까지 어둠 속을 얼마나 계속 걸어야 할 지 알 수 없다. 어둠이 두렵지 않다 해도 손전등은 고사하고 라이터조차 없는데 발을 다치지 않고 내려갈 자신은 없다. 하물며 패닉에 빠져 달리기라도 하면 영락없이 넘어져 다리가 부러지거나 머리를 돌에 부딪혀 크게 다치리라.

반면 오르면 아마 공도에서 점점 멀어질 것이다. 미치루가 구출되고 다이코쿠가 잡혀, 내가 산중에 버려진 것이 판명되어 구조대가 조직되어 출발한다고 해도, 그 구조대와 만날 가능성은 낮아진다.

생각하는 사이에도 점점 어두워졌다.

나는 반쯤 자포자기한 끝에 결정했다.

올라가자.

달빛이 비칠 수도 있으니 아래쪽보다는 밝을 것이다. 구조대와 못 만날지 몰라도 사냥꾼과 만나지도 않을 것이다. 게다가 기어 올라갈 수는 있지만 기어 내려갈 수는 없다.

마음을 다잡고 오르기 시작했다. 손이 끈적거렸다. 땀인 줄 알고 바람막이에 문질렀을 때 이상한 냄새가 났다. 손바닥을 눈높이까지 들어올렸다.

빛나고 있다.

형광도료다. 다이코쿠가 표식을 남겨놓는다는 말이 이거였구나. 그 인간은 토끼 머리에 형광도료를 뿌려놓은 것이다.

한심하기는.

아무것도 모르고 발버둥치다니. 바보 같기는. 꼴좋다.

나는 어둠이 무서운 것도, 입으로 숨을 쉴 수 없는 괴로움도 잠시 잊었다.

바람막이를 허리에 감았다. 눈을 부릅뜨고 발밑을 확인하며 올랐다. 그러던 중 마스크를 쓴 채 호흡하는 요령을 터득하게 되었다. 들이마시는 것은 코, 내쉬는 것은 입. 입으로 내쉬는 숨결은 뺨 주위를 타고 눈 가장자리를 통해 밖으로 빠져나간다. 간지러웠지만 곧 익숙해졌다.

아마도 토끼 마스크를 쓰고 등산하는 여자는 내가 처음이리라.

웃으려다가 말았다. 쓸데없이 숨 쉴 힘은 없다.

게다가 아마 가나와 미와가 나를 보았다면 결코 이상하다고 생각하지 않았을 것이다.

얼마나 올랐을까. 해는 완전히 저물었다. 이미 거의 아무것도 보이지 않았다. 나뭇가지 사이로 탁하고 흰 하늘이 보인다. 길에는 막대기 같은 것이 보이고 돌 같은 것이 보이기도 하지만 거리감조차 잡을 수 없다.

어두워져 간다. 어둠에 갇힌다.

식은땀이 흘렀다. 다리가 휘청거렸다. 입으로 호흡이 되지 않아 괴로운 것인지, 불안감 발작으로 괴로운 것인지 그마저도 모르겠다. 서둘러야겠다고 생각했다. 아직 조금 나아갔을 뿐이다. 정상에 도달하기 전에 망가져버릴지도 모른다.

무작정 나아가려고 하다가 넘어질 뻔했다. 주위를 둘러보았다. 적당한 길이의 나뭇가지가 떨어져 있었다. 주워들고 그것에 의존해 올라갔다. 길은 좁아졌다가 급해졌다가 넓어졌다가 완만해졌다.

땀이 줄줄 흐르고 있었지만 동시에 몹시 추웠다. 바람막이를 입고 앞섶을 단단히 여몄다. 자신이 얼마나 피곤한지 짐작도 할 수 없었다. 자주 쉬었다. 정신을 차렸을 무렵에는 한 발자국도 움직일 수 없게 되었다 같은 말을 하기 싫어서 자주 쉬었지만 쉬면 다시 추위가 엄습한다.

세 번째 휴식을 취하면서 가만히 손을 보았다.

빛나고 있다. 마음이 누그러진다. 설마 형광도료에 치유 효과가 있을 줄이야.

어둠이 무섭기는 했지만 반짝이는 것만 보아도 놀라울 정도로 침착해진다.

그렇다고 입으로 편히 숨을 쉴 수 없다는 것이 이렇게 괴로울 줄은 몰랐다.

토끼 탈에 입이 없는 것은 토끼가 비명을 지르거나 도움을 부르지 못하도록 하려는 것이겠지만 동시에 움직임을 제한하려는 목적도 있었을지 모른다. 이런 것을 달고서는 전력 질주는 불가능하다.

가나는 도대체 어느 시점에서 자신이 놀이의 '사냥감'이 아니고 진짜 '사냥감'이라는 것을 알아차렸을까?

미와는 도대체 언제 아버지가 자신을 쏘려고 하고 있다는 사실을 알아차렸을까?

앉아서 생각하고 있는 사이에 나는 무의식적으로 입을 감싸고 있는 부드럽고 보풀진 천을 손가락으로 뜯기 시작하고 있었다. 무언가가 뜯겨져 나가는 감촉이 전해져 왔을 때에야 자신이 무슨 일을 하고 있는지 깨닫고 놀랐다.

천 일부가 찢어졌다. 하지만 안쪽 고무는 아직이다. 손톱을 세웠지만 튕겼다. 고무는 그리 쉽게 찢어질 것 같지 않다.

헛된 체력을 쓰지 말자. 나는 내 자신을 타일렀다. 하지만 그 빌어먹을 다이코쿠가 이 마스크를 기쁜 듯이 손수 만들고 있는 모습을 떠올리자 참을 수 없었다. 손가락으로 고무를 입 안쪽으로 밀어넣고 앞니로 깨물었다. 고무 냄새와 감촉에 구역질이 났다. 큰일이다. 여기서 토해버리면 그야말로 자신의 토사물에 질식한다.

위를 문지르거나 손바닥을 보며 진정하려고 했다. 누워 가만히 있으니 바람이 불어 나무들이 바스락바스락 울리고, 바로 옆을 무언가 작은 동물이 달려가는 기척이 느껴졌다. 나는 코로 천천히 몇 번이나 심호흡을 반복한 다음, 다시 한 번 고무를 앞니로 깨물었다. 꽉 깨물고 이로 여러 번 질근질근 씹었다.

앞니가 뻑적지근해지면 이번에는 송곳니를 사용했다. 손가락으로 눌러 그쪽으로 밀고 질근질근 씹었다.

이것은 무리라고 체념한 순간 뚝, 하고 작은 소리가 나며 이가 고무를 뚫고 나갔다. 나는 기를 쓰고 혀로 고무를 눌러 이에서 떼어 내고 구멍으로 손가락을 밀어넣었다. 구멍은 조금씩 커져 엄지손가락이 통과할 정도가 되었다. 양손을 넣고 위아래로 당겼다. 간신히 입이 트일 정도의 구멍이 되었다.

기뻐서 호흡을 반복했다. 다소 고무 냄새가 났지만 큰 문제는 아니다. 그때 도망칠 때 접착테이프를 떼어놓기를 실로 다행이라고 생각했다. 접착테이프로 입이 막힌 뒤 탈을 쓰게 되었다면 절대로 뚫을 수 없었으리라.

일어서서 다시 오르기 시작했다. 천천히 앞으로 나아갔다. 올라가는 길은 가끔 내려갔다 다시 가파르게 오르기도 한다. 정상이란 것이 정말로 있을까 싶었다.

그 순간이었다. 우지끈 소리가 나며 지팡이 대신 삼았던 가지가 부러졌다. 앞으로 고꾸라질 때 반사적으로 얼굴을 가린 오른팔이 땅바닥에 세게 부딪혔다. 황급히 발에 힘을 주었지만 그 보람도 없이 발이 미끄러졌다. 비명을 지를 틈도 없이 나는 산길에서 떨어졌다.

잠시 정신을 잃었던 모양이다. 정신을 차렸을 때에는 배와 머리를 감싸고 둥글게 경사면에 누워 있었다.

피 맛이 났다. 고개를 옆으로 향하고 침을 뱉었다. 침은 스르르 얼굴 옆으로 흘러내렸고 나는 살며시 손을 들어 그것을 닦았다.

어둠이 나를 감싸고 있었다. 아무것도 보이지 않았다. 손도, 발도, 땅도, 하늘도.

온몸이 떨리기 시작했다. 현기증이 나고 머리가 무겁다. 왜 좀 더 기절해 있지 않았을까? 왜 이런 데 있는 것일까?

미노리 말대로 탐정 따위는 그만두고 적당한 남자를 찾아 결혼하든지, 더 편한 일을 하든지 하면 될 일이다. 그랬더라면 이런 곳에서 쓰러져 죽지 않아도 되었을 텐데.

죽는다고?

산길에서 조금만 굴렀을 뿐인데? 어둠이 무서울 뿐인데?

잠깐 기다려.

아무리 그래도 그것은, 뭐랄까…… 바보 같다.

나는 크게 숨을 몰아쉬고 몸을 일으켰다. 온몸이 쑤셨지만 참을 수 없을 정도의 통증은 아니다. 조심조심 일어섰다. 오른 발등이 다시 불길하게 맥박 치기는 했지만 요컨대 다리가 없어진 것은 아닌 것 같다.

손으로 더듬어 다시 한번 걷기 시작했다.

지팡이 없이 걷는 것이 피곤하지만 안도감은 컸다. 계속 올라갔다. 내리막길에 접어들면 쉬고 주머니에 넣어둔 초코바를 반쯤 먹었다. 손이 풀에 젖어서 그 손을 핥았다. 어린 시절 읽었던 사이비 과학잡지의 기사가 떠올랐다. 사막에서 조난을 당했을 경우 선인장을 찾으면 된다고 했다. 선인장을 쪼개면 수분이 가득 차 있다고.

산속에 선인장이 있을 것 같지는 않았다.

몇 번이고 내려가는 것이 정답이지 않았나 생각했다. 물이 있는 것은 아래쪽일 거야. 그런 생각이 머릿속을 스칠 때마다 새삼 늦었다고 타일렀다. 계곡에 가로막혀 꼼짝 못하고 얼어붙는 것보다는 이편이 낫다. 그럴 것이다.

어느새 엎드려 있었다. 그렇게 하지 않으면 올라갈 수 없었다. 손의 형광도료가 벗겨져 희미해져 간다. 나무는 점점 우거지고 하늘도 보이지 않는다. 이따금 깜짝 놀랄 정도로 가까이에서 무시무시한 고함소리 같은 것이 들려왔다. 멸종된 줄 알았던 짐승을 굳이 이런 상황에 발견하지 않기를 기도했다.

몇 번인가 급하게 나아가려다 넘어져 무릎을 찧었다. 오른 발등의 통증이 망령처럼 되살아난다. 형광도료는 꺼져가고 있다. 자신의 가쁜 숨결과 바람막이가 바스락거리는 소리만 울린다.

눈물과 땀과 콧물이 줄줄 흘렀다. 어둡지 않다고 스스로를 타일렀다. 눈물로 앞이 보이지 않을 뿐이다.

무릎이 덜덜 떨린다. 근육 피로로 떨리는 것인지, 공포로 떨리는 것인지 그것조차 분간되지 않는다. 여기서 나가고 싶었다. 출구가 없다는 것은 알지만 그래도 나가고 싶다.

"침착해, 침착해, 침착해."

어느 틈엔가 나는 입 밖으로 중얼거리고 있었다. 그 소리에 의지하여 올라갔다. 눈을 감고 쉬면서 남은 초코바를 먹어치웠다. 카카오 향이 긴장을 풀어주었다. 괜찮다고 생각했다. 괜찮아, 올라갈 수 있어. 정상에 오를 수 있어.

그렇게 타이르는 단계마저 지나서 나는 기계적으로 사지

를 움직이기 시작했다. 아무 생각 없이 위로 자신을 끌어올렸다. 위로, 어둠으로부터 도망치기 위해, 위로. 달이 있는 곳, 빛이 있는 곳으로.

그 소원은 완전히 불시에 이루어졌다. 정신을 차려 보니 나는 커다란 바위에 기댄 채 끝없는 어둠 밖으로 나와 있었다. 바람이 몸을 때리고, 머리를 감아올려 땀을 빼앗아 간다. 진한 녹색 냄새만 맴도는 어이없을 정도로 공허한 공간에 나는 주저앉아 있었다.

바람을 피해 바위 그늘에 주저앉았다.

하늘이 토끼 탈 눈구멍 너머로 펼쳐져 있었다.

나는 천천히 고개를 돌렸다.

아직 눈이 부시다고는 할 수 없는 가느다란 달.

하늘 가득히 아로새겨진 별들. 도심 하늘에서는 절대로 잘 못 볼 리 없는 일등성조차 이곳에서는 너무나 많은 별에 묻혀 어느 것이 어떤 것인지 알 수 없다.

하나하나의 별빛은 모두 있는지 없는지 모를 만큼 아주 작은 빛이었다. 태양, 아니 형광도료와는 비교할 수 없을 정도로 작은 빛의 점이었다.

하지만 만족했다. 내 눈과 마음에는 충분할 정도로 밝다.

별은 밤하늘을 가득 채우는 동시에 나를 채워주었다.

전초전 다시

1

  도쿄로 돌아온 것은 그로부터 사흘 후의 일이었다. 다음 날 아침, 일출과 거의 동시에 나는 구조대에 발견되어 무사히 하계로 끌려왔다.

  스스로는 대모험을 해낸 최고의 영웅 같은 기분이 들었지만, 알고 보니 내가 오른 높이는 기껏해야 500미터 정도. 초등학교 때 소풍 갔던 산보다 낮은 산을 간신히 올랐을 뿐이었다. 그래도 온몸에 멍이 든 나는 지역 병원에서는 엄청난 인기인이었다. 어쨌든 현지 소방대와 경찰의 합동 구조대가 최초로 본 것은, 붉은 바람막이를 입고 손을 흔들고 있는 토끼였던 것이다. 구조대에 참여한 사람들은 자신이 목격한 광경을 대대로 구전하겠다고 자랑했다.

  내가 다이코쿠에게 끌려가자마자 노나카가 별장에 도착했다. 그때에는 물론 미치루도 내 휴대전화를 이용해 경찰에 연락한 상황이었다. 노나카는 경찰이 도착한 것을 알고는 미치루를 우리째 방구석에 있던 마루 밑 수납장에 밀어 넣은 뒤 그 위에 모피를 깔고 시치미를 뚝 떼고 경찰과 다이라를 집 안으로 들였다. 다키자와 기요시의 별장에 갇혀 있다, 살려달라는 통보를 받은 경찰은 당연히 별장을 샅샅이 수색했지만 미치루는 발견되지 않았다. 의기양양해진 노나카는 다이라 면전에서 그 아이는 어머니 영향으로 머리가 돌았다고까지 단언했다고 한다.

마루 밑에서 휴대전화 벨소리가 들리는 것을 깨달은 순간의 노나카의 얼굴을 나도 보고 싶었다.

다이코쿠는 경찰이 부른 지원군이 도착하기 전에 별장으로 돌아왔다가 사태를 깨닫고 즉시 핸들을 꺾어 달아났으나 몇 시간 뒤 검문에 걸려 체포되었다.

다이라는 모든 것을 경찰에 이야기했다. 28회의 멤버 전원이 경찰에 연행되었다. 우선은 다이라와 마찬가지로 사냥을 피하게 되었던 니이마 슈타로가 '곰'를 쫓았던 전말을 자백했다. 무엇보다 그는 다이라와는 달리 처음에는 '맨헌트'에 흥미를 느껴 실행과 추진에 크게 찬동한 모양이다. 그러나 실제로 총에 맞아 죽은 사람의 시체를 보고 무서워졌다고 한다. 이 니이마의 반응이 다른 멤버에게도 미묘한 영향을 주어, 다이코쿠가 사냥감에 마스크를 씌우는 것을 고안해 낸 모양이다.

이윽고 다른 멤버들도 서서히 실토하기 시작해 최종적으로는 다키자와를 제외한 전원이 모든 것을 자백했다. 끝까지 버티던 다이코쿠의 자백에 의해서 산속에 묻혀 있던 가나와 미와, 거기에 신원 불명의 중년 남성의 사체가 발견되었다.

자세한 수사 내용은 나도 모른다. 무사시히가시 경찰서의 하야미 형사와 시바타는 바빠져, 사건에 대해 무엇인가 묻기는커녕 만나는 것조차 마음대로 되지 않게 되었다. 그러니까 내가 알고 있는 것은 그 후 보름 남짓 언론을 떠들썩하게 달군 그 보도에 의한 '사실'뿐이다.

맨헌트 이야기를 제일 먼저 꺼낸 것은 노나카였다. 그는 미국에서 실제로 맨헌트에 참가했다며 사람을 사냥하는 쾌감에 대해 멤버들에게 들려주었다. 자신의 영역 내에서는 무엇을 해도 용서받을 수 있다고 생각했던 다키자와와 다이코쿠가 거기에 동조했고, 다른 멤버들도 반농담인 줄 알고 따랐다.

'곰'은 다이코쿠가 찾아서 데리고 온 노숙자 남자였다. 그는—나중에는 가나와 미와도—다이코쿠의 설명을 듣고, 이것을 정말로 단순한 게임이라고 생각했다. 산속의 사냥터에서 이틀 동안 도망치면 200만 엔을 받는다. 쫓는 쪽이 사용하는 것은 페인트탄이라고 설명했던 것 같다. 다소 배짱 있는 사람이라면 도전해보고 싶었으리라. 사용되는 것이 실탄이라는 사실을 알았을 때 남자는 화가 나서 추격자에게 달려들었다. 그리고 노나카의 산탄 세례를 받고 살해되었다.

노나카는 경찰 조사에서 우연히 가나의 존재를 알지 못했다면 맨헌트는 그 한 번으로 끝났을 거라고 말했다고 한다.

아스미가 연 미와의 생일 파티에서 미치루의 앨범을 바라보고 있을 때, 경계심이 없는 아야코가 사진 속 인물에 대해 이것저것 설명했다고 한다. 어머니의 묘비를 세우기 위한 돈이 필요한 젊은 독신 여성. 내 추측대로 노나카는 가나를 천애고아라고 믿었다. 다이코쿠를 보내 '사냥감'이 되지 않겠냐고 권유했다. 가나는 아야코의 소개라는 말에 그를 믿었고, 또한 자신의 능력만으로 큰돈을 손에 넣을 수 있다고 해서 마음이 내켰다. 산속을 도망친다는 것이 어떤 것인지 그 위험성을 몰랐던 것은 아니겠지만, 사용하는 것이 페인트탄이라는 점 때문에 생명의 위험까지는 걱정하지 않았을 것이다.

가나는 별장으로 갔고, 다음 날 낮에 마스크를 쓰고 내가 끌려간 것과 같은 지점에 방치된 채 사냥이 시작되었다. 다만 가나가 출발 전에 흘끗 흘린 "집에 친구 앞으로 메모를 남기고 왔다"라고 하는 말이 노나카와 다이코쿠를 겁먹게 했다. 어차피 천애고아다 보니 찾을 가족이 없을 거라고 생각한 그들은 가나의 흔적을 지우기로 했다. 아파트를 해약하고 짐을 버리고 컴퓨터와 일기류만 운반했다. 미와의 것이었던 그 컴퓨터는 다키자와의 별장에서 발견되어 압수되었다. 참고로 경찰이 압수한 것 중에는, 토끼 탈이 그 밖에도 다섯 개 정도 더 있었다고 한다.

아무도 가나를 찾지 않을 거라고 안심하던 그들을 미와가 몰아붙였다. 그녀는 가나의 발자취를 끈기 있게 더듬어, 이윽고 노나카에게 눈길을 돌렸다. 어머니를 속이고 있는 것이 아닌가 하는 의심마저 하고 있는 그녀를 노나카는 그대로 방치할 수 없었다. 다이코쿠에게 처리를 명령했다. 하지만 다이코쿠는 '사냥'이라면 얼마든지 하겠지만 살인은 절대 싫다고 우겼다.

그런 이유로 노나카는 교묘하게 미와를 '게임'에 권유했다. 가나도 같은 '게임'에 참가했다. 하지만 그 '게임'으로 죽는 일은 절대로 없다. 그녀는 200만 엔을 받고 들떠서 어딘가로 놀러갔고, 거기서 어떤 사건에 휘말린 것이 아닐까. 젊은 여자가 200만 엔이라는 큰돈을 갖고 있으면 나쁜 인간에게 걸릴 가능성도 있다. '게임' 그 자체는 가나의 실종과는 무관하다. 그 증거로 네 아버지도 참여했는데, 몰래 미와도 참가해보지 않겠냐며.

미와는 그 말에 속아 넘어가 5월 3일, 다이코쿠가 운전하는 차로 후쿠시마에 갔다. 그곳이 자기 아버지가 소유하고 있는 별장이라는 점도 그녀를 안심시켰을지 모른다. 하지만 거기서 그녀는 믿을 수 없는 것을 발견한다. 가나의 집에서 사라진 자신의 컴퓨터였다.

다이코쿠는 미치루에게 했던 것처럼 미와를 꽁꽁 묶어 우리에 처박아 하루 밤낮을 보내게 했다. 그런 다음 노나카가 다키자와나 다른 멤버의 신경을 끌고 있는 사이에 미와에게 탈을 씌워 산속에 풀어놓았다. 다키자와가 미와를 쏘아 죽이게 된 것은 과연 그가 우연히 공을 서둘렀기 때문인지 나로서는 의문이다.

아야코가 고지마에게 살해당한 사건에도 상상했던 대로 노나카가 끼어 있었다. 그 사건에서 그가 목적했던 이상의 효과를 거둔 탓에 노나카의 자신감은 최대한으로 부풀어 올랐을 것이다. 자살하라는 듯이 아스미를 매몰차게 버린 것도, 아스미의 재산을 손에 넣기 위해 가짜 미와를 내세우는 작전을 세운 것도, 다키자와를 끌어들인 것도 그런 자신감의 발로였던 셈이다. 노나카는 그 자신감 넘치는 언변으로 주범의 자리를 다이코쿠와 다키자와에게 떠넘기려 하고 있는 모양이다. 다키자와라는 안성맞춤의 희생양이 있다 보니 어쩌면 성공할지도 모른다. 아스미의 유골을 수습해 가져간 그날 밤, 다키자와는 엽총을 입에 물고 발가락으로 방아쇠를 당겼다고 들었다.

언론에는 어디서 이렇게 많은 사람들이 튀어나왔는지 놀랄 만큼 정신병리학자, 정신과의사, 심리상담사, 범죄심리학자 등이 등장해 갖가지 해석을 내놓았다. 콤플렉스와 왜

곡된 엘리트 의식……. 다이코쿠에 이르러서는 어릴 적 부모의 이혼과 작문까지 끄집어내고, 심지어 다이라 미치루의 유괴살인까지 모든 것이 낱낱이 대중에게 공개되었다.

거론된 여러 심리학적 이유와 동기는 모두 옳을 것이다. 다키자와의 복잡한 열등감과 우월감. 노나카의 남성우월주의, 아니 자기우위주의. 다이코쿠의 실업과 아내에게 버림받은 데서 생겨난 자신감 상실과 왜곡된 성욕. 멤버 전원이 가지고 있던 엘리트 의식. 스스로가 이토록 노력하고 이상에 불타 노력하고 있지만 오로지 현실에 쫓기는 날들. 그리고 그런 날들이 끝없이 계속될 거라는 초조감.

내 의견을 말하자면, 28회의 멤버는 아이였다고 생각한다. 인간이란 거금, 훌륭한 용모, 인기, 행복 등을 얻기 위해 죽어라 노력하여 사회를 개선하고 공적을 남겨도 모든 사람들에게 칭송을 받는 일은 있을 수 없다. 또한 그 누구도 먹고 자고 싸고 하는 사소한 문제에 휘둘리는 일상에서 벗어날 수 없다. 그런 단순한 진리를 이해하지 못한 불쌍한 아이였던 것이다.

2

실수로라도 언론에 잡히지 말라는 하세가와 소장의 배려에 따라 나는 도쿄로 돌아온 다음 날 짐을 싸서 산속 온천에 열흘 정도 머물렀다. 사건의 보도가 일단락되어 돌아왔을 무렵에는, 도쿄는 장마철에 임박해 폐 속까지 수증기가 들어찬 것 같은 느낌이 들 정도로 기온이 상승해 있었다.

"어머나, 하무라. 어서 와."

상냥하게 맞아준 미쓰우라는 깃털 모양 귀고리가 다른 색으로 바뀌어 있었다. 어째서인지 내 집 현관과 난간까지 같은 색으로 칠해져 있었다.

"왜 파란색으로 했어?"

"진정될 줄 알고. 이 색깔 싫어?"

"아니, 별로 싫지는 않지만."

"아, 맞다. 하무라가 집을 비운 사이에 미치루한테서 편지

왔었어. 잘 지내는 것 같더라."

나는 순간 대답을 할 수 없었다. 미치루는 딱 한 번 입원한 병원에 얼굴을 비쳤다. 무뚝뚝하게 도와줘서 고맙다고만 말하고는 아버지에게 이끌리듯 떠났다. 온천에서 휴양 중 몇 번이나 미치루에게 편지를 써야겠다고 생각했지만 도대체 무엇을 어떻게 써야 할지 몰라 그냥 있었다.

결코 내 잘못이 아니다. 그 사실은 충분히 알고 있지만, 내 조사 때문에 다이라 일가는 뿔뿔이 흩어지게 되었다. 미치루는 나가노에 있는 큰이모 집에서 신세 지게 되었고, 다이라는 정상참작의 여지가 있다고는 해도 살인의 사후종범죄로 기소되어 구속 중. 회사도 그만두었을 것이다. 그리고 기미코는 입원했다. 언제 퇴원할 수 있을지 알 수 없다.

"그러고 보니 아까 우체부가 네게 소포를 배달하러 왔었어."

미쓰우라가 빙긋 웃으며 등 뒤에 숨겨두었던 손을 내밀었다. 보낸 사람을 확인했다. 미치루가 보낸 거였다.

계단에 걸터앉아 열어 보았다. 안에 들어 있던 것을 보고 나는 나도 모르게 웃음을 터뜨렸다. 그것은 작은 토끼 모양 상야등이었다.

"어머나, 귀여워라."

미쓰우라가 새된 탄성을 질렀다가 주저하듯 나를 바라보았다.

"내가 미치루에게 편지로 알려버렸거든. 하무라, 그 감금 사건으로 어둠 공포증에 걸려서 힘들었다고. ……내가 괜한 소리를 했나?"

소포에 딸린 편지에는 딱 한 줄만 적혀 있었다.

이게 하무라 씨를 도와줄 거야.

도와준다……라.

나는 토끼를 노려보았다. 토끼는 얼빠져 보이는 듯한 눈을 동그랗게 뜨고 있을 뿐이다.

"하무라, 화났어?"

"아니, 화 안 났어. 고마워."

미쓰우라가 폴짝거리듯 떠나갔다. 뒷모습을 배웅하고 집으로 들어갔다. 낯익은 방이 마치 모르는 공간처럼 비쳤다.

창을 열어 환기를 시키고 청소를 하고 빨래를 했다. 장을 보고 왔을 때 휴대전화가 울렸다. 하세가와 소장이었다.

"휴식 어땠어?"

파친코 소음을 배경으로 소장이 고함쳤다.

"덕분에 완전히 살아났습니다."

"그거 잘됐군. 시바타한테 들었어?"

"우시지마에 관한 일이라면 전화를 받았어요."

나는 웃으며 대답했다. 우시지마는 나에게 복수하려고 며

칠간 생각한 끝에 스스로 계단에서 굴러 떨어진 후 하무라 아키라에게 당했다고 경찰에 신고했다고 한다. 공교롭게도 나는 그때 후쿠시마 현에 있는 병원에 실려 간 직후여서 완벽한 알리바이가 성립했다. 게다가 우시지마는 계단에서 떨어졌다기보다는 뛰어내리는 바람에 왼쪽 다리가 분쇄 골절되었다고 한다.

"무라키가 걱정했어. 하무라가 말도 안 되는 결혼 사기꾼과 사귀고 있다고."

"아니, 그 이야기는……."

"어쨌거나 결말이 난 것 같아 다행이야. 세라의 할머니도 입원 중에 완전히 쇠약해졌다고 하고, 다음에 또 무슨 짓을 저지르면 가만있지 않겠다고 구보타 사장에게 엄포를 놓았으니까 뭐 괜찮겠지."

"그것 참 잘됐군요."

"다행이라고 하면, 하무라가 없는 사이에 또 하나 좋은 일이 생겨서……. 오."

소장의 말이 끊겼다. 짤랑짤랑 요란한 소리가 들리는 것으로 보아 아무래도 대박이 터진 모양이다. 전화에서 잠시 소장의 고함소리가 끊겼다. 나는 보리차를 끓이고 쌀을 씻기 시작했다. 밥솥을 세팅할 무렵, 전화기에 소장이 돌아왔다.

"우와 간만에 대박이. ……그런데 무슨 이야기를 하고 있었더라?"

"제가 없는 사이에 대박을 터뜨렸다는 이야기 아닌가요?"

"아니, 아니야. 저기 말이야……. 그래, 무라키가 결혼해."

"네? 누가?"

"그러니까 무라키 요시히로가."

"누구랑?"

"단골 바의 마담이라고 들었어. 상대편은 아이가 있는 재혼이래."

응? 어라?

"……그것 참 경사스러운 일이네요."

"결혼 선물을 해야 하는데 뭘 해야 좋을지 의논하려고 했어. 내일 사무실로 와줄 수 있어? 일도 있고."

"일?"

"뒷조사. 집합은 10시. 할래? 아니면 온천에 몸이 녹아버려서 당분간 일하고 싶지 않아? 아스미의 조사비가 듬뿍 들어갔을 테니 느긋하게 지내고 싶다면 상관없지만. 다만 좀 특수한 조사라서 하루에 3만 엔은 보장하지."

"할게요."

즉답하고 전화를 끊었다. 기묘한 감정이 차례차례 들끓었다. 재미없다는 기분이 지배적이었지만 결국 나는 웃었다. 시바타, 가만두지 않겠어. 하지만 사실 우시지마를 덮친 것이 무라키였다면 약간의 상처로 끝날 리가 없다. 화장터 앞 주차장에서 사쿠라이가 했던 말을 생각해보면 우시지마를 덮친 것은 사쿠라이의 의뢰인이었으리라.

쳇.

아직 어둠이 찾아오기 전에 식사를 마치고 미치루에게 편지를 부치러 갔다. 금속이 든 조금 무거운 편지라서 우표를 잔뜩 붙였다. 내친김에 멜론을 사서 집으로 돌아왔다.

자기 직전 휴대전화 자동응답기에 메시지가 들어와 있다는 사실을 깨달았다. 미노리의 부자연스럽게 메마른 목소리가 들렸다.

"어…… 그게…… 나 아직 살아 있어. 어…… 또 봐."

토끼 상야등을 콘센트에 꽂고 다른 전등을 껐다. 토끼는 침대 옆에서 통통하게 살이 찐 채 둔탁하게 빛났다. 도움이 될 거야, 미치루. 그렇게 생각했다. 아주 조금의 빛만 있으면 나는 살아갈 수 있다. 눈을 감았다.

3

 잠시 후 다시 일어난 나는 침대 옆 스탠드를 켜 주변을 환히 밝혔다.

 어둠 공포증을 극복할 필요가 있겠지만 무서워서 잠을 못 자면 내일 일에 지장이 있다.

 자명종을 체크하고 전등 쪽으로 고개를 돌리고 다시 눈을 감았다.

옮긴이 **문승준**

대학에서 일본문학을 전공한 후, 잡지사 기자를 거쳐 출판 편집 및 기획자로 일했다. 추리, 스릴러, 판타지, SF, 연애소설 등 세계 각국의 다양한 소설을 국내에 소개했고 현재는 일본어 전문 번역가로 활동하고 있다. 옮긴 책으로 《이별의 수법》, 《조용한 무더위》, 《녹슨 도르래》, 《아들 도키오》, 《지금부터의 내일》, 《그녀와 그녀의 고양이》, 《무라카미 하루키의 100곡》 등이 있다.

나쁜토끼

1판 1쇄 인쇄 2022년 2월 15일
1판 1쇄 발행 2022년 2월 22일

지은이 와카타케 나나미
펴낸이 문준식

디자인 공중정원
제작 제이오

펴낸곳 내 친구의 서재
등록 2016년 6월 7일 제 25100-2016-000044호
주소 서울시 성북구 정릉로 305, 104-1109 우편번호 02719
전화 070-8800-0215 **팩스** 0505-099-0215
이메일 mytomobook@gmail.com **인스타그램** mytomobook

ISBN 979-11-91803-03-7 03830